Eugen Ruge

Pompeji

»Eugen Ruge (...) spielt virtuos die Rolle eines ironisch allwissenden Geschichtsschreibers. (...) Sein Pompeji ist ein Spiegel der Gesellschaft der Gegenwart.« Wolfgang Höbel, Der Spiegel

»Die pompejanische Farce von eigensüchtigen Streitereien und kleinlichen Intrigen geht der Tragödie des Untergangs in der Vulkanasche voraus. Viel besser, als es Eugen Ruge hier getan hat, lässt sich von solch menschlichem Scheitern am Allzumenschlichen kaum erzählen.« Eberhard Falcke, Bayerischer Rundfunk

»Eugen Ruge hat einen großen Sinn für Humor. Der paart sich gern mit einer Kälte der Beobachtung. Hinreißend.« Adam Soboczynski, DIE ZEIT

»Verblüffend gegenwärtig (...). Nach der Lektüre möchte man gerne noch tiefer in diese antike Welt eintauchen.« Christian Mayer, Süddeutsche Zeitung

Eugen Ruge, 1954 in Soswa (Nordural) geboren, kam 1956 mit seinen Eltern nach Ost-Berlin. Als Mathematiker arbeitete er von 1980 bis 1985 im Bereich Erdbebenforschung am Zentralinstitut für Physik der Erde an der Akademie der Wissenschaften der DDR, begann dann zu schreiben und floh Anfang 1989 in die Bundesrepublik. 2011 veröffentlichte er den mit dem Deutschen Buchpreis ausgezeichneten Roman ›In Zeiten des abnehmenden Lichts‹, später erschienen ›Cabo de Gata‹, ›Follower‹ und ›Metropol‹. Er lebt in Berlin und auf Rügen.

Eugen Ruge

POMPEJI

oder
Die fünf Reden des Jowna

Roman

dtv

MIX
Papier | Fördert gute Waldnutzung
FSC® C019821

6. Auflage 2025
2024 dtv Verlagsgesellschaft mbH & Co. KG, München

Tumblingerstraße 21, 80337 München
produktsicherheit@dtv.de
Umschlaggestaltung: Anzinger und Rasp, München
Umschlagmotiv: »Ausbruch des Vesuvs am 8. August 1779«,
Farbradierung von Pietro Fabris, 1779 /
Wellcome Collection / Public Domain Mark
Satz: Fotosatz Amann, Memmingen
Druck und Bindung: Druckerei C.H.Beck, Nördlingen
Printed in Germany · ISBN 978-3-423-14906-8

Als Koch hast du gearbeitet und als Kalkbrenner,
Wurstmacher und Bäcker, du bist Bauer gewesen,
hast bronzenen Kleinkram hergestellt,
du bist Hausierer gewesen und jetzt machst du Krüge.
Hast du aber Fotzen geleckt, dann hast du alles gehabt.

Graffito in Pompeji, Praedia der Iulia Felix
(Regio II, Insula 4, Eingang 10 – Hintereingang)

Glücklich ist dieser Ort!

Graffito in Pompeji, aus der Via Stabiana

Ich verabscheue die Armen!
Wer auch immer etwas umsonst
erbittet, ist ein Holzkopf.

Graffito in Pompeji, Fassade einer Bäckerei (I 12, 1–2)

Sodom(a) Gomora

Graffito in Pompeji, Speisezimmer des Hauses (IX 1, 26)

Vorrede

Sogar der Kaiser, erzählt man, habe geweint: der göttliche Titus, Bezwinger Jerusalems. Soll man es glauben? Jedenfalls hat er den Überlebenden Hilfe versprochen: Aufbauhilfen, Entschädigungszahlungen für den verlorenen Besitz. Was natürlich Besitz voraussetzt.

Und dass man überlebt hat, klar. Vermutlich hat der Göttliche nach den ersten Berichten, die von Misenum nach Rom getrommelt wurden, damit gerechnet, dass es nur noch Wenige gebe, die Entschädigung beanspruchen könnten. Aber da hat er sich geirrt. Abgesehen davon, dass sich die meisten Landhausbesitzer am Tag der Katastrophe auf ihren Landgütern befanden – es war prächtiges Wetter, ein milder, duftender Herbst –, hätten die Berater seiner kaiserlichen Majestät selbige darauf aufmerksam machen können, dass es so etwas wie *Erben* gibt: Ehegatten und Söhne, Enkel und Neffen oder, wenn gar nicht anders, die Tochter der Ehefrau des Onkels des Enkels des Verstorbenen und so weiter. Wenn es um Besitz geht, findet sich immer jemand, der Anspruch erhebt. Und es findet sich immer ein Anwalt, der sich erbietet, diesen Anspruch durchzusetzen.

Und so sind sie nach Rom gefahren, die Besitzenden oder angeblich Besitzenden, die tatsächlichen und vermeintlichen Anspruchsberechtigten, die Schönen und Reichen ebenso wie die Hässlichen und Reichen, ganz gleich, ob samnitischer oder latinischer Herkunft, ob Popularen oder Optimaten, ob ehemalige Befürworter oder Gegner Josses. Beim Geld hört die Feindschaft auf. Alle sind sie nach Rom gefahren, bereit und willens, der Kommission, die der Kaiser aufgrund des Andrangs hat gründen müssen, Rede und Antwort zu stehen. Zeugen werden bemüht, um Grundflächen verschütteter Villen zu bestätigen und nie gesehene Wandgemälde zu taxieren; Gutachten werden erstellt und Listen ominöser Wertgegenstände erarbeitet; Rechnungen werden gefälscht und erstaunliche Geldbeträge erinnert. Es wird gefeilscht und verhandelt, ein langwieriger Prozess, die Kommission ist überfordert, die Wartezeiten sind erheblich, und die Anträge stauen sich.

Schon wächst das erste Gras auf der Asche. Schon haben die Mauerspechte, wie sie genannt werden, die wenigen Überreste abgetragen, die aus dem Schutt hervorragten, schon wird der Marmorgiebel des Kapitols in Einzelteilen im neapolitanischen Baustoffhandel verkauft. Aber noch immer residieren die Antragsteller wartend in römischen Hotels oder Gästezimmern und verbringen ihre Abende damit, die notorisch gelangweilte Gesellschaft mit Berichten über die Katastrophe zu unterhalten, die sie größtenteils gar nicht miterlebt haben. Gewiss, man muss kein Vogel sein, um den Himmel zu beschreiben. Und manches sieht man aus der Entfernung sogar besser. Da, wo für die Dabeigewesenen nur Dunkelheit und Verwirrung gewesen ist, hat der entfernte Betrachter das Schauspiel in voller Ausdehnung bewundern können: jene inzwischen berühmte Wolke, die sich, je nach Berichterstatter, wie eine Pinie oder ein Schirm oder eine Stierleber, wie ein Geschwür oder ein Grünkohl über dem Monte Somma (oder neben dem Monte Somma, über dem kleineren Vesuv) erhob und irgendwann, nach acht oder zehn oder möglicherweise auch nach zwölf Stunden, in sich zusammensackte und, je nach Berichterstatter, mit der Geschwindigkeit einer Flutwelle oder eines Streitwagens, eines Pfeils oder eines aus dem dritten Stock herabfallenden Soldatenstiefels an den Hängen des Gebirges hinabstürzte und alles, was ihr im Weg war, unter sich begrub.

Aus heiterem Himmel, so heißt es immer wieder, sei das Unglück gekommen. Diesen Eindruck scheinen auch die zu bestätigen, die an Wirtshaustischen oder auf Marktplätzen ihre Version der Katastrophe zum Besten geben, angefeuert von den Spenden der sie Umdrängenden, sei es in Form geistiger Getränke oder geprägter Münze. Die Leute, die hier zu Wort kommen, sind zumeist plumpe, ungewaschene Gestalten, das sogenannte Volk; es neigt bekanntlich zu Übertreibungen. Die Erzähler überbieten sich gegenseitig, stacheln einander auf, und es bleibt nicht aus, dass sie einander Dinge bestätigen, die sie nie gesehen haben, nur um nicht als dumm dazustehen. Nicht bloß vom Steinregen ist immer wieder die Rede, von Asche und giftigem Rauch; manche wollen den Geistern der Unterwelt begegnet sein, obgleich sie angeblich die Hand vor Augen nicht mehr sahen; von Manen oder Lemuren wird erzählt, von fackelschwingenden Furien oder von Feuerschriften, die Iupiter höchstpersönlich mit Blitzen an den sich plötzlich verdunkelnden Himmel geschrieben hat. Mancher Dahergelaufene soll sich inzwischen von Geschichten ernähren, die er anderen abgelauscht hat, und es heißt, man habe in Gallien – so weit sind die Berichte schon vorgedrungen – jemanden erschlagen, weil er es mit dem Übertreiben übertrieb: Er hatte behauptet, das Meer vor Pompeji sei im Laufe von Stunden um *mehrere hundert Meter* zurückgetreten – eine Behauptung, von deren Richtigkeit man sich allerdings am Ort der Katastrophe noch immer überzeugen kann!

So wird geredet, von Göttern und Furien, vom röchelnden Tod, von einer schwarzen Grünkohl- oder Stierleber-Wolke; Verluste und Opferzahlen werden genannt und, je nach Absicht, unter- oder übertrieben; Wahres und Falsches wird berichtet, Gesehenes und Erträumtes, Gehörtes und Wiedergekäutes, ganz wie es sich nach einer solchen Katastrophe gehört. Nur eins ist auffällig: Niemand nennt die Sache bei ihrem Namen. Niemand spricht es aus, das Wort, das doch eben noch in aller Munde war: das V-Wort. Und wenn ein Außenstehender es ahnungslos in die Runde wirft, dann passiert es, dass die Anwesenden zusammenzucken; ihr Gesicht nimmt den ungewohnten Ausdruck von Nachdenklichkeit an, den man leicht mit dem der Betroffenheit verwechselt; der Außenstehende beeilt sich, das Thema zu wechseln, andere helfen dem stockenden Gespräch mit freundlichen Belanglosigkeiten auf den Weg. Die Eingeweihten aber wechseln scheue Blicke und sind sich stillschweigend einig, nicht mehr daran zu rühren. Man muss schließlich weiterleben in der geretteten Haut, mit seinen Dummheiten und Schandtaten.

Aus heiterem Himmel? O ja! Der Himmel war heiter – über Misenum. Die Sonne schien – über Capri. Das Meer war von bestechendem Blau, wie es nur selten an späten Oktobertagen zu sein pflegt. Nur über Pompeji lag ein milchiger Dunst. Die Sonnenuhren versagten trotz milchweißer Helligkeit, und die Leute machten sich zu früh auf den

Weg zum Forum, um ja nicht die Rede ihres Kandidaten zu verpassen ...

Vergiss, lieber Leser, alles, was du jemals über Pompeji gehört hast. Vergiss alles, was sie dir darüber erzählt haben. Glaube weder den Besitzenden und ihren Anwälten, die nachträglich die Grundflächen von Villen hochrechnen, noch den armen Schluckern, die sich auf einmal eine schöne Vergangenheit erfinden, nachdem sie jahrelang über buchstäblich alles geklagt und gejammert haben. Glaube nicht den Verzweifelten und Verzagten, nicht denen, die sich als Helden aufspielen, weil sie das unverdiente Glück hatten zu entkommen; glaube nicht den Dichtern, nicht den Historikern, nicht den Mächtigen und nicht den Machtlosen, nicht den Kaisertreuen und nicht den Republikanern, nicht den Auguren und Priestern, nicht den amtlichen Verlautbarungen oder dem Nachrichtenbulletin Roms. Glaube nicht denen, die vorgeblich von nichts gewusst haben, und glaube erst recht nicht denen, die sagen, sie hätten es schon immer gewusst.

Vergiss und lies.

Dies ist der wahre Bericht vom Untergang Pompejis und seiner Bewohner. Dies ist die Geschichte des Vulkanvereins von seinen chaotischen Anfängen bis zu dem Tag, da er sich zu Tode feierte. Aber vor allem ist dies die Geschichte seines Gründers oder jedenfalls des Mannes, der sich dafür hielt. Es ist die Geschichte des vielbewunderten, vielgeliebten, aber auch vielgehassten, des unglaublich schlauen, aber vielleicht auch ganz mittelmäßigen Bürgers Jowna alias Josephus alias Josse.

Dies ist kein Heldenepos, das die Wirklichkeit in Hexametern verklärt und verkleistert, keine Feier menschlicher Größe, keine Inventur der Wundertaten, wie wir sie gernhaben, sondern ein schmutziger, saurer, ja womöglich kleinlicher Bericht über ein schmutziges, saures und kleinliches Kapitel der Stadtgeschichte, und es ist klar, dass ein solcher Bericht auf dem Marktplatz der Sensationen keine Chance hat. Niemand möchte das hören. Man wird diese Stimme glatt überschreien. Man wird uns der Miesmacherei und der Niedertracht bezichtigen. Man wird die Darstellung hässlich finden, wo in Wahrheit nur ihr Gegenstand hässlich ist, und man wird die Beschreibung als unwürdig abtun, wo es den Beschriebenen an Würde mangelt. Man wird uns vorwerfen, die Opfer zu verhöhnen. Schlimmer noch, man wird diesen Bericht blasphemisch, beleidigend oder gar unrömisch finden, und auch wenn unser neuer Kaiser plötzlich den Eindruck erweckt, empfindsam geworden zu sein, bleibt abzuwarten, wann er sich des Schwertes als Mittel des Regierens erinnert.

Kurz, wir haben uns entschlossen, diesen Bericht nicht der Meute zu übergeben, die man Öffentlichkeit nennt, denn wir wollen frei sein in unseren Gedanken und Worten. Für die Toten kommt ohnehin jede Warnung zu spät. Deshalb sollen diese Schriftrollen, sobald sie geschrieben sind, fest in einer Amphore verschlossen und an unzugänglicher Stelle verwahrt werden, auf dass sie irgendwann von denen entdeckt werden, die nach uns die Erde bewohnen.

Aber werdet ihr euch noch für unsere Geschichte interessieren? Werdet ihr unsere Winke verstehen? Werdet ihr euch die Mühe machen, unsere Zeichen zu deuten, und daraus euren Nutzen ziehen?

Immer fühlen sich ja die Gegenwärtigen den Vergangenen überlegen. Immer glauben sie, es seien schon alle Fehler gemacht und sie selbst seien endlich angekommen bei der letzten Erkenntnis. Sie lachen über die verqueren Vorstellungen der Alten, fühlen sich abgestoßen von ihrer zurückgebliebenen Moral. Sie erfinden neues Kriegsgerät und neue Umgangsregeln. Sie halten ihr Wissen für gültig und sich selbst für vollendet. Sie begreifen nicht, dass auch sie nur Vorübergehende sind.

Wusstest du, Leser, dass das Wort *Kapitol* von den Etruskern herstammt? *Caput Oli*: der Schädel des Olus. Das Kapitol ist ein Grabhügel. Das Römischste aller Heiligtümer ist auf Knochen erbaut. Ist es nicht sonderbar, dass die unterworfenen Städte heute der Mode frönen, in ihrer Mitte ebenfalls *Kapitole* zu errichten?

Nichts wiederholt sich. Die Geschichte geht nicht auf platten Füßen im Kreis. Keine Katastrophe passiert zweimal auf dieselbe Art. Und, ja, vielleicht werdet ihr, die ihr eure Häuser auf unseren Gräbern errichtet, klüger, vernünftiger, reifer sein als wir. Dann wäre dieser Bericht überflüssig geworden. Nehmt ihn als Farce! Lest ihn zu eurem Vergnügen! Und wenn ihr euch nicht an unserer Dummheit erfreuen mögt, erfreut euch, ihr Kommenden, an eurer Weisheit.

Aber genug der Vorrede. Beginnen wir! Lassen wir die Toten auferstehen! Erinnern wir uns an den Tag, an dem Jowna alias Josephus alias Josse aus der bleichen Anonymität seines Daseins heraustrat und seine Rolle in der Stadtgeschichte zu spielen begann.

ERSTER TEIL

Erste Rolle. Die Rede im Hühnerstall

Es war im Jahr 830 nach Gründung der ewigen Stadt oder, nach pompejanischem Zeitmaß, fünfzehn Jahre nach dem Großen Beben (das sich als Vorbote des Untergangs erweisen sollte), als ein gewisser Josse, wie er von seinen Freunden genannt wurde, im Hühnerstall eine Rede hielt, die es nachträglich zu Berühmtheit bringen sollte.

Viel ist über diese Rede gesagt worden. Brillant soll sie gewesen sein. Wie eine Axt! Und doch so raffiniert, von sophistischer Schläue ... Und wenn sie nicht unter den Trümmern verschüttet wäre, könnte man sie nachlesen, denn Josse hat seine Rede später – aus der Erinnerung – aufgeschrieben. Allerdings hat er sie im Laufe der Zeit hier und da korrigiert, und dabei wurde sie naturgemäß immer klüger. Und immer länger.

In Wirklichkeit war es nicht mehr als ein Satz, den er damals herauspresste. Er war, jedenfalls am Beginn seiner Karriere, keineswegs der große Redner, als den ihn die meisten später ansahen. Ganz im Gegenteil, er war – trotz des geheimen Glaubens, zu etwas Höherem berufen zu sein – wortkarg, beinahe verstockt, was wohl vor allem darin seinen Grund hatte, dass er glaubte, sich für seine Zähne schämen zu müssen. Er kriegte buchstäblich das Maul nicht auf, bellte allenfalls Satzfetzen heraus und achtete stets darauf, die Zähne nicht zu entblößen.

Aber wer war er eigentlich, dieser Josse? Später hat er behauptet, er stamme aus einer Unternehmerfamilie, ja sogar aus dem pannonischen Adel, während er bei anderer Gelegenheit betonte, er komme von unten, aus dem Volk. Die Wahrheit ist: Sein Vater, der den Namen Jazyg trug (obwohl er nichts mit dem legendären Reitervolk zu tun hatte), hatte eine Metzgerei in Pannonien besessen und war wegen der ständigen Grenzkriege mit jazygischen und dakischen Stammesfürsten mit seiner Familie zuerst nach Rätien, dann weiter nach Kampanien geflohen, wo er Wohlstand und Sicherheit erhofft hatte. Das war fünf Jahre vor dem Großen Beben gewesen oder, nach römischer Zeitrechnung, im Jahr 809 nach Gründung der Ewigen Stadt. Fortan nannte er sich Jacobus und mühte sich redlich, ein richtiger Römer zu werden: Er ahmte mit Leidenschaft alles nach, was er für römisch hielt, äußerte niemals Kritik und erzählte tapfer Witze weiter, die er nur halb verstanden hatte. Bis zu seinem Lebensende sprach er ein jämmerliches Latein, war jedoch überzeugt, er beherrsche die Sprache, und gab seine Fehler, wenn sein Sohn ihn verbesserte, für kampanische Mundart aus.

Tatsächlich gelang es Jazyg, eine Metzgerei in der – damals noch prosperierenden – Provinzhauptstadt Pompeji zu eröffnen. Allerdings gab es keinen Mangel an Metzgereien in der Stadt, und die Leute kauften selbst dann noch zögerlich bei dem Neuen, als er sein Fleisch zum Einkaufspreis zu veräußern begann, was ihm den Unmut der Innung eintrug. Zudem war sein Geschäft ungünstig gelegen, sodass sich alle optimistischen Berechnungen bald als hinfällig erwiesen. Es dauerte keine drei Jahre, bis er bankrottging. Den Rest seines Lebens schuftete er als Sackträger oder Handlanger, um die dreitausend Sesterze Schulden abzutragen, die übrig geblieben waren: eine lächerliche Summe für jemanden, der Geld hat; nicht aber für jemanden, der mit Mühe seine Familie ernährt.

An Pannonien erinnerte sich Josse nicht. Er war kaum drei Jahre alt gewesen, als seine Eltern weggingen. Wohl aber erinnerte er sich an die Metzgerei seines Vaters in Pompeji. Er erinnerte sich an den Geruch des warmen Blutes, das in einem großen Kessel gerührt wurde; daran, wie sein Vater mit einem Beil die Hufe von den Keulen abtrennte; an die Schreie der zum Schlachten geführten Schweine, die man durch den Fußboden hindurch bis ins obere Zimmer hörte.

»Woher wissen die Schweine, dass sie sterben müssen?«

»Das sagt ihnen der Instinkt«, erklärte sein Vater.

Und Josse stellte sich den Instinkt als eine kleine Gestalt vor, unsichtbar wie ein Gott, die den Tieren etwas ins Ohr flüsterte: der Gott der Schweine. Aber hatten denn Schweine Götter?

Jazyg war zu sehr mit seiner Metzgerei beschäftigt, um solche Fragen zu beantworten. Aber auch später, als er nur noch die Schulden abtrug, die er angehäuft hatte, blieb ihm kaum Zeit für seinen Sohn. Er schuftete zwölf oder vierzehn Stunden am Tag, und wenn es ihm nicht gelang, Arbeit zu finden, lag er mit schmerzenden Knochen auf dem Bett und machte sich Vorwürfe.

Josse erinnerte sich nur an einen einzigen kleinen Ausflug mit seinem Vater. Es muss drei oder vier Jahre vor dem Großen Beben gewesen sein und kurz nachdem Jazyg seine Metzgerei aufgegeben hatte, womöglich unmittelbar danach, in jenem Moment der Erleichterung, der mit dem Aufgeben ja auch immer verbunden ist – an einem dieser Tage nahm er den Vierjährigen mit in die Stadt, um ihm zu zeigen, wo die Demokratie wohnt, auf die er, der Neupompejaner, so stolz war.

Nach Josses Erinnerung war es ein Feiertag, allerdings trat der Magistrat an Feiertagen nicht zusammen. Aber die Stimmung war feierlich, sein Vater trug ausnahmsweise keine Arbeitskleidung, die Sonne schien mild, und der weiße Marmorboden des Forums glänzte vor Sauberkeit. Vielleicht rührte die Feierlichkeit auch von den Männern her, die einzeln oder in kleinen Grüppchen über den Platz schritten, plaudernd, sich gegen die Sonne abschirmend, manche mit Schriftrollen unterm Arm. Sie trugen allesamt reinweiße Togen, ihre Gesichter waren glattrasiert, und im Gegensatz zu seinem Vater, der immer in Eile war, bewegten sich diese Leute geradezu provozierend gemächlich. Sie schlenderten auf das große Eckgebäude am Rande des Platzes zu und verschwanden lautlos darin. Das Gebäude hieß die Große Basilica. Dort fand die Demokratie statt: ein Spiel mit schwarzen und weißen Steinchen, die man in eine Urne warf, wie ihm sein Vater erklärte. Der Vierjährige wunderte sich ein wenig, dass diese ernsten Herren sich mit einem Wurfspiel beschäftigten. Aber was ihn noch stärker umtrieb: Wer durfte mitspielen?

Sein Vater jedenfalls nicht, so viel begriff Josse. Er unterschied sich schmerzlich von diesen reinweißen Gestalten. Und anstatt die heilige Ehrfurcht, die sein Vater vor diesen Männern empfand, zu teilen, entdeckte Josse an jenem Tag die Scham. Er begann, sich für seinen Vater zu schämen: für seinen jämmerlichen Akzent und für seine Armut und für seinen Blutgeruch, den er nie loswurde und dessen er sich ebenso wenig bewusst war wie seines Akzents. Je älter Josse wurde, desto mehr verachtete er seinen Vater, er durchlitt sogar Anfälle von Hass, und erst als der Alte, nachdem er tatsächlich seine Schulden abbezahlt hatte, erschöpft umfiel und nicht wieder aufstand, als er im Feuer aus altem Bauholz verbrannt wurde, und der Nieselregen den Rauch niederdrückte und Josse glaubte, er atme ihn, seinen Vater, ein – erst da rannen ihm die Tränen über die Wangen angesichts der restlosen Vernichtung dieses Elends.

Auch für seine Mutter schämte er sich. Jadwiga gehörte zu jenen Frauen, die schon alt geboren schienen. Dabei war sie einmal eine Schönheit gewesen, Josse verdankte ihr, ohne es zu wissen, sein Gesicht und seine tadellose Haltung. Aber das Leben hatte sie gekrümmt und ihr tiefe Sorgenfalten eingeprägt. Anders als ihr Mann neigte sie keineswegs zu falschem Optimismus, aber sie klagte auch nicht; sie hatte sich daran gewöhnt, dass das Leben gegen sie war. Die große Erfahrung ihres Daseins bestand darin, dass man dem Schicksal nicht entflieht. Sie hatte alles aufgegeben, war Hunderte Meilen gewandert; was Flucht bedeutete, konnte sie niemandem erzählen, und nicht nur, weil sie die Sprache schlecht beherrschte. Der Weg, der Hunger, die Angst; das Gefühl, der rauen Welt ausgeliefert zu sein. Aber vor allem: der Verlust der Heimat, die Fremdheit. Und wozu das alles? Um hier, im gepriesenen Italien, den letzten Rest des Ersparten zu verlieren. Sie hätte verrückt werden können, aber sie wurde gleichgültig. Sogar ihrem Mann gegenüber, der sich an ihrer Seite totschuftete.

Wenn es einen Grund gab, dass Jadwiga nicht einfach zu atmen aufhörte, dann war es ihr Sohn Jowna – denn so hieß er eigentlich; ihr Mann hatte ihn in der Schule als Josephus eingetragen, in der irrigen Annahme, es handle sich um einen römischen Namen. Aus Josephus wurde bald Josse, was Jadwiga als roh und stechend empfand. Sie nannte ihn beharrlich weiter Jowna, und das weiche *w* ihrer Muttersprache umfing das Wort wie eine Liebkosung. Für ihn stand sie morgens auf, für ihn ging sie weiter durch die Mühle des Lebens, kochte, buk an den freien Tagen Käsefladen, seine Lieblingsspeise, und flocht von früh bis spät Weidenkörbe, um wenigstens für ein oder vielleicht zwei Jahre das Schulgeld bezahlen zu können, obwohl sie von den geschälten Ruten Ekzeme an den Unterarmen bekam.

Aber Josse hatte keine Lust auf Schule. Er hatte keine Lust, vor dem Morgengrauen aufzustehen. Das chorische Sprechen auswendig gelernter Verse demütigte ihn. Er war zu stolz, um sich den Regeln der Mathematik zu unterwerfen.

Ein Jahr lang besuchte er den Unterricht widerwillig, aber mehr oder weniger regelmäßig, nicht so sehr wegen der endlosen Ermahnungen seines Vaters, sondern weil er die stumme Enttäuschung seiner Mutter schwer ertrug – bis sich das Schulproblem von selbst löste. Eines Nachts nämlich wurde er davon wach, dass Gegenstände aus dem Küchenregal fielen. Am nächsten Morgen war die halbe Stadt zerstört. Es gab kein Wasser, kein Brot, die Straßen waren von Schutt verstopft. Und während man überall mit dem Beräumen von Trümmern und dem Bergen von Toten beschäftigt war, begann für Josse eine Epoche paradiesischer Verwahrlosung.

Zusammen mit seinen Freunden durchstreifte er die Ruinen der Oststadt, bis sie zum Abendessen gerufen wurden. Anfangs waren sie zu dritt: Josse, Mugo und Felix, den sie aus unklaren Gründen Fisch nannten. Mugo, lang und altklug, war der Sohn einer Haarschneiderin. Einen Vater hatte er nie gehabt; das war ein Defizit, das Mugo durch Informationen ausglich, die er von seiner Mutter aufschnappte. Der Fisch dagegen war gedrungen und robust und zeigte stolz die Striemen vor, die ihm sein Vater zufügte. Beide waren Josse ergeben; und wenn sich ihnen nach und nach weitere Verwahrloste und Streunende anschließen wollten, so verstand Josse es stets, jeden zu vergraulen oder abzustoßen, der nicht seine Oberhoheit akzeptierte. So wurde er allmählich zum Anführer einer kleinen Bande – einfach aufgrund seines Anspruchs, es zu sein.

Über die Bandenjahre gibt es nachträglich überraschend wenig zu berichten, auch wenn Josse später dazu neigte, sie zu einer heroischen Epoche zu verklären. Es schien kein Zeitmaß zu geben. Die Jahre vergingen, ohne dass man der Zukunft näher kam. Die Sommer waren endlos, aber wenn man Josse gefragt hätte, was während dieser Sommer eigentlich geschehen war, wäre ihm wenig eingefallen. Einmal hatten sie bei riskanten Grabungen in den Ruinen einen alten Bronzekessel erbeutet; und einmal, als sie sich schon in fernere Stadtbezirke wagten, sogar eine Silbertasse, die sie für eine viel zu geringe Summe auf dem Kleinmarkt verscherbelten. Als sie älter wurden, lieferten sie sich kleine Gefechte mit anderen Banden oder jagten hin und wieder ein paar betrunkenen Touristen, die aus der näheren oder auch ferneren Umgebung ins Amphitheater oder in die legendären, aber heruntergekommenen Bordelle der Stadt strömten, ein paar Asse ab. Hauptsächlich aber gaben sich Josse und seine Kumpane heroischer Untätigkeit hin: Tagelang lagen sie im Gras hinter irgendeiner ruinösen Mauer, spuckten Kirschkerne um die Wette, leerten gemeinsam ihre erste, widerwärtig schmeckende

Amphore Wein (die der Fisch seinem Vater gestohlen hatte) und begannen, kaum dass der Schatten eines Flaums die Oberlippe bedeckte, über die Beschaffenheit des Weibes zu rätseln und sich über Interpretationen obszöner Kritzeleien zu streiten, die sie auf den Hauswänden entdeckten. So reifte Josse zum Mann – fast ohne es zu merken.

Die einzige regelmäßige Tätigkeit, der er irgendwann nachzugehen begann, war das Training auf der Großen Palästra, das der Ertüchtigung der verweichlichten pompejanischen Jugend dienen sollte. Tatsächlich hatte die Stadt seit ihrer Kolonialisierung keinen Krieg mehr erlebt. Die Teilnehmerzahlen waren gering, es fehlte den jungen Zivilisten die Motivation, ihre Körper in ausdauernden Übungen für den militärischen Einsatz zu stählen, obwohl die Trainingsstunden, die im Auftrag der Stadt von Trebius Gallus durchgeführt wurden, kostenlos waren. Trebius war gerade aus dem Judäischen Krieg zurückgekehrt (nur sein rechter Unterarm war dortgeblieben). Er war Decurio einer Hilfstruppe gewesen. Seine Stimme war darauf trainiert, den Höllenlärm der Belagerungsmaschinen zu übertönen, und mit dieser Stimme schindete er seine Schutzbefohlenen auf der Palästra, als würde er an ihnen den Verlust seines Arms rächen wollen.

Dabei meinte er es gut. Er fand es richtig und nützlich, wenn junge Menschen geschunden und angeschrien wurden, wie er selbst einst geschunden und angeschrien worden war. Und seltsamerweise hatte Josse wirklich das Gefühl, hier meine es jemand gut mit ihm. Trebius beschäftigte sich mit ihm, erklärte ihm, wie er seinen Leib am besten vor Pech und Steinen schützte, die es von einer imaginären Festungsmauer herabregnete; er brachte ihm bei, was eine Finte ist und wie man einen Schild im Kampf handhabt. Und wenn Trebius ihm mit seiner übrig gebliebenen Hand auf die Schulter klopfte und ein paar anerkennende Worte grummelte, schluckte Josse vor Rührung.

Aber er stärkte auf der Großen Palästra nicht nur Muskeln und Ausdauer, sondern er lernte auch etwas über Taktik und Strategie. Er lernte, seine Angst zu unterdrücken und sich vor einem Kampf in einen Zustand der Ruhe und des Gleichgewichts zu bringen. Er lernte, seinen Gegner abzuschätzen und dessen Schwächen und Stärken zu erfassen, anstatt blindlings draufloszuschlagen. Er lernte es, mit seinen Kräften zu haushalten, sie im rechten Moment einzusetzen. *Konzentration* nannte es Trebius, und auch wenn er in allen anderen Lebensbereichen ein ziemlicher Idiot war – von Konzentration verstand er was.

Manchmal lud Trebius ihn noch zu einem Becher Wein in die sogenannte Gladiatorenkneipe ein, wo sich die Veteranen des Judäischen Krieges trafen, um sich gegenseitig daran zu erinnern, wie sie in Jerusalem die Freiheit verteidigt hatten. In ihren Berichten schien der Krieg eine erstaunlich dreckige, hinterhältige Angelegenheit zu sein, wobei es natürlich stets die andere Seite war, die sich dreckiger und hinterhältiger Methoden bediente. Sie berichteten von den Todesschwadronen der Juden, die durch geheime Gänge die Festung verließen und nachts über das römische Lager herfielen; oder von der berühmten Westhalle, auf die die Juden ein paar hundert römische Kämpfer gelockt hatten, um die Halle dann anzuzünden. Auch den Verlust seines Arms verdankte Trebius der Hinterhältigkeit der Juden.

Er war der Kommandeur einer Rammschildkröte gewesen: eines Rammbocks auf Rädern, der mit einem spitzen

Dach aus Palmenholz und Eisenplatten versehen war, das die Besatzung vor Steinen und heißem Pech schützen sollte, während sie stunden- oder sogar tagelang in monotonem Rhythmus den an Ketten hängenden Eichenstamm in die Mauer rammte. Eines Tages nun war es den Juden gelungen, den Damm, der eigens für die Schildkröte errichtet worden war, damit sie an der richtigen Stelle angesetzt werden konnte, zu unterminieren. Vom Keller eines Festungsturms aus hatten sie einen Stollen gegraben, ihn mit ölgetränkten Balken abgestützt und diese angezündet, während die Maschine im Einsatz war. Trebius erinnerte sich, wie der Boden nachgab und wie das tonnenschwere, sieben Meter lange Gerät einsank, sich schräg stellte. Solange es aufrecht stand, trafen die von der Festungsmauer herabgeworfenen Steine in einem ungefährlichen Winkel auf das extrem spitze Dach. In der Schräglage aber konnte es den Angriffen nicht mehr standhalten. Es wurde von Steinen durchschlagen, brennendes Pech drang ein, die Konstruktion fing Feuer. Und wer nicht verschüttet worden war und dem Feuer entkam, dem schickten die Juden ihre Speere und Armbrustpfeile nach. Dass sein Arm zerquetscht war, merkte Trebius erst, als er – als Einziger – wieder im Lager ankam.

Natürlich waren sich die Veteranen darüber einig, dass die Opfer nicht umsonst gewesen seien. Für die Verteidigung Roms war kein Opfer vergebens. Wieso Rom aber ausgerechnet dort, in Jerusalem, verteidigt werden musste, blieb Josse unklar. Und bei aller Bewunderung für die Veteranen – eine militärische Laufbahn zog er lieber nicht in Betracht.

Mit siebzehn hatte er die Idee, Isis-Priester zu werden, und diente sich sogar als Helfer an. Allerdings flog er schon nach wenigen Wochen wieder raus, weil er im verbotenen Raum der Isis-Statue dabei erwischt worden war, wie er sich selbst befriedigte. Man muss die pompejanische Isis gesehen haben, um dem Siebzehnjährigen diesen Fehltritt durchgehen zu lassen. Also zog er, wenn er nicht auf der Palästra das Prügeln trainierte, weiter mit seiner Bande umher, schlief bis in den Mittag, träumte von unbestimmtem Ruhm und ließ sich nur selten, wenn er unbedingt ein paar Asse brauchte, hinreißen, sich als Tagelöhner auf einer Baustelle zu verdingen.

So vergingen Tage und Jahre, unmerklich und zäh, und dann, im Rückblick, doch wieder erstaunlich schnell. Manchmal, wenn er nach dem Konsum des elenden, geharzten Gesöffs, das man in der Wirtschaft der Asellina Wein nannte, in der Nacht aufwachte und nicht wieder einschlafen konnte, überkam ihn der Jammer. Er wälzte sich hin und her, hörte das Poltern der Räder auf dem Basaltpflaster. Er sah das Mondlicht durch die Ritzen zwischen Dachsparren und Wand und die Fledermäuse, die an den undichten Stellen in irgendwelche Zwischenböden huschten, aus denen ihr Kot auf die Bettdecken fiel. Seit dem Tod seines Vaters lebten seine Mutter und er in dieser Dachkammer, die sie für ein überhöhtes Entgelt bei einer gewissen Iulia Felix mieteten. Der halbe Verdienst seiner Mutter ging für die Miete drauf, und Josse fragte sich, wie es mit ihm weitergehen solle, wenn seine Mutter starb.

In solchen Nächten geschah es, dass er bedauerte, sich in der Schule so wenig Mühe gegeben zu haben. Von Reue geplagt, beschloss er, nicht mehr zu trinken und auch nicht mehr müßig mit seinen Kumpanen herumzuhängen, sondern mit irgendetwas zu beginnen. Er fing an, wieder Lesen zu üben (wobei sein Lesestoff in Ermangelung von

Büchern vor allem in den Wandschmierereien an pompejanischen Hauswänden bestand – eine unerschöpfliche Anhäufung von Volksweisheiten und Obszönitäten). Er ging sogar Holz sammeln und Wasser holen, reparierte die Dielen und versuchte, die Ritzen in der Zwischendecke zu verstopfen. Aber so, wie seine Anfälle von Rastlosigkeit kamen, vergingen sie auch wieder. Josse spürte, dass ihn von jenen Herrschaften, denen er gern zugehören würde, mehr trennte als nur der Arbeitswille und die Fähigkeit, fließend zu lesen.

Es war einer dieser endlosen Nachmittage im Mai. Wie so oft verbrachten sie ihre Zeit damit, auf den Abend zu warten: Josse, Mugo, der Fisch, außerdem der rotbärtige Toni, Sabinus, der Spieler, der stämmige Paquius und Balbus, die Katze genannt, weil er jede Mauer hochkletterte. Die Sonne stand hoch über Pompeji, die Steine waren warm, auf den Brachen vergilbte das Gras – fünfzehn Jahre nach dem Großen Beben gab es noch immer Ruinen in der Nordoststadt. Die sieben jungen Leute lungerten zwischen den Mauerresten herum und langweilten sich, stritten aus lauter Übermut darüber, ob Crescens, der Netzkämpfer, oder Samus mit dem Kurzschwert der Größere unter den Gladiatoren der Fortunatus-Schule sei; ob es Juden schwarzer Hautfarbe gebe; ob in Arabien fliegende Schlangen die Obstbäume bewachten, wie es Tonis versoffener Vater bei Herodot gelesen haben wollte – lauter Fragen also, die für ihr Fortkommen von ungeheurer Bedeutung waren und daher gewöhnlich auch nicht durch Argumente, sondern durch Prügelei entschieden wurden, wobei Josse streng überwachte, dass man sich nach den Regeln schlug. Im Fall der fliegenden Schlangen schlug sich Toni mit dem Fisch. Der Fisch siegte, und die fliegenden Schlangen des Herodot wurden als Gerücht eingestuft.

Nachdem sie sich eine Weile gezankt und gerauft hatten, wurden sie erneut von der Nachmittagslähmung übermannt. Aber dann, aus dem Halbschlaf heraus, von flüchtigen Bildern inspiriert und von einer schläfrigen Erektion belästigt, begann irgendwer, von Weibern zu sprechen. Insgeheim wusste jeder von ihnen, dass die Geschichten, die hier in der Nachmittagssonne erzählt wurden, zu wesentlichen Teilen erfunden waren, denn ihre Erfahrungen auf diesem Gebiet waren äußerst dürftig. Überflüssig zu sagen, dass es kaum ein anständiges Mädchen gab, das zu vorehelichem Verkehr mit einem dieser Habenichtse bereit gewesen wäre. Zwar gab es unzählige Prostituierte in der Stadt, die billigsten bekam man schon für einen As. Aber für jemanden, der nichts hat, ist selbst ein As Geld. Außerdem hatten sie Bammel vor den abgeklärten Frauen. Einmal hatte es Josse mit der Kellnerin Smirna versucht, die gelegentlich für einen As die Röcke hob, aber ihre Eile hatte ihn so unter Druck gesetzt, dass er versagte. Kurz, es wurden hier wohl vor allem erfundene Geschichten erzählt, ja noch nicht einmal Geschichten, sondern Andeutungen von Geschichten, die hätten passieren können oder passieren könnten: Diese oder jene, wurde berichtet, habe gezwinkert, gelächelt oder sei *vorbeigegangen*, schon das genügte mitunter, um die Phantasie zu entzünden oder Hoffnungen zu wecken.

An diesem nicht enden wollenden Nachmittag im Mai war es der lange Mugo, der anfing, von Frauen zu reden. Sein Wissen war nicht immer zuverlässig, aber spektakulär. Dieses Mal ging es um den Vogelschutzverein. Dort nämlich, im Vogelschutzverein, seien Frauen zugelassen, hatte er bei seiner Mutter aufgeschnappt. Und nicht nur zugelassen, sondern auch wirklich da. Sie nähmen an den Sitzungen teil, und nach den Sitzungen, hatte er gehört, gehe es dort drunter und drüber. Drunter und drüber!

Vom Vogelschutzverein hatte auch Josse schon gehört. Aber was taten die da eigentlich, Vögel schützen? Vor wem? Und wozu? Mugos Erklärung schien plausibel: dass nämlich der Vogelschutzverein bloß ein Tarnname sei, unter dem die verbotenen Kyniker und Epikureer Schutz suchten. Und Toni, der im Streit um die geflügelten Schlangen verloren hatte, wollte auf einmal gehört haben, dass die Kyniker öffentlich vögelten, und zwar auch mit Hunden. Und der Fisch kannte sogar jemanden, der jemanden kannte, der im Vogelschutzverein war, und wenn sogar der Fisch jemanden kannte, der jemanden kannte, dann konnte es nicht weit her sein mit diesen Leuten.

Und so entstand aus der Trägheit eines späten Nachmittags, aus Neugier und Dummheit und einer anhaltenden sexuellen Notlage die Idee, diesem Vogelschutzverein einen Besuch abzustatten: ihn *aufzumischen*, dieses Wort machte die Runde. Man sprach einander Mut zu, das drastische Vokabular pompejanischer Hauswände wurde ausgiebig gebraucht. Dann zogen sieben junge Männer – unbewaffnet, aber im Bewusstsein enormer Schlagkraft – zum sogenannten Hühnerstall, wo die Vogelschützer angeblich ihre Sitzungen abhielten.

Doch der Hühnerstall war verschlossen, es war niemand da. Der lange Mugo versprach herauszufinden, wann der Verein das nächste Mal hier tagte.

Ja, tatsächlich gab es in Pompeji einen Vogelschutzverein, und wir kommen nicht umhin, über diesen Verein, in dem Josses denkwürdige Laufbahn begann, ein paar Worte zu verlieren.

Er war von einem Kreter gegründet worden, einem schrulligen Rhetoriklehrer mit dem unaussprechlichen Namen Epameinondas (den wir sogleich wieder vergessen können). Dieser Mann war ein großer Naturfreund und liebte es, barfuß im Somma-Gebirge nördlich der Stadt zu wandern, wo er eines Tages an einem flachen, kargen Hang, der als Schafsweide und erst recht als Schweineweide ungeeignet war, einen Schwarm toter Vögel entdeckte. Der Lehrer war sofort überzeugt, dass sie an den Leimruten zugrunde gegangen seien, welche massenhaft am Rand des Hochwaldes in den Bäumen hingen, um das Fluggetier einzufangen.

Das war im Jahr 815 nach Gründung der Ewigen Stadt gewesen oder, wenn man wiederum in pompejanischen Maßstäben misst, im ersten Jahr nach dem Großen Beben, und natürlich kümmerte sich niemand um den obskuren Verein. Die Stadt kämpfte ums Überleben, die Armen wohnten in einem Trümmerfeld, die Reichen aber waren auf ihre Güter geflohen, wo sie mit großem Appetit Wachteln, Amseln und Drosseln verspeisten. Obendrein verstarb der Vereinsgründer bald nach dem Beben an einer rätselhaften Krankheit, die vielleicht nicht ganz unzutreffend als Unterernährung zu bezeichnen war, und infolge des Todes ihres Meisters einigten sich die wenigen verbliebenen Mitglieder auf ein kollektives Leitungsprinzip, was eine Zeit lang glimpflich abging, denn – es gab nichts zu leiten. Aber dann bekam der Verein unerwartet Zulauf.

Die Heutigen, die davon ausgehen, dass das Reich ewig

besteht, können die Reihe der sieben Kaiser von Augustus bis Titus – wenn man die Irrlichter des Vierkaiserjahres überspringt – im Schlaf herunterbeten. Die Frage, ob auch ein zukünftiger Leser sich an diese Göttlichen erinnern wird, könnte manchem guten Römer als blasphemisch erscheinen, indes wollen wir sichergehen, dass der geneigte Leser weiß, wovon die Rede ist. Daher gestatten wir uns, zwei Worte über den göttlichen Vespasian zu verlieren, Vater des Titus, denn hier ist die kleine Geschichte unseres Vereins mit der großen Geschichte des Reiches verknüpft.

Dem Vorgänger Vespasians ist ja die Göttlichkeit abgesprochen worden. Nero ist der ewigen Verdammnis anheimgefallen, und inzwischen ist es zumindest verpönt, wenn nicht gar sträflich, etwas Freundliches über ihn zu sagen, wie früher das Gegenteil sträflich war, sogar lebensgefährlich. Die Aristokratie hat Kaiser Nero immer gehasst, zuerst für seinen Gesang, weil man es ehrenrührig fand: nicht, dass er mittelmäßig sang und dabei die Finger abspreizte und den Kopf schief hielt, wenn er Wehmut darstellen wollte, nein, dass er überhaupt sang. Die hohen Herren fühlten sich persönlich dadurch beleidigt, dass einer ihresgleichen irgendwelche Kostüme anzog und vor dem Volk auftrat. Erst später, als Nero die Aristokratie mit Todesurteilen zu überziehen begann, teils, weil er ihr misstraute, teils aber auch, weil er durch die Konfiszierung der Vermögen Geld in die Kassen seines verschwenderischen Haushalts spülen wollte, begriffen sie, dass sein Gesang noch das Beste an ihm gewesen war.

Das Volk aber fand ihn amüsant, es liebte seine Feste und seine Auftritte und freute sich verstohlen, dass seine Schläge fast immer die Reichen und Mächtigen trafen. Und auch die Kunst und die Philosophie erlebten unter dem durchgedrehten Philhellenen eine bescheidene Blüte, wiewohl sich diese in der Nachahmung erschöpfte. Man schrieb ein paar griechische Buchrollen ab, erfand Denkerschulen, die es schon gab, und es wurde sogar in Provinzstädten Mode, in den Säulengängen zu wandeln und dabei auf Griechisch philosophische Dispute über Texte zu führen, die man nicht gelesen hatte.

Das änderte sich unter Vespasian. Er war ein guter Kaiser, jedenfalls wenn man es aus der Perspektive der Staatsfinanzen sieht. Tatsächlich schaffte es dieser Mann, den größten Amphitheater-Bau der Welt, das Kolosseum, unter anderem aus Pisse zu finanzieren, denn von den erbarmungslosen Steuergesetzen, die er erließ, betraf eines die Besteuerung der öffentlichen Urinale, aus denen die Walker und Färber einen ihrer wichtigsten Rohstoffe entnahmen. Auf die Idee muss man kommen. Vespasian schröpfte den Mittelstand, versöhnte sich mit der Aristokratie, er gab dem Senat ein paar Rechte zurück und richtete seine Grausamkeit freundlicherweise aufs Ausland: Während Nero ein paar hundert Christen brennen ließ, schickte Vespasian seinen Sohn Titus nach Jerusalem, wo dessen Armee eine halbe Million Juden abschlachtete, Priester, Frauen und Kinder eingeschlossen.

Ja, er war zweifellos ein bedeutender, ein wahrhaft römischer Kaiser: Vespasian. Ein strenger und sparsamer Mann mit quadratischem Gesicht, der seine Zeit nicht für Kunst und schöne Literatur verschwendete. Er verstand etwas von Finanzmathematik und Straßenbau, aber er langweilte sich bei jedem Konzert; noch unter Neros Herrschaft brachte er sich einmal in Lebensgefahr, weil er während dessen Darbietung einschlief.

Noch weniger als die Kunst schätzte er die Philosophie.

Er mochte einfach keine Grübler und Zweifler, keine Leute, die immer alles in Frage stellten, überall Widersprüchliches sahen und die Dinge so lange wendeten und drehten, bis nichts Verlässliches mehr übrig blieb. Er hielt die intellektuellen Vereine Roms – zu Recht – für republikanisch. Zwar stellte er sich selbst als Republikaner dar und sprach öffentlich gern von der Römischen Republik, in welcher er nur der Erste unter Gleichen sei; aber als ein paar Männer dagegen aufbegehrten, dass er seinen Sohn Titus schon zu Lebzeiten als Thronfolger etablierte, ließ er sie wegen Zugehörigkeit zu einer kynischen Vereinigung auf den Balkan verbannen und entzog den Philosophen landesweit das Recht, Vereine zu gründen – womit wir wieder bei der Geschichte unseres Vogelschutzvereins wären.

Denn so geschah es, dass der Vogelschutzverein – beinahe wie der lange Mugo es dargestellt hatte – unmerklich zu einem Sammelpunkt all jener verstreuten, schwächlichen Strömungen wurde, die der amtierende pompejanische Magistrat als philosophisch einstufte. Deren Anhänger waren es, die sich nun ein-, höchstens zweimal monatlich trafen, um unter dem Vorwand des Vogelschutzes mehr oder weniger ungehemmt über politisch-philosophische Themen zu disputieren.

Auf diese Weise hatte sich die Zahl der Vereinsmitglieder seit dem Tod des Gründers von neun auf neunundvierzig erhöht. Längst hatten sie aufgehört, sich in privaten Wohnzimmern zu versammeln; stattdessen mietete der Verein für billiges Geld eine alte Schmiede nordöstlich der Stadt, die vor dem Großen Beben als Produktions- und Lagerstätte des berühmten pompejanischen Garums genutzt worden war – jener Soße, die, wie dem geneigten Leser vielleicht bekannt ist, aus Fischabfällen hergestellt wird, welche monatelang in der Sonne zu verfaulen haben, bevor sie durch wundersame Wandlung in jenes köstliche Elixier übergehen.

Josse hatte sich niemals Gedanken darüber gemacht, warum das Gebäude, in dem die Vogelschützer sich trafen, *Hühnerstall* genannt wurde. Die Erklärung ergab sich, bevor er die Frage stellen konnte. Es war inzwischen Juni geworden, der Tag war heiß. Alter Fischgeruch stieg aus den Poren des Bauwerks auf, vermischte sich mit dem Geruch von Schweiß und Atem, wie ihn offenbar nur erregt disputierende Philosophen absondern, und dem Duft mitgebrachter Speisen, die man während der Sitzung verzehrte, verkrümelte und festtrat. Es roch wie in dem Stall, in dem Lucretius seine heiligen Hühner hielt. Die Vereinsmitglieder saßen auf Bohlen, die man links und rechts in aufsteigender Folge angeordnet hatte, und während im Dachgebälk die Tauben gurrten und flatterten, wurde ununterbrochen in Gruppen und Grüppchen palavert, es wurde dazwischengerufen, beantragt und protestiert. Ein Versammlungsleiter sprang herum und rief die Anwesenden vergeblich zur Ordnung, während an der dem Eingang gegenüberliegenden Schmalseite ein Mann vor – ja, vor was? – einer Waschschüssel stand.

Tatsächlich waren auch Frauen da, wie Mugo es angekündigt hatte. Frauen redeten, stritten, wedelten sich, die Waden entblößend, mit den Röcken Luft zu. Aber es war vollkommen klar, dass es hier nicht um Anzügliches ging; hier wurde kein Fest gefeiert, keine Orgie war hier im Gang. Aber was war es sonst? Worum ging es?

Josse ließ sich mit seinen Kumpanen stumm auf dem Fußboden in der Nähe des Eingangs nieder. Es dauerte eine Weile, bis er begriff, dass der Mann, der da vor einer Waschschüssel stand, einen Vortrag hielt. Allerdings redete er viel zu leise. Josse legte seine Hände wie Schalltrichter hinter die Ohren, versuchte, die Worte des Mannes zu erhaschen: *Boden ... Gestein ... Monte Somma ...* Und dann plötzlich dieses Wort: *Vulkan.* Oder hatte er sich verhört?

Erst nachträglich würde Josse erfahren, wer dieser Mann war und warum ihn die Vogelschützer eingeladen hatten. Es war nicht das erste Mal, dass sich ein externer Referent im Hühnerstall daran versuchte, die Ursachen des allgemeinen Vogelsterbens darzulegen. An diesem Tag sprach ein Bergbauspezialist, der lange in den Iulianischen Bleiminen tätig gewesen war. Die Initiative, ihn herzubitten, war von den Epikureern ausgegangen, genauer gesagt: von ihrer hedonistischen Fraktion, was ein wichtiger Unterschied ist, denn die Epikureer waren untereinander aufs Übelste verfeindet. Es ging um die Frage, ob der Kern des Epikureismus hedonistisch oder, ganz im Gegenteil, asketisch sei. Die Mehrheit, angeführt von einem Sanguiniker namens Diablo (den wir noch kennenlernen werden), neigte zur hedonistischen Auffassung, während eine kümmerliche Resttruppe noch immer verbittert darum kämpfte, Epikur von dem üblichen Vorwurf der Genusssucht und der Obszönität zu rehabilitieren, was wiederum nach Auffassung der Hedonisten eine »arschkriecherische Anpassung an den römischen Moralismus« (Diablo) darstellte. Zwar hatten die Asketen ihren Epikur genauso wenig gelesen wie die Hedonisten, dennoch hatten sie recht, wie wir uns anzumerken erlauben: Epikur war, wie alle Zeitdokumente bestätigen, ein humorloser, magenkranker Mann gewesen, dessen ganzes Streben sich weniger auf Lustgewinn als auf Schmerzvermeidung richtete. Seine

Philosophie war kränklich und vorsichtig, gemacht für eine Welt, in der die Mächtigen allzu mächtig und die Ohnmächtigen allzu ohnmächtig geworden waren. Jede Leidenschaft fand der alte Epikur riskant, jede Hingabe gefährlich. Und wenn er von Lust sprach, dann meinte er etwa jenen genügsamen Gleichgewichtszustand, den ein Wiederkäuer zwischen zwei Verdauungsgängen empfinden mag.

Man verzeihe uns diesen kleinen Exkurs, aber es war in gewisser Weise eben diese Fehldeutung – der missverstandene Epikur –, die unsere Geschichte in Gang brachte, denn die sogenannten Hedonisten frönten neben anderen Leidenschaften insgeheim auch dem Verspeisen köstlicher Wachteln und Amseln, und deswegen, nicht etwa aus wissenschaftlichen oder philosophischen Gründen, waren sie so erpicht darauf zu beweisen, dass nur ein geringer Anteil des Fluggetiers dem Verzehr zum Opfer fiel. Sie sammelten tote Vögel, um zu dokumentieren, dass im Gefieder der allermeisten kein Fangleim zu finden sei, und entdeckten bei ihren Expeditionen im Somma-Gebirge nach und nach immer mehr andere tote Tiere: Eidechsen, Insekten, einmal sogar ein Wildschwein.

Bis eines Tages auch zwei Vereinsmitglieder, die sich auf einer Expedition im Somma-Gebirge befunden hatten, tot aufgefunden wurden. Zeichen von Gewalteinwirkungen waren nicht zu erkennen. Die Toten hatten sich neben eine Quelle gebettet wie zum Schlaf. Der Kopf des einen Wanderers ruhte auf seinem Bündel, der andere Wanderer lag bäuchlings im Gras. Und in der Umgebung, so hieß es, roch es schweflig. Die Epikureer fühlten sich durch das tragische Ereignis bestätigt – aber worin eigentlich? Woran waren die beiden gestorben?

Unter den pompejanischen Lokalphilosophen brach wie immer ein leidenschaftlicher Diskurs aus. Die Radikalplatoniker, die selbst zu rabiaten Methoden neigten, vermuteten einen politischen Mord und riefen zum Handeln auf. Die Aristoteliker mahnten zur Besonnenheit und wurden von den Radikalplatonikern der Kollaboration beschuldigt. Die Sophisten sahen verschiedene Möglichkeiten. Die Kyniker, auch davon gab es hier einige, hoben ihre Gleichgültigkeit gegenüber dem Tod hervor. Ein paar Anhänger des Heraklit stritten sich mit ein paar Anhängern des Parmenides über die Ereignishaftigkeit des sich ereignenden – oder nicht ereignenden – Ereignisses. Die Pythagoreer waren zerrissen. Die separatistische Fraktion um einen Mann namens Maras war sich mit den Fundamentalisten, die von einer Frau namens Dito angeführt wurde, darin einig, die Schuld nicht in der Natur, sondern auf jeden Fall bei der römischen Aristokratie zu suchen. Nur die Epikureer, genauer gesagt, Diablos hedonistische Fraktion, vertraten unbeirrt die These, dass Gase, wie man sie aus dem Bergbau kennt, die Ursache des tragischen Unfalls wie auch des Vogelsterbens seien, und beauftragten einen Bergbauspezialisten mit der Untersuchung der Angelegenheit.

Der Mann hieß Georgios, stammte aus Syrakus und hatte sein halbes Leben am Fuß des Ätna verbracht – was sich als entscheidend erweisen sollte. Georgios untersuchte die Angelegenheit eine Woche lang gründlich, sprach dabei wenig, befragte Bauern und Schäfer, machte sich Notizen, klopfte hier und da Gesteinsproben ab und ließ mit einem irren Lächeln die Erde der Weinplantagen durch seine Finger rieseln. Dann bestieg er mit einem Gerät zur Vermessung von Winkeln und Entfernungen den Monte

Somma, wanderte sogar bis zu den Phlegräischen Feldern. Er kostete das Wasser der Brunnen in den Gehöften am Fuß des Gebirges. Mehr als einmal lag er stundenlang auf dem Boden, sodass man glauben konnte, er selbst sei Opfer giftiger Ausdünstungen geworden. Und nach genau einer Woche verkündete er seinen Auftraggebern ohne Pathos, dass man auf einem Vulkan lebe – und ließ sich überreden, seine Erkenntnisse dem Vogelschutzverein vorzutragen.

Auch wenn Georgios äußerlich bescheiden auftrat, war er davon ausgegangen, dass seine Botschaft auf höchstes Interesse stoßen und die Ergebnisse seiner Nachforschungen mit Respekt und Staunen aufgenommen würden. Allenfalls war er eingestellt auf Fassungslosigkeit oder auf irrationale Abwehrreaktionen, und als er erfuhr, dass dem Verein auch Frauen angehörten, riet er sogar dazu, sie vorsichtshalber vom Vortrag auszuschließen (was mit einem Schmunzeln quittiert wurde). Als er den Hühnerstall betrat, erging es ihm jedoch nicht viel anders als Josse. Die Gestalten, die den Raum bevölkerten, waren ihm schon durch ihr Erscheinungsbild suspekt: Kostüme wie zu den Saturnalien, Halsketten, Hütchen, Stickereien, Bärte und lange Haare. Er selbst, muss man wissen, verabscheute jede äußerliche Auffälligkeit. Er war ein Mann der Systematik und Empirie, darin dem Kaiser nicht unähnlich. Er war jemand, der den Homer zugeklappt hatte, nachdem er auf Unstimmigkeiten in Zeit- und Altersangaben gestoßen war. Kurz, er war, obgleich Grieche, in seinem Wesen ziemlich römisch veranlagt. Und das hier roch ziemlich unrömisch; es roch nach Unordnung und Opposition.

Abgestoßen von der Horde, gestört durch die Unruhe und das Gezänk in den Sitzreihen, angewidert von der Respektlosigkeit des Auditoriums, spulte er seinen Vortrag ab. Er kümmerte sich nicht darum, ob ihm jemand folgte, ob ihn jemand verstand. Er wollte fertig werden, wollte so schnell wie möglich verschwinden, bevor er erstickte und umfiel oder bevor, wer weiß, die Garde kam und all diese Chaoten verhaftete. Er versuchte gar nicht erst, gegen den Lärm anzubrüllen, sprach leise und monoton, arbeitete stur seine Stichpunkte ab – und man musste ihm zuhören *wollen*, um ihn zu verstehen.

Und Josse wollte. Augenblicklich hatte er den ursprünglichen Zweck des Besuches vergessen. Mit aufgerissenen Augen und durch Handflächen vergrößerten Ohren lauschte er den erstaunlichen Gedankengängen des Mannes, und jedes Wort, jeder Satz prägte sich fest in sein ungeprägtes Gehirn; nicht einmal ein Paar wasserblauer Augen, das ihn von irgendwoher aus den Bankreihen anschwirrte, konnte ihn ablenken.

Es sei bereits an der Art der Vegetation abzulesen, erklärte der Mann. Erst recht an den Böden und am Gestein, das er gründlich untersucht habe. Das Quellwasser in den Bergen habe jenen unverwechselbaren Beigeschmack. Und der Gipfel des Monte Somma sei eindeutig aus einem Krater hervorgegangen, das habe er mit Hilfe von Lot und Visierkreuz festgestellt. Diese Landschaft sei unzweifelhaft *vulkanisch* – wie auch die Landschaft in seiner Heimat Syrakus am Fuß des Ätna. Das, worauf man hier stehe, worauf der Wein so prächtig gedeihe, sei nichts anderes als vulkanische Asche, die bei einer gewaltigen Eruption aus der Erde geschleudert worden sei und alles Lebendige ringsum verschüttet habe. Der Tuffstein, aus dem man Häuser baue, das Pflaster, auf dem man gehe, sei nichts anderes als erkaltete Lava. Einige hundert, vielleicht sogar tausend Jahre habe der Vulkan offenbar geruht und dem

Leben Zeit gelassen, sich zu erneuern. Aber seit dem sogenannten Großen Beben, sagte der Mann, während er eine schematische Zeichnung im Sand entwarf, mehrten sich die Anzeichen für einen erneuten Ausbruch.

Man müsse sich, erklärte er, einen Vulkan wie eine Quelle vorstellen, nur dass hier nicht Wasser entspringe, sondern Lava. Diese dränge nach außen. Der Druck sei anscheinend enorm, wie man beim Ausbruch eines Vulkans beobachten könne. Bevor es zum Ausbruch komme, werde die Erde in Bewegung versetzt. Manchmal spüre man es kaum. Aber die ständigen Schäden an der großen Trinkwasserleitung, die immer wieder zur Störung der Wasserversorgung von Pompeji und Misenum führten, seien ein klarer Hinweis darauf; desgleichen die scheinbar unerklärlichen Risse in Mauern, von denen ihm Menschen berichtet hätten. Solche Risse entstünden nicht nur an Bauwerken oder Wasserleitungen, sondern auch in der Erde selbst. Und durch diese Stellen entweiche schwefliges Gas, das tatsächlich in der Lage sei, Tiere zu vergiften – allerdings normalerweise nur domestizierte Tiere, denen der natürliche Fluchtinstinkt fehle oder die eingesperrt seien. Deswegen sei er sich nicht sicher, ob das vulkanische Gas mit dem Vogelsterben in Kampanien zu tun habe. Was aber den Vulkan betreffe, sei er sich sicher: Mit dem Großen Beben vor fünfzehn Jahren sei der alte Riese wiedererwacht, und die Frage sei nicht, ob er wieder ausbrechen werde, sondern – wann. Allerdings glaube er persönlich an einen bald bevorstehenden Ausbruch, sagte der Mann und widmete sich nun der Wasserschüssel, die er vor sich aufgestellt hatte. Wenn man nämlich einen Behälter von einer bestimmten Größe mit einer bestimmten Menge Wasser fülle und auf einen lehmigen, feuchten Boden stelle, könne man, wenn man Glück habe, auf der Oberfläche des Wassers die zitternde Unruhe des Erdinneren ablesen.

Josse starrte auf die Wasserschüssel, und wirklich glaubte er zu sehen, dass sich die Oberfläche kräuselte.

»Wir in Syrakus«, sagte der Mann, »nennen es den Schrei des Vulkans.«

Kaum dass der Grieche geendet hatte, erhob sich eine lautstarke Diskussion. Staunend vernahm Josse, wie in schwindelerregender Weise und zum Teil sogar gleichzeitig die verschiedensten Themen verhandelt wurden. Auf der rechten Seite wurde in geradezu feindseliger Heftigkeit über die Frage debattiert, ob der Naturschutz auch als Schutz *vor* der Natur aufgefasst werden könne. Auf dem linken Flügel stritt ein zottiger Mann mit einem anderen zottigen Mann darüber, ob die Theorie von der brüchigen Erdkruste mit der Makellosigkeit der Welt vereinbar sei. Eine große, rothaarige Frau mit röhrender Stimme beantragte den sofortigen Abbruch der Debatte und wurde darin unterstützt von einem Strichmännchen, dünn und mit großem Kopf, das in dem Vortrag nichts anderes sehen wollte als eine Ablenkung von der – Josse verstand nicht ganz – *Ver*kommenheit oder *Voll*kommenheit der römischen Aristokratie. Und als jemand an den Vortragenden die höhnische Anfrage richtete, was denn nun die politische Schlussfolgerung aus dem Gesagten sei, stellte man fest, dass der Grieche verschwunden war.

Allgemeine Verblüffung, der Wortschwall ebbte ab, es trat beinahe so etwas wie Stille ein. Und diesen Moment nutzte Josse mit einer Entschlossenheit und Geistesgegenwart, die er nur auf der Palästra gelernt haben konnte: Konzentration! Seine Angst war groß, der Gegner übermächtig. Diese Leute hatten Bücher gelesen, Rhetorik studiert. Mühelos wechselten sie ins Griechische, machten Anspielungen, die er nicht verstand, zitierten Autoritäten, die er nicht kannte. Er fühlte sich schrecklich ungebildet, verloren. Sein Herz klopfte, sein Hals war trocken. Und zugleich fühlte er sich diesen Leuten insgeheim überlegen. Er verfügte nicht über ihre Worte und Ausdrucksmöglichkeiten, dennoch hatte er das Gefühl, er sei der Einzige, der hier irgendetwas begriffen habe. Und tatsächlich war es ein heller Moment, wie wir zugeben müssen; vielleicht der hellste seines Lebens?

Er stand auf. Seine Jungs taten es ihm instinktiv nach. Das Geräusch der sieben sich fast gleichzeitig Erhebenden flatterte eindrucksvoll durch den Raum, und Josse brachte es sogar noch fertig, die Sekunde abzuwarten, bis auch der letzte verwirrte Blick ihn gefunden hatte; dann bellte er mit gepresster Kommandostimme und kaum geöffneten Lippen jenen sperrigen Satz heraus, der später zu seiner ersten großen Rede verklärt wurde:

»Wenn man das hier ansieht, zusammenfassend, kann man wohl nur, als Außenstehender, eine Schlussfolgerung ziehen, und das wäre, dass uns, den ... äh ... somit Betroffenen, da der Berg sich kaum von der Stelle bewegen wird, wohl kaum etwas anderes übrig bleibt, als uns selbst von der Stelle zu bewegen.«

Zweite Rolle. Die Vision

Es gibt die Geschichte vom Raub der Samnitinnen – von den Römern *Sabinerinnen* genannt. Die Söhne des Romulus hatten infolge des Frauenmangels in ihrer noch jungen Stadt den Samniten die Frauen zu stehlen versucht, jedoch waren die Samnitinnen ihnen wieder entlaufen, weil sie bei den plumpen Römern keine Befriedigung fanden.

Das ist die samnitische Version der Geschichte.

In der römischen Version heißt es dagegen, die Samniten hätten ihre Frauen zu befreien versucht, jedoch hätten diese gar nicht befreit werden wollen und seien freiwillig bei den Römern geblieben. Bekanntlich wird Geschichte von den Siegern geschrieben, und so ist zu befürchten, dass diese, die römische Version, einem zukünftigen Leser geläufig sein wird.

In der pompejischen Bevölkerung war allerdings seit je die samnitische Version im Schwange, denn Pompeji, muss man wissen, war ursprünglich eine samnitische Stadt. Das bestreitet nicht einmal die römische Geschichtsschreibung. Strittig ist aber, ob Pompeji einhundertvierundvierzig Jahre vor dem Großen Beben von den Römern *unterworfen* oder *befreit* worden ist. In der römischen Geschichtsschreibung ist von einem freiwilligen Anschluss die Rede; lediglich hätten die Samniten um die vollen Bürgerrechte gekämpft – wir wollen dem nicht widersprechen. Fest steht jedoch, dass Pompeji seither den Status einer Kolonie innehatte und auch so hieß. Wir müssen uns beim Leser für unsere Nachlässigkeit entschuldigen, aber tatsächlich gilt der Name, den wir ständig im Munde führen, schon lange nicht mehr, sondern die Stadt, von deren Untergang wir hier berichten, hieß seit einhundertvierundvierzig Jahren – etwas umständlich – *Colonia Cornelia Veneria Pompeianorum*, und da sich das *Pompeianorum* sogar im behördlichen Umgang allmählich abschliff, war selbst in offiziellen Papieren nur noch von der *Colonia Cornelia Veneria* die Rede.

Dabei steht *Cornelia* für den Familiennamen des Eroberers oder, je nach Auffassung, Befreiers, und *Veneria* weist auf dessen Schutzgöttin hin: Venus, Göttin der Liebe. Es war Lucius Cornelius Sulla, der uns mit seinem Namen und seinem Schutz beschenkte; er führte Lateinisch als Amtssprache ein und siedelte zweitausend römische Kolonisten an – aber bevor er dies tat, ließ er ebenso viele Gefangene mit gebundenen Händen auf das Marsfeld in Rom treiben und durch Speerwurf abschlachten.

Einer der von Sulla Abgeschlachteten war Maras Ceius Mutilus, ein samnitischer Aristokrat und Anführer des Widerstands gegen die Römer. Er wurde getötet, sein Vermögen konfisziert, seine Familie geächtet, und seitdem verkümmerte der einstmals mächtige Clan der Ceii zusehends, und zwar nicht nur im Hinblick auf Macht und Bedeutung. Lästerliche Zungen behaupten, es habe daran gelegen, dass der Kreis der in Frage kommenden Ehepartner sich bis zur Inzucht hin verengte: Wer heiratet schon einen Verdammten? Aber vielleicht erging es ihnen auch wie manchen Fischarten, die sich mit der Zeit an die Größe des Teiches, in dem sie leben, anpassen. Oder verströmten sich die Lebenskräfte der Ceii in Trauer und Hass? Die Schrumpfung ist jedenfalls nicht zu leugnen. Wenn im Familienkreis erzählt wurde, dass der alte Maras ein Riese gewesen sei, der die Armbrust mit einem Finger spannte und ein ausgewachsenes Schaf zu stemmen imstande war, so haben wir es fünf Generationen später mit einem Strichmännchen zu tun. Dünne Beine und großer Kopf: Maras Ceius der Jüngere, letzter Spross einer aussterbenden Art. Wir wollen nachsichtig mit ihm sein.

Allerdings – wenn er auch nicht die Gestalt seines sagenhaften Vorfahren hatte, den Zorn hatte er in sich bewahrt. Äußerlich wirkte er zart, beinahe zerbrechlich; sein Kopf schien zu schwer für den schmächtigen Leib. Seine Augen waren von tiefem, traurigem Braun, doch sie konnten vor Seligkeit glänzen, etwa wenn er – leise und falsch – alte oskische Lieder sang. Ging es jedoch um den römischen Imperialismus, verwandelte sich der stille, freundliche Mann in ein spuckendes Ungeheuer. Dann wurde seine Stimme laut, und seine braunen Augen schwärzten sich vor Wut.

So war es ihm auch auf der Versammlung der Vogelschützer ergangen, als der Grieche den Vortrag hielt. Zugegeben, er war zwanzig Minuten zu spät gekommen; auch hatte er im allgemeinen Tumult nicht jedes Wort verstanden, aber so viel doch: dass dieser Grieche einen Vulkan für den Wassernotstand der Stadt verantwortlich machen wollte. Und das missfiel Maras entschieden. Denn natürlich kannte er die Ursache für die ständigen Probleme und Störungen. Es war – die römische Wasserleitung.

Von jeher gab es Probleme mit der Aqua Augusta. Und wie konnte es auch anders sein? Früher, zu samnitischen

Zeiten, hatte es Brunnen gegeben, so hatte es ihm sein Großvater erzählt (übrigens ebenfalls ein Maras, sie hießen alle Maras, und man könnte glauben, der große Name habe sie alle dermaßen bedrückt, dass sie allmählich schrumpften). Aber dann hatten die Römer sämtliche Brunnen zuschütten lassen und durch die Leitung ersetzt: Hunderte Meilen über Gebirge und durch Täler, unter der Erde und über waghalsige Aquädukte. Und – klar! – wenn nur an einer einzigen Stelle ein Stein sich löste oder ein Rohr vor Überalterung brach, bei jedem Sturmschaden, jedem Sabotageakt, fiel in Pompeji (oder Misenum oder Neapel) das Wasser aus. Und jetzt wollte dieser Grieche einen Vulkan für die Misere verantwortlich machen? Mit seiner Waschschüssel.

Noch auf dem Heimweg hämmerte sein Herz vor Empörung. Im Geist setzte er seinen Protest im Hühnerstall fort, bereichert um diese oder jene rhetorische Zutat, die ihm vorhin, bei den bestialischen Temperaturen, nicht eingefallen war. Inzwischen ließ die Hitze zum Glück etwas nach, denn die Versammlung hatte bis in den Nachmittag gedauert. Die Straße bevölkerte sich allmählich wieder (er ging die große Ost-West-Magistrale entlang, weil er immer ein wenig fürchtete, von den Jungen in den Gassen als »Kobold« gehänselt zu werden). Die Läden öffneten, die ersten Kunden stellten sich ein: dunkel gewandete Mütterchen, die immer die Ersten waren. Die Armen krochen aus den fensterlosen Kemenaten in den Außenmauern der Wohnpaläste und vertrieben die Katzen von ihren Schattenplätzen, während sich hinter der langen Mauer des zusammengeraubten Anwesens der Iulia Felix noch nichts zu rühren schien – und jedes dieser Details, alles, was er am Rande sah und mitbekam, bestätigte Maras so oder anders in seinem Furor gegen das römische Herrschaftssystem, selbst die räudigen Katzen oder die Stille hinter den Mauern der Iulia Felix.

Eine magere junge Frau trat auf die Straße, um ein ranziges Laken auszuschütteln, auf dem sie die nächsten werweißwievielen Freier empfangen würde, die am Abend schwarmweise aus der nahen und fernen Umgebung kämen. In der vagen Hoffnung auf einen frühen Zufallsfang versuchte sie, den Vorübergehenden durch Schnalzlaute auf sich aufmerksam zu machen, aber Maras schenkte ihr nur ein kurzes, schiefes Lächeln und ging vorbei.

Er ging vorbei am Haus des neureichen Polybius – widerliche Düfte schlugen ihm entgegen: Patschuli und noch irgendwas, offenbar hielt der Hausherr das für vornehm.

Aus der Kneipe der Asellina roch es nach geharztem Wein.

Schräg gegenüber, vor der Walkerei des Stephanus, stanken die Urinale, die Vespasian besteuerte: Geld stinkt nicht, hatte der Kaiser gesagt.

Aber das System stinkt, dachte Maras, und sein großer Kopf nickte im Rhythmus der Schritte. Der römische Größenwahn. Der römische Zentralismus. Und selbst die scheinbaren Annehmlichkeiten, dachte er, die die Besatzung mit sich gebracht hatte, waren in Wirklichkeit untauglich oder schädlich oder, im schlimmsten Fall, sogar Mittel zur Unterdrückung. Was war denn das Resultat der großartigen römischen Wasserleitung, politisch gesehen? Sie machte die Pompejaner noch abhängiger von Rom. Wozu dienten die wunderbaren römischen Straßen? Dem Krieg. Und selbst das monatliche Weizenkontingent, das das römische Imperium in Ägypten oder sonst wo zusammenstahl, hatte am Ende den Zweck, die Leute ruhigzustellen; sie blind zu machen für das, worauf die Existenz dieser verrotteten Gesellschaft basierte, nämlich auf Krieg, Eroberung und Sklavenarbeit. Es versteht sich von selbst, dass wir uns von solcherlei Gedanken distanzieren.

Vor dem Denkmal für Marcus Holconius spuckte er aus. Nein, er spuckte nicht wirklich, eher symbolisch. Aber mit Inbrunst: Kollaborateur! Hatte sich den Besatzern angedient und ein Denkmal dafür bekommen. Allerdings nicht auf dem Forum, dachte Maras mit einer gewissen Häme. Aufs Forum hatte es Marcus Holconius nicht geschafft. Dort standen nur echte Arschlöcher. Keine Samniten. Obwohl, war ein Kollaborateur kein echtes Arschloch?

Er nahm die Stufe zum Forum – ein weiteres Ärgernis. Ja, so erging es ihm: Wo er hinspuckte, ein Verräter; wo er hinschaute, ein Ärgernis. Doch diese Stufe ärgerte ihn besonders. Sie war nicht einmal sehr hoch, eigentlich nicht der Rede wert. Kaum jemand störte sich daran, man kannte es gar nicht anders. Auch Maras kannte es nicht anders. Aber er wusste von seinem Großvater, dass hier, unter diesem erhöhten Platz, die Trümmer der samnitischen Urstadt begraben lagen. Man hatte sie abgerissen, um eine lächerliche Nachahmung des römischen Forums zu errichten – mit Kapitol, Augustustempel und fragilen zweistöckigen Kolonnaden, die natürlich, dachte Maras, bei jedem Seufzer der Erde zusammenbrechen würden.

Der Ordnung halber wollen wir anmerken, dass die römische Geschichtsschreibung etwas anderes sagt, nämlich dass die Pompejaner selbst lange vor der Eroberung (oder Befreiung) angefangen hätten, ein Forum römischen Stils zu errichten. Aber wie dem auch sei – Tatsache bleibt, dass dieses Forum einen Teil der samnitischen Stadt unter sich begrub und auf der wichtigsten Verkehrsverbindung Pompejis zwischen Osttor und Hafen eine Stufe entstehen ließ: schwer passierbar für alles, was Räder hatte.

Die Folgen waren erheblich. Der Verkehr musste nördlich um das Forum geleitet werden, was zwangsläufig zu Staus und Verkehrschaos führte; worauf der Magistrat (übrigens unter Marcus Holconius) die sogenannten Iulianischen Verkehrsvorschriften durchsetzte, was bedeutete, dass der gesamte Warenverkehr nachts, zwischen Sonnenuntergang und Sonnenaufgang, abzuwickeln war. Dadurch entspannte sich zwar der Tagesverkehr, allerdings kam das – nach Meinung von Maras – nur den Besitzern der Reisewagen und Sänften zugute; nachts war jedoch die Hölle los. Räder rumpelten auf dem Pflaster, man lud Weizen oder Baumaterial ab, man stritt sich herum, weil irgendwer versucht hatte, den Stau zu umgehen, indem er gegen die allgemeine Verkehrsrichtung fuhr, oder weil ein Karren beim Überholmanöver umgekippt war. Das Hinterhältige bestand darin, dass von dem Lärm vor allem die Armen betroffen waren, denn sie bewohnten hellhörige Dachkammern oder die Kemenaten an den Außenmauern der großen Villenkomplexe. Auf diese Weise diente das Volk auch noch als Schallschutz für die tief im Inneren schlummernden Besitzer. Und während die Wohlhabenden – die Kolonisten und Kollaborateure – sich ausschliefen, taumelte das Volk in somnambuler Benommenheit in den Tag, seiner Urteilsfähigkeit und Widerstandskraft beraubt, und genau das, glaubte Maras, war der verborgene machtpolitische Zweck oder zumindest ein willkommener Nebeneffekt der Maßnahme.

Er ging an den Denkmälern vorbei, die ausgerechnet dort standen, wo die alte Straße einmal über den Platz geführt hatte. Er sah nicht hin, er kannte sie alle: Marcus Porcius, der sich eigenhändig am Speerwerfen auf dem Marsfeld beteiligt hatte, Quinctius Valgus, der mit den Geldern der Ermordeten den Wiederaufbau des Amphitheaters finanziert hatte. Und Sulla natürlich. Seltsam, dass es immer die Verbrecher auf die Sockel der Denkmäler schaffen. Dachte Maras.

Auf dem Forum trudelten Vergnügungssüchtige ein, obgleich Maras nicht verstand, was vergnüglich daran sein sollte, auf dem Forum herumzustehen und das Kapitol anzugaffen. Als er den bekränzten Esel sah, fiel ihm ein, dass die Woche der Jungfrau Vesta angebrochen war. Zuerst glaubte er, der Gestank komme vom Esel, der unablässig schiss, weil man das arme Vieh, das den ganzen Tag den Mühlstein drehte und Spreu fraß, nur in dieser einen Woche des Jahres mit frischem Gemüse fütterte. Aber dann sah er die beiden Sklaven, die einen großen Kübel aus den öffentlichen Forumslatrinen über den Platz schleppten. Rohrbruch, begriff Maras, wie zum Beweis dafür, dass es keines Vulkans bedurfte, damit die römische Wasserversorgung zusammenbrach. Hoffentlich hatte Pansa vorgesorgt!

Einen Augenblick blieb er stehen, sah den beiden Sklaven nach, die den Kübel über den Platz in Richtung Hafen schleppten. Die Stange schwang, die Scheiße schwappte über die Ränder, Sulla vor die Füße. Ganz recht, dachte Maras. Alles sollte man dem vor die Füße kippen, die Scheiße aller verstopften Latrinen Pompejis. Und dann dachte er: Eigentlich ja eine hübsche Idee, der Vulkan. Asche und Stein auf diese verrottete Gesellschaft. Während er selbst – so stellte er es sich vor – mit seinen Freunden draußen am *Fenster des Meeres* weilte und sich mit Fliegenpilzsud betrank.

Vom Adlerbrunnen aus (Maras nahm zur Kenntnis, dass er nur tropfte) konnte er das Gebirge sehen, im Vordergrund den rundlichen Vesuv, an dessen Hängen man die beiden toten Vogelschützer gefunden hatte. Drei Stunden Fußmarsch von der Stadt entfernt. Flogen denn die Steine so weit? Und wie lange würde die heiße Lava brauchen, um bis hierher zu gelangen?

Nein, er glaubte nicht an einen Vulkan. Trotzdem musste er jetzt, das Gebirge vor Augen, an den unbekannten jungen Mann denken, der nach seiner Wortmeldung im Hühnerstall bedauerlicherweise sofort wieder verschwunden war. Er dachte nicht an das, was der Mann gesagt hatte, sondern an den Mann selbst, an dessen Gestalt. Ihm fiel, offen gestanden, auch gar nicht ein, was er gesagt hatte. Es war sehr kurz gewesen, zu kurz. Maras war es gewohnt, dass eine Rede einen gewissen Aufbau hatte: Einleitung, Hauptteil, Schluss. Aber dieser Mensch ging mit Worten um wie ... Ja, wie? Wie mit einer Axt, dachte Maras. Ein Mann aus dem Volk. Und er meinte damit: aus dem *samnitischen* Volk. Alles an diesem Menschen schien dieses Urteil zu bestätigten, und *daran* erinnerte er sich: an die Kleidung, die Haltung, die kräftigen, von Sehnen und Muskeln durchwachsenen Unterarme. Sogar in dem starken Kinn, den ausgeprägten Wangenknochen und dem glänzenden gewellten Haar glaubte Maras (der selbst nichts davon besaß) etwas typisch Samnitisches zu erkennen. Aber was hatte er gesagt?

Fragte sich Maras und öffnete die Tür zum Schweinekoben, so nannte er das Haus, in dem er zu wohnen gezwungen war. Es war immerhin zweistöckig; im Erdgeschoss gab es drei großzügige Räume: eine Küche, einen Stall für den Maulesel und eine wassergespülte Latrine. In der oberen Etage schliefen Maras und Pansa, der einzige ihm verbliebene Sklave. Allerdings kam der alte Mann kaum noch die Treppe hoch, weswegen er immer öfter in der Diele am Garteneingang nächtigte. Dass das Gebäude jemals ein Schweinekoben gewesen war, wie Maras behauptete, darf bezweifelt werden. Der Größe nach zu urteilen war es vielleicht ein Pferdestall oder ein Lager gewesen, dessen Obergeschoss vermutlich die zahlreichen Sklaven der Familie Ceii beherbergt hatte, als diese noch bedeutsam und einflussreich gewesen war.

Maras zog sich die Schuhe aus, Pansa kam schon angeschlurft. Natürlich war Maras gegen die Sklaverei (die er für typisch römisch hielt), aber was sollte er mit dem alten Mann machen? Er war nicht nur alt und lahm, sondern auch so gut wie blind. Aber er wollte es nicht zugeben. Er schlich durch das Haus wie eine alte Katze, die ihre Umgebung auswendig kennt, und achtete penibel darauf, dass die überkommene Ordnung eingehalten wurde, damit er alles wiederfand.

»Wenn du dir die Schuhe selbst ausziehst, Herr, dann stell sie bitte ins Regal«, sagte Pansa streng.

Maras gehorchte. »Haben wir noch genug Wasser?«, fragte er.

»Das habe ich zum Kochen verbraucht«, antwortete Pansa und fügte hinzu: »In einer Viertelstunde gibt's Essen.«

Es würde Maras also nichts anderes übrig bleiben, als sich noch einmal aufzumachen und Wasser zu besorgen; Pansas blindes Gedächtnis reichte gerade noch bis zum Brunnen. Ihn nach Quellwasser zu schicken war unmöglich.

Maras stieg die Treppe hinauf, um sich wenigstens der

verschwitzten Kleider zu entledigen. In seiner Waschschüssel fand er noch einen Rest Wasser vom Morgen, er tunkte den Lappen hinein und tupfte sich notdürftig ab. Aber während er sich abtupfte, sah er aus dem Fenster auf die prächtige Villa, die einst seiner Familie gehört hatte; sah das Peristyl mit seinen weißen Marmorsäulen, das einen üppig blühenden Garten einschloss. Und dort, im Wandelgang, erschienen zwei dicke ältere Herren, in Handtücher gewickelt, dampfend. Sie schritten den Säulengang ab und ließen sich dann an einem Tischchen im Garten nieder. Ein Sklave trug ihnen ein Tablett mit Wein hinterher. Der eine Mann war sein Nachbar Jucundus, ein Geldverleiher aus Neapel, der die Villa von einem unmittelbaren Nachfahren eines Neffen von Sulla gekauft hatte. Der andere war Fabius Rufus, der mächtigste Mann der Stadt.

Fabius sah kurz zu ihm, zu Maras, auf und schien seinen Gastgeber etwas zu fragen. Dann schaute auch Jucundus kurz auf und schüttelte den Kopf. Nein, er schüttelte nicht den Kopf, das wäre zu viel gesagt. Es war nur ein kleines Zucken, eine abfällige Bewegung des Kopfes, und Maras hatte das Gefühl, in seiner Brust reiße etwas – und vielleicht war es das, dieser kleine Riss, dem Josse seinen Aufstieg verdankt und die Nachwelt diese Geschichte.

Nach dem Essen zäumte Pansa das Maultier auf, und Maras ritt zum *Fenster des Meeres.* Dort kannte er eine ergiebige Quelle im Fels. Zum Glück gab es die alte Militärstraße, die durch das Etruskertal führte. Sie war erbaut worden, weil es hier an der Küste einmal ein römisches Kastell gegeben hatte, das heißt, das Kastell gab es noch immer, aber es wurde seit Langem nicht mehr genutzt. In dem kleinen Hafen unterhalb des Kastells hatten früher, vor langer Zeit, angeblich immer zwei, drei Liburnen in Bereitschaft gelegen, um Piraten zu jagen, die hier in der Gegend ihr Unwesen getrieben hatten, aber Piraten waren inzwischen ausgestorben, oder besser gesagt: Sie waren ausgerottet worden.

Über die alte Militärstraße erreichte man das *Fenster des Meeres* im Trab in gut einer Stunde. Es dämmerte bereits, als Maras dort ankam. Der Platz lag schon im Schatten der Milchberge, aber draußen glitzerte noch das Meer, ein unwirklicher Anblick, ein verwunschener Ort. Nur eine Wegstunde, und man ließ die Welt hinter sich. Am breiten Strand die verkohlten Reste des Feuers, das sie bei ihrem letzten Fest entfacht hatten. Bald würden sie sich wieder hier treffen, zum Tag der samnitischen Venus. Er würde ein Schaf schlachten lassen, auch wenn Pansa, der das Restvermögen zusammenhielt, maulte. Aber letztlich gehörte das Geld ja wohl ihm, Maras, und das hier, diese Gemeinschaft, war das Beste, was er im Leben hatte. Die besten Stunden seines Lebens hatte er hier verbracht – singend, ja sogar tanzend, im Rausch. Der Sud aus getrockneten Fliegenpilzen war zum Glück kostenlos.

Um Wasser zu holen, musste er das steile Ufer ein Stück hochkraxeln, dort oben war das Wasser noch sauber. Oben angekommen, schwitzte er schon wieder. Warum legten sie eigentlich keine Leitung? Dann hätten sie Trinkwasser direkt unten am Strand. Das Rohrmaterial war billig: römische Technik. Er grinste. Und überhaupt: Warum stellten sie nicht ein paar Hütten an den Strand und verbrachten den Sommer hier? Und wenn Pansa einmal tot war … Nein, er wünschte den Tod seines Sklaven nicht herbei. Aber eigentlich wohnte er doch nur noch wegen Pansa in dem alten Haus. Schaute täglich in den Garten hinüber, der seiner Familie gehört hatte. Sah zu, wie sie die prächtige Villa mit Modernisierungen verschandelten ... Wieder spürte er den kleinen Riss in der Brust. Und plötzlich erinnerte er sich, was der fremde junge Mann gesagt hatte. Plötzlich hatte er die spröde Stimme wieder im Ohr:

Da der Berg sich kaum von der Stelle bewegen wird ...

... müssen wir uns von der Stelle bewegen, dachte Maras. Aber was hieß das? Pompeji verlassen? Die Stadt seiner Väter? Allerdings gab es kein Pompeji mehr. Es gab nur noch die *Colonia Cornelia.* Besatzer, Denkmäler, verstopfte Latrinen ... Ihm fiel ein, was sein Großvater ihm einmal erzählt hatte: Ursprünglich hatte das Dorf, das Pompeji gewesen war, ein paar Meilen weiter im Binnenland gelegen. Aber vor vielen hundert Jahren, etwa zur Zeit der Gründung Roms, hatte der Ältestenrat beschlossen, mit Sack und Pack an die Mündung des Sarno umzuziehen – was sich als kluge Entscheidung erwiesen hatte. Ob dieser Fremde davon wusste? Hatte er das gemeint?

Und dann war sie da, die Vision. Sie dauerte nur wenige Sekunden, aber in diesen Sekunden stand ihm alles vor Augen. Ferne Zukunft, ein neues Pompeji. Er sah Häuser, die wie Bienenwaben am Hang klebten, der sich über dem breiten Strand erhob. Er sah Dächer, Fenster und herrliche Balkone, er sah den Weg, der sich zwischen zwei Felsen aufwärtswand, und die Stufen, die kreuz und quer davon abzweigten, er sah Geländer und Weinranken und Wäscheleinen; jedes Haus, jeden Winkel dieser Stadt hätte er beschreiben können. Und auch wenn die Vision rasch wieder verblasste – sie war da gewesen, greifbar und klar wie eine Bauanleitung.

Als er zurückfuhr, wurde es dunkel, im schattigen Tal war kaum noch etwas zu sehen. Er ließ das Maultier im

Schritt gehen, damit es sich nicht die Beine brach. Es dauerte lange. Er fürchtete sich ein wenig: wovor? Einmal glaubte er, eine Eule vorbeifliegen zu sehen, und fragte sich, ob es ein gutes oder ein schlechtes Zeichen wäre.

Dann öffnete sich das Tal. In der Ferne war die Silhouette des Gebirges vor dem sich rötenden Himmel zu sehen. Maras konnte deutlich den Monte Somma ausmachen. Und wirklich schien ihm auf einmal, dass der Gipfel abgeflacht war. Sollte der Grieche recht haben? Ein Bergbauspezialist, immerhin. Er begann, die wissenschaftlichen Argumente des Griechen im Geist durchzugehen. Für wissenschaftliche Argumente war er schon immer zugänglich gewesen.

Hätte Josse im Hühnerstall tatsächlich die Rede gehalten, die man später aus seinem Gebell gemacht hat, so hätte sie kaum eine so durchgreifende Wirkung gezeitigt. Es war gerade die Fremdheit des Fremden, die Aufmerksamkeit erregte: der ungewohnt schroffe, knappe, beinahe militärische Auftritt; seine äußere Erscheinung, seine Wesensart. Unter den Philosophen galt es als schick, bleich und greisenhaft auszusehen. Man wollte vergeistigt wirken, man verkörperte die abgeklärte Müdigkeit des Denkens in einer schlechten Welt, man liebte das Morbide und Ungesunde, während körperliche Gesundheit als nebensächlich, ja als anrüchig galt.

Josse aber strotzte vor Gesundheit. Seine Rede war verdächtig kurz und von geradezu beleidigender Schlichtheit. Sie war wie der Überfall einer Todesschwadron, und Josse, der auf der Palästra ein untrügliches Gefühl für die Labilität von Kräftegleichgewichten entwickelt hatte, war schlau genug, seine Worte nicht durch weiteres Gerede zu verwässern und sich auch nicht auf nachträgliche Diskussionen einzulassen, die seine rhetorische Schwäche verraten hätten. Im Moment der größten Verblüffung machte er kehrt und verließ den Hühnerstall, ohne die Absicht, jemals wieder dorthin zurückzukehren. Für seine unklaren Träume vom Ruhm war der verrückte Verein ohnehin keine geeignete Plattform.

Zwar dachte er in den darauffolgenden Tagen noch hin und wieder an den Griechen aus Syrakus und dessen Waschschüssel. Der Gedanke an den Vulkan beunruhigte ihn. Manchmal fragte er sich, ob für ihn nicht die Zeit gekommen sei aufzubrechen; endlich nach Neapel oder vielleicht besser nach Rom zu gehen, um dort sein Glück zu versuchen. Nachts jedoch, wenn er schlaflos in seiner Kemenate lag und durch die Ritzen des Dachgebälks das Mondlicht sah, erinnerte er sich an ein Paar wasserblauer Augen und stellte sich vor, er würde der Frau, der diese Augen gehörten, eines Tages auf der Straße begegnen. Und dann?

Und dann, eines Tages nach dem Training auf der Palästra, bekam er Besuch von einem zierlichen Mann mit einer schwarzen Mütze. Seine runden Wangen standen in merkwürdigem Gegensatz zu seinem Stoppelbart. Sein Kopf schien viel zu groß, zu schwer zu sein für den schmächtigen Körper, und um den Hals trug er eine Kette mit einem Geldstück (das er als samnitische Münze ausgab). Der Mann stellte sich als Maras vor. Er erklärte, dass er Josses Rede im Vogelschutzverein beigewohnt habe und dass diese ihn sehr beeindruckt habe durch ihre Prägnanz und Logik.

Er war zu gut gekleidet für den Nordosten der Stadt, versuchte aber, sich volkstümlich zu geben. Er warf sogar dann und wann ein paar Brocken Oskisch ein, wie es mitunter die alteingesessenen Pompejaner taten. Josse gab sich nicht als Zugewanderter zu erkennen, im Gegenteil: Er machte ein Gesicht, das den anderen glauben lassen sollte, er verstehe durchaus ein wenig Oskisch, und ließ ihn reden, ja er antwortete so unbestimmt, dass der andere sich in all seinen Annahmen bestätigt sah und genau den vor sich zu haben glaubte, den er vor sich haben wollte – einen schlagkräftigen Verbündeten für seine Pläne, einen Pragmatiker, einen Mann der Tat, wie er unter seinen Philosophenfreunden kaum zu finden war.

Die gemeinsame samnitische Herkunft voraussetzend, klagte Maras über das Elend der römischen Besatzung und Überfremdung, sprach über Kolonisten und Kollaborateure und den Verlust der heimatlichen Kultur, und Josse nickte, grummelte Schwerverständliches; sein Gesichtsausdruck blieb verbindlich, die Lippen ansatzweise geschürzt, die Brauen hochgewölbt zwischen Erstaunen und Aufmerksamkeit, kurz, er entdeckte gerade seine zweite große Begabung (neben dem durch nichts begründeten Selbstwertgefühl), nämlich: sein Kommunikationstalent.

Wenn er von dem, was Maras sagte, etwas gar nicht verstand (wie etwa dessen Auslassungen über die Scheindemokratie oder den Zusammenhang zwischen Lohnentwicklung und Sklavenwirtschaft), versuchte er, besonders nachdenklich auszusehen: Seine Stirnfalten schoben sich über der Nasenwurzel zusammen, und er probierte einen stechenden Blick, wodurch die Nase sich verlängerte und sein Gesicht schon einmal jenen besserwisserischen, vogelartigen, man möchte sagen: staatsmännischen Ausdruck annahm, der mit der Zeit immer deutlicher hervortreten sollte und ihn bei seinen gehackten Reden schließlich wie seine eigene Großmutter aussehen ließ.

Nachdem Maras also in allen Punkten volle Übereinstimmung erkannt hatte, rückte er mit seinem Anliegen heraus. Josse habe vollkommen recht, begann er. Man müsse einen anderen Ort zum Leben suchen. Er erinnerte daran, dass Pompeji schon einmal verlegt worden sei. Er erzählte von dem wunderbaren Stück Niemandsland am Südufer hinter den Milchbergen, pries es als idealen Siedlungsplatz. Er sprach von der alten Militärstraße, die die Bucht mit Pompeji verbinde, von dem Hafen, der einst wegen des Kampfes gegen die Seeräuberei gebaut worden sei. Er schwärmte von der herrlichen Lage am Hang, von der Sonne, vom kühlenden Wind und von dem traumhaften Strand direkt vor der Haustür, und Josse fragte sich, wieso dieses wunderbare Stück Land dann niemandem gehörte.

Aber er fragte nicht nach, und Maras, von der eigenen Rede entflammt, hielt Josses Schweigen für Zustimmung und lud ihn ein, jenen Ort hinter den Milchbergen doch einmal zu besuchen.

Der Besuch sollte schon bald stattfinden, am Tag der Venus, und zwar, wie Maras mehrfach betonte, der *samnitischen* Venus, die er zusammen mit einigen Freunden und Anhängern dort, am sogenannten *Fenster des Meeres*, zu feiern gedenke.

Josse wusste nichts von einer samnitischen Venus. Er dachte an die wasserblauen Augen, die ihn im Vogelschutzverein angeschwirrt hatten. Wer weiß, ob er ohne die Hoffnung, diese Augen wiederzusehen, die siebzehn Meilen auf der alten Militärstraße überhaupt gegangen wäre – nur wegen des stoppelbärtigen Milchgesichts? Zu Fuß obendrein, weil er nicht einmal imstande war, einen Eselskarren aufzutreiben?

Als er ankam, brannte am Ufer des Meeres schon ein Feuer, über dem sich ein Lamm am Spieß drehte. Maras stellte Josse als einen Mann *unseres Volkes* vor. Einige der Anwesenden hätten ja seine großartige Rede im Vogelschutzverein gehört, es sei das Beste und Klarste gewesen, was er je im Verein gehört habe, und die einzig mögliche, einzig vernünftige Antwort auf die reale Bedrohung, die der Grieche aus Syrakus ihnen habe vor Augen führen wollen, sagte Maras. Und dann breitete er vor den erstaunten Zuhörern seine Vision aus.

Während Maras sprach, sah Josse sich um und begriff, warum dieses Stück Land niemandem gehörte. Zwar war der Strand wirklich traumhaft und breit, aber anders als in Stabiae, wo reiche Leute ihre Sommerresidenzen errichtet hatten, erhob sich hier ein recht steiler, zum Teil sogar felsiger Hang, an dessen Fuß eine einzige erbärmliche Hütte stand. Solche und ähnliche Hütten hatte Josse an anderen Hängen schon gesehen, aber hier eine Siedlung errichten zu wollen war eine kühne Idee. Oder gar eine Stadt?

Aber genau davon schien dieser Maras zu sprechen: Hier, am *Fenster des Meeres*, erklärte er, werde man ein gerechtes, friedliches, demokratisches Gemeinwesen errichten, ein neues Pompeji.

»Und wie willst du Häuser in diesen Fels kleben?«, fragte jemand.

Zu seiner eigenen Überraschung hörte Josse sich sagen: »Zement.«

Natürlich wusste jeder ungefähr, was Zement ist. Schon seit einigen Jahren wurde im Reich Zement verwendet. Ein Projekt wie das Kolosseum wäre ohne den neuen Baustoff nicht denkbar gewesen, und auch in Pompeji wurde schon mit Zement gebaut. Jedoch war Josse der Einzige hier, der damit schon zu tun gehabt hatte. Er hatte schon Zement angerührt. Er wusste, wie es sich anfühlte und wie es roch, und er sprach das Wort so beiläufig aus, als würde er von einem Sack Mehl sprechen. Vor den Ahnungslosen genügte das, um sich als Baufachmann zu empfehlen. Und als Maras davon sprach, dass man in den Milchbergen reichlich Bauholz finde und dass man sich Pflastersteine sparen könne, indem man Wege und Treppen direkt in den Felsen schlage und geschickt durch Stege und Brücken verbinde, schauten alle zu Josse und forschten in seinen Stirnfalten, was er davon hielt.

Nur, wer sollte das alles bauen? Wer sollte die Bäume fällen, die Spalteisen an die Felsen setzen?

»Das Volk«, verkündete Maras. Es gebe genügend Arbeitslose, genügend Notleidende und Verdrossene, genügend Hände, die bereit und imstande seien, sich ein Heim und ein Leben zu erschaffen, ein besseres Leben als das in der kranken, heruntergekommenen, schmutzigen, fremdbeherrschten *Colonia Cornelia*. In Anbetracht des drohenden Vulkanausbruchs werde es ein Leichtes sein, das samnitische Volk davon zu überzeugen, der Stadt der Besatzer den Rücken zu kehren, sagte Maras, und an Josses Kinn konnte man, wenn man wollte, ein seismisches Nicken ablesen.

Nach dieser Rede erhob Maras seinen Becher auf die samnitische Venus, die bekanntlich, wie er sagte, für das Gegenteil der römischen Venus stehe: nicht für Tugend, Zurückhaltung und Frigidität (Gejohle), nicht für die augusteischen Sittengesetze und römische Zucht (Gejohle), sondern für Rausch und Entgrenzung (starkes Gejohle). Dann stieß er mit Josse an und leerte seinen Becher mit einem Zug, und Josse tat es ihm gleich.

Am Feuer wurde jetzt die Kithara gezupft, und Maras stimmte ein oskisches Lied an (das Josse nicht verstand). Dann riss ein löwenköpfiger Barde die Kithara an sich und parodierte Vergil (was Josse nicht begriff). Aber er lachte milde, weil die anderen lachten. Er aß reichlich vom Lamm, trank einen zweiten Becher Wein, einen dritten. Ein paar Neugierige befragten ihn nach seinen Lebensumständen und seiner Herkunft, und da Josse spürte, dass man am besten log, wenn man der Lüge ein bisschen Wahrheit beimischte, ließ er seine Mutter aus Pannonien kommen, beharrte aber auf der samnitischen Herkunft seines verstorbenen Vaters, obwohl er es aus irgendeinem Grund für passend hielt, die Geschichte von dessen gescheitertem Unternehmertum zu unterschlagen und ihn von Anfang an einen bitterarmen Mann sein zu lassen. Ansonsten blieb er bei seinem kryptischen Stil, machte sich durch Andeutungen interessant, lächelte vielsagend, spielte den Überlegenen und wurde dann doch nervös, als ein Paar wasserblauer Augen auf der anderen Seite des Feuers aufblitzte. Zum Glück wanderte die allgemeine Aufmerksamkeit gerade einem Topf zu, den man mit großem Hallo herumreichte. Er enthielt eine warme Flüssigkeit, deren würziger Geruch Josse nicht sonderlich anzog, aber in seiner Ahnungslosigkeit tat er, was alle taten, und trank einen kräftigen Schluck.

Es wurde ihm sehr heiter zumute, er glaubte, Halluzinationen zu haben, und die Zeit fing an, Beulen zu machen. Irgendwann schaute er auf, und vor seinen Augen hüpften zahllose Brüste. Das Verrückteste daran: Es kam ihm so vor, als seien sie nackt. Hätte unser Held die Stücke der griechischen Klassik gekannt, hätte er womöglich geglaubt, unter die Mänaden geraten zu sein, und befürchtet, zerrissen zu werden. Aber er kannte sie nicht. Er stand wie verwurzelt im Sand und sah zu, wie die Tänzer einander mit Asche beschmierten (zum Zeichen der Wiedergeburt; wir fragen nicht, wer warum und als was wiedergeboren wurde). Maras brüllte Unverständliches, eine Frau warf Kräuter ins Feuer, Josse atmete Rauch. Dann spürte er, wie ihn jemand am Unterarm fasste und zu den Tanzenden zog, und er empfing einen flackernden Blick aus wasserblauen Augen.

Er hatte noch niemals getanzt. Er konnte Hindernisse überspringen oder dem Schlagball ausweichen, er konnte eine gerade Rechte schlagen und hatte ein traumwandlerisches Gespür für die Balance beim Ringkampf ineinander verschlungener Körper. Aber tanzen? Wie macht man das? Sekundenlang stand er vor Schreck gelähmt. Normalerweise hätte er sich wohl weggeschlichen, wäre beschämt in der Dunkelheit verschwunden. Aber der Fliegenpilzsud half. Und ein wenig half auch das Kurzschwerttraining bei Trebius. Er tat einfach, was zu tun war. Hob die Arme, wiegte den Körper nach links, dann nach rechts. Nicht vergessen: die Beinarbeit, dachte Josse. Seine Wangen glühten vor Peinlichkeit. Es dauerte lange, bis er es wagte, die Frau anzuschauen, die ihn zum Tanzen geholt hatte.

Gegen Mitternacht stand der Mond als tropfende Orangenscheibe über dem Meer. Die Leute stürmten nackend ins Wasser. Am Strand war es dunkel genug, dass auch Josse es wagte, baden zu gehen. Aber als er, dem Feuerschein zugewandt, das Wasser wieder verließ, war die Schwellung nicht zu verbergen. Die Frau mit den wasserblauen Augen zog ihn zu einem Platz im Feuerschatten. In der Dunkelheit flirrten bunte Bilder in seinem Hirn. Die Frau schlang sich um ihn herum. Er glaubte, ihre Brüste zugleich am Bauch, im Gesicht, an den Schenkeln zu spüren. Sie schien hundert Arme zu haben. Ihre Haut war noch kühl vom Bad, aber ihre Lippen waren warm, als sie sich um seine geschwollene Eichel legten. Dann sprach das Meer zu ihm in einer unbekannten, grummelnden Sprache.

Dritte Rolle. Der Sommer der Liebe

Man kann nicht sagen, dass die beiden zwei Wochen lang kaum aus dem Bett herauskamen, denn es gab kein Bett, das ihnen als Austragungsort ihrer Lust hätte dienen können. Sie liebten sich tagsüber am Strand, nachts unter einem Felsvorsprung, den man mit etwas Phantasie als Höhle bezeichnen könnte. Josse hatte in den wachen Nächten seiner Vergangenheit viel Lust angestaut. Ascula, so hieß sie, hatte ihre helle Freude an seinem wohlgestalteten Organ, das sich nach erstaunlich kurzer Frist schon wieder zu enormer Schwellung anstacheln ließ und pflichtschuldig sein Maß an Bocksmilch ablieferte, wie sie es nannte, wenn auch der spektakuläre Druck, mit dem die Milch beim ersten Mal geschossen war, deutlich nachließ. Teils aus Abneigung dagegen, Schweinsdärme als Verhütungsmittel in sich einzulassen, teils aber auch aus Freude am Spiel vermied es die junge Frau zumeist, es auf herkömmliche Weise zu tun, sondern verwöhnte ihren neuen Freund auf alle möglichen Arten – und gab ihm Gelegenheit, sie zu verwöhnen. Sie liebte es, wenn er ihre Scham entblätterte, schielend vor Neugier; wenn seine starken Finger, die zum Töten taugten, sie vorsichtig entfalteten und seine Zunge artig ihren Anweisungen folgte. Sie liebte sein festes Fleisch, seinen Brustpanzer, auf dem sie trommeln konnte, sie liebte die glatte, dicke Haut, unter der sich an unerwarteten Stellen die Muskeln wie kleine Tiere bewegten. Sie liebte seine Hilflosigkeit, wenn sie ihm eine Fellatio angedeihen ließ, sie liebte sein entgleisendes Gesicht, das sie zu beobachten pflegte, falls die Stellung es zuließ, und sogar die dümmlich-verschämten Laute, die dieser sonst so beherrschte Mann hervorbrachte.

Jung und unerfahren, wie er war, strebte Josse unbedingt nach dem Eigentlichen und Normalen; alle abweichenden Formen des geschlechtlichen Verkehrs erschienen ihm als eine Art Notbehelf; selbst eine Fellatio hielt er für zweitklassig und fand die Erforschung des eigenen Geschlechts durch Ascula weniger interessant, als umgekehrt ihr Geschlecht zu erforschen. Er liebte (wie auch Ascula) das andere im anderen, das sich auf so wunderbare und offensichtlich *vorgesehene* Weise zu einem Ganzen ergänzte. Er liebte die Stelle, für die er keinen Namen hatte, weil ihm die unter seinen Kumpanen üblichen Bezeichnungen auf einmal abstoßend vorkamen – andererseits waren alle halbwegs anständigen Bezeichnungen nicht annähernd geeignet, das Ungeheuerliche zu benennen, diese aufklaffende Wunde, das pulsierende Lebewesen zwischen Asculas Beinen. Er liebte die zarten Rundungen ihrer Schultern, die vom Rücken abstehenden Flügelchen, er liebte ihre opake Bauchhaut und das helle, fliegende Haar, er bewunderte den idealen, von irgendeinem Gott fein ausgetüftelten Schwung ihrer Hüften, kurz, er liebte alles, was er nicht selbst besaß, auch ihre Kühnheit, ihre Freiheit, ihre Unabhängigkeit – die ihm allerdings sehr bald zu schaffen machen sollten.

In den Pausen zwischen ihren Liebesübungen erzählten sie einander ihre Geschichten, genauer gesagt: Ascula erzählte, und Josse lavierte sich durch. Er konnte nicht anders. Alles, was er wahrhaft zu berichten gehabt hätte, wäre ihm unbedeutend oder peinlich vorgekommen. Er scheute sich, Ascula von seinen Kumpels zu erzählen. Die Prügeleien im Amphitheater, mit denen sie in Asellinas Gastwirtschaft prahlten, würden sie mehr abstoßen als beeindrucken. Weder beichtete er seine größenwahnsinnigen Phantasien, noch berichtete er von den Fledermäusen, die ihm nachts in der Mansarde seiner Mutter auf das Bett schissen. Auch von der Palästra sprach er nicht. Er schwieg von seiner Kindheit zwischen Hackmessern und Fleischtöpfen, erzählte nichts vom warmen Blutgeruch und erst recht nichts von den Schweinsdärmen, die sein Vater ihm zum Spaß aufblies. Bloß die Geschichte von der Trauer um seinen Vater erzählte er, nur dass er sie, als er bemerkte, dass sie gut ankam, noch ein wenig ausschmückte. Er ließ den Rauch noch ein wenig schwärzer sein und verdichtete die lange Stunde, die er, durchnässt und frierend, darauf wartete, dass das Feuer abbrannte, zu einem Augenblick schlagartiger Erkenntnis: So nicht!, habe er im Angesicht der Asche seines Vaters gedacht. So wollte er nicht enden! Und während er erzählte, begann er, fast selbst zu glauben, dass es so gewesen sei – was ihn allerdings nicht hinderte, die Geschichte später noch einmal umzudichten.

Dass er aus Pannonien kam, hatte er von Anfang an verschwiegen, und er bedauerte es fast, als sich nämlich herausstellte, dass Ascula selbst das Kind von Zugewanderten war, schlimmer noch: Sie war die Tochter einer Sklavin, und zwar einer Skythin! Josse wunderte sich, dass sie so unbefangen davon sprach. Von allen barbarischen Völkern, die das Reich umzingelten und bedrohten, schienen ihm die Skythen bei Weitem das ungeheuerlichste zu sein. Trebius hatte ihm einmal erzählt, dass die Skythen von den

Feinden, die sie gefangen nahmen, blindlings jeden Hundertsten ihren blutrünstigen Göttern opferten, um dann aus deren Schädeln unverdünnten Wein zu trinken, und insgeheim leitete Josse die Wildheit seiner Freundin aus ihrer skythischen Herkunft ab.

Allerdings hatten schon Asculas Großeltern nicht mehr unter den skythischen Nomaden nördlich jenes Meeres gelebt, das die Römer das Gastliche, Ascula aber das Schwarze Meer nannte, sondern sie hatten sich im Pontischen Reich unter den Griechen niedergelassen. Als die Römer die Heimatstadt ihrer Großeltern einnahmen, wurden sämtliche Männer, keineswegs nur jeder Hundertste, aus Rache für den Widerstand niedergemacht, so auch Asculas Vater, während ihre Mutter, zu der Zeit noch mit ihr schwanger, zusammen mit Tausenden anderen Frauen und Kindern als Sklavin nach Rom verschifft wurde.

»Das sagt sich so leicht: verschifft.« Ascula hob beide Hände, als würde sie etwas umfassen, und richtete die wasserblauen Augen in eine unsichtbare Tiefe. »Du musst dir vorstellen: ein Schiffsleib. Dunkelheit. Enge. Unerträgliche Hitze. Die Leute erbrachen sich, saßen tagelang in den eigenen Exkrementen. Mama hat nur ein einziges Mal davon erzählt. Nicht einmal die Toten haben die Römer aus dem Laderaum geholt.«

Es war das erste Mal, dass Josse über den Krieg aus der Sicht der Eroberten und Besiegten hörte, und auch wenn er manches für übertrieben oder verzerrt hielt, dämmerte ihm, dass es richtig gewesen war, Ascula nichts von Trebius und seinem Training auf der Palästra zu erzählen. Und als er nach einer zehntägigen Trainingspause wieder einmal zur Palästra schlich (sich mehrfach vergewissernd, dass niemand von seinen neuen Bekannten ihm auflauerte), erschien ihm Trebius verändert: gedrungener, sogar kleiner, schlechter rasiert oder, er wusste es nicht, irgendwie dreckiger. Es dauerte eine Weile, bis das Bild sich wieder einruckelte.

Er besuchte auch seine Mutter. Sie buk ihm Käsefladen. Sie fragte nicht, wo er gewesen war, trotzdem fühlte Josse sich zu Erklärungen verpflichtet: Er sei einem Vogelschutzverein beigetreten und verbringe neuerdings viel Zeit in der Natur.

»Schön«, sagte seine Mutter. »Wie heißt sie denn?«

»Ascula«, gestand Josse. Und spürte, dass der fremdartige Name seiner Mutter nicht gefiel.

»Dünn bist du geworden«, sagte sie mit Wehmut und leisem Vorwurf in der Stimme (obwohl es in Wirklichkeit keinerlei Anzeichen dafür gab) und packte ihm reichlich Käsefladen als Wegzehrung ein.

Ihre Zweisamkeit blieb nicht lange ungestört. Nachdem Maras seine Gründungsidee verkündet hatte, begann sich am *Fenster des Meeres* einiges zu verändern. Nach und nach trudelten neue Leute ein, nicht nur sogenannte Separatisten – so wurde der Kreis um Maras genannt, obgleich niemand von diesen »Separatisten« ernsthaft vorhatte, sich vom Reich zu separieren. Auch viele andere aus dem Kreis der pompejanischen Lokalphilosophen fühlten sich dem Samnitentum zugehörig oder sahen in der Pflege oder der Nachahmung echter oder vermeintlicher samnitischer Traditionen eine Möglichkeit, ihre Abneigung gegen die römische Besatzung auszudrücken. Die Hedonisten fehlten ohnehin bei keinem Fest. Die Pythagoreer huldigten dem Fliegenpilzsud, der ihren Hang zum Mystizismus beflügelte, ohne dass dies gegen ihre strengen Ordensregeln verstieß. Und wenn viele von denen, die sich in diesem Sommer hier niederließen, die Gründung eines Gemeinwesens zunächst für eine Art Sommerspaß hielten, allenfalls für ein Gedankenspiel, eine Hypothese, eine interessante Theorie, nahmen andere Josses Idee ernst.

Denn es war ja wirklich Josses Idee, und wir wollen ihm diese Ehre keineswegs abschneiden. Obwohl mancher einwenden wird, es gehöre nicht viel zu der Erkenntnis, dass man sich angesichts einer vulkanischen Bedrohung von der Stelle bewegen sollte – es bleibt sein Verdienst, es ausgesprochen zu haben, auch wenn seine berühmte Rede im Hühnerstall einen gravierenden Fehler enthielt: Der Berg bewegte sich durchaus von der Stelle!

Denn inzwischen wissen wir, dass nicht der alte Vulkan explodierte, der Monte Somma, wie der Grieche es erwartet hatte, sondern der freundliche, runde Vesuv, der als kaum beachteter kleiner Bruder ein vorgelagertes Dasein fristete, eher als ein Schutzwall denn als eine Bedrohung – bis eine unvorstellbare Kraft seine Kuppe absprengte wie die Spitze eines Frühstückseis und die aufschäumende Lava jenen gewaltigen Kraterberg aufzuschichten begann, der den Hügel, aus dem er hervorging, bald überragte. Und da war es tatsächlich, als hätte der Vulkan sich klammheimlich unter der Erdoberfläche vorwärtsbewegt …

Aber zurück zum *Fenster des Meeres*. Es waren vielleicht fünfundzwanzig Menschen, die sich in diesem Sommer hier provisorisch ansiedelten. Sie bauten sich am Rand des Abhangs aus alten Segeln, die Maras aufgetrieben hatte, ein paar Verdecke und Markisen zum Schutz gegen die Sonne und schafften es unter Josses Anleitung, eine überdachte kleine Küche zu errichten, aber damit hatte sich der Gründungseifer fürs Erste erschöpft, denn die Temperaturen stiegen ins Unerträgliche. Anstatt der ersehnten kühlen Brise wehte der Wind afrikanischen Sand übers Meer. Tagsüber war es praktisch unmöglich, sich zu rühren. Hin und wieder sprang jemand zur Abkühlung ins Meer, den Rest des Tages verdösten die Philosophen bei mäßig plätschernden Disputen im Schatten der Markisen.

Josse indes nutzte die Zeit. Er lieh sich bei Maras eine Schriftrolle Herodot aus, weil er wissen wollte, ob das mit den geflügelten Schlangen dort wirklich stand; aber zu seiner Enttäuschung umfasste die Rolle nur die Kapitel über den Trojanischen Krieg. Obendrein war der Text auf Griechisch. Er wollte schon kapitulieren, aber Maras erbot sich, ihm ein wenig Nachhilfe zu geben, erläuterte das griechische Alphabet und schrieb ihm Vokabeln auf. Trotzdem brauchte Josse oft Stunden, um auch nur einen einzigen Satz zu verstehen. Aber er wollte sich keine Blöße geben und kämpfte sich mit derselben Zähigkeit vorwärts, mit der er auf der Palästra jahrelang seine Muskeln trainiert hatte.

Erst wenn die Sonne ermattete, begann sich das Leben im Lager zu regen. Jemand raffte sich auf und ging Feuerholz oder Wasser holen. Es wurde darum gefeilscht, wer mit dem Spülen des Geschirrs vom Vorabend dran war. Gegessen wurde gemeinsam, man köchelte und briet, was man gerade gefunden, geklaut oder mit Geld aus der Gemeinschaftskasse gekauft hatte. Maras spendete Bratwürste. Aus dem Kontingentweizen, den verschiedene Leute beitrugen, buk man schlechtes Brot in einem schlechten Backofen, fand es jedoch köstlich. Man trank den billigsten Wein, später Fliegenpilzsud (bis irgendwann die getrockneten Pilze ausgingen), und diskutierte leidenschaftlich über das große Vorhaben, bevor der Abend dann in die üblichen Vergnügungen, Blödeleien, Rezitationen, Gesänge ausmündete.

Wenn Josse nach seiner freundlichen Aufnahme in diesem Kreis schon geglaubt hatte, er gehöre dazu, so wurde ihm jetzt bewusst, wie fremd er hier war. Oft konnte er den Gesprächen nicht folgen. Und selbst wenn er glaubte, etwas beisteuern zu können, verfügte er nicht über das rechte Vokabular. Er schwieg, übte sein Stirnrunzeln, nickte sein seismisches Nicken oder schüttelte auch hin und wieder kaum merklich den Kopf und eignete sich einzelne Phrasen und Wörter an, die er in seinem Gedächtnis ablegte wie in einer Sparbüchse: *römischer Imperialismus, Scheindemokratie* oder *das Bewusstsein des Volkes erwecken.*

Natürlich stritten die Philosophen – und Philosophen waren sie alle – besonders gern über Dinge, die noch weit außerhalb der Sichtweite lagen, zum Beispiel über die politische Verfasstheit der zu gründenden Stadt. Dennoch gestatten wir uns, diesen verqueren Diskurs in einer Abschweifung zu streifen, denn zum einen sollte die Staatstheorie Einfluss auf Josses Liebesleben haben; zum anderen lauschte er diesen Disputen das Wortmaterial ab, das er in seiner erstaunlichen zweiten Rede verwenden würde.

Ein Großteil der Separatisten war sich mit Maras darüber einig, dass sämtliche Oberhäupter und Räte in der neuen Gemeinde durch das Los bestimmt werden sollten, so, wie es im vorrömischen Pompeji der Fall gewesen war. Das Los, behauptete Maras, sei das einzige wahrhaft demokratische Wahlverfahren. Erstens repräsentiere es wirklich das Volk – im Gegensatz zum Magistrat, der dem römischen Senat nachempfunden sei und sich immer nur aus der Aristokratie zusammensetze; zweitens verhindere das Losverfahren jegliche Schieberei, jegliches Geschacher um Ämter, jegliche Korruption, denn es könne sich niemand auf Dauer ein Amt sichern, weil das Los nicht beeinflussbar sei. Josse lernte die Wörter *Korruption, Amtsmissbrauch* und *repräsentieren.*

Unterstützt wurde dieses Konzept von der pythagoreischen Fraktion, die von Petros angeführt wurde. Obwohl sein Name so viel wie *der Steinerne* bedeutet, war er ein schmales, biegsames Männchen, das sich, wie alle Pythagoreer, ausschließlich von Gemüse und Früchten ernährte, wobei seltsamerweise Bohnen tabu waren; da man stets zusammen speiste, fielen Josse die merkwürdigen Essgewohnheiten der Pythagoreer auf. Befremdlich daran war nicht, dass sie keine Bohnen aßen, sondern dass dies zu ihren Glaubensgrundsätzen gehörte. Pythagoras, den sie für eine Art Gott hielten, hatte es seinen Jüngern verboten, Bohnen zu essen, und daran hielten sie sich, obwohl niemand mehr sagen konnte, welchen Sinn diese Regel im Gefüge des pythagoreischen Kosmos gehabt hatte. Dasselbe galt für andere Regeln. So weigerten sich die Pythagoreer, Dinge aufzuheben, die auf den Boden gefallen waren, was, wen wundert's, zum Streit mit den anderen Bewohnern des Lagers führte, denn irgendwer musste die heruntergefallenen Dinge ja aufheben. Auch brachen sie kein Brot, wollten auf einer Landstraße nicht zu Fuß gehen und waren mit ängstlicher Eile darauf bedacht, den Abdruck ihres Köpers im Sand zu verwischen, als fürchteten sie, ein Geist könnte ihre Gestalt wie eine Hohlform benutzen, um sich als ihr zweites Ich auszugeben. Im Übrigen trat Petros unerbittlich für Gewaltfreiheit ein, nicht nur gegenüber Menschen und Tieren, sondern auch gegenüber der Natur. Er lehnte den Bergbau ab, weil man dadurch die

Erde penetriere, und betrachtete es als ein immanentes Prinzip, dass alle Schätze, die man Gaias Schoß auf gewaltsame Weise entriss, Streit, Krieg und Gewalt gebaren. Josse lernte von Petros die Wörter *permanent, gewaltfrei* und *penetrieren.*

Maras freute sich zwar über die Unterstützung der Pythagoreer, lehnte aber deren Auffassung ab, dass es sich beim Zufall um die Hand Gottes handle, was ihn mit den Epikureern und Atomisten verband. Die Radikalplatoniker wiederum waren sich mit ihm darüber einig, dass die römische Demokratie eine Scheindemokratie darstelle; sie waren voller Hass auf die Aristokratie und hatten exakt errechnet, dass die Stimme eines Bewohners der reichen westlichen Wahlbezirke vier-Komma-zwei-mal so viel wog wie die eines Bewohners der östlichen Stadtteile. Das Losverfahren lehnten sie trotzdem entschieden ab, und wenn man ihnen aufmerksam zuhörte – und Josse hörte ihnen aufmerksam zu –, dann begriff man sehr schnell, dass sie im Grunde gegen die Volksherrschaft waren.

Ihr Wortführer war ein humorloser, steifer Mann namens Vestalus, der Stalus oder einfach Stalo genannt wurde. Übrigens sprach er als Einziger immer verständlich und schlicht, brachte nie ein griechisches Wort über die Lippen, sondern zitierte stattdessen gern Wahrsprüche wie *Wissen ist Macht* oder *Leben heißt kämpfen*; aber in seinen Augen flackerte Verschlagenheit. Stalo, spürte Josse, war ebenso misstrauisch und vorsichtig wie er selbst, und er mochte ihn nicht, obwohl er Stalos Theorien zu einem großen Teil verstand und sogar befürwortete.

Was Stalo lehrte und sogar gern für seine eigene Idee ausgab, war allerdings nichts anderes als das platonische Staatsmodell. Platons Staatstheorie ist – im Gegensatz zu seiner Ideenlehre – ein wenig in Vergessenheit geraten, und es ist fraglich, ob der künftige Leser sich noch daran erinnern wird. Der Kern dieser Theorie ist die Elitenherrschaft – die Herrschaft *der Besten, der Bewusstesten*, wie Stalo es ausdrückte. Damit waren natürlich sie selbst gemeint, die künftigen Stadtgründer. Die Mehrheit der Separatisten war dagegen, und Josse wunderte sich, warum sie dermaßen darauf erpicht waren, die Macht aus der Hand zu geben und sie irgendwelchen zufälligen Volksabgeordneten zu überlassen.

Auch dass Stalo für die Abschaffung des Privatbesitzes eintrat, schien Josse, der über keinen verfügte, recht annehmbar. Besitz, das war aus seiner Sicht vor allem der Besitz der anderen. Ebenso unproblematisch schien ihm die Abschaffung des Geldes, zumal er sich vorstellte, dass das Leben am *Fenster des Meeres* immer so weitergehen würde wie in der gerade aufblühenden Kommune.

Dass Mädchen und Jungen – gemäß der platonischen Staatstheorie – gemeinsam den Gymnastikunterricht besuchen sollten, dass überhaupt eine Gleichbehandlung der Geschlechter vorgesehen war, fand Josse befremdlich, aber noch akzeptabel. Ganz und gar abwegig fand er, dass Ehen nicht nach persönlichen Wünschen, sondern auf Anweisung von oben geschlossen werden sollten. Auch sollten die daraus hervorgehenden Kinder sogleich von den Eltern getrennt und von staatlichen Lehrern erzogen werden, so sah es Platons Staatstheorie vor, nicht etwa nur die vulgäre Version Stalos. Josse lernte die Wörter *generell, Privatbesitz, symptomatisch.*

Zwar wurde die platonische Zwangsehe allgemein abgelehnt, allerdings kursierte in der Kommune eine andere, beinahe gegenteilige Idee, die Josse fast ebenso sehr erschreckte. Am prononciertesten brachte diese Gesinnung Diablo zum Ausdruck. Er war groß, trug einen verwilderten Bart und besaß, ohne dick zu sein, die für Sanguiniker typische Leibesfülle. Ob Diablo sein richtiger Name war, bekam Josse niemals heraus. Überhaupt fiel es ihm schwer, den Mann zu verstehen und einzuordnen. Wie auch Maras entstammte er einer enteigneten samnitischen Aristokratenfamilie. Er war gebildet, eloquent und witzig. Regelmäßig verhöhnte er Stalo, brachte ihn mit seinen Zwischenrufen zum Stottern:

»Wenn nur die Besten regieren dürfen, Stalo, was machen wir dann mit dir?«

Diablo zupfte gern die Kithara und sang dazu. Er konnte ganze Passagen Homer auswendig. Er lachte über die göttliche Natur des Zufalls und behauptete, dass alles durch die Bewegung der Atome vorbestimmt sei. Nur warum, fragte sich Josse, diskutierten sie hier über die politische Verfasstheit des künftigen Gemeinwesens; warum dachten sie darüber nach, wie man das Volk überzeugte, Häuser in diese Felsen zu bauen; ja warum hoben sie überhaupt den Arm – wenn doch alles vorbestimmt war? Und wieso, wenn alles vorbestimmt war, sagte Diablo dann Sätze wie: »Warum auf den Vulkan warten? Zünden wir diese Scheißstadt doch endlich an!« Dann soff er sich voll und lag wie tot bis zum Morgen am Feuer.

Diablo war Josse äußerst unangenehm. Einen Kopf größer als er, wirkte er bärenhaft mit seinem mächtigen Zottelkopf, war aber in seinen Bewegungen zart, beinahe weiblich. Oft sprach er in Andeutungen und Anspielungen, die Josse einfach nicht verstand. Sein vom Bart verdeckter, aber ahnungsweise weicher Mund spuckte Bösartigkeiten aus. Aus dem grimmigen Gesicht blickten zwei unruhige, immer suchende, zugleich listige und lustige Augen, die jedoch immer an Josse vorbei-, über ihn hinweg- oder durch ihn hindurchschauten. Josse beneidete ihn um seinen scharfen, spielerischen Verstand, sein enormes Redetalent, seine große Musikalität, kurz: um alles, was er selbst nicht zu besitzen glaubte. Was ihn aber am meisten alarmierte, war Diablos Haltung zu Frauen.

Er war es, der sich am schärfsten über die Monogamie mokierte. Die Ehe, posaunte Diablo, diene der Sicherung des geschlechtlichen Besitzstandes. Aber Frauen seien kein Vieh, das man sich auf die Koppel stelle, sondern freie Individuen, die über ihre, so wörtlich, Körperöffnungen verfügen könnten, wie es ihnen gefalle. Gern kombinierte er derbe Wörter mit philosophischen Schlagwörtern. Er sprach von der Vergesellschaftung des Fickens, von Mösen-Anarchie oder vom freien Wettbewerb der Schwänze. Leute, die dazu neigten, sich paarweise abzusondern, beschimpfte er als Spießer und Zwergenten, Pimperer, Kriechtiere, Symbiotiker oder Onanisten – und erzielte damit eine gewisse Wirkung, und zwar, befürchtete Josse, auch auf Ascula.

Seine Befürchtungen waren nicht unberechtigt. Zwar hatte Ascula die Tage der Abgeschiedenheit mit ihm genossen; sie genoss die Zuwendung und Bewunderung, die sie von ihm bekam; noch nie war sie so vergöttert worden. Aber auch wenn es vielleicht nicht sehr taktvoll ist, müssen wir sagen: In Wirklichkeit war sie nicht ganz so schön, wie Josse sie sah, und sie wusste das. Sie kannte, wie jede Frau, ihre Makel: Ihre Beine waren ein wenig zu kurz, die ohnehin zu kleinen Brüste waren bei genauer Betrachtung ungleich, ihre Sonnenbräune war fleckig, sie hatte zu kurze

Ohrläppchen, eine zu spitze Nase, ihre Schultern waren zu männlich, und ihr Hintern tendierte zur Birnenform. Aber Josse bewunderte sie, und man muss ihre Biografie nicht kennen, um zu verstehen, wie sehr ihr das gefiel. Womöglich war sie sogar verliebt. Aber zugleich misstraute sie der Liebe. Vielleicht, weil sie befürchtete, Josse werde eines Tages aus seiner Täuschung erwachen und sie mit nüchternen Augen sehen?

Sie gab sich ihm hin, aber nicht ganz. Während Josse ihr vollkommen zugetan war und sogar eine Zeit lang seinen geheimen Größenwahn vergaß, hielt sie unbeirrt die Verbindung zur restlichen Welt, und diese Welt war vor allem die Gemeinschaft am *Fenster des Meeres*. Nach ihrer Flucht aus dem ungeliebten Haus ihres Stiefvaters – eines tuskischen Silberschmieds, der ihre Mutter freigekauft und geheiratet hatte; an und für sich ein braver Mann, der aber für die mitgebrachte Tochter wenig übrighatte – hatte Ascula hier Asyl gefunden. Zwar hatte sie absolut nichts mit dem Samnitentum zu tun, aber ihre skythische Herkunft machte diesen Mangel wett. Bei den Festen am Strand glaubte sie sogar, etwas von der Wildheit ihrer Ahnen in sich wiederzuentdecken. Trotz ihres eher geringen Körpervolumens hatte sie eine kräftige Stimme; sie lernte rasch, samnitische Lieder zu singen, und konnte Diablos Gesänge bald durch eine hübsche zweite Stimme bereichern. Bereitwillig unterwarf sie sich den Regeln der Gruppe, und da sie keinesfalls als Zwergente oder Kriechtier gelten wollte, widersetzte sie sich kaum, als auch Diablo sie irgendwann zur Kohabitation drängte.

Nie zuvor war es so gewesen wie mit Josse. Nie hatte sie jemand so bewundert oder so geliebt. Oft genug war der Beischlaf eine skurrile, fühllose Handlung geblieben; selbst

Diablo, der als Redner hitzig war, war als Liebhaber so kühl, dass Ascula mitunter Mühe hatte, ihre Bereitschaft zum Beischlaf mit ihm als Freiheit zu deuten. Wenn sie Josse die Augen und Sinne für die Liebe geöffnet hatte, so hatte er umgekehrt, ohne es zu wissen, bei ihr dasselbe getan.

Dennoch war sie glücklich, als die Separatisten sich in diesem Sommer am Ufer niederließen, Markisen aufspannten und an einer Trinkwasserleitung zu basteln begannen. Sie war glücklich über die Gründung eines dauerhaften Gemeinwesens. Sie genoss es, gemeinsam Holz zu sammeln und abzuwaschen, sie liebte den magischen Kreis um das Feuer, den Schabernack, den Gesang, und selbstverständlich ging sie davon aus, dass auch Josse das alles liebte, auch wenn er abends am Feuer kaum je den Mund aufkriegte. Als sie mitbekam, dass er sich für seine Zähne schämte, brachte sie ihm bei, sein Gebiss mit Salz und Kreide zu reinigen; aber auch mit geweißten Zähnen blieb er ziemlich stumm.

Er hatte nichts beizusteuern zu staatstheoretischen Diskursen. Er wusste nichts über das Samnitentum. Auch konnte er nicht singen, kannte die Texte nicht. Stattdessen verfolgte er aus dem Augenwinkel, wie Ascula, wenn Diablo zur Kithara griff, schon in der ersten Zeile einfiel und sich im Refrain zu einer zweiten Stimme aufschwang; die summende Harmonie der Stimmbänder, das Verschmelzen der Frequenzen und die kurze Begegnung der Blicke, wenn sie einander den gelungenen Einsatz bestätigten, löste in ihm einen überraschenden, bislang vollkommen unbekannten Schmerz unterm Zwerchfell aus. Kurz gesagt, Josse lernte die Eifersucht kennen, und wir würden diesem lächerlichen Gefühl kein weiteres Wort widmen, wenn nicht gerade daraus, aus purer Eifersucht, Josses zweite, erstaunliche Rede erwachsen wäre.

Eifersucht ist eine Katze, die sich in den Schwanz beißt. Je länger der Abend am Feuer dauerte, desto mehr sehnte sich Josse danach, sich mit Ascula zurückzuziehen. Aber dann zog Ascula es erst recht vor zu bleiben. Je mehr er sie drängte, desto unwilliger wurde sie. Je eifersüchtiger er wurde, desto mehr Grund gab sie ihm. Es begann sie zu stören, dass er immer neben ihr saß. Sie suchte bewusst die Nähe der anderen, ging mit anderen spazieren oder Holz sammeln und verbat es sich, dass Josse sie ständig begleitete. Und eines Abends im Juli – sie hatte wieder einmal Stunden im heiteren Gespräch mit anderen verbracht, während Josse abseits im Dunkeln gesessen und mit geschwellter Galle zugesehen hatte, wie sie ihr Lächeln verschenkte oder sich sogar umarmen ließ – hielt er es nicht mehr aus und stellte sie zur Rede.

Allerdings wurden die Vorwürfe, die er ihr machte, schon im Moment, da er sie aussprach, nichtig und abwegig. Er schnappte nach Luft, er stotterte. Er fühlte sich im Recht, weil er litt. Aber er hatte keine Argumente. Er ließ sich zu Beschimpfungen hinreißen, die ihn ins Unrecht setzten. Er stieß Drohungen aus und spürte im selben Augenblick, dass sie keine waren.

»Das reicht jetzt«, schrie er. »Entweder ich – oder ...«

Ascula lachte. »Oder was? Willst du dich scheiden lassen? Wir sind nicht verheiratet. Du kannst gehen, du bist frei.«

Und Josse ging. Es blieb ihm nichts anderes übrig. Er ging los, ging die alte Militärstraße entlang, die Sterne über sich, einen Stein in den Eingeweiden. Er ging wie gegen den Wind. Es zog, es drückte ihn zurück, aber er ging. Er stolperte mehrmals im Dunkeln, riss sich die Handfläche auf. Er stand auf, ging weiter. Er ging geradeaus, sinnlos, ziellos.

Am Morgen war er in Pompeji. Er schwebte wie ein Geist durch die Straßen. Die Menschen kamen ihm dick und feist vor, wie reifes Obst. Die Stadt bestand plötzlich aus lauter Mauern. Er fror nicht, aber sein Körper war kalt. Seine Mutter kochte ihm eine warme Suppe (für Käsefladen fehlten ihr gerade die Zutaten). Josse schlang die Suppe hinunter und schlief ein. Wachte aber viel zu früh auf. Er versuchte, nicht gleich an Ascula zu denken.

Ein paar Tage verbrachte er bei seiner Mutter und versuchte, nicht an Ascula zu denken. Nachts sah er das Mondlicht und versuchte, nicht an Ascula zu denken. Er hackte Holz, holte Wasser, ersetzte einen losen Stein im Herd und versuchte, nicht an Ascula zu denken. Er ging täglich mehrere Kilometer zu Fuß, immer nur geradeaus und zurück, und dachte die ganze Zeit an Ascula.

Er besuchte seine alten Kumpane. Er hatte sie fast zwei Monate nicht gesehen, es kam ihm vor wie eine Ewigkeit. Zugleich hatte er das Gefühl, dass hier die Zeit stehengeblieben sei. Nichts war passiert, nichts hatte sich verändert. Sie machten noch immer dieselben Witze, stritten über die Größe nie gesehener Meeresungeheuer, erzählten erfundene Weibergeschichten.

»He, wo warst du?«, wollte der Fisch wissen.

»Das erzähle ich euch, wenn es an der Zeit ist«, versprach Josse.

Er aß mit ihnen gestohlene Früchte und versuchte, nicht an Ascula zu denken. Er saß auf den sonnenwarmen Mauersteinen und versuchte, nicht an Ascula zu denken. Er sah das Gras, die Erde, die Wolken am Himmel.

Er ging zur Großen Palästra. Seine Kondition war nach der langen Trainingspause miserabel. Schon nach dem Warmlaufen schnaufte er. Er log Trebius vor, dass er immer noch auf einer Baustelle arbeite, aber Trebius brauchte nur seine Hände anzuschauen, um Bescheid zu wissen. Josse litt unter seinen tadelnden Blicken, denn noch immer war der alte, vor lauter Eisen rasselnde Mann ihm mehr Vater, als sein Vater es ihm jemals gewesen war.

Er machte seine Übungen, keuchte über die Sturmbahn, wütete mit dem Kurzschwert gegen eine Attrappe und versuchte, nicht an Ascula zu denken.

»Deine Deckung!«, schrie Trebius.

Josse hob seinen Schild, täuschte ein Ausweichen vor, machte einen Ausfallschritt und zerschlug sein Holzschwert an der Attrappe.

Als er am Abend nach dem Training mit den Veteranen des Judäischen Krieges geharzten Wein trank und die alten Kämpfer vom Krieg erzählten, wurde ihm auf einmal unbehaglich. Wie sie sich über die störrischen Jüdinnen mokierten, die sich ihnen nicht hatten andienen wollen. Wie sie sich brüsteten, den Priestern im Tempel die Köpfe abgeschlagen zu haben, während diese bis zum letzten Augenblick in ihrem wiegenden Singsang verharrt hatten. Wie sie sich über die Idioten aus der arabischen Kohorte lustig machten, die zweitausend fliehenden Juden die Bäuche aufgeschlitzt hatten, weil das Gerücht umging, sie hätten die Bäuche voller Gold.

»Die hätten doch nach tausend Bäuchen schon merken können, dass da was nicht stimmt«, brüllte Trebius, sich auf die Schenkel klatschend vor Vergnügen.

Nach einer Woche kehrte Josse zum *Fenster des Meeres* zurück. Mit Ascula sprach er kein Wort über den Streit, und auch sie tat, als wäre nichts geschehen. Sie schliefen auch wieder miteinander, fast genau wie vor seiner Flucht, und doch anders, selbst wenn die Veränderung vielleicht nur in seinem Blick lag. Manchmal, mitten im Akt, kam sie ihm fremd vor. Ja, es schlich sich so etwas wie Feindseligkeit in ihr Liebesleben ein. Es war ein Ringen, ein Kampf. Es war ein Unterwerfen und Lauern.

Josse hörte auf, Ascula nachzustellen und sie zu belästigen. Im Gegenteil, er zog sich zurück. Sprach mit anderen Frauen, ließ Ascula im Unklaren. Und wenn er sie mit anderen Männern sah, wenn sie andere anlachte oder sogar mit ihnen tanzte, wandte er sich ab und lief ein paar Kilometer am Strand entlang, kletterte über die Felsen. Verschwand hin und wieder für eine Nacht. Er nahm sich vor, ihr niemals mehr Vorwürfe zu machen, und man muss sagen: Er hielt sich daran. Was immer man über Jowna alias Josephus alias Josse sagt, die Willenskraft kann man ihm nicht absprechen.

Zugleich mit seiner Rückkehr beschloss er, nicht mehr zur Palästra zu gehen. Stattdessen begann er, seine Leibesübungen am Strand zu absolvieren. Er dachte sich Bewegungen aus, die weniger militärisch wirkten, ohne Übungsgerät, ohne Schwert und Stange und Sturmwand: Bauch- und Rückenübungen im Sand, Rollen und Rumpfheben, Armtraining durch liegendes Hochstützen und einiges mehr, dessen komplizierte Beschreibung wir uns ersparen. Durch das jahrelange Training bei Trebius hatte er ein Gefühl für seine Muskulatur entwickelt, spürte deutlich, welche Stränge er wie am besten belastete.

Zwar absolvierte er seine Übungen still und abseits der Gruppe, dennoch nahmen einige seiner neuen Freunde

Notiz davon. Bei manchen riefen die merkwürdigen Bewegungen, die obendrein, wenn man ihm zuschaute, kinderleicht aussahen, Spott und Verwunderung hervor. Aber kaum probierten sie es selbst, merkten sie, dass sie fast nichts davon zustande brachten. Sie japsten und schnauften, schafften mit Mühe und Not zwei, drei Liegestütze, bekamen ihre Oberkörper beim Rumpfheben nicht hoch. Josse gab knappe, präzise Anweisungen, sachlich und ohne Häme, wie Trebius es immer getan hatte. Er lobte sie für jeden Erfolg und tröstete sie über misslungene Versuche hinweg. Und plötzlich gab es eine Gruppe, die sich regelmäßig unter seiner Anleitung abstrampelte. Sogar eine Frau gesellte sich dazu: die langbeinige Grimalda, die den meisten Männern beim Dauerlauf überlegen war.

Josses Stellung in der Kommune wurde noch weiter gefestigt, als er sich, nachdem die Temperaturen gegen Ende August plötzlich nachgelassen hatten, um die praktischen Fragen des jungen Gemeinwesens zu kümmern begann. Bei Trebius hatte er gelernt, wie man Zelte errichtet. Zunächst errichtete er für sich und Ascula ein solches Zelt, und da die Idee Anklang fand, war er bald damit beschäftigt, anderen den Zeltbau beizubringen. Außerdem mauerte er eine Wasserleitung von der Quelle bis ins Lager – eine ungeheure Erleichterung. Dann machte er sich daran, eine Hütte zu bauen. Maras hatte etwas Material besorgt, und Josse verbaute, was da war. Es wurde ein schlichtes Gebäude aus Stein und Holz, aber mit sinnvoller Belüftung und einem kleinen Fenster, das aufs Meer hinausging. Es stand außer Frage, dass Maras dieses Wunderwerk beziehen würde, aber die Fertigstellung wurde von allen gefeiert wie ein großer Sieg.

Trotz seiner vielfältigen Beschäftigungen las Josse in

den Mittagsstunden weiter seinen Herodot, denn das Buch hatte angefangen, ihn zu fesseln. Allmählich gelang es ihm, ganze Sätze zu entziffern, die ihm wiederum beim Entziffern weiterer Sätze halfen. Manchmal brauchte er einen Tag für einen Absatz. Er las ihn wieder und wieder, bis der Sinn eines Wortes, dessen Bedeutung nicht am Rand aufgeführt war, sich plötzlich einstellte. Der Abschnitt über den Trojanischen Krieg bei Herodot ist nicht lang, wie sich der geneigte Leser vielleicht erinnern wird. Und er handelt eigentlich auch nicht vom Krieg, sondern von dessen Ursache oder, besser gesagt, von dessen vermeintlicher Ursache. Aber es dauerte Wochen, bis Josse begriffen hatte, was Herodot da eigentlich sagte. Und dann las er alles noch einmal und prüfte, ob er es nicht missverstanden hatte. Denn wenn Josse auch sonst kaum etwas über Geschichte wusste, eines wusste er, hatte es schon in der ersten Klasse der Elementarschule gelernt, und jeder wusste es, jeder Idiot, jeder Bettler: dass der berühmte Trojanische Krieg, der Krieg aller Kriege, um die schöne Helena geführt worden ist. Und jetzt las er bei Herodot, dass Helena niemals in Troja war!

In Wirklichkeit, so Herodot, habe der Sturmwind Paris samt der geraubten Helena nach Ägypten verschlagen, wo König Proteus ihn glattweg verhaften ließ. Und hier habe Menelaos seine Gattin wieder abgeholt, so wollte es Herodot persönlich von ägyptischen Priestern erfahren haben. War denn das möglich? Zehn Jahre Blutvergießen, Abertausende Tote, ein Reich vernichtet, eine Bevölkerung ausgerottet – alles aufgrund einer Lüge? Die man bis heute den Kindern in der Schule erzählte und die auf Wandgemälden dargestellt, in Politiker-Reden wiederholt und sogar von Dichtern und Dramenschreibern verbreitet, ausgeschmückt und verfestigt wurde?

Die Welt stand Kopf. Josse starrte aufs Meer. Eine altkluge Möwe stakste vorbei. Der Wind warf ihm eine Handvoll afrikanischen Sand in die Augen, und als er sie schloss, begriff er auf einmal, was *falsches Bewusstsein* war.

Und dann passierte die Sache mit Diablo. Wäre sie früher passiert – bevor er den Philosophen Schlagball beigebracht und die Wasserleitung repariert, bevor er all die Wörter gelernt und sein Selbstvertrauen durch die Lektüre Herodots gestärkt hatte –, dann wäre die ganze Geschichte womöglich anders ausgegangen. Aber das sind Spekulationen, bleiben wir bei dem, was geschah: Es war einer dieser Abende, an denen Ascula glaubte, ihre Freiheit verteidigen zu müssen. Eigentlich war es schon Nacht, die meisten hatten sich schlafen gelegt oder dösten am Feuer, nur Diablo und Ascula sangen noch, lächelten einander an, während ihre Stimmen miteinander verschmolzen. Josse saß etwas abseits und beobachtete die Szene mit dem üblichen Druck unterm Zwerchfell; erlitt kleine Anfälle von Hass auf Ascula, über die er selber erschrak – als Grimalda ihn an der Hand nahm und tiefer in die Dunkelheit zog.

Grimalda war hochgewachsen und schlank, hatte ein erstaunlich schmales Becken und erstaunlich große Brüste. Sie war bestimmt nicht ohne Reiz, aber Josse wurmte die Eifersucht. Alles an der langbeinigen Frau kam ihm falsch vor; er wusste nicht, wie mit den großen, zerfließenden Brüsten umgehen, es störte ihn, wie Grimalda ihn mit ihren Beinen umschlang; ihr Stöhnen fand er affektiert, und das Lebewesen zwischen ihren Beinen hatte den Geschmack einer unreifen Himbeere.

Als er nach dem halbherzig vollzogenen Akt zurückkehrte, sah er Diablo in verräterisch weißer Kleidung ein Stück abseits des Lagers stehen. Vor ihm kniete ein Schatten, der rhythmisch den Kopf bewegte ... Josse schlug zweimal zu, links, rechts, schnelle Kombination. Diablo kippte um, ohne auch nur den Arm gehoben zu haben. Als er wieder die Augen öffnete, musste er feststellen, dass die Nase gebrochen war.

Drei Tage später wurde ein Tribunal einberufen, auf dem über Josses Ausscheiden aus der Gruppe entschieden werden sollte. Man traf sich am sogenannten Theater, einer halbrunden Höhlung im Felsen, wo man hin und wieder selbstgeschriebene Theaterstücke aufführte, die man für revolutionär hielt. Diablo höchstpersönlich übernahm die Anklage.

Er hatte sich darauf nicht sonderlich vorbereitet, verließ sich auf seine rhetorischen Fähigkeiten, auf seinen angeborenen Witz, auf seine Stimme und auf seine bärenhafte Erscheinung. Aber seit er von Josse niedergeschlagen worden war, wirkte er mehr plump als imposant. Seine Nase war rotgeschwollen, sein Tonfall war nasal. Zudem schmerzte ihn das Aussprechen des Buchstaben *f* in den Nebenhöhlen, als er über die Institution des Patriarchats und die Besitzansprüche von Männern und die Freiheit der Frau zu sprechen begann.

»Dieser aber«, presste Diablo heraus, während er, ohne ihn anzusehen, auf Josse zeigte, »dieser aber tritt die Hreiheit der Hrauen mit Hüßen!«

Hinzu kam, dass er die Fähigkeiten seines sonst eher schweigsamen Gegners unterschätzte. Allerdings waren auch die anderen Bewohner des Lagers überrascht und verwirrt von Josses Gedankensprüngen. Und wenn sie dies oder jenes nicht ganz verstanden, glaubten sie vor Schreck, es liege an ihrer eigenen Unfähigkeit, und schämten sich insgeheim, diesen Mann bisher immer für einen nützlichen, geschickten, aber geistig beschränkten Handwerker gehalten zu haben.

»Worüber reden wir hier eigentlich?«, begann Josse, nachdem er einen Augenblick mit halb erhobener Hand vor seinem Publikum gestanden und so getan hatte, als würde er die folgenden Gedanken aus dem Stegreif entwickeln. »Worüber reden wir? Oder, um genauer zu sein, wer redet? Und: Über wen? Die Frage ist doch, warum glaubt jemand – ein Mann, was hoffentlich keiner bezweifeln wird –, warum glaubt der, den emanzipatorischen Anspruch der Frauen repräsentieren zu müssen? Und zwar nicht nur, wie allgemein bekannt, hier und heute, sondern permanent, symptomatisch. Was verbirgt sich dahinter?«

Allgemeines Erstaunen. Das klang philosophisch und war obendrein auf subtile Weise gemein: *Ein Mann, was hoffentlich keiner bezweifeln wird!* Selbstverständlich war man für Gewaltlosigkeit, aber beeindruckt hatte es die Philosophen doch, wie Josse diesen »unzweifelhaften Mann« mit zwei kurzen Haken ins Koma geschickt hatte. Und nun schickte er ihn auch rhetorisch ins Koma:

»Ich persönlich, wenn ihr das wünscht, bin bereit, aus der Gemeinschaft auszutreten«, rief Josse. »Es gibt sicherlich Personen, die dem Projekt nützlicher sind als ich. Durch ihre enorme Bildung und ihren brillanten Verstand! Und ihre musischen Begabungen! Die sie dazu nutzen, die reaktionären kriegerischen Phantasien eines Homer hier zu reproduzieren. Und natürlich ist Diablo in der Frauenfrage ein unerreichter Experte. Trotzdem erlaubt mir eine Frage, eine einzige, dann will ich abtreten und mich nie wieder sehen lassen, wenn ihr das wünscht.«

Und dann folgten jene Sätze, die nur brennende Eifersucht in drei schlaflosen Nächten vor dem Tribunal ihm eingegeben haben konnte. Oder war es der Gott der Schweine?

»Was ist das Patronat, frage ich, denn anderes als der Anspruch des Mannes, die Frau zu repräsentieren? Mit dem Unterschied, dass der Patron eine einzige Frau repräsentiert oder, anders ausgedrückt, über sie verfügt. Während hier jemand, unser Experte, über *die Frau als solche* verfügen will. Sprich: über alle Frauen. Strukturell. Die Vergesellschaftung, von der er immerfort spricht, heißt mit anderen Worten: Verfügbarkeit. Die Freiheit, die hier in den korrupten Begriffen eines falschen Bewusstseins propagiert wird, ist in Wirklichkeit Zwang.«

Und wenn die Rede bis hierhin noch etwas umständlich und verschraubt wirken mochte, so mündete sie in einen tödlich einfachen Satz, in dem sich Josses demagogisches Talent eindrucksvoll entfaltete:

»Diablo geht es nicht um die Selbstbestimmung der Frau, sondern um ihre Penetration.«

Eine Minute lang hörte man das leise Plätschern des Meeres. Dann fragte Maras, wer für Josses Ausschluss sei.

Diablo verwand seine Niederlage schlecht. Er verließ noch am selben Tag die Gemeinschaft am *Fenster des Meeres*, hörte prompt auf, an den Vulkan zu glauben, und begann, unter den Mitgliedern des Vogelschutzvereins im Hühnerstall gegen Maras und dessen Leute zu stänkern. Er zeigte überall seine geschwollene Nase herum und berichtete von Gewalt gegen Andersdenkende. Er erzählte von Josses militanten Leibesübungen und vom Schlagballspiel (an dem er allerdings mehrmals selbst teilgenommen hatte) als einen Akt symbolischen Tötens. Er bezichtigte die Kommune am Meer des samnitischen Patriotismus. Und obwohl selbst ein Materialist, beschuldigte er Maras des Materialismus. Ismen eigneten sich bekanntlich gut für Beschuldigungen, weswegen Diablo gleich noch den *Vulkanismus* erfand. Und obwohl noch niemand diesen Begriff je gehört hatte, nickten die Lokalphilosophen verständig, und die rothaarige Dito erinnerte daran, dass sie den *Vulkanismus* schon immer für ein Ablenkungsmanöver der herrschenden Klasse gehalten habe.

Vielleicht war es in Wirklichkeit die Angst vor den Behörden (nicht ganz zu Unrecht, wie wir sehen werden); vielleicht war es aber auch die Angst vor der Tat, die viele unserer Lokalphilosophen gegen das Gründungsprojekt einnahm. Denn wo bliebe die Philosophie, wenn die Philosophen ihren Unmut in Taten verwandelten? Der endlose Disput, den sie führten (und liebten), beruhte ja gerade auf dem Widerspruch, dass die Welt einerseits dringend verändert werden musste, aber andererseits nicht zu verändern war. Jedenfalls fielen die Berichte und Verleumdungen Diablos im Hühnerstall auf fruchtbaren Boden, und als Maras nach der Sommerpause versuchte, weitere Vereinsmitglieder für das neue Gemeinwesen zu gewinnen, sah er sich einer geschlossenen Front der Ablehnung gegenüber. Die Versammlung endete damit, dass die nunmehr so genannten *Vulkanisten* mit Stimmenmehrheit ausgeschlossen wurden.

Stalo spuckte vor Wut. Petros war den Tränen nahe. Nur Josse fand, dass der Ausschluss kein Verlust sei.

»Wen interessiert denn schon der Vogelschutzverein?«, fragte er. »Wenn wir am *Fenster des Meeres* wirklich etwas errichten wollen, dann brauchen wir keine Hedonisten und keine Mystiker und keine fundamentalistische Fraktion. Was wir brauchen, sind Maurer, Zimmerleute, Maler!

Wir brauchen Träger und Maultiertreiber, Leute, die arbeiten können und arbeiten wollen und die bereit sind, sich hier niederzulassen. Maras hat vollkommen recht: Wir brauchen die Bevölkerung. Die müssen wir überzeugen.«

Das war leicht gesagt. Nach der Vereinssitzung im Hühnerstall waren weitere vier Leute abgesprungen, es waren jetzt nur noch fünfzehn übrig. Immerhin ließ die Hitze nach, die herbstliche Luft ernüchterte den Geist, und der Trotz schürte den Tatendrang der Übriggebliebenen. Maras spannte den Reisewagen an, und es fuhren nun täglich vier sogenannte Agitatoren vom *Fenster des Meeres* nach Pompeji, um Werbung für die Idee der Neustadt zu machen.

Maras übernahm den Westen Pompejis. Er versuchte, an die samnitischen Gefühle der Bevölkerung zu appellieren, denn er war davon überzeugt, dass das samnitische Volk sich danach sehnte, eine eigene, freie, selbstbestimmte Gemeinschaft am *Fenster des Meeres* zu gründen. In Wirklichkeit aber war das samnitische Bewusstsein in der Bevölkerung schon recht verblichen. Oskisch wurde nur noch von wenigen Alten gesprochen, es galt als hölzern und unmodern, und wenn die Römer nicht so dumm gewesen wären, die Stadt in *Colonia Cornelia Veneria* umzubenennen, hätte der einfache Bürger die Kolonisierung als solche vielleicht schon vergessen. Ob römische oder samnitische Aristokraten im Magistrat saßen, war dem armen Mann einerlei. Zudem hatte die Besatzung einen großen Vorteil: dass man über Rom meckern konnte.

Und gemeckert wurde ständig und über fast alles: über die Löhne, die Mietpreise, die Ausländer, die stockende Wasserversorgung, die Arbeitslosigkeit, die steigenden

Preise, die Geldverschwendung des Magistrats, über die schlechten Straßen, den nächtlichen Güterverkehr, über die Steuern, die Konkurrenz aus Neapel, die schlechte Luft und so weiter. Nur eines begriffen die Leute nicht: Seit einhundertvierundvierzig Jahren, seit der Einführung des römischen Wahlsystems, gingen sie regelmäßig zur Wahl, aber wen sie auch wählten, es änderte sich nichts. Es wurde sogar immer schlechter.

Maras versuchte, den Hafenarbeitern zu erklären, dass es das römische Wahlsystem war, das sie um ihre Stimmen betrog.

Aber die Hafenarbeiter sagten: »Egal, wir gehen sowieso nicht mehr wählen.«

»Genau«, sagte Maras, »weil ihr nur die Wahl habt zwischen einem Aristokraten und einem anderen Aristokraten. In unserer Gemeinde, im neuen Pompeji, könnte jeder gewählt werden.«

»Auch der schielende Fidius?«, fragten die Hafenarbeiter.

»Auch der schielende Fidius«, sagte Maras.

»Dann möchten wir da lieber nicht wohnen«, sagten die Hafenarbeiter lachend und ließen ihn stehen.

Er ging zu den Maultiertreibern, die ihre Maultiere die steile Hafenstraße hochprügelten. Aber die Maultiertreiber stießen Maras beiseite.

Die Marktfrauen wollten keine Stadt ohne Aristokratie. Die Aristokraten seien schließlich die besten Kunden!

Und die Steinmetze, die das Kapitol reparierten, das seit dem Großen Beben noch immer reparaturbedürftig war, fragten schlau, ob es denn in dieser neuen Stadt überhaupt ein Kapitol geben werde.

Stalo war im Süden der Stadt unterwegs und versuchte, den Tagelöhnern Platons Idee von der Abschaffung des Privateigentums schmackhaft zu machen.

»Wieso Privateigentum abschaffen? Anschaffen!«, sagten die Sackträger. »Reich werden wollen wir!«

Stalo rechnete ihnen vor: Selbst wenn sie einen ganzen Sesterz am Tag verdienten, hätten sie am Ende des Lebens vielleicht neuntausend Sesterze zusammen. Das reiche gerade für drei Quadratmeter Bauland am Rande der Stadt. Doch in Wirklichkeit bleibe ihnen am Lebensende nicht einmal das, weil ein Sesterz am Tag kaum zum Leben reiche. »Aber wenn alles allen gehört«, erklärte Stalo, »dann sind alle gleich reich.«

»Aber wenn jedem nichts gehört«, sagten die Sackträger, »sind alle gleich arm.«

»Aber wenn alle gleich arm sind«, sagte Stalo, »dann gibt es wenigstens keinen Streit.«

»Aber wir sind alle gleich arm«, sagten die Sackträger, »und streiten uns trotzdem. Und jetzt zieh ab, du Besserwisser, bevor wir dich in den Sack stecken.«

Stalo zog ab und beschloss, dass die Sackträger ein reaktionäres Pack seien.

Josse hingegen war im Nordosten unterwegs und appellierte an die Angst der Leute.

»Wir leben auf einem Vulkan«, verkündete er.

Die Leute staunten: Vulkan?

Ein Feuer speiender Berg.

Aber wo war denn das Feuer?

Enttäuschung, als sich herausstellte, dass Josse den Monte Somma meinte, dessen Silhouette sich schwach in der Ferne abzeichnete. Obendrein musste er zugeben, dass der Vulkan seit Langem erloschen war. »Aber er wird wieder ausbrechen«, beharrte er.

Er versuchte, in einfachen Worten wiederzugeben, was der Grieche gesagt hatte. Die Leute schienen nicht besonders beunruhigt zu sein. Nicht, dass sie ihn für einen Lügner hielten, aber sie glaubten ihm nicht so recht.

»Ich kenne dich! Du bist doch der Josse, Sohn des Jazyg!«

Und wenn man jemanden selbst und persönlich kannte, konnte es nicht weit her sein mit ihm.

Einzig die Christen, eine winzige Sekte von Apokalyptikern, die ganz versessen auf schlechte Nachrichten waren, nahmen die Botschaft ernst und begannen, sie zu verbreiten – mit Folgen, wie sich zeigen wird.

Und dann, eines Tages, tauchten unter den Zuhörern seine alten Kumpane auf: Mugo und der Fisch. Er hatte gezögert, sie aufzusuchen. Er fürchtete ihren Spott. Aber als er sie sah, machte sein Herz einen Sprung vor Freude.

Die beiden zeigten sich reserviert.

»Bist du jetzt bei den Vogelscheuchen gelandet?«, fragte der Fisch.

»Nein, es hat nichts mit dem Vogelschutzverein zu tun. Es ist der Vulkan.«

Die beiden staunten.

Er erzählte von dem neuen Gemeinwesen am Strand, vom Lagerfeuer, vom gemeinsamen Essen.

»Gibt's auch Weiber?«, wollte der Fisch wissen.

»Ja, Frauen gibt's auch. Aber nicht so, wie du dir das vorstellst. Also, locker geht es schon zu. Manchmal baden wir nackt …«

Die beiden staunten.

»Aber das heißt nicht, dass du einfach eine umlegen kannst«, beeilte sich Josse zu sagen. »Es gibt auch Regeln.«

»Und die wären?«, fragte Mugo.

»Also erstens: Respekt. Zweitens: Wir teilen uns die Arbeit. Jeder ist mal mit Abwaschen dran. Und drittens: Keine Prügelei, das ist wichtig. Wir sind nämlich gegen Gewalt.«

Die beiden staunten.

»Am besten«, schlug Josse vor, »ihr kommt einfach mal mit. Verhaltet euch ruhig, haltet die Klappe und schaut euch alles an.«

»Aber das mit dem Nacktbaden stimmt?«, wollte der Fisch wissen.

Am nächsten Nachmittag standen sie mit ihren Bündeln am Südtor. Von dort aus ging es mit dem Wagen zum *Fenster des Meeres.* Außer den beiden Jungs war noch Toni dabei, sowie vier andere, die Petros geworben hatte. Petros war bei der Rekrutierung bisher der Erfolgreichste gewesen. Nur leider waren die Leute, die er geworben hatte, zumeist Bettler und Nichtsnutze, die sich vor allem von der Aussicht auf einen Platz am gemeinsamen Suppentopf locken ließen.

So kam es, dass die Kommune erst auf achtzehn, dann auf dreiundzwanzig und dann sogar auf achtundzwanzig Mitglieder anwuchs, ohne dass das Vorhaben allerdings erkennbare Fortschritte machte. Wenn es ums Futter ging, kamen sie alle aus ihren schiefen Behausungen, krochen hinter den Felsvorsprüngen hervor und scharten sich um das Feuer. Sobald aber zur Arbeit gerufen wurde, waren die Leute, die Petros geworben hatte, verschwunden. Oder waren krank. Oder das Wetter war zu schlecht. Und wenn tatsächlich mal gearbeitet wurde, dann dauerte es einen halben Tag, bis man eine Wagenladung Steine ablud, oder das Bauholz, das Maras bestellt hatte, lag tagelang im Regen.

Petros versuchte es mit Überzeugungsarbeit, Stalo mit Kontrolle. Schließlich schickte Maras die Faulsten einfach wieder weg und ermahnte Petros, nur noch Arbeitswillige zu rekrutieren. Nun schrumpfte der Verein wieder. Der Oktober verging ohne nennenswerten Fortschritt. Die Tage wurden kürzer, das Leben anstrengender. Das Meer lud nicht mehr zum Baden ein. Man wärmte sich abends am Feuer. Hin und wieder wurde noch gesungen. Niemand wollte zugeben, dass Diablo fehlte. Niemand wollte eingestehen, dass man auf der Stelle trat. Nur Josse begriff allmählich, dass man auf diese Weise nicht weiterkam.

Immerhin war Friede eingekehrt zwischen ihm und Ascula. Sie hatte in der Diablo-Geschichte zu ihm gehalten, vielleicht war sie über den Ausgang sogar erleichtert. Josses rhetorischer Sieg über Diablo machte es ihr möglich, sich zu ihm zu bekennen, ohne der Spießigkeit oder Entenhaftigkeit verdächtigt zu werden. Der Kampf zwischen ihnen hörte auf. Allerdings ließ zugleich das Begehren nach. Lag es an den Umständen? Es wurde kälter, es regnete. Es kostete Mühe, ein paar Lebensmittel und ein bisschen Feuerholz zu besorgen, und am Ende eines nasskalten Tages suchten die beiden Liebenden in der Umarmung zumeist nichts als Wärme und Trost.

So ging der Sommer der Liebe zu Ende. Der Winter zog ein, die Temperaturen kratzten am Gefrierpunkt. Selbst das nächtliche Kreischen der Möwen verstummte. Nur das zermürbende Mahlen und Stampfen des Meeres waren zu hören, wenn Josse wach in der Hütte lag, in absoluter Dunkelheit, und darüber nachdachte, wie man das Siedlungsprojekt vorantreiben könnte.

Der Umschwung sollte indes nicht aus der Grübelei kommen, ja nicht einmal aus der Tat; er entsprang weder einem Plan noch einer List, auch nicht dem Zufall, sondern verdankte sich einzig und allein der raffinierten Dummheit eines anderen.

ZWEITER TEIL

Vierte Rolle. Christenverdacht

Man kann nicht sagen, dass er ein Sadist war. Im Gegenteil, er war ein empfindsamer und kultivierter Mensch. Er verabscheute die Tierhetzen und Kämpfe, die er selbst – vom Geld seiner Frau – sponserte. Er las Vergil, wenn er Zeit hatte (was, zugegeben, selten der Fall war). Er benutzte an Feiertagen silbernes Geschirr. Und es gelang ihm regelmäßig, sich beim Essen im Freundeskreis dermaßen vollzustopfen, dass ihm nur der Federkiel blieb, um auch die Süßspeisen noch anständig genießen zu können: Fabius Rufus, gewähltes Stadtoberhaupt der Colonia Cornelia, Wohltäter und Stifter, Träger des Goldenen Ehrenkranzes der Stadt und neuerdings sogar Anwärter auf ein Denkmal auf dem Forum. Er saß schon seit einiger Zeit Modell, täglich ein halbes Stündchen, und hatte zu fasten begonnen, sozusagen im Wettlauf mit dem eigenen Bildnis, weil ihm die vom Künstler probehalber hergestellte Bronzeminiatur vor Augen geführt hatte, dass er zu dick war: Immerhin würde er der Nachwelt für die Ewigkeit so in Erinnerung bleiben!

Wenn Fabius beschloss, einen gewissen Josephus, Sohn des Jacobus, öffentlich zu züchtigen, dann geschah das nicht aus niederen Beweggründen, sondern aus einer tief empfundenen, ehrlichen Sorge um die Stadt, mit der er sich seit seiner Jugend innig verbunden fühlte. Gern erzählte er seinen Wählern die rührende Geschichte, wie er damals, unmittelbar nach dem Großen Beben, im zerstörten Augustustempel stand und den Entschluss fasste, für die Aedilität zu kandidieren. Er war damals fünfunddreißig, fast schon zu alt, um eine politische Karriere zu beginnen, außerdem regnete es in Strömen. Aber da fielen die Tropfen durch das undicht gewordene Dach, und sie fielen auf den Aeneas-Fries, und Fabius hob den Blick und wurde Zeuge, wie Aeneas weinte. Und auch wenn es vielleicht nicht Aeneas war, sondern die von ihm verlassene Dido, und wenn sie vielleicht nicht weinte, sondern nur nasse Haare bekam, nahm er es als Zeichen – wofür bloß? – und bewarb sich um das Amt des Aedils.

Ob er das Amt auch unter normalen Umständen bekommen hätte, ist, unter uns gesagt, fraglich. Zwar hatte er einen großen Namen – ein direkter Vorfahr hatte im Zweiten Punischen Krieg einen bedeutenden Sieg für Rom erstritten. Aber die Güter der Fabier hatten sich seitdem durch Teilung, unkluge Heirat und nicht eingelöste Hypotheken beständig verkleinert, ja sie besaßen nicht einmal mehr ein Haus in der Stadt, und für das Recht auf Mitgliedschaft im Magistrat musste Fabius eine Stadtwohnung mieten. Günstig für ihn war: Nach dem Großen Beben hatte kaum noch jemand Interesse an irgendeinem Posten in der Colonia Cornelia. Die Stadt lag in Trümmern. Die Leute verkauften ihre Häuser aus Angst vor weiteren Verlusten, es gab kein Wasser, die Thermen funktionierten nicht mehr, die Bäcker buken kein Brot, die Armen plünderten die Kornspeicher und fraßen den rohen Weizen, während die Wohlhabenden der Stadt den Rücken kehrten.

Ein Jahr nach dem Beben heiratete der frischgebackene Aedil die zwanzigjährige Livia Numistria. Sie war verwaist und hatte seit dem Tod ihrer Tante unter der Fuchtel ihres ungeliebten Vetters Fronto gestanden, Sohn der berühmten Eumachia, der wohl einzigen Frau, der Pompeji jemals ein Denkmal setzte – das nun allerdings unter Trümmern und Asche begraben ist. Käme es zum Vorschein, sähe man eine sanftmütige Frau mit langer, gerader Nase, keusch verhüllt, wie es sich für eine Priesterin gehört, so trat sie vor die Öffentlichkeit. Zugleich aber war sie eine gewiefte Unternehmerin, die schon zu Lebzeiten ihres Ehemanns die Ziegelmanufakturen ihres Vaters weiterführte und sich von niemandem dreinreden ließ, ja sie erwirtschaftete ein erhebliches Kapital, das ihr nichtsnutziger Sohn Fronto leider nach ihrem Tod zu einem großen Teil verprasste. Mit knapp über vierzig jedoch, ein Jahr nachdem er Livia an Fabius verheiratet hatte, stürzte er die Treppe seines Weinkellers hinunter und brach sich den Hals, und da er sich sein Leben lang nur mit Knaben abgegeben hatte und unverheiratet geblieben war, fiel der Rest des Vermögens, darunter die Ziegelei, seiner Kusine zu.

Zunächst war Livia geneigt, die Ziegelei zu verkaufen und mit ihrem Mann und dem noch ungeborenen, aber schon gezeugten Kind in ihre Heimatstadt Neapel zu ziehen. Aber dann entschied sie sich, auch mit Blick auf das politische Amt ihres Mannes, für den Verbleib in der Colonia Cornelia, kaufte ein großes Haus am Westwall, das gerade aufgegeben worden war, und mehrere andere Immobilien zu Krisenpreisen auf und begann, Ziegelsteine für den Wiederaufbau der Stadt zu liefern. Im Grunde war es eine Wette auf den Fortbestand der Stadt: Es war keineswegs klar, dass die Colonia Cornelia weiter existieren würde.

Sie existierte weiter, womöglich ja auch dank der Allianz von Fabius und Livia. Die beiden waren in gewisser Weise ein ideales Paar. Sie hatte das Geld, er sorgte für Kontakte und Aufträge. Unnötig zu sagen, dass Fabius sich streng an die gesetzlichen Vorgaben hielt. Wenn er trotzdem anfangs befürchtet hatte, die Nähe zum Kapital seiner Frau und die Überschneidung von Interessen würden ihn in Verruf bringen, löste sich diese Befürchtung nach einiger Zeit auf. Stattdessen wuchs sein Ansehen, und er galt in der politischen Klasse bald als jemand, der Dinge auf den Weg brachte, was man angesichts der allgemeinen Lähmung in den Tagen und Wochen nach der Erdbebenkatastrophe zu schätzen wusste.

Das Einzige, was dabei auf der Strecke blieb, war seine Potenz. Denn bedauerlicherweise hatte Fabius bei alledem das Gefühl, dass er von seiner Frau bezahlt oder, schlimmer noch, ausgehalten würde. Was, wie er wusste, nicht stimmte. Ohne ihn, davon war er jedenfalls überzeugt, ohne seine politische Erfahrung, seinen Fleiß und seine Redegewandtheit – wir möchten an dieser Stelle anmerken, dass er ein Schüler des Quintilian war! –, wäre auch Livia ökonomisch nicht erfolgreich gewesen. Aber da sein Engagement nicht in Form von Provisionen ausbezahlt werden konnte – es hätte nach Bestechung ausgesehen –, erreichte ihn Livias Zuwendung mittels regelmäßiger Bargeldzahlungen, die er nützlich, aber demütigend fand. Zuerst ließ sich seine Enthaltsamkeit noch als Rücksichtnahme auf Wochenbett und Mutterschaft verklären. Doch auch als seine Tochter – eine erstaunlich dunkelhäutige kleine Nuss, die Livia aus Dankbarkeit Eumachia nannte – ins zweite Jahr ging, hatte Fabius noch nicht wieder das Schlafzimmer seiner Frau betreten. Er war einfach nicht imstande dazu, und wir erwähnen es, um auch dieses Opfer angemessen zu würdigen.

Denn es war keineswegs so, dass seine Manneskraft als solche versiegte. Noch immer regten sich seine Lenden beim Anblick schöner Frauen, auch wenn er gewiss nicht mehr, wie als Siebzehnjähriger, von Trieben gehetzt war. Aber als amtierender Aedil und mit Blick auf seine politische Karriere konnte er sich eine Affäre nicht leisten. Mit Livias Sklavinnen zu schlafen verbot sich. Er versuchte es eine Zeit lang mit einem minderjährigen Sklaven, das heißt: mit einem Knaben – dem Leser muss möglicherweise gesagt werden, dass der Verkehr mit minderjährigen Sklaven selbst nach strengen römischen Moralvorstellungen weder als schandbar noch als unschicklich galt, sondern als Ausdruck von Stil und Weltläufigkeit. Dagegen hätte nicht einmal Livia etwas sagen können. Das Problem war: Fabius hatte beim besten Willen keine Lust auf Jungs, sodass ihm auf Dauer nichts anderes übrig blieb, als sich einmal die Woche im dreizehn Meilen entfernten Stabiae einer sogenannten Heilmassage zu unterziehen – unter dieser notdürftigen Tarnbezeichnung bot eine erfahrene Dame verschiedenen Persönlichkeiten des öffentlichen Lebens ihre diskreten Dienste an. Gewissensbisse hatte er nicht, zumal der Verkehr mit Prostituierten nach dem Augusteischen Sittengesetz nicht als Ehebruch angesehen wurde. Ganz im Gegenteil, Fabius reinigte sich in Stabiae von seinen niederen Trieben, anstatt eine Ehefrau und Mutter damit zu behelligen; ohnehin hatte Livia nie besonderes Interesse am Geschlechtlichen gezeigt, sondern den Akt allenfalls in spastischer Starre ertragen. Er fühlte sich durch seinen Betrug gegenüber der Betrogenen sogar innerlich gestärkt, es war, wie soll man sagen, eine Art Ausgleich.

Die Stadt kam allmählich wieder in Gang. Aber es dauerte. Man stelle sich den Wiederaufbau einer zerstörten Stadt etwa so vor wie die Reparatur eines Wagens während des Wagenrennens; die Gründung einer neuen wäre leichter gewesen! Es dauerte Wochen, bis überhaupt wieder Wasser floss. Monatelang lagen umgefallene Säulen der zweistöckigen Kolonnaden auf dem Forumsplatz herum. Die Straßen waren vom Schutt eingestürzter Mauern verstopft. Der Magistrat tagte, weil die Große Basilica baufällig war, noch jahrelang in einer Hütte am Südrand des Forums (die später wieder Wachstube und Arrestzelle wurde). In der Hitze des Sommers kippten die Stadträte, oft nicht mehr ganz junge Leute mit Krampfadern und Kreislaufproblemen, in der engen, überhitzten Hütte reihenweise um; Sitzungen mussten verkürzt oder wegen des Baulärms unterbrochen werden. Und über alledem schwebte, man muss es aussprechen, noch lange der Geruch der unter den Trümmern verwesenden Leichen.

Fünfzehn Jahre später, Fabius hatte es inzwischen zum Stadtoberhaupt gebracht, waren die Leichen zwar geborgen, aber das Kapitol war immer noch nicht vollständig renoviert. Noch immer wackelten die Immobilienpreise. Noch immer verließen anständige Bürger die Stadt. Noch immer hatte die Produktion des berühmten pompejanischen Garums – in diesem Zusammenhang benutzte Fabius trotz aller römischen Korrektheit gern das Eigenschaftswort *pompejanisch*, erstens weil die Formulierung *colonisch-cornelisches Garum* dann doch zu umständlich klang, zweitens weil man die berühmte Fischsoße im ganzen Reich unter dem Markenzeichen *pompejanisch* kannte und der ökonomische Aufschwung ihm im Ernstfall wichtiger als die Durchsetzung einer Sprachregelung war –, noch immer also hatte die Garum-Produktion nicht die Hälfte des Vorkatastrophenstands erreicht. Der kampanische Wein wurde nicht mehr hier, sondern in Neapel und sogar in Nuceria gehandelt, und anstatt lukanischen Wildschweins und brundisischer Austern verkaufte man in den Markthallen der Colonia Cornelia stinkende Schafsköpfe und Papageienfisch. Und auch die Qualität des pompejanischen Brotes, sage einer, was er will, hatte abgenommen.

Hinzu kam die Verwahrlosung. Die Leute wuschen sich nicht! Es war eigentlich kaum zu glauben, aber Fabius wusste aus sicherer Quelle, dass die meisten gar kein Bad in ihrer Wohnung hatten. Ja, wie denn das? Die Volksthermen waren noch immer geschlossen. Der große Wasserverteiler war nach dem Beben noch immer nicht repariert. Und so war es kein Wunder, dass das Volk stank. Es war Fabius mehr als einmal passiert, dass ihm bei seinen Wahlkampfauftritten übel geworden war, weil die Eseltreiber übler rochen als ihre Esel. Er redete über den Aufschwung, er versuchte, die Menschen *mitzunehmen* (seine Lieblingswendung), er versuchte, Hoffnung und Optimismus zu verbreiten. Aber wenn er dann, im Schutze seiner Leibwächter, nach einer solchen Veranstaltung nach Hause ging und die über und über mit Zoten und Dummheiten bekritzelten Wände sah, die Bettler, die trotz des Kontingents, das sie von der Stadt bezogen, auf öffentlichen Plätzen bettelten, die Spelunken, in denen sich das Volk mit einem Gesöff abfüllte, mit dem er sich nicht einmal die Füße waschen würde, den Dreck im Rinnstein, die Betrunkenen vor den Bordellen, die Huren, die Ratten oder diesen Bauchladenverkäufer, der täglich auf dem Forumsplatz stand und bis in den späten Abend hinein mit satyrhaften

Glubschaugen in seine selbstgeschnitzten Knochenflöten blies, obwohl das Hausieren auf dem Forum verboten war (jedes Mal nahm Fabius sich vor, den Aedilen bei nächster Gelegenheit darauf aufmerksam zu machen) – wenn er das alles sah und hörte und roch, dann drohte sein Optimismus sich zu verflüchtigen, aufzusteigen wie weißer Rauch, und er tauchte ein, auch das war ihm nicht fremd, in tiefe Zweifel über die Zukunft, die Menschen und den Sinn seines Erdenlebens.

Es war Anfang März, das sechzehnte Frühjahr nach dem Großen Beben. Fabius saß im großen Empfangszimmer an seinem Tisch (auf dem auch die Miniaturbronze stand, die ihn täglich an den Vorsatz zu fasten erinnern sollte) und formulierte einen sehr komplexen Antrag zur Privatisierung der Volksthermen. Bei ihm war sein Neffe Iustus, einäugig zwar, aber ein begabter Jurist, der Fabius' respektive Livias Idee in eine möglichst unverständliche Sprache übersetzte. Das war nötig, denn die Idee bestand – einfach gesagt – darin, dass Livia die Thermen für eine symbolische Summe kaufte, um sie dann mit städtischen Fördergeldern zu sanieren und die Gewinne einzustreichen; dies war nach Fabius' Meinung der einzige Weg, um das Volk vor weiterer Verwahrlosung zu bewahren. Er war also, darf man behaupten, gerade wieder einmal mit dem Wohl des Volkes beschäftigt, als ihm von einem Unterpräfekten, einem rundgesichtigen Mann teutonischer Abstammung, die Gefangennahme eines Unheilspropheten gemeldet wurde; er habe, so der Unterpräfekt, dem Volk von einem Vulkan gepredigt, der die Stadt zu vernichten drohe.

»Vulkan?«

»Eine Art Feuer speiender Berg«, erklärte der Unterpräfekt.

»Ich weiß, was ein Vulkan ist«, schnauzte Fabius ihn an.

Selbstverständlich war ihm sofort klar, dass es sich bei dem Unheilspropheten um einen Christen handeln musste. Die Christen waren bekannt für apokalyptische Botschaften, aber da zu vermuten ist, dass diese absonderliche Sekte längst ausgestorben sein wird, wenn der geneigte Leser diese Rollen in der Hand hält, seien hier zwei Worte über die Christen verloren: Die merkwürdigen Eiferer, Ableger der jüdischen Religion, erwarteten – allerdings schon seit einem halben Jahrhundert – die Ankunft oder Wiederkehr ihres Erlösers und, damit verbunden, das Ende der Welt. Man kann sich ausmalen, welche Gefühle diese Leute, die mit leuchtenden Augen den bevorstehenden Untergang predigten, bei Fabius erzeugten, einem Mann, der sechzehn Stunden am Tag dafür arbeitete, dass seine geliebte Stadt wiederauferstand. Kurz gesagt, er hasste sie. Er glaubte nicht, dass Christen Rom angezündet hatten, so wenig, wie er die vom neronischen Geheimdienst gestreuten und noch immer sich haltenden Gerüchte glaubte, dass der jämmerliche Haufen die Herrschaft über das Reich anstrebe; dennoch machte er sich den allgemeinen Unmut gegen die Christen (wie auch die unter Nero erlassenen Christengesetze) gern zunutze und ließ die Leute, wenn sie beim Verbreiten ihrer Unheilsbotschaften erwischt wurden, als Mitglieder einer illegalen, antirömischen und umstürzlerischen Vereinigung hinrichten.

Er hätte sie übrigens in der Arena verbrennen lassen können – zur Freude des Volkes. Aber erstens hasste er solche Schauspiele, wie wir bereits anmerkten; und zweitens war er ein politisch erfahrener Mensch. Er wollte den Gerüchteverbreitern nicht noch eine Bühne geben, sondern bevorzugte die stille und beinahe ehrenvolle Hinrichtung durch das Beil.

Also gab Fabius auch in diesem Fall die Anweisung, die Hinrichtung vorzubereiten. Aber der Unterpräfekt sträubte sich, die Anweisung auszuführen, und zwar mit der Begründung, dass es sich in diesem Fall vermutlich *nicht* um einen Christen handle. Woraufhin Fabius, der nicht ertrug, dass der Unterpräfekt ihm widersprach, den ersten Fehler machte.

»Es ist nicht seine Sache, darüber zu urteilen!«, herrschte er den vierschrötigen Teutonen an, der erschrocken verstummte.

Den zweiten Fehler beging er, indem er den ersten nicht korrigierte. Denn in dem Moment, als er die Wachhütte betrat und den Delinquenten in der Zelle sitzen sah, hätte er wissen müssen, dass es sich tatsächlich nicht um einen Christen handelte. Und eigentlich wusste er es auch sofort. Im Grunde hätte allein die sorgfältige Rasur ihn misstrauisch machen müssen. Der junge Mann hatte nichts von der stummen Verachtung für alles Irdische, gegen die Fabius so empfindlich war und die sich schon in der äußeren Erscheinung manifestierte: Christen war es egal, wie sie aussahen. Ihre Bärte waren fusselig, ihre Gewänder sackförmig. Es war, als wollten sie sagen, es lohne sich nicht mehr, sich neue Kleider zu kaufen oder sich auch nur die Schuhe besohlen zu lassen für den Rest der Zeit. Dieser Mensch aber, man sah es auf den ersten Blick, pflegte und achtete seinen sterblichen Körper. Die ganze Erscheinung war, jedenfalls nach Fabius' eigenen Maßstäben, so unchristlich wie nur möglich. Und auch wenn er ganz offensichtlich nicht zu den Wohlhabenden zählte, so war seine Kleidung doch sorgfältig gewählt, beinahe modisch.

Verachtung zeigte dieser Mann allerdings auch. Aber während die Verachtung der Christen immer unterschwellig war, krumm, wie Fabius es nannte, vom Mantel der Demut umhüllt, war dieser junge Mann aufsässig, geradezu arrogant. Er beantwortete Fragen schnodderig oder gar nicht, verdrehte die Augen, schüttelte den Kopf oder verzog das Gesicht wie über eine schmerzliche Dummheit, wobei er ganz buchstäblich auf Fabius herabblickte, denn dieser hatte inzwischen seinen dritten Fehler gemacht, indem er sich einen Hocker bringen ließ und sich dem Delinquenten gegenübersetzte. Im Stehen erreichte er noch eine passable Größe, weil er sich hohe Absätze hatte machen lassen (er fand es berechtigt, sein körperliches Maß seiner Bedeutung ein wenig anzupassen), aber im Sitzen schrumpfte er unweigerlich zusammen. In seinem Empfangszimmer glich ein hoher, geschnitzter Stuhl dieses Defizit aus, aber hier war er dem Größenunterschied ausgeliefert.

»Dann beweise mir, dass ich Christ bin«, brachte der Delinquent hervor und schaute aus halbgeschlossenen Lidern auf Fabius herab.

Tatsächlich galt ja im römischen Recht die Unschuldsvermutung, das war das Problem. Offenbar war der Mann rechtskundig, und gerade das ärgerte Fabius: dass immer ausgerechnet die Staatsfeinde und Gegner des Reiches ganz genau wussten, welche Rechte ihnen der verhasste Staat zugestand.

Er machte den vierten Fehler: Er vergaß, dass Christen ihr Christentum in aller Regel nicht verleugneten, sondern lieber mit ergebenem Stolz zum Schafott schritten. Aber er wollte sich keine Blöße geben, weder vor dem teutonischen Unterpräfekten noch vor Iustus, dem einäugigen Juristen, der ihn begleitet hatte; und anstatt endlich einzusehen, dass er sich geirrt hatte, machte Fabius nun noch den fünften Fehler, indem er auf die Forderung des Delinquenten einging und zum Beweis durch Analogieschluss ansetzte.

Es gebe nämlich, erklärte Fabius, bereits mehrere Festnahmen von Personen, die in der Stadt Gerüchte über einen bevorstehenden Vulkanausbruch verbreitet hätten, und bei all diesen Personen habe sich erwiesen, dass es Christen seien. »Folglich bist du, nach allen Regeln der Logik, ebenfalls Christ«, schloss Fabius.

Der Delinquent lachte. »Dann bist du auch Christ«, erwiderte er.

Fabius verstand nicht.

»Christen scheißen«, sagte der Delinquent.

Fabius verstand immer noch nicht. Und als Schüler des Quintilian war er gewohnt, das, was er nicht verstand, für Unfug zu halten.

Aber der Delinquent beugte sich zu ihm herunter und sagte leise und freundlich und in einer Tonart, als wenn man einem Kind erklärt, warum der Regen nach unten fällt: »Ich nehme doch an, alle Christen, die du gefangen hast, scheißen. Und du scheißt ebenfalls. Also bist du, nach allen Regeln der Logik …«

Und jetzt machte Fabius seinen sechsten Fehler, indem er sich, seinen Hocker umwerfend, erhob und dem Sitzenden ins Gesicht schrie: »Du wirst brennen!«

Natürlich wusste er schon im selben Moment, dass diese Drohung nicht einlösbar war. Kein Gericht, nicht mal einer der ihm wohlgesonnenen Schnellrichter, würde diesen

Mann aufgrund der erbärmlichen Beweislage wegen Zugehörigkeit zum Christentum verurteilen. Trotzdem machte er beim Verlassen der Wache noch einen siebten Fehler, indem er befahl:

»Der Mann bleibt bis auf Weiteres in Haft!«

Dieser Satz sollte Fabius den ganzen Tag zu schaffen machen, denn normalerweise musste ein Festgenommener – der Delinquent saß seit dem Vorabend – beim zweiten Sonnenaufgang entlassen werden, wenn keine Anklage vorlag. Aber was für eine Anklage sollte es sein?

Die Frage brachte ihn um sein wohlverdientes Mittagsschläfchen. Immer wieder spielte er im Geist die Szene nach, um sich zu vergewissern, dass es so schlimm nicht gewesen sei. Er stellte sich vor, wie dieses Großmaul bei *scharfer Befragung*, wie Fabius die Folter zu nennen pflegte, einknicken würde. Allerdings war die scharfe Befragung nur gegen Menschen erlaubt, die das Bürgerrecht nicht besaßen. Besaß er das Bürgerrecht? Wer war dieser Mensch überhaupt? Warum hatte er sich nicht vorher erkundigt? Dies könnte man als seinen achten Fehler bezeichnen, aber an dieser Stelle hören wir mit dem Zählen auf. Es waren ohnehin schon zu viele.

Über eine eigene Geheimpolizei verfügte die Provinzstadt nicht. Aber Fabius ließ, nachdem er den Mittagsschlaf abgebrochen hatte, Epiphanes kommen. Er mochte Epiphanes nicht besonders. Ein aus Indien – oder war es Ägypten? – stammender Sklave, der eigentlich Livia gehörte, seiner Frau. Er war hochgebildet, dabei bis zur Hochnäsigkeit zurückhaltend, aber stets bestens informiert. Ihn beauftragte Fabius, möglichst rasch etwas über den Gefangenen herauszufinden.

Anschließend hatte er eine Bestattung zu besuchen. Ein Stabsoffizier der Zwölften Legion, der sogenannten *Fulminata*, war mit einundsechzig Jahren verstorben. Es war eine Gelegenheit, die Kriegsveteranen zu treffen (Wähler!). Außerdem hatte er gehört, dass Praetorius, der Kommandant des Militärstützpunkts Cales, anreisen würde, ein wichtiger Mann, der die römische Macht in Süditalien verkörperte.

Während der endlosen Zeremonie – während das Feuer brannte und das Cornu schauerliche Signale über den Platz schickte – überlegte Fabius, ob er seine Angelegenheit beim anschließenden Totenmahl mit Praetorius besprechen sollte. Das erwies sich als schwierig, denn auch Praetorius war im Judäischen Krieg gewesen, und natürlich sprach er mit den Veteranen nun über diesen Krieg, sie erinnerten sich gemeinsam an einzelne Vorstöße, an kollabierende Belagerungstürme oder an den Sturm auf die große Westhalle, auf der Hunderte ihrer Kameraden durch eine List der Juden verbrannt waren. Aber auch als sie plötzlich schwiegen, schien Fabius die Gelegenheit nicht passend, weil er ihr Schweigen für den Ausdruck von Trauer hielt – während die Veteranen in Wirklichkeit mit dem obszönen Geruch zu kämpfen hatten, der vom Grill herüberwehte und sie auf eine Weise, wie nur Gerüche es vermögen, in die Stunde des Westhallenbrandes zurückversetzte. Damals hatte es, niemand wagte es auszusprechen, nach *Bratwurst* gerochen.

Fabius aber langweilten die Kriegsgeschichten, und er fühlte sich durch Praetorius in den Schatten gestellt. Er selbst hatte nie gedient. Wenn er mit den Veteranen allein war, schwärmte er, um dieses Defizit auszugleichen, oft von seiner Jugend auf der großen Palästra, wo er in Wirklichkeit nie gern gewesen war. Aber in Anwesenheit von Praetorius hatte er keine andere Wahl, als zuzuhören und abzuwarten. Er ließ sich zu einem zweiten Becher Wein verleiten, was ihm, weil er gerade fastete, ziemlich zusetzte, sodass ihm nichts anderes übrig blieb, als zwei oder drei von den Bratwürsten zu essen, die er eigentlich verabscheute, aber sie schmeckten vorzüglich. Jetzt glaubte er, einen dritten Becher trinken zu können. Dann aß er noch eine von den vorzüglichen Würsten, die zu seiner Verwunderung niemand haben wollte. Und nach dem fünften oder sechsten Becher und der soundsovielten Wurst kam ihm die ganze Vulkan-Angelegenheit zu abwegig, zu nebensächlich vor, um Praetorius damit zu belästigen, außerdem wollte er der Zentralmacht gegenüber die eigene Ratlosigkeit doch besser gar nicht erst erkennen lassen. Als er zwischen seinen zwei Leibwächtern nach Hause wankte, war ihm speiübel, und er hatte Gewissensbisse wegen seiner gebrochenen Diät.

Am nächsten Tag erwachte er spät und mit Kopfweh. Er ließ seine frühe Sprechstunde ausfallen, bei der er gewöhnlich Bittsteller oder Beschwerdeführer empfing, trank einen Schluck Wasser, befahl, noch einmal die Vorhänge zu schließen, drehte sich auf die Seite und versuchte, wieder einzuschlafen. Als er dann endlich aufstand, war es zu spät, er wusste es. Die Frist, innerhalb welcher der Gefangene hätte freigelassen werden müssen, war abgelaufen.

Man ist versucht zu sagen: Er hatte – nach den vielen Fehlern – nun auch einen Rechtsbruch begangen. Aber davor hüten wir uns, denn man muss wissen: Fabius Rufus achtete das Recht. Mehr noch: Das römische Recht war ihm heilig. Er hatte, wie wir schon erwähnten, bei Quintilian studiert – also genau genommen nicht bei Quintilian selbst, sondern bei einem von dessen Schülern. Leider hatte er auch diesen nur einmal in Rom erleben dürfen, und zwar bei einer Gerichtsverhandlung gegen einen Senator, der angeklagt worden war, weil er einen Sklaven ohne ein vorhergehendes Hausgerichtsverfahren im Zorn erschlagen hatte. Und während die Verteidigung die Nichtigkeit des Vorfalls gegen die militärischen Verdienste und die zivilen Wohltaten des Angeklagten aufwog, pochte der Schüler Quintilians auf die strikte Einhaltung des römischen Rechts, das er zur Überraschung des damals noch jungen Mannes, der Fabius war, als die größte Errungenschaft Roms deutete, größer noch als alle Eroberungen, alle Militärstraßen, alle Aquädukte, größer als die Hervorbringungen römischer Kunst, ja sogar größer als Vergils Epos vom Helden Aeneas, dem Urvater und Gründer alles Römischen. Wer den Rechtsstaat anrühre, hatte der Schüler Quintilians gesagt, der rühre an den Grundfesten des Reiches. Und da Fabius sich aufgrund eben dieser Rede, die sich ihm fürs Leben eingeprägt hatte, berechtigt fühlte, sich einen Schüler Quintilians zu nennen, benötigte er eine Anklage, denn nur so war zu rechtfertigen, dass der Gefangene noch in der Zelle saß.

Nach dem Ankleiden ließ er Epiphanes rufen und hörte sich die Erkenntnisse an, die dieser in aller Eile über den Gefangenen zusammengetragen hatte. Der geneigte Leser ahnt seit Langem, dass es sich um niemand anderen handelte als um Josephus Jacobus alias Josse, und alles, was Epiphanes zu berichten hatte, ist dem Leser bekannt: Name und Alter, die pannonische Herkunft seiner Eltern; dass Josse Halbwaise war und vom Kontingent lebte, dass er die Bürgerrechte besaß. Dass er etwas mit Christen zu tun gehabt hätte, war Epiphanes indes nicht zu Ohren gekommen; stattdessen war von einer Art Verein die Rede, einer Gruppe junger Leute, die sich zwanghaft mit Vulkanismus beschäftigte. Das war zweifellos krank, fand Fabius, aber war es – nach römischer Rechtsauffassung – eine strafbare Handlung?

Er wechselte in sein Empfangszimmer, wo Iustus bereits wartete. Aber anstatt weiter am Privatisierungsantrag zu arbeiten, das heißt an dessen Übersetzung ins Unverständliche, begann er, mit Iustus den Rechtsfall Josephus Jacobus zu diskutieren. Nein, es war höchstwahrscheinlich nicht strafbar, sich mit Vulkanismus zu beschäftigen. Und doch sagte Fabius sein Gefühl – wir wollen es Rechtsempfinden nennen –, dass hier etwas nicht stimmte. Es konnte nicht ungestraft bleiben, wenn jemand das Volk, das dringend der Ermunterung bedurfte, mit Untergangsgerüchten verschreckte. Selbst wenn es sich nicht um einen Christen handelte, so blieb doch unbestreitbar, dass er in die apokalyptische Propaganda der Christen eingestimmt hatte. Dass er christlichen Ideen Vorschub leistete, ob er es wollte oder nicht. Er war ein Beinahe-Christ! Er war, das Wort kam ihm in den Sinn, *christennah.*

Aber *christennah* war – Iustus zufolge – kein einschlägiger Begriff. Die Nähe zum Christentum war nicht strafbar. Strafbar war nur das Christentum selbst und das auch nur aufgrund eines Gesetzes, das ein Mann gemacht hatte, der inzwischen der ewigen Verdammnis anheimgefallen war. Daher riet Iustus, den Gefangenen einfach zu entlassen. Die Sache werde sich von selbst erledigen, denn der Mann werde kaum die finanziellen Mittel haben, um eine Abfindung einzuklagen.

Fabius versprach, es sich zu überlegen.

Am Nachmittag besuchte er Lucretius, den Wahrsager, der in verschiedenen Gehegen die heiligen Hühner hielt. Fabius tat dies oft, meist zwei Tage vor der Magistratssitzung. Er befragte die Hühner gern bei kniffligen Angelegenheiten, und die Hühner antworteten durch ihr Fressverhalten. Fraßen sie gierig, bedeutete das Ja, fraßen sie gar nicht, hieß das Nein. Dazwischen lagen weite Felder der Auslegung. Fabius nahm die Sache nicht allzu ernst, neigte allerdings, wie die meisten Römer, durchaus dazu, den Zeichen der Götter eine gewisse Bedeutung beizumessen, auch wenn er sich nicht sicher war, ob er an die Götter glaubte. Aber sein Glaube wurde selten auf die Probe gestellt, weil die Hühner fast immer seine Pläne und Absichten guthießen, was Fabius seinem Scharfsinn und seiner Weisheit zuschrieb.

Als die Hühner jedoch auf die Frage, ob er den Gefangenen freilassen sollte, mit Ja antworteten, war er irritiert. Zum ersten Mal fragte er sich, ob Lucretius die Hühner manipulierte. Aber wie? Und was hatte er davon, wenn seine Hühner für die Freilassung des Gefangenen stimmten? Die Sache blieb unklar.

Am Abend war er zum Essen bei seiner Frau eingeladen. Auch das gehörte zum wöchentlichen Ritual. Sie trafen sich immer am Abend vor der Magistratssitzung, um die laufenden Angelegenheiten zu besprechen. Ansonsten sahen sie sich kaum. Abends war er ausgebucht. Am Tag nach der Magistratssitzung fuhr er nach Stabiae, um sich die besagte Heilmassage angedeihen zu lassen. Am Abend des nächsten Tages, nachdem die Aedilen ihm das Protokoll und die Beschlüsse gebracht hatten, saß er Modell für sein Denkmal (was erstaunlich anstrengend war und Rückenschmerzen verursachte). Ein Abend war für die Thermen reserviert – hier sind natürlich nicht die Volksthermen gemeint (die noch geschlossen waren), sondern die vornehmen Forumsthermen –, wo er Gelegenheit hatte, mit Leuten zu sprechen, die er nicht ausstehen konnte: mit den Popularen, die in Pompeji die Volksversammlung einführen wollten (das fehlte noch!), oder den Republikanern, die er ebenso verabscheute, deren Stimmen er aber hin und wieder im Magistrat benötigte. An einem Abend pflegte er ins Theater zu gehen, zumeist ins Kleine Haus, das immer noch das Lateinische genannt wurde; die römischen Kolonisatoren hatten es gegründet, als alles ringsherum noch Oskisch sprach, und seitdem war es vor allem ein Treffpunkt der römisch-konservativen, optimatischen Kreise geblieben, denen sich Fabius zurechnete. Hier begegnete er Leuten, die er noch mehr hasste als die Popularen und Republikaner, nämlich seinen eigenen (zum Beispiel Marcus Holconius – dem Jüngeren –, von dem gemunkelt wurde, dass er mit dem Gedanken spiele, sich für das Amt des Stadtoberhaupts zu bewerben). Und einmal in der Woche waren Freunde (oder was man so Freunde nennt) bei ihnen zum Essen eingeladen, falls sie nicht selber eingeladen waren. An solchen Abenden sah er Livia zwar, sie waren nett zueinander, spielten den anderen das ideale Paar vor, redeten miteinander – ohne sich allerdings wirklich etwas zu sagen.

Und so blieb gewöhnlich nur der Vorabend der Magistratssitzung, um Angelegenheiten zu besprechen, und da diese Angelegenheiten meist geschäftlicher Natur waren, ähnelte das Ganze immer einem Geschäftsessen, auch wenn sie es zur Wahrung des Scheins (vor wem?) vermieden, unmittelbar zur Sache zu kommen, und stattdessen ein paar freundliche Belanglosigkeiten austauschten –

aber auch das ist ja bei Geschäftsessen üblich. Beim Salat sprachen sie übers Wetter, über ihre Tochter (und deren unmöglichen Ehemann) oder über den bevorstehenden Frühjahrsputz; Livia ließ gerade Glasfenster in ihrem Winterspeisezimmer einsetzen (was er halb erfreut, halb säuerlich zur Kenntnis nahm, denn von seinem Speisezimmer war nicht die Rede); auch hatte sie sich in den Kopf gesetzt, die Fußböden in den Fluren nach der neuesten Mode zu erneuern, wovor ihm graute, da er wochenlang auf einer Baustelle würde leben müssen. Bei den gebackenen Schnecken fragte sie dann beiläufig – scheinbar beiläufig – nach dem Antragsentwurf für die Privatisierung der Volksthermen.

Der Entwurf war nicht fertig, und Fabius bemühte sich während des Fischs – es war relativ magerer Frühjahrs-Steinbutt –, seiner Frau ein wenig von den vielen Schwierigkeiten der parlamentarischen Arbeit begreiflich zu machen, von denen sie keine Ahnung hatte. Sie hatte zwar immer irgendwelche Ideen und Vorstellungen – Privatisierung der Wasserversorgung? Ja, schön! –, aber ein demokratisches Verfahren bedeutete Arbeit: Reden halten, Koalitionen schmieden, Anträge formulieren, die möglichst so lang und so unverständlich waren, dass sie niemand las, und in der Präambel etwas für die Optimaten, in der Zusammenfassung etwas für die Popularen enthielten …

»Könnte es sein«, unterbrach ihn Livia, »dass du deine Zeit mit Nebensächlichkeiten verschwendest?«

Er blickte sich um: Epiphanes, klar! Der Spion. Da stand er, wie eine Bronze, am Ende der Tafel. »Willst du nicht den Braten servieren lassen«, schlug er vor.

»Nein, ich würde gern erst einmal erfahren, was du so treibst. Warum du deine Arbeit vernachlässigst.«

»Ich vernachlässige gar nichts«, beharrte Fabius.

Livia schwieg.

Sein Magen rumorte. »Vulkangerüchte!«, platzte es aus ihm heraus. »Er hat es dir doch erzählt, dein …«, und ihm fiel kein anderes Wort als Gespenst ein. Aber er sprach es nicht aus.

»Vulkangerüchte!«, wiederholte Livia mit übertriebener Ernsthaftigkeit.

»Ja, Vulkangerüchte. Verstehst du: Die Leute verbreiten, dass wir hier auf einem Vulkan leben. Das ist nicht gut! Nicht für die Stadt, nicht fürs Geschäft, nicht für dich, nicht für mich, für niemanden.«

Lange Pause.

Livia schaute ihn mit den unbarmherzigen Augen eines Raubvogels an, der seine Beute taxiert. Fabius wich ihrem Blick aus. Kam sich plötzlich lächerlich vor mit seinen Vulkangerüchten. Ja, ja, sie hatte recht, was verschwendete er seine Zeit mit diesem Dahergelaufenen … Er spürte, dass sie den Blick von ihm abwandte. Dann hörte er wie von fern ihre Stimme, an niemanden gerichtet, so schien es, eine Stimme an den Raum, die Welt:

»Du kannst jetzt den Braten bringen.«

In der Nacht erwachte Fabius vom Klirren der Gläser.

Seit dem Großen Beben war er empfindlich gegen dieses Geklirre. Damals war dem ein schreckliches, knatterndes, ein unvergessliches Geräusch gefolgt: das Geräusch der springenden Möbel. Tatsächlich hatten die Schränke auf den harten Steinböden zu hüpfen begonnen und mit ihnen auch alles andere: Öllampen, Nachttöpfe, Vasen, alles hüpfte. Dann stürzten Dinge um, zerschellten, bekamen Risse, brachen. Irgendwo, schon mit Verzögerung, gab ächzend ein Dachbalken nach, Steine fielen herab. Es waren Schreie und Schritte zu hören. Aber die Schreienden blieben unsichtbar, ihre Schritte entfernten sich, und Fabius, der sonst dazu neigte, Sklaven zu übersehen, spürte in diesem Augenblick ihre Abwesenheit. Plötzlich war er allein. Alle rannten um ihr Leben, niemand kümmerte sich um ihn. Die Erkenntnis, dass er den Leuten, die ihn normalerweise bedienten, die seine Zimmer reinigten, seine Sachen wuschen, ihm das Essen kochten und seine Felder bestellten (er lebte damals noch auf seinem kleinen Gut in der Nähe der Stadt), in Wirklichkeit scheißegal war, kränkte ihn.

Noch immer schreckte er nachts hoch, wenn bloß die Gläser ein wenig klirrten. Aber inzwischen hatte er sich daran gewöhnt, dass die Erde in Kampanien sich hin und wieder bewegte, und mit der Zeit hatte er sogar zu glauben begonnen, dass dies schon immer so gewesen sei, auch vor dem Großen Beben. Er rannte nicht mehr zur Treppe, sondern blieb sitzend, horchend, und versuchte lediglich, an der Stärke des Klirrens abzuschätzen, ob am nächsten Tag wieder einmal die Latrinen auf dem Forum verstopft sein würden, weil irgendwo gerade eine Zuleitung brach.

Aber was, dachte er jetzt, wenn der junge Mann recht hatte mit seinem Vulkan? Die Frage war plötzlich da. Was, wenn es ein Vulkan war, der unter der Erde rumorte? Phantasien, Augenblicke der Panik – doch es dauerte nicht lange, bis sein Verstand sich wieder einrenkte. Nur einschlafen konnte er nicht mehr. Er lag wach, dachte nach. Worüber? Über das Leben, über die Ungerechtigkeit. Er schuftete sechzehn Stunden am Tag, saß in quälenden Sitzungen, besuchte widerwärtige Veranstaltungen in der Arena, hielt Sprechstunden ab, redete mit Idioten und wurde fett, weil er keine Zeit mehr für Gymnastik hatte. Er opferte seine Gesundheit, er opferte seine Manneskraft dem Wohle der Stadt. Und dann kam irgend so ein Spinner daher, ein Nichtsnutz, der nichts zum Gemeinwohl beitrug, und verbreitete Untergangsgerüchte.

Und da war es wieder: sein Rechtsempfinden. Und das Rechtsempfinden flüsterte ihm ein, dass hier etwas Unrechtes vorlag. Vulkanverein? Hatte Epiphanes nicht von einem Verein gesprochen? Aber ein solcher Verein war doch gar nicht gemeldet, dachte Fabius.

Und plötzlich wusste er die Lösung. Es ging alles sehr schnell, die Worte, in die er es später fasste, kamen seinen fliegenden Gedanken nicht hinterher: nicht *gemeldet*, also auch nicht *gestattet*. Mitgliedschaft in einem nicht gestatteten Verein. Das war zwar allerhöchstens eine Geldstrafe wert, aber wenn der Delinquent die Strafe nicht zahlen konnte – und die Mittel dieses Delinquenten waren ganz offensichtlich begrenzt –, dann konnte ersatzweise die Prügelstrafe angewandt werden. Er würde nicht brennen, doch zehn Peitschenhiebe würden genügen, um ihm das Maul zu stopfen.

Und so geschah es. Ein Schnellrichter, für seine Strenge gegen die liederliche Jugend bekannt, legte die Strafe auf dreitausend Sesterze fest, eine für Josse unvorstellbare Summe, die zu zahlen er weder bereit noch fähig war. Die Strafe wurde in Prügel umgewandelt, ganz wie Fabius es gewünscht hatte. Der Vollzug wurde auf den kommenden Tag festgesetzt.

Aber sobald Maras und die Vulkanisten von dem Urteil erfahren hatten, mobilisierten sie ihre Leute. Noch am Abend verständigten sie sämtliche Verwandte und Bekannte, die wiederum ihre Verwandten und Bekannten verständigten. Zwar scherten sich die meisten wenig um den Grund der Verurteilung, aber dass hier ein *freier Mann* ausgepeitscht werden sollte – das ging ihnen gegen den Strich. Ausgepeitscht wurden Sklaven! Diese Strafe war ein Angriff auf den Status des Freien. Er traf, so meinten sie jedenfalls, den Punkt, der sie noch von Sklaven unterschied. Diese Städter, muss der Leser wissen, sahen ja kaum je einen Feldsklaven, der in Ketten zur Arbeit geführt wurde, begegneten niemals den todgeweihten Arbeitern einer Bleimine, sondern trafen wohlgenährte Haussklaven auf dem Markt oder wurden von solchen an der Haustür empfangen, wenn sie als Bittsteller kamen. Sklaven sprachen vornehm und hatten Einfluss. Manche, so hieß es, seien sogar stinkreich. Und jetzt sollten auch noch die letzten ungeschriebenen Privilegien der Freien unterhöhlt werden? Das war zu viel.

Hinzu kam die Bande. Sofort hatten Mugo und der Fisch sich auf den Weg gemacht zu ihren alten Kumpanen; sie schafften es sogar, einige Mitglieder konkurrierender Banden zu gewinnen. Und wenn irgendwer in Pompeji wusste, wie man eine Randale organisiert, dann waren es diese jungen, prügelerprobten Leute. Die Taschen voller Steine, rückten sie gegen den Platz vor, wo Josse seine Strafe empfangen sollte.

Und hier machte sich ein weiterer ungezählter Fehler bemerkbar, den Fabius begangen hatte: Mit Bedacht hatte er die Vollstreckung auf die ehemalige, die kleine, sogenannte samnitische Palästra verlegt, weil die Sache nicht zu viel Aufmerksamkeit erregen sollte. Obendrein hatte er nur eine Handvoll Gardisten bereitgestellt, um dem Delinquenten nicht noch ein pompöses Geleit zu verschaffen.

Aber auf dem engen Platz standen die zweihundert Menschen, die das Ereignis herbeigelockt hatte, dicht gedrängt, eine wallende Masse, die sich in ihrer Geschlossenheit überlegen zu fühlen begann. Es gelang den Gardisten nur mit Mühe, eine Gasse durch die Menge zu bahnen, um Josse – schon mit nacktem Oberkörper – zum Platz der Vollstreckung zu führen. Es kam zu den ersten Handgreiflichkeiten, die Stimmung brodelte. Und kaum dass der Scharfrichter auf den Platz trat, flogen Steine.

Der erste traf den Scharfrichter an der Schulter, der zweite am Kopf. Dann wurden auch Gardisten getroffen, die Sache eskalierte im Handumdrehen. Die Menge schob, die Gardisten versuchten, ihre Speere gegen die Leute zu richten, was in der Enge kaum möglich war, aber die Leute umso mehr aufbrachte. Speere wurden den Gardisten aus den Händen gerissen. Es hagelte Schläge. Schon sah es so aus, als könnte man Josse befreien. Dann aber rückte Verstärkung an, die den Platz mit äußerster Brutalität räumte. Mehrere Personen wurden verletzt, auch etliche Gardisten mussten am Ende vom Platz getragen werden. Und so wurde die Vollstreckung der Strafe aufgeschoben.

Aber bevor die Strafe – dieses Mal unter Ausschluss der Öffentlichkeit – vollzogen werden konnte, zahlte ein Unbekannter die dreitausend Sesterze Auslöse, und am übernächsten Morgen trat Josse, ohne einen einzigen Hieb kassiert zu haben, als freier Mann aus der Wache und auf den Forumsplatz. Da niemand eine solche Wendung erwartet hatte, empfing ihn zwar keine jubelnde Anhängerschaft; aber als er, unwillkürlich lächelnd, über den weißen Marmor des Platzes schritt, vor sich den aufgehenden Tag, der sich, noch fröstelnd, aus seiner Haut schälte, bemerkte er, wie hier und da jemand im Gespräch innehielt, um ihm nachzuschauen, ja wie jemand mit dem Finger auf ihn deutete oder ihn sogar mit einer freundlichen Verbeugung grüßte.

Fabius hätte sich über so viel Zuwendung gefreut.

Fünfte Rolle. Bahati

Gut eine Woche später war Josse zum Abendessen bei einem gewissen Polybius geladen.

Polybius wohnte direkt an der Ost-West-Magistrale zwischen der Gastwirtschaft der Asellina und dem Bronzeschmied, schräg gegenüber der Walkerei des Stephanus, die jeder ihres Geruchs wegen kannte. Das Haus war bunt angestrichen, der Eingang von zwei Halbsäulen mit überdimensionalen Kapitellen eingefasst. Immer stand oder saß ein Wächter davor, der vor allem darauf achtete, dass die Wände nicht beschmiert wurden – eine schwierige Aufgabe!

Josse war noch nie bei jemandem eingeladen gewesen, dessen Eingangstür mit Säulen eingefasst war. Beim Anblick des Fußbodenmosaiks im Eingangsbereich, das Motive der Tier- und Pflanzenwelt erkennen ließ, fragte er sich, ob er die Schuhe nicht besser ausziehen sollte; andererseits schienen ihm auch seine staubigen Füße nicht gerade ein Ausweis der Vornehmheit zu sein. Aber während er noch schwankte, kam auch schon der Hausherr, ein schmaler, drahtiger Mensch mit Schuhen an den Füßen, wie Josse bemerkte, und hieß ihn willkommen.

Der enge Flur mündete in ein Atrium, in dessen Mitte ein schillerndes Marmorbecken stand, ebenso quadratisch wie die Dachöffnung darüber, sodass es den einfallenden Regen aufnehmen konnte; das überlaufende Wasser wurde, so viel wusste Josse von den Baustellen, auf denen er ausgeholfen hatte, in eine Zisterne abgeleitet. Was ihn verwunderte: dass es hier drinnen regnete, obgleich es draußen trocken gewesen war. Aus löwenköpfigen Wasserspeiern tröpfelte es gleichmäßig von der Decke – automatisch (also durch eine von einem Sklaven zu bedienende Pumpe), wie Polybius bereitwillig erläuterte, die Feuchtigkeit sorge bei Hitze für eine angenehme Raumatmosphäre. Allerdings war es schon später Abend und gar nicht mehr heiß. Josse staunte.

Das durch zahlreiche Leuchten erhellte Atrium war hauptsächlich in Goldgelb und Rot gehalten. Es handle sich um Zinnoberrot, erklärte Polybius, die teuerste Farbe der Welt, die aber leider nicht ganz richtig aufgetragen worden sei und deswegen ein wenig ins Orange changiere. Die Wand hätte sofort nach dem Antrocknen der Farbe gewachst werden müssen; die Sache werde demnächst behoben. Aber es sei ja heutzutage so schwer, gute Handwerker zu bekommen!

Ein erheblicher Teil der Wandfläche war mit Malereien bedeckt – mythischen Darstellungen, darunter nicht wenige Gewaltszenen, die Josse nicht einmal dann entschlüsseln konnte, als Polybius sie ihm erklärte: Hier werde Actaeon von seinen eigenen Hunden zerfleischt (zu sehen war aber ein Hirsch). Dort werde eine gewisse Dirka an einen Stier gebunden, um zu Tode geschleift zu werden (warum nur?). Und wie der Mensch hieß, der von Zeus ans Feuerrad gefesselt worden sei, hatte Polybius gerade selbst vergessen.

Ein grauhaariger Mann, der sich, indem er Polybius mit *Herr* ansprach, als Sklave entpuppte, half aus: »Die Bestrafung des Ixion, Herr.«

»Mein Griechischlehrer«, stellte Polybius ihn vor. »Ich liebe die Griechen! Ich verehre Rom, aber ich liebe die Griechen!« Er blieb einen Augenblick in der Pose des Entzückens vor dem Bild stehen. »Sprichst du Griechisch?«, fragte er Josse auf Griechisch.

Und Josse antwortete auf Griechisch: »Ich versuche gerade, es zu lernen.«

Polybius zeigte sich überrascht. Den Rest des Abends sprach er nicht mehr Griechisch.

Aber jetzt erschien erst einmal eine Dame in besticktem Kleid mit einem Tablett und Getränken. Josse vermutete in ihr die Hausherrin und verbeugte sich unsicher. Aber auch sie war offenbar nur eine Sklavin, denn im nächsten Augenblick tauchte eine andere auf, die in Haltung und Gangart noch eher einer Herrin ähnelte: Trotz ihrer leiblichen Üppigkeit trippelte sie, Leichtigkeit vortäuschend. Sie trug ein weißes Kleidchen, das den Blick auf einen makellosen, beinahe monströsen Busen freiließ, den Josse unwillkürlich mit dem mageren Bestand seiner Freundin verglich. Mehr auf diesem Busen als um ihren Hals lag eine Kette aus weißen Klunkern (es waren Perlen); ihre gebleichten Haare waren zu einer Lockenfrisur gelegt, die offenbar keine allzu heftigen Bewegungen des Kopfes zuließ.

»Ach, unser Held!«, rief sie bei Josses Anblick.

Im selben Moment wurde von einer Amme ein vielleicht vierjähriges Kind ins Atrium geführt, das Polybius stolz als seinen Sohn Polybius vorstellte. Das Kind war dick, steckte in einem Kriegerkostüm und biss der Amme in die Hand, bevor es jubelnd entfloh. Alle lachten, Josse lachte mit (obwohl er fand, dass das Kind ein paar hinter die Löffel verdiente).

Nun nahm der Hausherr eines der Gläser von dem Tablett und lud Josse dazu ein, sich auch eins zu nehmen. So winzige Gläser hatte er noch nie in der Hand gehabt – wenn er überhaupt schon mal ein Gefäß aus Glas in der Hand gehabt hatte. Auch kannte er keinen Likör und war, als er, den Hausherrn nachahmend, die Flüssigkeit in einem Zug kippte, überrascht von dem süßen Wohlgeschmack. Die Dame in dem weißen Kleid, die Polybius Dia oder Mia nannte, verschwand jetzt samt dem Kind, das sich, kaum dass es geflohen war, mit einem Holzschwert in der Hand wieder lärmend genähert hatte. Polybius rief ihm tadelnd, aber in einem Tonfall, der doch mehr einem Lob ähnelte, hinterher:

»Muss unser kleiner Caesar nicht ins Bettchen?«

»Er spielt Caesar in Gallien«, erklärte er Josse, während er ihm Richtung Speisezimmer voranging – gemächlich schreitend, wie um den Weg zu verlängern. Bei verschiedenen Bronzen oder Lämpchen oder Marmortischchen verweilte er. Josse versuchte, ein halbwegs verständiges Gesicht zu machen, als Polybius ihm erzählte, wo und wann und von wem und für wie viel er den jeweiligen Gegenstand erstanden hatte, aber er begriff nicht einmal, ob sein Gastgeber sich damit brüstete, dass er etwas besonders teuer oder besonders preiswert erworben habe.

Als sie den Wandelgang betraten, den Polybius *Peristylum* nannte, erkannte Josse, dass das Haus weniger groß war, als es ihm beim Eintreten erschienen war: eine optische Täuschung. Vom Eingang aus hatte man durch ein großes Fenster an den Säulen des Peristylums entlang und über ein leicht erhöhtes Zierbeet hinweg auf ein fernes Wandgemälde gesehen – die Darstellung einer Wildschweinjagd –, das selbst noch einmal Tiefe vorgaukelte. Doch sobald man eingetreten war, befand man sich plötzlich in einer beschränkten, unsymmetrischen Welt; jetzt sah man, dass die Abstände der Säulen sich, offenbar der Perspektive wegen, zum Wandgemälde hin deutlich verengten. Aber bevor Josse imstande war, das ganze Ausmaß des Betrugs zu erfassen, beeilte Polybius sich, seinen Gast ins Speisezimmer zu führen.

Hier glitzerte es in Gold und Blau – Ägyptischblau, wie der Hausherr erklärte: die zweitteuerste Farbe der Welt. Eine Wasserorgel säuselte im Hintergrund, ihr Ton vermischte sich mit dem Gurgeln und Zwitschern eines Wasserfalls, der unter einer, wie Polybius betonte, echt vergoldeten Sonne über künstliche Felsen rieselte. Ringsherum Bilder von allerlei Nackten – griechische Mythologie, vermutete Josse. Polybius ersparte ihm weitere Monologe, und auch wir ersparen dem Leser den Rest der Dekoration, die von Geweihen geschossener Tiere bis zu naturgetreu nachgebildeten Käfern und Spinnen reichte, und begeben uns mit den beiden zu den drei breiten, U-förmig um einen kleinen Tisch aufgestellten Liegen.

Josse wusste: So speisten die feinen Leute. Aber er hatte noch nie im Liegen gespeist und war auch hier darauf angewiesen, den Hausherrn nachzuahmen. Dieser machte es sich auf der linken Liege bequem, quer, mit dem Kopf zum Tisch, und lud Josse durch eine Handbewegung ein, auf der mittleren Platz zu nehmen. Josse tat, wie ihm geheißen. Doch kaum dass er lag, versuchte jemand, ihm die Schuhe zu stehlen. Er schnellte hoch – und sah eine junge rothaarige Frau, die ihn ebenso erschrocken anschaute wie er sie.

»Methe würde dir gern die Füße waschen«, erklärte Polybius. »Keine Sorge, das Wasser ist warm.«

Josse spürte, wie er errötete: Die Füße waschen? Hatte Polybius Angst um die feinen Bezüge?

Aber der Gastgeber, als könnte er Gedanken lesen, beruhigte ihn: »Es ist üblich, den Gästen vor dem Essen die Füße zu waschen. Auch eine heiße Gesichtskompresse wird verabreicht, wenn du es wünschst. Und noch etwas: Man isst mit der Rechten, deswegen soll man stets auf der linken Seite liegen. Dumm, nicht wahr? Ich muss jetzt zum Beispiel den Kopf verdrehen, um mit dir zu reden. Das ist nun einmal die Regel.«

Noch immer versuchte Josse, so zu tun, als wäre ihm das alles geläufig. Er stützte sich auf den linken Ellenbogen, aß Oliven und Brot und spuckte, seine Hemmungen überwindend, die Kerne auf den Marmorboden, wie es der Hausherr machte. Im Gegensatz zum Hausherrn aber, der keinen Hunger zu haben schien, langte er entschlossen zu, in der Annahme, das Abendbrot bestehe aus eben diesem Brot und den Oliven. Und als eine Sklavin sein Glas – es war ein neues, aber dieselbe Sklavin, wenn er nicht irrte – mit einem bernsteinfarbenen Saft füllte, griff er danach, um den Bissen herunterzuspülen, doch bevor er nippen konnte, sagte Polybius:

»Und natürlich darfst du dein Glas erst anrühren, wenn der Gastgeber einen Trinkspruch zum Besten gibt.«

Dann hob er seines und sagte:

»Trinken wir auf dich, Josse! Auf deinen Vulkan!«

Der Leser hat natürlich längst erraten, dass es dieser Polybius war, der die Auslöse für Josse gezahlt hatte, dreitausend Sesterze immerhin. Aber warum? Wer war dieser Mann, was für Absichten hatte er?

Wir wollen versuchen, uns der Antwort auf diese Fragen zu nähern – und lassen die beiden für die Dauer der Vorspeisen allein. Es gibt gerade nichts Interessantes zu berichten: Josse lernt Fasaneneier mit Sardellen kennen; Polybius zeigt ihm, wie man mit einem an der Gräte geräucherten Aal umgeht. Dazu gibt es einen belebenden Einjährigen von der griechischen Insel Kos, um die Leber zu spülen. Und Josse frisst von jedem Gang zu viel, weil er stets aufs Neue glaubt, dass es sich endlich um das eigentliche Abendessen handle. Wir versprechen, beim Hauptgericht wieder dabei zu sein.

Josse war schon bei der Begrüßung aufgefallen, dass Polybius im Haus hochgeschlossene Schuhe trug. Genauso wenig war ihm entgangen, dass der Gastgeber sich vor dem Essen nicht die Füße waschen ließ. Der Grund, warum er diese Füße ungern entblößte – ja er entblößte sie eigentlich niemals, außer (notgedrungen) vor seiner Frau, welche ihm glaubte oder glauben wollte, dass er sie sich als Kind beim Sprung über glühende Kohle verbrannt habe –, der Grund ist einfach: Sie verrieten seine Herkunft. Freigeborene haben keine verätzten Füße. Weder arbeiten sie in Walkereien noch in Kalkmühlen. Nur ein Sklave oder ein ehemaliger Sklave trägt dieses Zeichen der Schande durchs Leben.

Übrigens hieß Polybius eigentlich Bahati, besser gesagt: Die dunkelhäutige Frau, die er – obwohl er selbst hellhäutig war – lange Zeit für seine Mutter hielt, hatte ihn so genannt. In ihrer Sprache hieß das angeblich *Der Glückliche.* Ob dieser Name tatsächlich wie ein guter Stern über ihm schwebte oder ob der Glaube daran, dass er glücklich sein werde, zu seinem Aufstieg beitrug, sei dahingestellt. Sein Leben begann jedenfalls so unglücklich wie nur möglich, und es ist vielleicht eine Gnade, dass er die ersten fünf

Jahre vergessen hat. Geblieben sind ein paar zerrissene Erinnerungen, aus denen man schließen könnte, dass er geflohen war: das Erstaunen über die Größe der Welt, der duftende Abendwind über den Wiesen. Und Hunger. Und Durst.

Ein von der Ostgrenze heimreisender Centurio griff den streunenden Jungen auf, als er ihm Brot stehlen wollte. Achtzig Jahre zuvor hätte der Mann einen stehlenden Sklavenjungen wohl auf der Stelle erschlagen, aber erfreulicherweise hatte sich inzwischen die Auffassung durchgesetzt, dass auch Sklaven Menschen sind. Der Mann ließ ihn leben, gab ihm vom Brot ab und verkaufte ihn auf dem Markt der nächstbesten Kleinstadt an einen griechischstämmigen Rätier namens Polybius Arius.

Der Junge war dürr, nicht viel wert. Aber um einen Esel zu führen, der eine Kalkmühle dreht, war er gut genug. So kam er zu seinem Beruf. Und zu seinen verätzten Füßen. Zwar war sein Herr kein schlechter Mann, er gab seinen Arbeitern an der Kalkmühle sogar Schuhe. Aber der Staub drang in die Schuhe ein. Er drang auch in Mund, Nase, Lungen, und wer lange an der Kalkmühle blieb, der starb, bevor er die dreißig erreichte.

Der kleine Bahati arbeitete drei Jahre im Kalkstaub, dann war er am Ende. Seine Füße entzündeten sich so sehr, dass er nicht mehr auftreten konnte. Er hustete wie ein alter Mann. Oft hatte er Fieber. Der Rätier hatte Erbarmen und versetzte ihn in die Klinkerbrennerei. Eine schwere Arbeit, ungesund auch, und doch rettete die Versetzung ihn. Um nicht wieder in die Kalkmühle zu müssen, strengte Bahati sich an. Eigentlich war er nur fürs Beheizen zuständig, aber er lernte schnell, half beim Reparieren der Formen; bald konnte er sagen, wann die Rohlinge trocken genug waren, aber vor allem entwickelte er ein genaues Gespür für die jeweils richtige Temperatur beim stufenweisen Erhitzen des Ofens. Die Chargen, die er überwachte, wiesen immer die wenigsten Risse auf, sodass Polybius, der Rätier, dem gerade erst Zwölfjährigen das Kommando am Ofen überließ.

Um diese Zeit starb der einzige Sohn seines Herrn, etwa so alt wie Bahati. Nach einem Jahr Trauer und im Bewusstsein dessen, dass seine Frau keine Kinder mehr gebar, kam dem Rätier die Idee, den jungen Sklaven zu seinem Nachfolger zu machen. Die Kalkmühle kannte Bahati schon. Polybius ließ ihn eine Zeit lang am Kalkofen arbeiten und sogar einen neuen Kalkofen bauen; schließlich lernte Bahati auch, wie man Zement produziert. Den Hauptbestandteil bildete das Mehl von gebranntem Kalk, aber es kam auf die Zuschläge an: Quarz, Sandstein, Ziegelbruch. Der wichtigste Zuschlag jedoch, den man brauchte, um einen festen, elastischen Zement herzustellen, der auch mal einem Erdstoß widerstand, war die geheimnisvolle graue Erde der Phlegräischen Felder.

Als der Rätier mit zweiundsechzig Jahren seiner Frau ins Grab folgte, entließ er seinen Sklaven per Testament in die Freiheit und vererbte ihm zusammen mit seinem Namen die Manufaktur samt dem Haus, in dem er gewohnt hatte, und dem liquiden Kapital. Aber anstatt das Werk weiterzuführen, verkaufte der neue Polybius alles, was er nun besaß, und verließ die Stadt, in der ihn alle als ehemaligen Sklaven kannten.

Anfangs hatte er die Idee, sich von der Baustoffproduktion dauerhaft abzuwenden. In Rom spekulierte er mit Immobilien – erfolglos. Er wohnte im Hotel und spielte den großen Mann, den ihm aber niemand recht abnahm. Er trieb sich in Kneipen herum, kaufte die Liebe der Frauen. Er verwettete einen Teil seines Vermögens bei Wagenrennen. Er wollte sich amüsieren, doch das war nicht so leicht.

Schnell wurde ihm das Lotterleben fad. Erst während des Müßiggangs fand er heraus, dass er zu jenen Menschen gehörte, die es zur Tätigkeit drängte. Rom begann ihn anzuwidern. Sowohl die Reichen und besonders deren hochnäsige Kinder, aber auch die Armen mit ihrer Krätze und ihren ausgedachten Leidensgeschichten, die Soldaten, die von den Huren bevorzugt wurden, und natürlich die Künstler, von denen es hier nur so wimmelte, vor allem aber das Gefühl, zu keiner dieser Gruppen und Schichten zu gehören – all das (und noch einiges mehr) ging ihm derart auf die Nerven, dass er beschloss, die Stadt zu verlassen. Er besann sich auf das, was er konnte, und gründete eine Ziegelei- und Zementmanufaktur.

Dass er dafür Pompeji auswählte, hatte zwei Gründe. Zum einen das Große Beben, das die Stadt drei Jahre zuvor zerstört hatte: Der Bedarf an Baustoffen war groß. Und zweitens lagen die Phlegräischen Felder in der Nähe, nämlich nordwestlich des Somma-Gebirges. Wenn früher sein Herr von Rätien aus vier Tage hatte reisen müssen, um sich mit der geheimnisvollen Erde zu versorgen, so brauchte man von Pompeji aus nicht einmal einen Tag. Polybius kaufte ein Grundstück ein paar Meilen südlich davon, an einer Stelle, wo es verwertbares Kalkgestein gab, sowie zehn Sklaven mit guten Zähnen, nicht zu dürr, auch nicht zu wohlgenährt. Er ließ zwei Kalkbrennöfen in den Abhang hineinbauen. Er bestellte Klinker in der Ziegelei einer Livia Numistria und mauerte – zum Teil sogar eigenhändig – einen Ringofen für die eigene Klinkerproduktion. Schließlich besorgte er sich bei den neapolitanischen Behörden eine Konzession für den Abbau der wertvollen Erde und fuhr zum ersten Mal selbst zu den Phlegräischen Feldern hinaus.

Eine seltsame Landschaft. Noch nie hatte er etwas Vergleichbares gesehen. Kein Baum, kein Strauch. Asche, als wäre alles Leben hier niedergebrannt. Hier und da standen noch kleine Rauchsäulen. Aber wenn man genau hinsah, rauchten dort keine verkohlten Reste, sondern es strömte direkt aus der Erde ein übelriechender Dampf, der den Boden gelb färbte. Woher kam dieser Dampf? Was verbarg sich unter dieser Oberfläche? Es erinnerte ihn an seine unterirdischen Kalköfen. Aber woher kam die Hitze? Woher kamen die heißen Quellen? Wie war es möglich, dass sie niemals versiegten?

Diese Fragen beunruhigten ihn, und vielleicht versuchte er gerade deshalb nie, sie zu beantworten. Aber als ihm zu Ohren kam, dass jemand bestraft werden sollte, weil er behauptet hatte, dass es hier einen Vulkan gebe, dämmerte ihm etwas. Und als Josse nach dem Braten – ach, jetzt haben wir das Hauptgericht doch verpasst! – auf eine Schiefertafel die schematische Zeichnung kritzelte, die Georgios im Sand des Hühnerstalls entworfen hatte, wurde Polybius klar: Das war des Rätsels Lösung. Die graue, pulverartige Erde, die dem Zement seine letzte Güte gab, war nichts anderes als die Asche eines Vulkans.

Es hatte Polybius einiges abverlangt, in Pompeji Fuß zu fassen. Er war allein gewesen, das sagt sich leicht. Er besaß weder Freunde oder Bekannte, die für ihn hätten bürgen können, noch hatte er, wie andere, eine Familie, die ihn stützte und tröstete; kein Oheim vermittelte ihm einen Auftrag, niemand machte ihn mit den wichtigen Leuten bekannt. Er arbeitete den ganzen Tag, trieb seine Leute an. Abends ließ er hin und wieder eine Prostituierte kommen, immer darauf bedacht, dass niemand es bemerkte. Anders als im gigantischen Rom kannte hier beinahe jeder jeden, die Stadt war nicht groß genug für Anonymität. Er vermied es auch, sich in Kneipen herumzutreiben, anständige Leute taten so etwas nicht. Anständige Leute luden zum Essen ein oder ließen sich einladen, aber ihn lud niemand ein. Und er selbst konnte in seine schäbige Mietwohnung nicht einladen. Er brauchte ein Haus.

Es war schwieriger, als er gedacht hatte. Im Osten der Stadt hatte eine Frau namens Iulia Felix ihr Immobilienimperium errichtet; im etwas teureren Westen kaufte Livia Numistria, die Ziegeleibesitzerin, jedes rentable Objekt, bevor Polybius auch nur einen Besichtigungstermin bekommen konnte. Es dauerte zwei Jahre, bis er das Haus an der Ost-West-Magistrale erstand. Die Lage an der Geschäftsstraße war zwar laut, aber zentral: nur ein paar Schritte vom Forum entfernt. Er ließ das Atrium erhöhen, baute ein neues Regenwasserbecken ein. Er schuf Durchbrüche, errichtete einen Hausaltar, für den er, als Schutzgeister, ein paar Statuetten seiner Vorfahren anfertigen ließ, die er natürlich nicht kannte. Doch als die Geister in materieller Gestalt auf dem Sims standen, begann er selbst zu glauben, dass sein Vater ein hoher parthischer Offizier gewesen sei und seine Mutter aus einer rätischen Tuchmacherfamilie stamme.

An Farben sparte er nicht, nur bei den Wandgemälden obsiegte sein Geiz, denn er war nicht in der Lage, einen Unterschied zwischen teuren und preiswerten Malereien zu sehen. Auch verkaufte er seinen alten Koch und kaufte sich zum vierfachen Preis einen neuen, der angeblich schon in den besten Häusern gedient hatte. Dann lud er seine Nachbarn zum Essen ein: Stephanus, den Besitzer der Walkerei gegenüber; Urbanus, den Bronzeschmied. Auch Geschäftspartner lud Polybius jetzt öfter ein und wurde selbst von Geschäftspartnern eingeladen, und jedes Mal, wenn er ein neues Haus kennengelernt hatte, juckte es ihn hinterher, irgendetwas im eigenen Hause zu ändern oder umzubauen: Die Mosaiken im Bad waren ihm plötzlich nicht mehr gut genug; er ließ das Speisezimmer neu streichen und gab Unsummen aus, um dem Peristyl durch perspektivische Täuschung mehr Tiefe zu verleihen.

Nur eine Frau fehlte ihm noch. Als er einunddreißig wurde, gelang es ihm (da er sich inzwischen überall als Sohn eines parthischen Offiziers ausgab), die Tochter eines neapolitanischen Tuchmachers zu heiraten: eine junge Witwe, Denisa mit Namen, deren dralle Schönheit ihm so zu Kopfe stieg, dass er beinahe auf die Mitgift verzichtet hätte. Er konnte es kaum fassen. Auch ganz buchstäblich konnte er seine Ehefrau kaum umfassen, tastete noch im Halbschlaf nach ihr, um sich ihrer Realität zu vergewissern, und selbst wenn er sie ungelenk besprang, wurde er das Gefühl nicht los, an ihrem runden, elastischen Leib abzuprallen.

Umso größer war seine Überraschung, dass sie ihm, auch wenn er immer bloß abprallte, eines Tages einen Sohn gebar, einen ganz wunderbaren Sohn mit ganz wunderbaren, gesunden Füßen. Immer wieder ging er in den ersten Wochen und Monaten am Bettchen vorbei und überprüfte die winzigen Füße, drückte sie zart und spürte, wie ihm das kribbelnde Glück die Kehle herunterrieselte. Bahati, der Glückliche – es hatte sich erfüllt.

Und jetzt gab es auf einmal diesen Vulkan.

Als er den Josse eingeladen hatte, war es eher naturwissenschaftliche Neugier gewesen. Aber je länger sie zusammensaßen, desto klarer wurde es Polybius, dass sein Gast von einer bevorstehenden Katastrophe sprach. Ungläubig schaute er zu, wie der andere immer noch aß und aß, wie er die zwölf Fasaneneier, einen ganzen Aal, eine ganze Schweinehüfte und danach noch den Honigpudding mit Nüssen vertilgte, während ihm selbst vor Angst übel wurde.

Nachdem Josse gegangen war, bekämpfte er seine Übelkeit mit Bitterschnaps. Dann kroch er zu seiner Frau ins Bett, drehte sie vorsichtig auf die Seite, weil sie sonst schnarchte, und schmiegte sich an sie, umfasste ihre gewaltigen Brüste. Sie schnarchte nicht, aber er konnte trotzdem nicht einschlafen. Was tun? Umziehen in eine andere Stadt? Von vorn anfangen? Ein neues Haus bauen? Eine neue Manufaktur? Er war sechsunddreißig. Er hatte gerade das Bad neu gefliest. Scheiß auf das Bad. Aber neue Geschäftsbeziehungen, neue Freunde?

Als er das nächste Mal nach seiner geliebten Frau tastete, war sie verschwunden. Es war früher Morgen. Er stand auf, stieg noch im Nachtgewand auf die Dachterrasse. Die Luft war kühl. Die Silhouette des Monte Somma schimmerte grauviolett. So ein Bild, dachte Polybius, sollte man statt dieses blöden Jagdgemäldes an der Wand haben. Warum saßen sie eigentlich niemals hier? Warum benutzten sie nie diese Dachterrasse? Er rackerte zu viel. Er nahm sich zu wenig Zeit. Er hatte genug Geld, mehr brauchte man nicht. Er sollte das Leben genießen, dachte Polybius.

Er ließ das Frühstück aufs Dach servieren. Seine Frau kam, wunderte sich, zwitscherte wie eine Lerche. Das Vogelsterben fiel ihm ein, von dem Josse erzählt hatte. Er fasste den Entschluss, nach dem Frühstück zum *Fenster des Meeres* zu fahren, Josse hatte es ihm beschrieben.

Polybius hielt es für Unsinn – eine Stadt gründen! Die jungen Leute wussten nicht, wovon sie sprachen –, aber er fühlte sich außerstande zu arbeiten. Er war zerstreut, unruhig. Einen Tag ausspannen, sagte er sich. Aufs Meer schauen. Angeblich gab es dort einen schönen Strand. Er war noch nie über Stabiae hinausgekommen, seit er hier lebte. Er fuhr zwischen seinen Kalköfen und den Phlegräischen Feldern umher, machte alle möglichen Reisen zu Bauherren in der Umgebung. Aber südlich der Milchberge war er noch nie gewesen. Wozu auch? Da war nichts. Also machte sich Polybius auf ins Nichts.

Die Bretterbuden und Zelte, die er vorfand, waren noch jämmerlicher als erwartet. Auch sah er eigentlich keine Baustelle, wie Josse sie angekündigt hatte. Nirgends waren Fundamente zu sehen, niemand baute. Ein paar verpennte Leute hingen zwischen den Hütten herum, jemand nagte an einem Stück Brot, jemand putzte sich die Zähne. Langhaarige, bärtige Gestalten, die ihm ein bisschen unheimlich waren. Eine Frau badete – nackt!

Er fühlte sich unbehaglich. Andererseits: Was für eine Lage! Was für ein Blick! Das ließ sich mit den exklusivsten Standorten Pompejis vergleichen. Gewiss, hier musste man mehr in die Breite als in die Tiefe bauen, doch es gab genug Platz. Und tatsächlich schien das Land ja niemandem zu gehören. Hinzu kamen andere Vorteile: die alte Militärstraße, der kleine Hafen, die relative Nähe zur Stadt und nicht zuletzt das Baumaterial! Denn schon als er ankam, hatte sein geübter Blick erkannt, dass der Hang auf der anderen Seite der alten Straße stark kalkhaltig war. Eine ungeheure Erleichterung wäre das: Man könnte die Kalköfen direkt in den Abhang bauen. Außerdem waren die Felsen reines Tuffgestein, das weiche Material ließe sich unmittelbar dort aus der Wand schlagen, wo man die Häuser errichten wollte. Man müsste fast nichts transportieren! Sein Unternehmerkopf begann zu rechnen, nur zum Spaß natürlich: Eigenkapital, Darlehen, Kosten. Wer von seinen Geschäftsfreunden käme als Mit-Investor in Frage?

Josse trat auf ihn zu und führte ihn zu einer Hütte direkt am Hang. Er bot ihm einen verdreckten Stuhl an. Polybius setzte sich, ohne mit der Wimper zu zucken. Josse verschwand und kehrte mit einem stoppligen Mondgesicht zurück, das er mit dem seltsamen Namen Maras vorstellte. Polybius begriff, dass das Mondgesicht so etwas wie der Anführer der Truppe war. Enttäuschung: Er hatte erwartet, dass Josse das sei.

Obwohl das Mondgesicht schlicht gekleidet war, hatte es etwas an sich, was Polybius mit sicherem Instinkt als aristokratisch deutete: die zarten Hände, das spitze Mündchen in dem runden Gesicht; die Art und Weise, wie dieser Mensch mit leicht erhobenem Kinn an seinen Stoppeln zupfte und schräg aus den Augenwinkeln auf ihn herabschaute. Er war gar nicht größer als Polybius, es war nur die Kopfhaltung, die den, wie er fand, herablassenden Blick ermöglichte. Aber vor allem war es die Sprechweise, die Artikulation – das etwas überdehnte *a*, das saubere, stimmlose *s*, bei dem er seine Zähne zeigte. Vor allem das war es, wodurch Polybius sich abgewiesen oder zurückgesetzt fühlte.

Das Mondgesicht sprach über ein Gemeinwesen nach samnitischem Vorbild.

Polybius nickte. Er hatte keine Ahnung, was das bedeuten sollte.

Das Mondgesicht benutzte Wörter wie *meddix* oder *direkte Demokratie.*

»Verstehe«, sagte Polybius. »Und, wenn ich fragen darf, wie wollt ihr das finanzieren?«

»Gar nicht«, sagte das Mondgesicht. »Die Menschen werden sich ihre Häuser selbst erbauen, jeder sein eigenes.«

Was für ein Schwachsinn, dachte Polybius. Laut sagte er: »Ein bisschen Kapital hat noch nie geschadet.«

Das Mondgesicht nickte bedächtig, spitzte seinen ohnehin spitzen Mund und sagte dann: »Wir brauchen kein Kapital. Das ist kein Anlageobjekt, hier entsteht eine Gemeinschaft.«

Polybius ließ seinen Blick über die Abhänge schweifen. Da oben, dachte er, in zweiter und dritter Reihe, würde er Mietshäuser bauen. In der ersten Reihe aber würden prächtige Bürgerhäuser errichtet. Und dort, gleich neben der Einbuchtung, sah er sich selbst stehen, auf einer riesigen Terrasse ... Einer Terrasse wie der von Fabius Rufus.

So sind die Menschen, und wir bedauern, keine vernünftige Erklärung dafür bieten zu können: Eben noch, bevor er losfuhr, hatte Polybius um alles gefürchtet und getrauert, was er aufgebaut hatte, aber plötzlich – das Wort darf hier ganz ohne Verlegenheit verwendet werden –, plötzlich hatte er sich alles anders überlegt.

Die Lage seines Hauses war doch eigentlich miserabel. Es war laut. Die Walkerei stank. Der Bronzeschmied hämmerte den ganzen Tag. Nachts lärmte der Lieferverkehr auf der Hauptmagistrale. Die Betrunkenen grölten. Außerdem war alles zu eng. Die Farben stimmten nicht, und die perspektivische Lösung war peinlich. Aber vor allem erinnerte ihn diese runde Mondvisage daran, wie er in Pompeji abgewiesen wurde …

Nein, er war nie wirklich angekommen. Jedenfalls nicht da, wo er hinwollte. Der Bronzeschmied besuchte ihn, selbst bloß ein Freigelassener. Auch der immer nach Pisse stinkende Stephanus, in dessen Empfangszimmer eine Wäschepresse stand und der sein Regenwasserbecken als Spülbecken für das Tuch benutzte, ging bei ihm ein und aus. Sie waren nett, sie waren seine Freunde, er wollte nicht ungerecht sein. Aber versuche einer mal, jemanden aus der besseren Gesellschaft einzuladen. Nein, nicht Livia Numistria oder Iulia Felix, das würde er gar nicht wagen. Dabei, dachte Polybius, beruhte auch Livia Numistrias Reichtum auf Ziegeln und Zement. Nur dass sie stets alle Großaufträge bekam, während er beim Mittelstand Klinken putzte.

Sie ließen ihn auflaufen. Sie lachten über ihn. Falls sie ihn überhaupt zur Kenntnis nahmen. Und selbst denen, die freundlich zu ihm waren, die gute Geschäfte mit ihm machten und sich gelegentlich dazu herabließen, sich von ihm bewirten zu lassen, selbst denen blitzte der Hochmut im Weiß des Auges. Der kurze Seitenblick, das Niederschlagen der Lider. Das Zucken in den Mundwinkeln, wenn sie sich eine Bemerkung verkniffen. Was denn, was denn? Niemand sprach es aus, aber immer kam es ihm so vor, als wüssten es alle: Er war ein Sklave gewesen! Und er blieb ein Sklave, selbst wenn er hundertmal freigelassen war. Als wäre das Sklavesein angeboren.

Aber das war es nicht, er wusste es besser! Was wäre aus ihnen geworden, hätten *sie* ihre Jugend im Kalk verbracht: ohne Eltern, ohne Schule, ohne Gefährten. Manchmal hatte er tagelang nur mit dem Esel gesprochen, mit dieser traurigen Kreatur, vom Kalkstaub fast schon erblindet. Das Fell war zu Kalk geworden. Der Esel hustete, während er unter gutem Zureden seine Runden drehte. Was für ein Geräusch: das Husten eines Esels. Als käme das Herz mit raus. Und was für ein Blick. Heute lachten sie über ihn, wenn er die Esel an seinen Kalkmühlen regelmäßig austauschen ließ, darauf achtete, dass sie gewaschen und gebürstet wurden. Und irgendwann, wenn es genug war, bekamen sie sogar das Gnadenbrot. Im Gegensatz zu seinen Arbeitern.

Er hatte lesen und schreiben gelernt. Er lernte Griechisch. Er hatte sich – für ziemlich viel Geld – die gerade in Mode gekommenen Zusammenfassungen der Klassiker bestellt, die er eisern durcharbeitete. Er tat alles, um anzukommen. Es genügte nicht. Es war nicht aufzuholen. Er servierte Austern, er ließ Frühgemüse aus Sizilien kommen. Er hatte die größte Meerbarbe, die jemals im Hafen von Pompeji angelandet worden war, für seine Gäste zubereiten lassen, sechstausend Sesterze, doppelt so teuer wie sein Koch! Und das Ergebnis? Er sei ranzig gewesen, der Fisch. So wurde dann hinter seinem Rücken gemunkelt. Ranzig! Mit anderen Worten, er hatte die Nase voll. Er war zum Neuanfang entschlossen.

Das einzige Problem: Das Land am Meer hatte zwar ursprünglich niemandem gehört, aber jetzt gehörte es diesen Chaoten. Sie hatten es in Besitz genommen, so war die Gesetzeslage. Er kam nicht an ihnen vorbei.

»Wann willst du denn in deinem neuen Haus wohnen?«, fragte er Josse, als der ihn wieder besuchte. »So, wie das im Augenblick läuft, seid ihr in dreißig Jahren nicht fertig. Du wirst dreißig Jahre lang in Bretterbuden und Zelten leben. Und dann kannst du anfangen, dir eine Grabstelle zu errichten anstatt eines Hauses.«

Sie aßen eingelegte Artischockenherzen, Meeresschnecken in Weißweinsoße und scharf gebratene Rinderhoden: Für die Manneskraft, erklärte Polybius. Dann legte er dar, wie *er* sich die Sache vorstellte. Was ein Bankkredit sei, wie man mit Grundstücken oder Mietwohnungen Geld verdiene; welchen Zulauf die Neustadt haben werde, sobald sich die Erkenntnis durchsetze, dass ein Vulkan die Stadt gefährde.

»Aber wir brauchen nicht den Pöbel«, sagte er. »Wir brauchen den Mittelstand. Ordentliche Handwerker. Leute mit Gründergeist, mit Initiative. Die anderen kommen früher, als dir lieb ist. Glaubst du wirklich, man kann eine Stadt gründen mit ein paar Eselstreibern oder Korbflechtern, die sich mit Mühe und Not über Wasser halten? Die zwölf Stunden am Tag schuften, um ihre Miete zu bezahlen und ihre Familie zu ernähren? Die haben ja gar keine Zeit, sich ihr eigenes Haus zu errichten, wie dein Freund Maras sich das ausmalt.«

Josse ahnte, dass Polybius recht hatte. Aber zugleich war ihm klar, dass Maras sich niemals auf so etwas einlassen würde: Kredite, Banken, Immobilienspekulationen.

»Maras muss weg!«, rief Polybius. »Und überhaupt: dieser ganze samnitische Unfug. Wozu? Wer will ein samnitisches Gemeinwesen? Die Leute wollen eine schöne Aussicht und keinen Ärger. Ein Gemeinwesen nach samnitischem Vorbild – weißt du, wie das klingt? Staatsfeindlich. Nach Ideologie. Wir müssen pragmatisch denken. Realistisch!«

Und Polybius dachte realistisch. Er wusste, dass man Menschen nicht mit Argumenten gewinnt, sondern mit Tatsachen. Er kannte die Überzeugungskraft der Materie: die Schlüssigkeit eines Hasenbratens, die Wahrhaftigkeit eines guten Weins … Beim nächsten Mal bot er Josse an, vor dem Essen ein Bad zu nehmen.

»Du glaubst gar nicht, wie gut das tut. Man fühlt sich wie neugeboren!« Er selbst müsse sich leider zurückziehen, er habe eine kleine Erkältung. Aber Methe – die rothaarige Suebin, die Josse die Füße gewaschen hatte – werde ihm die Bäder zeigen und ihm behilflich sein …

O ja, Polybius wusste, was er tat. Er war lange genug arm gewesen, um zu wissen, dass man Menschen nicht mit Worten überzeugte. Man könnte es Korruption nennen, Polybius nannte es Freundschaft. Natürlich hatte er seine Sklavin zuvor instruiert und ihr reichlichen Lohn versprochen. Allerdings war Methe auch gar nicht abgeneigt, sich um den jungen Mann zu kümmern, der, nach den Füßen zu urteilen, gesund und wohlgebaut war: Es gab Schlimmeres in ihrem Leben.

Nachdem Josse eine Weile im Schwitzraum zugebracht und sich dann wieder abgekühlt hatte, schnitt sie ihm (weisungsgemäß) die Fuß- und die Fingernägel. Dann bat sie ihn auf eine steinerne Liege, tauchte ihre Hände in eine duftende Salbe und begann, ihn von den Füßen her aufwärts sanft zu massieren. Es dauerte nicht lange, bis das Badetuch, das seine Lenden bedeckte, sich verräterisch anhob.

Er war schlau genug, Methes Duft im Meerwasser abzuwaschen, bevor er Ascula unter die Augen trat. Aber es half nicht viel.

»In welchem Puff warst du?«, wollte sie wissen.

Er hätte sagen können, dass er bei Polybius gebadet hatte, denn was war schon einzuwenden gegen ein Bad? Aber er sagte es nicht. Er wollte nicht, dass etwas über sein neuerliches Treffen mit Polybius bekannt wurde. Er stellte sich dumm, wiegelte ab. Behauptete schließlich, er habe sich bei seiner Mutter die Hände mit Seife gewaschen. Ja, und auch das Gesicht!

»Und die Nägelchen hat sie dir auch geschnitten, die Gute!«

»Glaubst du denn, ich gehe ins Bordell, um mir die Nägel schneiden zu lassen?«

Ein starkes Argument. So stark, dass er sich im Recht fühlte. Ascula starrte ihn aus schmalen Augen an. Plötzlich fand er sie hässlich. Er erschrak darüber, wollte es nicht wahrhaben. Im Lauf der nächsten Tage prüfte er immer wieder, ob dieser Eindruck bestehen blieb. Manchmal gelang es ihm, sie wieder schön zu finden. Aber immer wieder gab es Momente, da es ihm so vorkam, als wäre ihre Nase länger geworden, als wären ihre Beine auf einmal kürzer. Ihre Nägel waren ungepflegt, ihre Haare rochen nach Rauch.

Überhaupt fiel ihm auf, dass alle im Lager nach Rauch rochen. Alle hatten ungepflegte Fingernägel. Ihre Haare standen vor Meersalz und Sand ab. Sie löffelten morgens ihren Hirsebrei, verbrachten den größten Teil des Tages mit Disputen über die Möglichkeit von Wahrheit oder die Existenz des Nichts – bevor sie weinselig ins Bett sanken. Früher hatte Josse solchen Gesprächen respektvoll gelauscht. Alles, was andere gesagt hatten, war ihm gescheit und wichtig erschienen. Jetzt fühlte er sich in die Bandenzeit zurückversetzt, als Toni und der Fisch über geflügelte Schlangen stritten. Je mehr er las, desto öfter bemerkte er kleine Lücken und Fehler in den Behauptungen der Philosophen. Er kam dahinter, dass Petros den Herodot gar nicht gelesen hatte. Dass Stalo Lukrez falsch zitierte.

Ach ja, Lukrez! Der Leser muss wissen: Lukrez war seit Diablos Weggang am *Fenster des Meeres* in Verruf geraten. Er war, da Epikur kaum etwas Schriftliches hinterlassen hatte, von jeher der große Lehrmeister der Epikureer gewesen, die eigentliche Quelle ihrer Inspiration. Seit Diablo verschwunden war, wurde Lukrez nun geschmäht. Man hielt sich gegenseitig Materialismus vor, versuchte, den anderen in die Nähe von Lukrez zu rücken. Deshalb hatte Josse angefangen, Lukrez zu lesen: Er wollte sich selbst von dessen Schlechtigkeit überzeugen. Und tatsächlich schockierten ihn dessen kalte Ideen, aber zugleich faszinierte ihn, was ihn schockierte: dass die Welt, so behauptete Lukrez, aus nichts als Atomen bestehe. Dass jedes Ding, vom Sandkorn bis zur Sonne, dass Kälte oder Wärme, ja sogar alles Lebendige, so auch der Mensch, aus leblosen Teilchen zusammengesetzt sei und dass alles, so auch der Mensch, wieder in leblose Teilchen zerfalle. Keine unsterbliche Seele, wie die Pythagoreer glaubten. Keine Hölle, kein Paradies. Nur dieses eine irdische Leben.

Lukrez brachte Josse ins Grübeln. Wie wollte er dieses eine Leben verbringen? Morgens Hirsebrei, abends rohes Gemüse (meistens Möhren), hin und wieder ein bisschen verbranntes Fleisch. Wahrscheinlich hatte Polybius recht: Noch in zehn Jahren oder, wer wusste es schon, in zwanzig Jahren würde er hier auf Stroh schlafen und morgens den Tau vom Zelt abschütteln ... Aber durfte er deswegen Maras verraten? Weil Polybius ihm ein Haus in der ersten Reihe versprochen hatte? Er konnte es nicht. Es verstieß gegen seine Ehre. Keine Frage, er besaß ein Ehrgefühl! Das wollen wir ihm nicht absprechen. Obwohl er nicht genau hätte sagen können, was das war: Ehre. Eine Idee? Ein Gefühl? Gab es Gefühlsatome?

Nachts lag er schlaflos neben Ascula und dachte an die rothaarige schöne Sklavin mit ihren wohlriechenden Händen. Es war schlecht, es war niedrig, er wusste es. Es war reine Fleischeslust. Gefühlsatome: Er glaubte zu spüren, wie sie aus seinem Kopf, seiner Brust, seinen Beinen in die Lenden rieselten. Wie sie in sein Gemächt strömten. Eines Abends hielt er es nicht mehr aus. Er verließ das Zelt und schlich ausgerechnet zu jenem Felsvorsprung, hinter dem Ascula und er sich das erste Mal geliebt hatten. Und tat dort etwas, das er schon seit langer Zeit nicht mehr getan hatte.

Danach lag er im Sand und schaute in den Nachthimmel. Betrachtete die Sterne, die auf rätselhafte Weise an der Himmelsschale klebten. Wenn man Lukrez glaubte, dann waren nicht einmal die Sterne ewig. Diese Welt, behauptete er, werde irgendwann untergehen, und aus der untergehenden werde eine neue entstehen. Aber wozu, fragte sich Josse. Und wozu war der Mensch in diese Leere geworfen? Essen, trinken, Gefühlsatome. Ging es denn um Maras? Oder ging es nicht vielmehr darum, eine Siedlung zu errichten, eine Wohnstatt für alle? War es ehrenhaft, diesem einen Mann die Lebenszeit der vielen anderen zu opfern?

Josse setzte sich auf. Das Meer gluckste leise, als hätte es Schluckauf. Aber er hörte es nicht, sah es nicht. Er spürte auch nicht die Sandkrumen unter seinen Nägeln.

Das war der Moment, in dem er darüber nachzudenken begann, wie man Maras loswerden könnte.

Sechste Rolle. Der Oktoberaufstand

Für eine erfolgreiche politische Karriere benötigt man verschiedene persönliche Voraussetzungen: Ehrgeiz, Willenskraft, Ausstrahlung (was immer das ist), eine kräftige Stimme, ein gewisses Maß an Skrupellosigkeit, Tischmanieren, Anpassungsfähigkeit (gepaart mit Sturheit), Loyalität (gegenüber Leuten, die einem nützlich sein könnten), Überzeugungen (oder wenigstens ein schauspielerisches Talent), aber vor allem – und das wird zumeist unterschätzt – braucht man Geduld.

Der Sommer war die schlechteste Zeit für einen Aufstand gegen Maras. Zwar ging das Bauen schleppend voran, ja die Verwirklichung der Vision von einer Siedlung oder gar einer Stadt schien so weit entfernt wie nie zuvor. Aber die Sonne stand hoch überm Meer. Der Regen war warm. Das Leben am *Fenster des Meeres* war leicht. Am Fuß des Abhangs waren ein paar hölzerne Hütten entstanden, wenn auch schief und alle von ungleicher Höhe. Im Hafen lag neuerdings ein Angelkahn, der gefeiert wurde, als wäre es ein Kriegsschiff. Man angelte Brassen und Doraden oder auch mal einen Wolfsbarsch, denn das Meer war so voll von Fisch, dass die dümmsten in den blanken Haken bissen. Am Tag lag man auf der faulen Haut, am späten Nachmittag wurde ein wenig gewerkelt; abends aber versammelte man sich am Feuer, dünstete Fische auf dem heißen Stein (die Pythagoreer köchelten irgendwelche Seepflanzen), und Maras spendierte Wein dazu, den man notdürftig in einer Felsspalte gekühlt hatte.

Auch hatte man inzwischen neue Leute rekrutiert. Die Neuen waren sogar zur größten Gruppe angewachsen. Es waren zumeist Leute ohne Herkunft und Bildung, schlimmer noch: Sie waren durch römische Mythen verdorben, von römischen Vorstellungen besetzt. Sie glaubten an die ewige Dauer des Reiches und die Überlegenheit römischer Lebensart. Sie hatten gelernt, dass Pompeji sich freiwillig unterworfen habe. Und auch wenn sie es nicht gleich zugaben, waren die meisten stolz auf ihre Vollbürgerschaft und davon überzeugt, dass Rom ausschließlich Verteidigungskriege führe.

Jedes der Altmitglieder probierte auf seine Weise, sie eines Besseren zu belehren und an sich zu ziehen: Stalo gab Kurse über römischen Imperialismus, womit er bei einigen der Neuen sogar Erfolg hatte. Ihre diffuse Unzufriedenheit bekam durch den Platoniker ein philosophisches Gewand, ihr Gemecker verwandelte sich in Kritik.

Petros versuchte es mit kosmischer Meditation und intensivierte die Übungsstunden durch den Einsatz von Fliegenpilzsud – was bei denen, die im Umgang mit diesem Mittel unerfahren waren, zu mancherlei Ausfällen führte.

Maras klärte die Neuen über ihre samnitische Geschichte auf und bemühte sich darüber hinaus, ihnen ein wenig Oskisch beizubringen.

Josse dagegen, dem Gott der Schweine gehorchend, enthielt sich jeder theoretischen Festlegung. Stattdessen beobachtete er die anderen und arbeitete vorsichtig darauf hin, zwischen ihnen Konflikte anzuheizen. Maras gegenüber beschwerte er sich über die Faulheit der Pythagoreer, die – darin müssen wir ihm recht geben – aufgrund ihrer Ordensregeln tatsächlich rein gar nichts zustande brachten: Wie kann man bauen, wenn man sich weigert, heruntergefallene Gegenstände aufzuheben? Die Pythagoreer wiederum bestärkte er in der Abneigung gegen die neuerliche Bereitschaft von Maras, sich bei den einfachen Leuten anzubiedern. Tatsächlich gab er sich in letzter Zeit betont volkstümlich, redete viel von Volkes Wille und Volkes Weisheit, und wenn das Samnitentum bis jetzt eine spielerische antirömische Attitüde gewesen war, begann es den Pythagoreern jetzt, in seiner tümelnden Form, gegen den Strich zu gehen. Als Josse gegen Ende des Sommers von seinen Jungs auch noch das Gerücht verbreiten ließ, dass Maras den Genuss von Fliegenpilzen verbieten wolle (obgleich Maras in Wirklichkeit nie daran gedacht hatte), war der Bruch zwischen den Pythagoreern und Maras vollzogen.

Aber wir greifen vor. Noch stand der Sommer über den schiefen Hütten, und Josse hatte noch eine wichtige Aufgabe zu erledigen: Er musste Stalo gewinnen. Einerseits war das einfach, denn Stalo war ein Mann der Tat, er liebte Ordnung und Disziplin. Er litt darunter, dass man mit dem Bauen nicht vorankam. Aber würde er, der die Abschaffung des Geldes propagierte, der Einbeziehung von Investoren zustimmen, wie Polybius es vorgeschlagen hatte? Nach der Sportstunde, an der Stalo beharrlich teilnahm (besonders gern an Wehrübungen), trat Josse zu ihm und beklagte sich über die Stagnation auf der Baustelle.

Und zu seiner Überraschung erwiderte Stalo: »Uns fehlt einfach Geld.«

»Nanu«, sagte Josse. »Ich dachte immer, du bist gegen Geld.«

»Das musst du dialektisch betrachten«, erklärte Stalo, nachdem sie im Meer ihren Schweiß abgespült und auf diesem Wege eine Salzart durch eine andere ersetzt hatten. »Das Ziel ist die Abschaffung, genau. Aber für eine Übergangszeit müssen wir das Geld in seiner praktischen Funktion unseren revolutionären Zwecken unterordnen.«

Josse nickte. »Gut. Aber wir haben keins.«

»Das sage ich ja. Wir müssen es uns aneignen.«

Es stellte sich heraus, dass Stalo bereits über verschiedene Aneignungsmethoden nachgedacht hatte. Da er Besitz als unrechtmäßig ansah, hatte er mit Diebstahl kein Problem:

»Was hältst du von der Schweineherde des Phoebus?«, phantasierte er. »Wir treiben sie nachts über den Vesuv und verkaufen sie auf dem Flüstermarkt in Neapel.«

»Und die Brandzeichen?«, fragte Josse. »Wenn die uns erwischen, kommen wir nicht mit einer Prügelstrafe davon.«

»Oder wir beschlagnahmen die Kasse der Asellina«, schlug Stalo vor. »Nach Ausschankschluss sind sie alle betrunken.«

»Du kannst doch nicht Asellina beklauen!«, protestierte Josse. »Außerdem ist sie niemals betrunken.«

Stalo nahm den Vorschlag zurück, kleinlaut. »Und was ist mit Stephanus? Mit der Walkerei? Der soll das Haus voller Silberlinge haben.«

Josse antwortete mit einer Gegenfrage. »Und was, wenn wir uns legal Geld besorgen?«

Stalo staunte.

»Der Fehler ist doch, dass wir immer nur auf die Unterschicht schauen«, erklärte Josse. »Wir müssen an die Mittelschicht ran. Du hast schon recht, wir müssen Leute wie

Stephanus anzapfen – aber legal. Die sollen hier investieren. Wir behalten natürlich die Kontrolle.« Er zwinkerte Stalo zu.

»Wer von denen investiert denn hier freiwillig«, wandte Stalo ein.

Josse sprach leise, ins Nichts, als wäre Stalo gar nicht da. »Ich glaube, ich wüsste da jemanden. Das Problem ist nur …«

»Was?«

»Maras.«

Die Sonne berührte gerade das Meer – groß, rund, brutal. Er vergewisserte sich nicht, wie Stalo reagierte. Er spürte es: Stalo hatte den Köder geschluckt.

Dann war es so weit: Der Herbst brach an, kam in großen Schritten über das Land – pünktlich, aber doch wieder überraschend. Von einem Tag auf den anderen wurde es im Schatten kühl. Die ersten Nebel standen über dem Meer. Kalter Regen tropfte durch die Zeltplanen. Die Leute fingen überhastet an, sich auf den Winter vorzubereiten, stopften mit klammen Fingern die Ritzen in ihren Behausungen, sorgten sich um Lebensmittel, sammelten Holz. Und Josse rief seine Jungs zusammen, um ihnen zu eröffnen, dass er die Führung der Kommune übernehmen wolle.

»Das ist mal ein Wort«, sagte der Fisch.

Er wies seine Jungs an, unter den Neuen Stimmung gegen Maras zu machen. Das war nicht schwer, denn jetzt mangelte es an allem. Weder Bretter noch Nägel gab es (die Josse rechtzeitig beiseitegeschafft hatte); es gab kein Stroh, kein Tuch, und die wertvollen Schwefelhölzer waren feucht geworden und nicht mehr zu gebrauchen. Als das erste

Wintergewitter das große Feuer ertränkt und das Dach der Lebensmittelbaracke abgetragen hatte, hielt Josse den Moment für gekommen. Er sorgte dafür, dass am Morgen nach dem Gewitter seine Jungs zusammen mit anderen Unzufriedenen und Enttäuschten vor die Hütte des Maras zogen, um ihrer Wut Ausdruck zu verleihen. Ein paar von dessen Anhängern verteidigten ihn. Und als die Sache planmäßig eskalierte und sich zu einer Prügelei auszuwachsen drohte, warf Josse sich dazwischen und spielte sich als Schlichter auf.

»Freunde«, rief er, »keine Gewalt! Auch wenn wir hier ein Problem haben! Wir werden es lösen, aber nicht durch Gewalt, sondern mit demokratischen Mitteln. Das schulden wir uns, das schulden wir Maras!«

Und nachdem sich der Tumult ein wenig gelegt hatte, begann er mit seiner Rede, der dritten. Vielleicht war es noch immer kein rhetorisches Glanzstück, bestimmt aber ein Glanzstück der Demagogie:

»Ich verstehe euch!«, rief er. »Der Winter naht. Ich weiß, dass sich den Sommer über hier wenig bewegt hat. Aber wessen Schuld ist das? Liegt es an Maras? Lasst uns offen darüber reden. Lasst uns abstimmen darüber, wie wir weiter verfahren. Aber ich gebe euch zu bedenken: Verlieren wir Maras, verlieren wir auch ein Stück von uns selbst. Er ist ein Teil von uns. Er gehört zu unserer Geschichte, zu unserer, ich sage mal, Identität.«

Und dann fielen sie – die Sätze, die ihm nur der Gott der Schweine eingeflüstert haben konnte:

»Mit ihm werden wir zwar kalte Füße haben in diesem Winter, dafür aber ein warmes Herz!«

Murren und Scharren.

»Mit ihm werden wir in unserer Lebenszeit vielleicht

keine Stadt errichten, aber wir werden zu einer Gemeinschaft zusammenwachsen!«

Leises Gelächter, Streit.

»Ja, man wird uns des Separatismus verdächtigen, man wird versuchen, uns zu unterdrücken, vielleicht versucht man auch, uns zu verbieten. Es wird ein schwerer und steiniger Weg. Die Kosten sind hoch, der Ausgang ist ungewiss.«

Zwischenruf: »So ist es!«

»Aber es liegt in eurer Hand!«

Beifall.

»Selbstverständlich –«, rief Josse, und ab hier war die Rede improvisiert, weil er das Weitere von der Situation abhängig machen wollte, was der Rede anzumerken ist, wir geben sie dennoch im Wortlaut wieder: »Selbstverständlich bin ich, wenn ihr es von mir verlangt, bereit, Verantwortung zu übernehmen. Aber ich sage ganz ehrlich, ich will mich nicht überschätzen. Ich bin kein Mann des Wortes, der großen Ideen. Ich stamme, anders als manche, aus keiner hochgestellten Familie.«

Zwischenruf: »Bravo!«

Anderer Zwischenruf: »Hört, hört!«

»Ich weiß, wie man Zement anrührt und eine Wand mauert. Ich weiß auch, was Steine und Zement kosten. Ich kann euch versprechen, hier vor Ort eine Zement- und Tuffsteinproduktion in Gang zu bringen. Ich kann euch versprechen, dass hier innerhalb eines Jahres die ersten Häuser stehen. Aber das wird nicht umsonst sein. Man baut eine Stadt nicht gewissermaßen aus Luft. Man baut sie, anders ausgedrückt, nicht ohne finanzielle Mittel. Nicht ohne die Hilfe von Menschen, die bereit sind, ihr gutes Geld hier bei uns zu investieren. Ich werde die Hilfe solcher Menschen, anders als Maras, um es deutlich zu sagen, nicht zurückweisen! Ich bin kein Träumer, ich bin Realist!«

Zwischenrufe: »Bravo!«

»Ja, Realismus ist immer, wenn ihr so wollt, Verrat am Traum. So ist die Welt. Wir können alles so lassen, wie es ist. Oder wir können uns ändern und aufbrechen. Aber ihr müsst euch entscheiden: Wollt ihr den Aufbruch? Wollt ihr mich? Oder wollt ihr eure Träume? Ich werde jede Entscheidung akzeptieren.«

Zusammen mit Maras verließen die samnitischen Eiferer sowie einige Pythagoreer das *Fenster des Meeres*, und zwar, um genau zu sein, die Akusmatiker. Auch die Pythagoreer waren ja gespalten, nämlich in Akusmatiker und Mathematiker, wir wollen das nicht vertiefen. Die Akusmatiker, die noch stärker zu Mystik und Orthodoxie neigten, gingen, aber Petros und die Mathematiker blieben. Ebenso Stalo und dessen Leute und fast alle Dazugekommenen.

Schon nach wenigen Tagen stellte Josse denen, die geblieben waren, Polybius vor. Nach zwei Wochen waren die ersten Kalköfen errichtet, Josse ließ Werkzeug verteilen. Zwei Vorarbeiter des Polybius zeigten, wie man Mauerkalk und Wandputz anrührt, wie man Gestein aus der Wand bricht und Tuffsteine bearbeitet. Ab sofort wurde ein Wochenlohn gezahlt, und niemand dachte daran zu widersprechen.

Ein gelernter Handwerker verdiente in Pompeji allenfalls zwei Sesterze am Tag, genug für ein Kilo Brot und ein halbes Huhn. Polybius zahlte als Mindestlohn zwei Asse, das war zwar gerade mal ein Viertel davon, aber es gab freie Verpflegung, und er spendete ein paar einfache Bronzeöfen (Kohlen waren allerdings nicht umsonst). Außerdem wurde das Entgelt nach Dauer der Zugehörigkeit gestaffelt. Alles zusammen kostete ihn das keine zweihundert Sesterze die Woche. Zum Vergleich: In seinem Haushalt gingen allein fürs Essen ein- bis zweitausend Sesterze wöchentlich drauf, besondere Anlässe nicht gerechnet. Für eine Meerbarbe, wir erinnern uns, hatte er sechstausend Sesterze ausgegeben. Und er verdiente gut das Fünfzigfache im Jahr.

Die Leute waren jedenfalls begeistert. Es war eine harte Arbeit, aber der Tuff war weich, das Werkzeug hervorragend. Zwar verdrückten sich drei oder vier Leute mit dem ersten Wochenlohn, aber auf diese Weise wurde man die Schmarotzer los. Am freien Tag ließ Polybius ein Schwein schlachten, man briet es am Spieß, dazu gab es Wein umsonst. Und während sich die Leute betranken, sondierte Polybius mit einem Architekten das Feld. Sie maßen das Gelände ein, markierten die Stellen, wo die weiteren Rohblöcke ausgeschlagen werden sollten, und begannen ernsthaft und gründlich, die ersten Gebäude zu planen. Die Leute merkten nicht einmal, wie sie enteignet wurden.

Jedoch war Polybius schlau genug, sich im Hintergrund zu halten. Josse war der unbestrittene Führer der Kommune, ohne ihn ging nichts. Alle Entscheidungen wurden gemeinsam beraten und abgestimmt, und bald traf sich eine – wenn nicht konspirative, so doch informelle – wöchentliche Runde im Hause des Polybius, an der außer Stephanus und Urbanus auch Stalo teilnehmen durfte. Josse beobachtete amüsiert, wie Polybius ihn von Wandbild zu Wandbild führte:

»Die Bestrafung des Ixion«, erklärte Polybius.

Stalo machte ein bedeutendes Gesicht. Im Speisezimmer starrte er die vergoldete Sonne an, nahm Platz auf einer der Liegen und schrak zusammen, als Methe ihm die Schuhe von den Füßen zog.

»Sie wäscht dir die Füße«, raunte Josse ihm zu. »Übrigens stützt man sich auf den linken Arm.«

Aber abgesehen von der Überzeugungskraft der Materie, deren Wirkung Josse auch an ihm beobachtete: Es gefiel Stalo, zum inneren Kreis zu gehören; er hatte das Gefühl, Macht zu besitzen. Und der verschwörerische Charakter der Zusammenkunft störte ihn nicht, ganz im Gegenteil.

»Ich bezweifle«, lallte er auf dem Heimweg, »dass wir jetzt im Einzelnen verpflichtet sind, alles mehrheitlich auszubreiten.«

»Das bezweifle ich auch«, erwiderte Josse.

»Wir behalten die ...«, rief Stalo und plumpste von seinem Maulesel, bevor er »Kontrolle« sagen konnte.

Er ahnte nicht, dass es neben der wöchentlichen Lagebesprechung noch eine zweite Lagebesprechung gab, an der nur Polybius und Josse teilnahmen.

DRITTER TEIL

Siebte Rolle. Livia

Wenn man mit den Augen von Epiphanes durch die Stadt gehen könnte!

Es gab wohl niemanden in Pompeji, der besser informiert war als er. Vom Stand her ein Sklave, war er doch ein wohlhabender Mann, der im Auftrag Livia Numistrias in den hohen und höchsten Kreisen verkehrte, sich aber zugleich der Sklavenschaft als Informationsquelle zu bedienen verstand. Haussklaven wissen alles! Denn nicht nur Fabius Rufus neigte dazu, Sklaven zu übersehen. Alle taten das, auch die Fortschrittlichen und Gebildeten, die ihre Sklaven nur im Ausnahmefall schlugen und ihnen ihre noch nicht ganz aufgetragenen Kleider schenkten; die Aristoteles-Leser ebenso wie die Analphabeten, die Popularen ebenso wie die Optimaten, die Anhänger der Isis ebenso wie die Anhängerschaft traditioneller Kulte – sie alle waren kaum in der Lage, einen Sklaven wahrzunehmen, nicht einmal, wenn er ihnen das Zahnpulver reichte. Sklaven hören die geheimsten politischen Verhandlungen mit, während sie das Essen servieren. Sie lauschen den Gesprächen im Bad. Ja sogar beim Ehebruch stehen sie oft genug mit im Zimmer, und die Hausherrin lässt sich von ihnen das Essigtüchlein reichen, sobald es geschehen ist.

Epiphanes stammte angeblich von Ptolemäern ab, und man möchte es sogar glauben – angesichts seiner Erscheinung. Livia hatte den alterslosen Mann von ihrem verstorbenen Vetter geerbt, der ihn schon von seiner Mutter Eumachia geerbt hatte. Ihr war schnell klar geworden, welchen Wert der Mann hatte, und sie behandelte ihn pfleglich, bezahlte ihn gut und gab ihm eine geräumige Wohnung im Obergeschoss mit eigenem Eingang, entließ ihn aber nicht aus der Sklaverei, weil sie seiner bedurfte. Er blieb ein Sklave und würde es voraussichtlich sein Leben lang bleiben. Dieses Schicksal trug er mit stoischem Gleichmut und stummer Verachtung für all die jämmerlichen, ungebildeten, ängstlichen Gestalten, die sich ihm durch Geburt überlegen dünkten.

Wir sehen ihn über den Forumsplatz schreiten: Aufrecht, ein wenig steif, ein Mann wie aus Nussbaumholz, setzt er seine schmalen, weißgeränderten Füße auf den marmornen Grund. Er geht barfuß, jawohl. Es ist November. Man sagt ihm nach, er könne seine Körpertemperatur nach Belieben regulieren – das ist Unsinn. Er friert ein wenig. Er kümmert sich einfach nicht darum.

Er geht und hält Ausschau, mit kaum merklicher Bewegung des Kopfs. Wen sucht er? Die Leute grüßen ihn. Er grüßt zurück mit der Zurückhaltung einer Dame. Hin und wieder kann man von seinem Gesicht ein Lächeln ablesen – wenn man es *kann*. Er grüßt Lucretius, den alten Betrüger, der immerhin noch weiß, dass er ein Betrüger ist; er grüßt Trebius Gallus, den verzweifelten Haudegen, der wohl nie mehr im zivilen Leben ankommen wird; er grüßt Secundus und Hyla, die Liebenden, die trotzdem immer um Geld streiten; er grüßt sogar, wenn auch nur summarisch, die Bettler, die sich im Schatten der Kolonnaden in der Kunst des Unsichtbarwerdens üben.

Beim Bauchladenverkäufer hält er an. Colepius, so heißt

er, hat vor zehn Jahren Frau und Kind bei einem Brand verloren, seitdem steht er hier und verkauft den Touristen, die er nicht leiden kann, selbstgeschnitzte Knochenflöten und Ketten aus falschen Wolfszähnen. Epiphanes legt ihm zwei Asse auf den Bauchladen, nicht weniger, aber auch nicht mehr, und raunt ihm den Namen des Gesuchten ins Ohr.

Wo Josse sich gerade aufhält, weiß Colepius zwar nicht, aber er denkt einen Augenblick nach, besser gesagt, er schließt die Augen, richtet die Nase zur Sonne, die allerdings schon hinter den Kolonnaden verschwunden ist, umgreift mit seiner rechten Hand den falschen Wolfszahn, der ihm an einer Kette um den Hals hängt – und weiß plötzlich zu sagen, dass ein Mann namens Felix, den man den Fisch nennt, in dieser Minute Asellinas Kneipe betritt. Dem sollte bekannt sein, wo Josse zu finden sei.

Als Epiphanes bei Asellina ankommt, führt dort ein junger Mann das Wort: vorstehendes Kinn, breite Lippen und Glubschaugen. Der Fisch offenbar.

»Geschmolzener Stein, verstehst du«, erklärt das Fischgesicht seinen Zuhörern. »Das ist so heiß, dass du verbrennst, wenn du bloß in die Nähe kommst.«

Smirna schiebt ihm gerade wieder einen Becher Wein hin – ohne anzuschreiben, wie Epiphanes bemerkt.

»Wieso ist das so heiß?«, fragt Actius, der alte Seemann, dem der Skorbut nur noch zwei Zähne gelassen hat.

»Weil das Innere hochkommt, verstehst du. Wie eine Funktäne.«

Man schweigt respektvoll. Niemand weiß genau, was eine Funktäne ist. Aber man kann es sich vorstellen.

»Und woher weißt du das alles?« Das fragt der taube Flaccus, der alles vom Mund abliest.

»Die Wissenschaft weiß es«, behauptet das Fischgesicht.

Und Flaccus: »Die in Rom wissen es auch!«

Da stimmen alle zu: »Klar wissen die das! Aber denen ist das doch scheißegal! Scheißegal ist es denen!«

So wird geredet. Seit Wochen schwellen die Gerüchte an. Wie leicht es ist, denkt Epiphanes, etwas im Volk populär zu machen. Man muss nur versuchen, es zu verbieten!

Er tritt von hinten an das Fischgesicht heran und fragt leise: »Wo finde ich deinen Anführer?«

In dem Fischgesicht scheint Respekt auf. »Keine Ahnung. Vielleicht bei seiner Mutter?«

Epiphanes weiß sofort, dass das Fischgesicht lügt. Trotzdem fragt er: »Wo wäre das?«

»Frag in der Wirtschaft des Phoebus.«

Epiphanes geht wieder los. Vorbei an dem grässlich angemalten Haus des Polybius, an der Walkerei des Stephanus, des Sklavenschinders. Vorbei an der Bronzeschmiede, der Töpferei. Modestus, der Töpfer, arbeitet im Laden. Epiphanes grüßt ihn freundlich, bleibt sogar stehen.

»Wie geht das Geschäft? Man hört, ihr wollt umziehen?«

Modestus zögert. »Nein, also der Laden läuft gut.«

»Schön, freut mich!«

Aber das Zögern war aufschlussreich genug für jemanden wie Epiphanes. Modestus also auch, denkt er, während er weitergeht. Polybius, Stephanus, Clemens, Urbanus. Der Bäcker Popidius. Und jetzt auch Modestus. Zwar sind sie von ihrem Ziel noch sehr weit entfernt. So schnell errichtet man keine Stadt – mit vierzig ungelernten Gestalten. Lass es inzwischen sechzig sein. Man braucht sechshundert, am besten sechstausend! Man braucht Tonnen von Tuff und Zement und darüber hinaus noch Unmengen an Klinkern, Dachziegeln, Holz, man braucht Blei für die Rohre und Marmor für die Fassaden, der von weither herangeschafft werden muss. Aber wie dem auch sei, man redet darüber. Man redet über den Vulkan. Jeder redet über den Vulkan. Und auch wenn das alles bloß Gerede ist, Worte im Wind – die Immobilienpreise in der Innenstadt beginnen zu bröckeln, und die Anzahl der Bauanträge für Wohn- und Geschäftshäuser sinkt.

Interessant ist, dass die Meinungen zum Vulkan entlang einer schwer bestimmbaren »Bruchkante« verlaufen, denkt Epiphanes, während er jetzt ruhigen Schritts die Magistrale durchschreitet, die Abendsonne im Rücken, den eigenen Schatten vor sich. Mag er auch von den Ptolemäern abstammen, er lebt hier, so lange er sich erinnern kann. Er liebt diese Stadt, und er empfindet das gerade in diesem Moment, als er über die Bruchkante nachdenkt, sehr deutlich, fast schmerzlich. Er liebt das Abendlicht, die Erd- und Eisentöne der Fassaden. Er mag diese Stunde des Tages, wenn die Menschen auf den Gehweg heraustreten, auch wenn es schon kühl wird, auf Treppen und Bordsteinkanten sitzen, plaudern, trinken, bevor gleich, mit dem Sonnenuntergang, der Lieferverkehr die Straße in Besitz nehmen wird. Die Bruchkante, denkt er, verläuft nicht exakt zwischen arm und reich, auch nicht zwischen gebildet und dumm, sondern es sind die eher römisch-patriotischen Bürger, die die Vulkangerüchte ablehnen, sie in den Bereich abstruser fremder Kulte oder gar des Christentums verweisen, während die anderen, die Nörgler und Querulanten, an den Vulkan glauben. Wieso ist das so?

Er geht weiter, vorbei am Thermopolium des Fulvius, aus dem die Leute sich eine Wurst oder auch nur einen Dinkelbrei holen, vorbei am Bordell, vor dem nervös gackernde junge Burschen herumlungern, die sich noch nicht getrauen einzutreten, vorbei an dem imposanten Anwesen der Iulia Felix – bis er schließlich, kurz vor dem Rindermarkt, links in eine schon dunkelnde Gasse einbiegt. Dort, in der Wirtschaft des Phoebus, fragt er nach Josses Mutter.

»Zwei Häuser weiter, Außentreppe«, sagt der Wirt.

Er steigt die Treppe hoch, klopft an, betritt eine Dachkammer, in der eine uralte Frau (in Wirklichkeit ist sie so alt wie er) Gerste zermörsert. Zwei Betten stehen links und rechts unter schrägen Wänden. Zu sehen ist eine Kochgelegenheit mit rußschwarzem Abzug darüber. Ein kleines Tischchen, ein Stuhl. In der Ecke, ineinandergestapelt, mehrere Körbe. Hier also ist der große Held aufgewachsen.

»Ich suche Josse«, sagt Epiphanes.

»Was willst du von ihm?«, will die Frau wissen.

Jetzt zögert er. »Meine Herrin, Livia Numistria, würde ihn gern zu einem Gespräch bitten.«

»Wollt ihr ihn wieder prügeln?«, fragt die Frau.

»Meine Herrin wollte ihn niemals prügeln.«

Eine lange Pause. Das gleichmäßige Geräusch des Mörsers ist zu hören. Die Frau hat ein Ekzem an den Unterarmen.

»Ich weiß nicht, wo er ist«, sagt sie schließlich. »Er ist viel unterwegs in letzter Zeit. Er wollte vorbeikommen, aber ich glaube nicht, dass er heute noch kommt.«

Immerhin hat sie sich entschlossen, mit ihm zu reden. Er lässt ebenfalls eine lange Pause verstreichen, bevor er fragt: »Und morgen?«

»Kann sein. Oder übermorgen.«

Wieder lässt Epiphanes eine Pause verstreichen. Er weiß, wie wichtig manchmal Pausen zwischen den Wörtern sind. »Vielleicht kannst du so gut sein, ihm zu sagen:

Livia würde sich freuen, ihn übermorgen bei Sonnenuntergang zum Essen zu empfangen.«

Pause, Pause … »Das kann ich ihm sagen, ja.«

Epiphanes steht auf. Er kramt einen Sesterz aus der Tasche, auch wenn er das Gefühl hat, dass die Frau nichts haben will für ihr Entgegenkommen; ein Hauch von Mitgefühl vernebelt ihm für einen Augenblick das Hirn. »Ich danke sehr herzlich«, sagt er, während er verschämt den Sesterz auf den Tisch legt.

Die Frau blickt nicht auf, als sie sagt: »Das Geld nimm mit.«

Epiphanes ist klug genug zu gehorchen. Jetzt ist er sich sicher, dass sie seine Einladung übermitteln wird.

Nun also: Auftritt Livia Numistria. Wir kennen sie ja bereits. Wir glauben zumindest, sie zu kennen. Sie ist die Frau von Fabius Rufus, oder besser: Er ist ihr Mann. Sie hat eine Tochter, die heißt wie ihre Großtante Eumachia. Diese Tochter ist inzwischen fast achtzehn und erinnert Livia ständig daran, wie alt sie selbst schon ist. Insofern bedauert sie nur halbherzig, dass Eumachia schon aus dem Haus ist.

Livia ist Besitzerin verschiedener Manufakturen: Ziegel, Kalk, Zement. Und ihr gehören Häuser in Pompeji, Verzeihung, in der Colonia Cornelia. Sie hat der Stadt gerade die Volksthermen für einen symbolischen Preis abgekauft und – endlich! – provisorisch in Betrieb genommen. Sie gilt als Wohltäterin. Jeder weiß, wer sie ist. Aber kaum jemand weiß, wie sie aussieht. Sie scheut die Öffentlichkeit. Sie verlässt ihr Haus selten, fast nie (und wenn, dann in einem Kokon von Begleitern und verschleiert). Was sie wissen muss, lässt sie sich durch Epiphanes berichten. Sie zeigt sich niemals bei Spielen in der Arena, sie spricht nicht bei Volksfesten, und natürlich hält sie – als Frau – keine Reden im Magistrat. Das überlässt sie den Männern: das Demokratietheater, wie sie es nennt.

Livia agiert von ihrem Domizil aus. Ihr Haus ist groß – so groß, dass sie kaum alle Räume kennt –, aber weitgehend unsichtbar. Jedenfalls von der Stadtseite aus gesehen. Es steht am Rand von Pompeji, am Abgrund, der sich zum Meer hin auftut. Früher dienten Fels und Mauerwerk zur Abwehr eines vom Wasser her nahenden Feindes, aber seit der Eroberung (respektive Befreiung) durch Rom sind die Befestigungsanlagen überflüssig geworden, und jene Häuser an der Peripherie wurden zum Meer hin geöffnet und vergrößert, indem man ihnen weitere Etagen hinzufügte: nach unten, in den Abgrund hinein. So kommt es, dass sich nur ein Drittel von Livias Haus auf gleicher Höhe mit der Stadt befindet, der Rest, zwei großzügige Etagen sowie ein Kellergeschoss, senken sich auf der stadtabgewandten Seite zum Meer hinab, genauer gesagt, zu einem Garten, welcher sich aber bis zum Meer erstreckt. Wenn man aus dem hinteren Gartentor tritt, steht man am Wasser. Es gibt sogar einen Steg, an dem eine kleine, seetüchtige Liburne liegt, die Livia benutzen kann, wann immer sie möchte.

Sie liebt ihren Garten. Sie hasst das Land und das Landleben, aber den Garten liebt sie, sie verbringt viel Zeit darin. Sie hat Tausende Amphoren Muttererde heranschaffen lassen, damit hier Blumen und Obstbäume gedeihen. Im Sommer empfängt sie Gäste unter Orangen. Sie züchtet Rosen, sie besitzt, einschließlich der Hecken- und Kletterrosen, fast einhundert Sorten. Auch für ausgefallenes Gemüse interessiert sie sich, freut sich über den selbstgepflanzten Feldsalat, Senf oder Spargel – wobei *selbst-*

gepflanzt bedeutet, dass sie die Pflanzung angewiesen hat. Neuerdings malt sie ihren Garten auch, dies allerdings wirklich selbst. Leider vernichtet sie ihre Bilder, sobald Fabius sie lobt. Und Fabius lobt all ihre Bilder.

Durch seine Lage ist der Garten vollkommen abgeschieden von der Welt. Der einzige Störfaktor ist ihr Ehemann, dem sie die untere Etage ihres Hauses überlassen hat. Seine Wohnräume liegen direkt oberhalb des Gartens. Die Fenster sind groß: Fabius blickt über die Bucht von Neapel hinweg bis Misenum. Am Nachmittag scheint die Sonne hinein, allabendlich hat er das Schauspiel des Sonnenuntergangs gratis. Trotzdem beschwert er sich über sein Quartier und behauptet neuerdings sogar, vom Treppensteigen Herzbeschwerden zu kriegen. Dass sie drei Treppen zu ihrem Garten hinab- (und dann auch wieder hinauf-) steigen muss, ist ihm gleichgültig.

Im Dachgeschoss wohnt Epiphanes, der sich nie über irgendetwas beschwert. Die zwei übrigen Etagen bewohnt sie selbst: die Etage auf der Ebene der Stadt und die Etage darunter. Diese untere ist ihr Sommerquartier, da es dort bei hohen Temperaturen kühler ist. In der oberen dagegen residiert sie im Winter, also jetzt, denn natürlich gibt es hier – besonders am Morgen – mehr Licht. Ihr Winterschlafzimmer ist nach Osten ausgerichtet, zum Sonnenaufgang hin, um ihr das Aufstehen zu erleichtern. Dass sie die Abendsonne von da aus nicht sieht, ist kein Nachteil; wenn sie schlafen geht, ist es ohnehin längst dunkel. Dasselbe gilt für das angrenzende Bad. Nur in der Garderobe (wo wir sie endlich antreffen) wünschte sie sich mitunter mehr Helligkeit. Allerdings: Um die Stunde, wenn sie die Abendkleider anlegt, dämmert es gewöhnlich schon, und die Nacht kann selbst Livia Numistria nicht aufhalten.

Aber keine Sorge, es ist hell genug. Livia hat jede Menge Leuchter entzünden lassen (niemals Kerzen in der Garderobe!). Wir sehen sie vor einem großen Spiegel stehen, eine schlanke, hochgewachsene Frau, barfuß noch (das Zimmer ist fußbodenbeheizt), während sie sich ein Kleid anhält: teure Seide, geblümt, sehr elegant, aber sie kann sich nicht entschließen. Übrigens steht sie, genau genommen, nicht vor einem, sondern zwischen zwei Spiegeln; der zweite, hinter ihr, wird von einer unsichtbaren Person so gehalten, dass Livia auch ihren Rücken sehen kann; und während sie vorn bedeckt ist, ist sie hinten so gut wie nackt. Wir wollen darauf Rücksicht nehmen; unser Blick bleibt da, wo es schicklich ist, also im Spiegel, der vor ihr hängt. Allenfalls erlauben wir uns, weil es wirklich lohnt, ihren schlanken Hals zu streifen, der unter den hochgesteckten Haaren wirksam zur Geltung kommt. Aber tiefer als bis zu jenem reizenden, unschuldig hervorstehenden Wirbel am Übergang vom Hals zum Rücken erlauben wir uns nicht zu schauen.

Normalerweise macht es ihr keine Schwierigkeiten, die passende Garderobe auszuwählen, denn weder ist sie von Moden abhängig, noch hat sie einen unsicheren Geschmack. Sie wählt ihre Kleidung instinktiv, zielgenau. Kleidung ist eine strategische Angelegenheit im Umgang mit Männern, und ihre Meinung über Männer ist eindeutig: primitive, triebgesteuerte Wesen, eitel und geschwätzig. In ihren Augen gibt es genau drei Möglichkeiten, wie man mit einem Mann verfahren sollte.

Erste Möglichkeit: Man schmeichelt ihm. Das funktioniert fast immer, aber es fällt ihr immer schwerer. Das Schwierigste dabei ist, dass man sich dumm stellen muss. Hilflos. Man muss den Retter und Beschützer in ihm wecken. Dafür muss man gar nicht viel tun. Man hört ihm zu, lässt ihn reden. Man schaut zu ihm auf. Und wenn das nicht möglich ist, etwa weil er einen Kopf kleiner ist, dann begibt man sich möglichst rasch auf die Speiseliegen und platziert ihn – notfalls gegen die Gepflogenheit – so, dass er einem ins Dekolleté schauen kann. Auch ein Trägerchen, das wie zufällig unter dem verrutschenden Kleid an der Schulter sichtbar wird, tut seine Wirkung. Ein bisschen Lippenstift, der fälschlich Bereitschaft verheißt; ein wenig Wangenröte, die eine Erregung vortäuscht, die Livia nicht empfindet.

Unschöne Konsequenzen haben solche unterschwelligen Versprechen meist nicht, zumindest nicht bei den Herren, mit denen sie es gewöhnlich zu tun hat: Stadträte, Priester und andere hochangesehene Persönlichkeiten befinden sich in der Regel in fortgeschrittenem Alter. Es genügt, wenn man ausdrückt, dass sie in Frage kämen oder in Frage gekommen wären, als sie noch jung waren; man bedauert, ihnen nicht früher begegnet zu sein; oder man gibt vor, sich tragischerweise durch Ehe- und Sittengesetze gebunden zu fühlen; und wenn alles nicht hilft, schiebt man die Erfüllung des Versprechens so lange auf, bis der Betreffende endlich impotent oder tot ist. Nur ein einziges Mal ist sie in die Verlegenheit gekommen, mit ihrem Körper zahlen zu müssen, und das war ganz zu Beginn ihrer unternehmerischen Laufbahn. Anders hätte der alte Holconius ihr den Zuschlag für die Sanierung der Großen Basilica nicht verschafft. Und den hat sie gebraucht, dringend.

Übrigens war es nicht so schlimm, nicht schlimmer als der eheliche Verkehr. Sie hat die Fähigkeit, so etwas einfach über sich ergehen zu lassen. Gefühle kennt sie nur, wenn sie allein ist mit sich selbst, in der Geborgenheit ihrer Bettdecke (wo wir sie auch belassen wollen). Livia gibt, was sie geben muss, keinen Deut mehr. Und ist erstaunt, dass ihre Gleichgültigkeit nicht abschreckt, ja womöglich nicht einmal bemerkt wird, wobei wir hier längst in die Vergangenheitsform hätten wechseln müssen: Drei Jahre lang gewährte sie Fabius noch hin und wieder ihre Gunst. Er war ihr Ehemann, er hatte sie aus dem Haus ihres Vetters befreit, dafür war sie ihm dankbar. Aber nach drei Jahren war ihr Vorrat an Dankbarkeit aufgebraucht, und sie war froh, dass er seine Triebe von nun an in einem Bordell in Stabiae befriedigte. Natürlich weiß sie davon – und ist bereit, es im Ernstfall gegen ihn einzusetzen.

Sie gibt Pamhira das Geblümte zurück. »Hol mir das Tiefseeblaue«, befiehlt sie.

Womit wir bei der zweiten Möglichkeit wären: Einschüchterung. Unnahbar schillernde Farben, hohe Schuhe, hohe Frisur. Gern kombiniert sie einen solchen Aufzug mit einem kalten Minze-Eukalyptus-Duft – im Fall, dass sie einen Schuldner vor sich hat oder über gerichtsfeste Fakten verfügt. Oder, tückische Abwandlung, sie wählt zum kalten Auftritt einen warmen, verführerischen Feigen-Jasmin-Rausch, um dem Delinquenten, falls er sich zu einem Annäherungsversuch hinreißen lässt, damit zu drohen, ihn vor der Öffentlichkeit lächerlich zu machen oder seiner Ehefrau von seinem Fehltritt zu berichten.

Die alte Dienerin kommt endlich angeschlurft – ein Geräusch, das bei Livia immer den Eindruck erweckt, die Alte lasse sich Zeit, während sie selbst in Eile ist. Sie reißt ihr das Tiefseeblaue aus der Hand und streift es über. Es ist ziemlich eng und ziemlich lang, sie muss sich hineinwinden, und für ein paar Wimpernschläge sieht sie einer

Schlange ähnlich. Pamhira zieht unten am Saum, bücken kann sich die Alte immer noch gut. Livia ordnet die Haare, betrachtet sich kritisch, hält den Kopf zuerst nach rechts, dann schräg nach links. Und wieder nach rechts.

Die dritte Möglichkeit? Bestünde darin, den Mann zu bestechen. Zu diesem Zweck kleidet man sich neutral, bleibt ungeschminkt und verhandelt im Sitzen. Keine Erotik! Keine Überlegenheit! Ein Gespräch unter Gleichen, als würde es um den Kauf einer Immobilie oder eine Handwerksleistung gehen.

Und dann noch eine vierte Möglichkeit: Man lässt ihn beiseiteschaffen. Auch dieser Gedanke durchzuckt sie, wir sehen es in ihrem Gesicht. Aber nein, das sind Männermethoden. Fabius-Methoden. Und was hat er erreicht? Nichts. Einen Helden hat er geschaffen. Eine stadtbekannte Persönlichkeit.

»Was will ich denn eigentlich erreichen?«

Nicht Pamhira, sondern eine Stimme hinter dem Vorhang antwortet ihr: »Hör ihm doch erst einmal zu. Lass ihn reden.«

Vorn ist das Kleid hochgeschlossen, schmiegt sich an. Nur der Busen ragt vor, wie eine Waffe.

»Glaubst du etwa, es könnte was dran sein an diesem Vulkan?«

Der Vorhang schweigt ein bisschen zu lange. Das gefällt Livia nicht.

»Unsinn, Epiphanes. Vulkan! Ich bitte dich! Entweder ist dieser Mensch verrückt. Oder er ist tatsächlich von Polybius bestochen, dieser Ratte.«

»Man könnte sich mit Plinius beraten«, schlägt der Vorhang vor.

»Ach was! Was weiß denn Plinius!«

Nein, denkt Livia, auf keinen Fall wird sie Plinius einbeziehen. Sie will nicht, dass Rom von dem Vulkan-Unsinn Wind bekommt. Und es fliegt noch ein anderer Gedanke vorbei, schemenhaft wie der Schatten einer Krähe: Was, wenn Plinius dem Irren auf einmal recht gäbe? Sie weiß, dass es hier keinen Vulkan gibt, auch wenn sie, offen gestanden, nicht genau weiß, was das ist: ein Vulkan. Aber im Gegensatz zu Plinius, der erst seit drei Jahren in Misenum wohnt, lebt ihre Familie seit Generationen in dieser Gegend. Und niemals war von einem Vulkan die Rede. Das sind Hirngespinste, Männerphantasien, denkt Livia. Und Plinius ist ein Mann, zumal ein alter Mann. Und er ist ein Phantast. Jemand, der in der Welt der Bücher lebt, der niemals aus seinem Kämmerchen herauskommt. Als sie bei ihm war, um mit ihm über den Kauf ihrer kleinen Liburne zu verhandeln, hat er ihr zwei geschlagene Stunden etwas über Seeungeheuer erzählt, über Sägefische von zweihundert Ellen Länge und über Wale, die nicht durch den Bosporus passen – ohne jemals ein einziges dieser Tiere mit eigenen Augen gesehen zu haben.

Sie hält die Jade-Ohrringe an, die zu dem Tiefseeblauen passen.

»Wunderschön«, sagt Pamhira.

Ach, Pamhira, du alte Elster, denkt Livia. Schön sind sie wirklich, eine prachtvolle Arbeit. Fünfzehntausend Sesterze das Stück. So könnte sie den Kaiser empfangen (allenfalls müsste sie achtgeben, dass sie nicht besser gekleidet ist als seine Frau). Aber dieser ...

»Wie heißt er gleich?«

»Josephus. Aber er nennt sich Josse«, kommt es vom Vorhang.

Dieser Josse würde nicht einmal begreifen, was da an

ihren Ohren hängt. Ein Zugewanderter aus den Ostprovinzen. *Aus armen Verhältnissen*, wie Epiphanes sagt. Na und? Kommt sie nicht selbst aus armen Verhältnissen? Sie erinnert sich noch sehr gut an ihre Kindheit – die Zeit, bevor sie zur Tante kam. Zuerst hat ihr Vater eine Haushälfte verkauft, samt Garten und Fischteich. Dann das Silbergeschirr. An Feiertagen wurde aus Tontassen getrunken. O ja, sie weiß, was das ist: Armut. Glaubt, es zu wissen.

»Bring mal was Schlichtes«, sagt sie zu Pamhira.

Aber schon als die Alte losschlurft, zweifelt sie erneut. Warum sollte sie ihren Reichtum verleugnen? Ja, sie ist reich. Und sie hat sich ihren Reichtum verdient. Schon richtig, die Erbschaft. Aber was war das schon? Eine Ziegeleifabrik ohne Aufträge, ein verwahrlostes Haus. Das sie gehasst hat. Und hat sie dafür nicht bezahlt? Mit Lebensjahren, mit Qualen? Noch heute träumt sie in ihren schlimmsten Träumen davon. Die beängstigend hohen Wände. Die neuen Kleider, die auf ihrer Haut kratzen. Nein, wirklich bösartig war die Tante nicht. Ohnehin war sie meist abwesend, präsent nur durch die unbegreiflichen Verbote und Gebote. Bei Sonnenaufgang wurde zu den Hausgöttern gebetet. Das Frühstück war karg, weil die Tante meinte, man studiere schlecht mit vollem Bauch: Mathematik, Rhetorik, römisches Recht. Auch körperliche Ertüchtigung war für Livia vorgesehen, neben Reiten und Springen vor allem Laufen: drei Meilen, eine elende Schinderei ...

An dieser Stelle mag der Leser denken: Gibt es nicht Schlimmeres als Rhetorik und Leibesertüchtigung? Das gibt es wohl. Aber es gibt eben auch zarte und weniger zarte Naturen. Wo ist das Maß für das Leid, das jemand empfindet? Polybius – nur um ein Beispiel zu nennen – hat die Kalkmühle überlebt. Für Livia wäre schon der *Anblick* einer Kalkmühle schwer zu ertragen (zum Glück hat sie noch niemals eine gesehen).

Von früh bis spät: die Pythagoreischen Sätze! Warum sich Wurzel aus zwei nicht als Bruch darstellen lässt. Prozentrechnung, Zinseszins, den ganzen Tag bis zum Abendessen. Aber am schlimmsten war, wenn die Tante persönlich erschien und Livia Auskunft über ihre Fortschritte und Versäumnisse geben musste. Als hätte sie den Mund voller Mehl. Als wäre sie eine Puppe aus Holz und Papyrus. Hätte die Tante sie angezündet, sie wäre lodernd verbrannt.

Pamhira kommt mit einem erdfarbenen Lappen zurück. Livia weiß sofort, dass sie ihn nicht anprobieren wird. Aber was sie an dem Tiefseeblauen auf einmal stört: dass sie darin aussieht wie ihre Tante. Auf einmal ist ihr Gesicht so – priesterlich? Die lange Nase. Das knubblige Kinn. Unangenehmer Gedanke: dass sie im Alter das Äußere ihrer Tante annehmen könnte.

»Wie alt ist er eigentlich?«

»Vierundzwanzig«, meldet der Vorhang.

Sie windet sich aus dem Kleid, die Nähte knirschen. Sie tritt näher an den Spiegel. Zieht ein paar Grimassen, um den tantenhaften Eindruck zu vertreiben. Lächelt ... Vorsicht, Lachfalten! Das ist nicht zu bestreiten. Aber hat sie nicht auch schon mit vierundzwanzig Lachfalten gehabt? Ihr Blick wandert an ihrem Körper entlang. Ihre Haut ist weiß, niemals setzt sie sich unnötig der Sonne aus. Sie hat ihre Brüste nicht durch Stillen verdorben. Ihr Bauch ist straff. Sie absolviert ihre Leibesübungen täglich. Sie benutzt Salben aus Schafsembryonen und einem indischen Unsterblichkeitskraut ... Nein, sie wird nicht alt. Sie denkt gar nicht daran!

»Gibt es das Ziegelrote noch?«

»Das Ziegelrote? Das Alte?« Pamhira macht ein ungläubiges Gesicht.

»Das alte Ziegelrote! Gibt es das noch?«

Pamhira verschwindet mit dem Erdfarbenen und dem mondänen Tiefseeblauen.

Nein, sie wird nicht als Tante auftreten, denkt Livia. Das erwartet er wahrscheinlich, dieser Mensch: irgendeine alte Schachtel. Mit teuren Klunkern behängt. Aber stattdessen ...

Pamhira kommt mit dem Ziegelroten, das Livia vor zehn Jahren getragen hat. Als *sie* vierundzwanzig war. Mal sehen, ob es noch passt. Und es passt! Wie angegossen! Nur – irgendwas fehlt.

»Bring mal die Korallenkette und die roten Schuhe!«

Pamhira tritt von einem Fuß auf den anderen, rührt sich nicht von der Stelle.

»Hör auf damit!«, schnauzt Livia sie an. »Ich probiere bloß.«

Aber auch mit Schuhen und roter Korallenkette fehlt noch was. Sie lässt sich den Lippenstift reichen, bemalt ihre Lippen, vergrößert sie ein bisschen. Betrachtet sich kritisch. Natürlich kann sie das Kleid nicht anziehen. Man sieht ja beinahe die Brustwarzen! Hat sie das wirklich einmal getragen? Ist sie wirklich damals so zu Marcus Holconius gegangen?

Sie pellt sich aus dem Kleid, plötzlich eilig. Fast verstimmt. Hat sie herausbekommen, was fehlt? Sprechen wir es aus? Die Wundersalben der Vettier-Brüder sind einfach zu teuer, um nicht an ihre Wirkkraft zu glauben. Aber selbst wenn sie tatsächlich imstande sein sollten, die sichtbaren Zeichen des Alters zu verschleiern – es gibt etwas, das verloren ist: das unsichtbare, schnell wirkende Gift der Jugend.

»Hol das Giftgrüne«, sagt sie rasch, weil sie Pamhira loswerden will. Weil sie das flackernde Mitgefühl in ihrem Blick nicht erträgt.

Sie bleibt nackt vor dem Spiegel zurück. Die Schuhe hat sie vergessen auszuziehen, was sie aber nur noch nackter macht. Die Sittlichkeit geböte es, den Blick abzuwenden, wir sind uns dessen bewusst, aber gerade in diesem Moment passiert etwas, eine Kleinigkeit, von der zu berichten wir uns nicht versagen können: Der zweite Spiegel, der hinter ihr, verrutscht dem Sklaven, der ihn ja bereits seit einer halben Stunde im selben Winkel zu halten versucht, und diese unendliche Reihe der Livias erscheint. Alle nackt, alle mit roten Schuhen. Und obwohl sie weiß, dass es das identische, immer kleiner werdende Spiegelbild ist, das sie vor sich hat, kommt es ihr so vor, als wäre das der Weg durch die Zeit, der sich jetzt vor ihr öffnet. Lauter gläserne Türen, unzählige. Könnte sie sie durchschreiten, dann stünde dort, ganz am Ende, das Kind. Das immer noch zwischen hohen Wänden umherirrt. Die Puppe aus Holz und Papyrus. Und da möchte sie zu dem Kind gehen und ihm etwas sagen … Aber was? *Keine Angst, es wird alles gut. Du wirst einmal – glücklich sein?*

Ist sie denn glücklich? Aber was ist Glück anderes, als unabhängig zu sein? Und das heißt: reich. Der Rest ist Geschwätz, denkt Livia. Und was für ein Rest? Es gibt keinen Rest. Ihr fehlt nichts. Höchstens hat sie etwas zu viel: Fabius Rufus.

Pamhira kommt mit dem Giftgrünen zurück. Kein Kleid, ein Hauch. Es wird über einem blickdichten Hautfarbenen getragen, raffinierte Täuschung. Jetzt noch die roten Korallen dazu. Das könnte es sein: Anziehung und Abweisung. Nun noch der Duft. Hier wird sie wieder schwankend: Soll sie die Abweisung oder die Anziehung verstärken? Minze-Eukalyptus oder Feige-Jasmin? Dazu hohe Schuhe oder flache?

»Wie groß ist er denn?«

»Ich habe ihn nicht gesehen«, antwortet der Vorhang.

Fabius hat ihn gesehen: Ein Schrat, sagt er. Aber was heißt das? Unter einem Schrat stellt sich Livia so jemanden vor wie diesen Bauchladenverkäufer auf dem Forum. Obwohl sie auch von dem eine sehr unklare Vorstellung hat. Sie erinnert sich an ein Ungetüm von der Dimension eines Fuhrwerks. Auslagen hängen terrassenförmig an seinem Leib. Und obwohl sie dem Ungetüm niemals ins Gesicht gesehen hat, weil sie fürchtet, ihre Neugier könnte es kränken, glaubt sie, sich an die vor Dreck abstehenden Haare zu erinnern und an eine gewaltige Knollennase, durch die das Ungetüm geräuschvoll atmet, wenn es die Flöte bläst.

Und was, wenn er stinkt? Wenn ein ungewaschenes, zottiges Wesen hier eintritt? Ein Besessener, eine Art Bettelphilosoph? Wie redet man mit so einem? Und was für ein Parfüm trägt man auf? Anziehung, Abweisung. Hohe Schuhe, flache Schuhe. Feige-Jasmin oder Minze-Eukalyptus. Lippenstift oder nicht. Sachlichkeit oder – was?

Sie weiß es nicht. Sie lässt die hohen Schuhe an. Wählt – sicherheitshalber – die frische Minze (für den Fall, dass er tatsächlich stinkt). Aber in dem Moment, da sie sich über das Tischchen mit den Flacons beugt, verkündet der Vorhang das Nahen des Gastes, und Livia greift anstatt zum äußersten linken Ende (kühl) zum äußersten rechten (warm), und bevor sie sich's versieht, hat sie diesen Haremsgeruch hinterm Ohr: Rosen, Sandelholz und noch irgendwas, man möchte gar nicht wissen, was die Vettier-Brüder da reinmischen. Zu spät! Sie überlegt noch, ob sie versuchen soll, den Duft mit einem anderen Duft zu überdecken, aber wer weiß, was dabei herauskäme.

Abstand halten, beschließt sie, während sie zum Atrium schreitet. Der Weg ist nicht weit, sie denkt darüber nach, welche Grußformel passend ist. Auch Fabius fällt ihr noch einmal ein, der Idiot, der ihr die Suppe eingebrockt hat (und der sich gerade im Bordell in Stabiae amüsiert).

Sie betritt das Atrium, und dort steht er.

Groß, stark. Schlichte Filzjacke, auf der noch der Regen perlt. Seine schwarzen, halbfeuchten Haare fallen ihm in die Stirn. Und kaum ist sie eingetreten, macht er einen Schritt zurück, geht ganz leicht in die Knie; die Arme winkeln sich an, die Hände auf Hüfthöhe, als wollten sie etwas greifen. Seine Augen tasten in schnellen Sprüngen die Umgebung ab: der Blick eines Tieres, das man in die Arena gescheucht hat. Erst jetzt wird Livia gewahr, dass zusammen mit ihr auch ihre Wachmannschaft den Raum betreten hat. Epiphanes hatte drauf bestanden.

Eine Handbewegung genügt, die Männer verschwinden geräuschlos.

»Willkommen in meinem Haus«, sagt Livia.

Sie nimmt den Begrüßungstrunk vom Tablett, das neben ihr auftaucht, prostet dem Tier zu. Sein Blick schweift immer noch misstrauisch umher. Es riecht nach Regen, das Tier. Und Filz. Und nach noch irgendwas. Oder kommt es von ihr? Das Noch-Irgendwas der Vettier-Brüder?

Polybius hatte ihm dringend abgeraten, der Einladung Folge zu leisten. Livia Numistria? Die lädt niemanden ein, den sie nicht übers Ohr hauen will. Ein Aas, diese Frau. Die hat Haare auf den Zähnen, hatte Polybius immer wieder gesagt: Haare auf den Zähnen!

Haare auf den Zehen, hatte Josse verstanden. Woher waren Polybius solche Details bekannt? Er stellte sich behaarte Füße vor, ein Mannweib, das im Winter Sandalen trägt, mit einer Keule bewaffnet, dämlich. Obwohl Polybius über ihre Füße Bescheid zu wissen schien, behauptete er zugleich, Livia niemals gesehen zu haben. Sie plane all ihre Betrügereien von ihrer Höhle aus. Sie habe schon halb Pompeji bestochen. Fabius Rufus verschaffe ihr alle öffentlichen Aufträge. Neuerdings habe sie die Volksthermen aufgekauft: für einen symbolischen Sesterz! Und jetzt beziehe sie auch noch Fördergelder von der Stadt für die Sanierung.

Aber je mehr Polybius auf ihn eingeredet hatte, desto mehr hatte ihn die Angelegenheit interessiert. Er glaubte nicht, dass es sich um eine Falle handelte, wie Polybius argwöhnte. Inzwischen war er eine stadtbekannte Person, man konnte ihn nicht einfach verschwinden lassen. Zwar lief die Anwerbung von Arbeitswilligen für das Bauprojekt am *Fenster des Meeres* immer noch schleppend (Josse schob es auf die kalte Jahreszeit), aber man sprach über ihn und über den Vulkan. Und oft genug musste er die Leute sogar bremsen und zügeln. Eben noch gleichgültig gegenüber seinen Warnungen, schienen sie Freude am Vulkanismus zu finden, sahen überall Rauchsäulen, fabulierten von Erdspalten; selbsternannte Vulkanspezialisten traten hervor, die angeblich schon Vulkane gesehen und Ausbrüche miterlebt hatten. Manchmal kam es ihm so vor, als würden sich die Leute in eine grimmige Vorfreude hineinfiebern, beinahe als ersehnten sie den Ausbruch.

Und, ja, es schmeichelte ihm, von einer Frau eingeladen worden zu sein, bis zu der noch nicht einmal Polybius vorgedrungen war. Er sagte Mugo und dem Fisch Bescheid – für den schlimmstmöglichen Fall. Er kaufte sich ein neues Gewand. Er fühlte sich elegant und weltläufig. Er hatte Herodot gelesen, inzwischen auch Lukrez, er wusste, wie man sich bei Tisch benimmt. Kurz, er fühlte sich für die Begegnung gewappnet.

Zur vereinbarten Zeit stand er vor dem Eingang des Hauses von Fabius Rufus (er hielt es noch immer dafür) und fragte sich, ob dieser wohl dabei sein würde, aber da öffnete sich auch schon die Tür. Er betrat ein Atrium, das ihm auf den ersten Blick recht bescheiden erschien. Doch was für ein Blick! An den Säulen vorbei durch einen Gang und dann noch über eine Terrasse hinweg sah er in den roten Abendhimmel wie auf ein Bild, eine Täuschung? Hatte es nicht eben noch geregnet in der Stadt? Aber nein, tatsächlich waren in einem breiten Streifen über Misenum rötliche Wolken zu sehen, während die Fackeln im Vordergrund ein flackerndes Zwielicht erzeugten. Noch bevor er Details wahrnehmen konnte – die Höhe der weißen Marmorsäulen, die filigranen Muster der Wände oder die fugenlosen Ränder des Wasserbeckens, dessen Seitenwände aus ganzen Blöcken gefertigt waren –, schwebte eine Person in den Raum, eine Frau, begleitet von sechs Männern, wie er auf einen Blick erfasste, die imstande und vermutlich auch gewillt waren, ihre Körperkraft zu gebrauchen.

Sein erster Impuls: Raus hier! Vorsichtig trat er einen Schritt zurück, die Männer rührten sich nicht. Im nächsten Moment hätte er sich wohl umgedreht und versucht, auf kurzem Weg zu entfliehen – wenn nicht die Frau, die er bis jetzt kaum beachtet hatte, die Hand gehoben hätte, worauf die sechs Männer ebenso geräuschlos, wie sie gekommen waren, verschwanden. Stattdessen trat ein nubischer Sklave mit einem Silbertablett ins Bild. Die Frau griff nach einem der beiden Gläser, die darauf standen, und sagte:

»Willkommen in meinem Haus.«

War das Livia Numistria? Ihr Willkommensgruß war kaum anders zu deuten, trotzdem ertappte sich Josse dabei, wie er nach einer weiteren Person Ausschau hielt: Nach wem? Nach der *richtigen* Livia Numistria? Der mit den Haaren auf den Zehen? Es dauerte Sekunden, bis sich die Erkenntnis in ihm durchsetzte, dass sie es sein musste. Und noch einmal so lange brauchte er, um seinen Blick scharf zu stellen und zu begreifen, dass diese Frau alles andere als alt und hässlich war. Die bleichen Haare verwandelten sich in kunstvoll gelocktes Blond. Der rote Mund entpuppte sich als lächelnde Einladung. Das abweisende grüne Gewand erwies sich als durchscheinend, Josse wagte kaum hinzuschauen. Oder war alles nur ein Trick? Eine Sklavin, die ihn ablenken, betäuben, verführen sollte? Würde er umfallen nach dem Begrüßungstrunk?

Sie schlenderten zur Terrasse. Die Frau erzählte irgendwas vom Wetter und von der Stadt, und dass sie am Abend nicht so gern durch die Straßen gehe. Während sie vorwärtsschritten, kam unter dem Himmel das Meer zum Vorschein. Und dann, unterhalb der Terrasse, ein Garten mit Alleen und Pavillons, Sträuchern und Marmorskulpturen und einem Steg, an dem ein Schiff vertäut war. Und das alles nicht, wie bei Polybius, bloß gemalt oder durch faule perspektivische Kniffe auf Weite getrimmt, sondern wirklich, unendlich.

»Ja, mein Garten«, sagte die Frau leichthin. Und dann fast entschuldigend: »Ich züchte Rosen.«

Und was für ein Duft! Aber die Rosen blühten doch gar nicht. Es dauerte eine Weile, bis Josse begriff, dass der Duft von ihr ausging.

»Du musst einmal kommen, wenn sie blühen«, sagte die Frau.

Dann gingen sie ein paar Schritte nach links, die Galerie entlang, und betraten ein Speisezimmer. Es ist nicht leicht, die Eindrücke zu schildern, die auf Josse einstürmten. Andererseits war es vielleicht gar kein Ansturm, sondern ein verwirrendes, changierendes Durcheinander von Details: die gläsernen Fenster, die Wandgemälde, die nymphengestaltigen Leuchter, die samtenen Speiseliegen, aber vor allem die Fischgräte, auf die er beinahe getreten wäre und die – wie er begriff, als er ungeschickt den Schritt verlängerte – gar nicht existierte, sondern Teil des Fußbodens war, genauer gesagt, eines Musters aus Gräten, Knöchelchen, zerbrochenen Muschelschalen und abgefressenen Mangoldblättern, das man in den schwarzen Marmorfußboden eingelassen hatte. *Speisereste als Perlmuttintarsien* – spätestens an dieser Stelle ahnte Josse, während er sich stotternd für seinen Stolperschritt entschuldigte, dass dies Reichtum war, während Polybius ihn die ganze Zeit mit einer armseligen, stümperhaften, peinlichen Imitation von Reichtum betrogen hatte.

Irgendwann begannen die Eindrücke, sich zu ordnen. Josse hatte zwar schon von gläsernen Fenstern gehört, aber gesehen hatte er so etwas noch nie. Mugo hatte behauptet, Glasfenster seien so durchsichtig wie Luft. Das stimmte nicht ganz, wie Josse feststellte. Immerhin waren sie durchsichtig genug, dass er dahinter die rötlichen Wolken sehen konnte.

Plötzlich schien ihm, als schwebe eine Musik im Raum.

Er lauschte, erstaunt wie ein junger Hund, der ein fremdartiges Geräusch wahrnimmt – bis Livia ihm erklärte, sie liebe gedämpfte Musik *aus Nebenräumen.* Das schaffe so eine behagliche und zugleich sehnsüchtige Atmosphäre, sagte sie. »Es dehnt den Daseinsmoment. Findest du nicht?«

Josse versuchte es mit seinem seismischen Nicken.

Auf der Wand gegenüber dem Fenster war ein Gemälde, das ihn anzog, doch als Livia seine Blicke bemerkte und ihn kichernd hinführte, sträubte er sich: Durfte man so etwas betrachten in Gegenwart einer Dame? Viel Nacktheit. Ein Mann, eine Frau. Sie war von schräg hinten zu sehen. Und während der Mann unzweifelhaft in sie eindrang, wendete sie den Kopf und blickte aus dem Bild heraus dem Betrachter in die Augen. Was für ein Gesicht! Was für ein Blick! Der leicht geöffnete Mund. Die Locken, der Hals mit dem unschuldig hervorstehenden Wirbel. Wie lebendig, wie wahr.

»Deïaneira«, kommentierte Livia.

Und Josse war froh, dass sein Griechisch ausreichte, den Namen zu entschlüsseln: »Die den Männern Feindliche«, übersetzte er.

»Du kennst die Geschichte?« Livia lachte. »Nun ja, wie man sieht, hat Herkules sie dann doch genommen!«

Josse kannte die Geschichte nicht. Er hatte keine Ahnung. Wieder einmal fühlte er sich dumm und unbeholfen. Wieder einmal war er in eine Welt eingetreten, deren Gesetze er nicht kannte. Gewiss, er beherrschte die Kunst des bedeutsamen Schweigens ebenso wie die des nichtssagenden Redens. Er konnte mit bruchstückhaftem Wissen glänzen und machte sich durch allgemein-unverständliche Andeutungen interessant. Zu alledem putzte er sich neuerdings die Zähne! Dennoch stand unser Held am Rande der Überforderung.

Wenn er auch inzwischen gelernt hatte, mit Frauen zu verkehren – der Umgang mit einer *mächtigen* Frau war für ihn ungewohnt. Ihn verwirrte die Schamlosigkeit, mit der sie ihm ein Bild zeigte, auf dem ein Geschlechtsakt zu sehen war; es verwirrte ihn umso mehr, als ihn (mit einer kleinen Verzögerung) der Verdacht anfiel, dass *sie* es war, die aus dem Bild herausschaute. Waren das nicht ihre Haare, war es nicht ihr Hals? Waren es nicht ihre opalgrünen Augen? Sie steuerten auf die Speiseliegen zu, und er wagte nach der Betrachtung des Bildes kaum, ihr ins Gesicht zu sehen, während sie ihn offenbar unbefangen taxierte: Fand sie ihn tölpelhaft? War er schlecht gekleidet? Durchschaute sie ihn? Es war ihm unheimlich, sich mit dieser Frau auf die Speiseliegen zu fläzen (denn tatsächlich fläzte sie sich in die Kissen). Ganz im Gegensatz zu den Regeln, die ihn Polybius gelehrt hatte, lud sie ihn ein, sich mit auf ihre Liege zu legen, und wandte sich, auf den rechten Ellenbogen gestützt, ihm zu, wodurch er ihren beachtlichen Ausschnitt vor Augen hatte; und wenngleich die Liege genügend Platz bot, um Abstand zu wahren, machte ihm der Anblick zu schaffen. Aber sie schien es nicht zu bemerken, sondern begann, in einem sachlichen, fast lehrerhaftem Tonfall nach seinen Lebensumständen und seiner Familie zu fragen.

Und wieder gehorchte Josse dem Gott der Schweine, der ihm davon abriet, seinen Vater einen bitterarmen Samniten sein zu lassen; stattdessen machte er aus seinem Urgroßvater (von dem er immerhin einmal gehört hatte, dass er große Viehherden besessen habe) kurzerhand einen pannonischen Stammesfürsten, unterstellte seiner Urgroßmutter verwandtschaftliche Beziehungen zu einem jazygischen Heerführer und erweckte, ohne es auszusprechen, den Eindruck, sein Vater habe noch gegen die dakische Invasion in Sirmium gekämpft. Derweil wurden Austern und Artischockenherzen serviert.

»Ich liebe die einfachen Dinge!«, rief Livia aus.

Der süße Wein, der dazu gereicht wurde, verblüffte Josse durch seine betörende Note – war es Senf? Noch mehr verblüffte ihn allerdings, dass Livia den Inhalt ihres Glases in das Rinnsal kippte, das zwischen den Liegen dahinfloss, und sich über die Temperatur des Weines beschwerte. Josse spielte den höflichen Gast, wiegte den Kopf hin und her, obgleich er nicht einmal hätte sagen können, ob der Wein zu warm oder zu kalt serviert worden war. Als er, wie er es von Polybius gelernt hatte, einen kräftigen Schwall Zitrone zur Auster gab, bemerkte er Livias erstaunten Seitenblick und bemühte sich, es wie ein Versehen aussehen zu lassen, indem er die Zitrone beiläufig wieder abschüttelte. Wenigstens gelang es ihm, sich beim Abspülen der Finger nicht anmerken zu lassen, wie sehr es ihn verwunderte, dass das Wasser, das zwischen den Liegen floss, angewärmt war.

Livia fragte Josse weiter über seine Lebensgeschichte aus, und Josse erinnerte sich – scheinbar widerstrebend – an Flucht und Vertreibung, sprach mit Fassung über den verlorenen *Familienbesitz* (auch eine Metzgerei war ja schließlich Besitz gewesen) und beklagte den frühen Tod seines Vaters, wobei er die Bedeutung der Begebenheit spontan ins Gegenteil wendete, indem er sich an den in Rauch aufgehenden Gebeinen seines Vaters schwören ließ, das Leben ebenso aufrecht und stolz zu bestehen wie dieser tapfere Mann. Die Frage, wovon er eigentlich lebe, kam

Livia nicht in den Sinn, stattdessen erzählte Josse von den Studien, die er *auf eigene Kosten* unternehme, und von seinem Interesse für die Naturwissenschaft, womit sie endlich beim Vulkanthema ankamen. Und so begann er, von jener Versammlung zu berichten, auf der ein Grieche namens Georgios seine Theorie über den Monte Somma entfaltet hatte.

Livia folgte seiner Erzählung mit wachem Blick, stellte neugierige Zwischenfragen und wollte gern Näheres über Georgios wissen.

Josse stockte.

»Ah, du denkst, ich stehe im Dienst meines Mannes und will dich ausspionieren«, erriet sie sofort.

Im Grunde wusste er kaum etwas über Georgios, sodass er auch nichts ausplaudern konnte. »Ich weiß nur, dass er irgendwas mit Bergbau zu tun hat. Und dass er aus Syrakus kommt. Also vom Ätna.«

»Wann ist denn der Ätna das letzte Mal ausgebrochen?«, fragte sie.

Josse wusste es nicht.

»Epiphanes?«

Aus dem Nichts meldete sich eine Stimme zu Wort, hier schien nicht nur die Musik aus der Luft zu kommen: »Soweit mir bekannt ist, vor etwa zweihundert Jahren.«

Josse war überrascht. Er hatte sich immer vorgestellt, dass Georgios Zeuge eines Ausbruchs gewesen war. Aber zumindest, das stand fest, kam er von dort. Er kannte den Ätna und die Landschaft, und man musste ihm glauben, wenn er sie mit Kampanien und den Ätna mit dem Monte Somma verglich.

»Warst du denn mal auf dem Monte Somma?«, fragte Livia.

Nein, er sei, offen gestanden, noch nie auf dem Monte Somma gewesen.

Warum nicht?

Jetzt wurden je zwölf kleine Objekte serviert, mit Soße zum Dippen. Als er hineinbiss, knackte es zwischen seinen Zähnen. Er schaute zu Livia, um zu sehen, wie sie damit umging.

»Magst du keine Drosseln?«, fragte sie. »Oder isst du sie lieber ohne Knöchelchen?«

»Doch, doch«, stotterte Josse.

»Ich esse sie am liebsten mit.« Livia leckte sich die Finger ab. »Dieses Knacken zwischen den Zähnen! Ich war in meinem ersten Leben wahrscheinlich eine Katze.«

Josse kaute seine zwölf Drosseln mitsamt Knochen runter und versuchte zu erklären, warum er an die Existenz eines Vulkans glaubte. Unter dem Blick dieser Frau war das nicht so einfach. Er brachte alles in Anschlag, was er wusste. Der Leser kennt die Argumente, wir geben sie hier nur in Stichpunkten wieder: das Große Beben. Die heißen Quellen auf den Phlegräischen Feldern. Die Asche dort, das Lavagestein. Die Schwefeldämpfe. Die toten Vögel. Aber auch der Tod der beiden Wanderer, mit dem alles begonnen hatte.

»Und wann, glaubt dieser Grieche, wird der Vulkan wieder ausbrechen?«

Josse zuckte mit den Achseln. Das hatte auch Georgios nicht sagen können.

»Die Frage ist doch, lieber Josse«, hob Livia an, während Filets vom Reh serviert wurden (allerdings so blutig, dass Josse das Fleisch im ersten Moment für roh hielt) – »die Frage ist doch: Genügt das, um vorauseilend eine Stadt wie Pompeji aufzugeben? Sollen zwanzigtausend Menschen ihre Habe auf Eselskarren verladen und fliehen? Jahrhundertealte Bauten und Traditionen im Stich lassen? Werkstätten, Bäckereien, Handelsplätze? Und vor allem frage ich mich: Der Monte Somma ist – wie weit entfernt?«

Die Stimme aus dem Nichts, die, wie Josse jetzt feststellte, einem Mann gehörte, der die ganze Zeit reglos wie eine Bronze im Raum gestanden hatte, antwortete: »Etwa fünf oder sechs Meilen.«

»Sechs Meilen«, sagte Livia. »Wie lange braucht diese Lava, um sechs Meilen zurückzulegen? Wie lange braucht es, bis so ein Ascheregen, wie du es nennst, eine Stadt wie Pompeji verschüttet?« Sie ließ einen roten Falerner aus dem Konsuljahr des Faustus Cornelius Sulla Felix öffnen, dem Jahr des Großen Bebens, was man leicht hätte ausrechnen können, aber die Mühe des Ausrechnens machte sie sich erst, wenn die Konsule, deren Namen die Weine zierten, außerhalb ihrer persönlichen Erinnerung lagen. »Ich mache dir einen Vorschlag«, sagte sie und erhob ihr Glas. »Wir fahren zusammen zu Plinius. Soll er entscheiden, wie gefährlich dein Monte Somma ist.«

Zu Plinius? Lebte der denn noch? Josse verkniff es sich zu fragen. Sein Blick glitt über die Liegende – über ihre Locken, die sie sich immer wieder spielerisch um den Zeigefinger wand, über ihren Hals, ihre Schulter, wo ein Bändchen oder Trägerchen auf irritierende Weise etwas andeutete, das sich unter dem grünen Kleid verbarg, über die eingesunkene Taille und das sich daraus hervorhebende Rund des Beckens und schließlich die Beine hinab bis zu den Füßen, deren Nägel in demselben Korallenrot lackiert waren wie die der Finger. Wie war es wohl, mit dieser Frau zu reisen? Und wo lebte Plinius überhaupt? In Rom? Alexandria? Oder vielleicht im sagenhaften Thessaloniki?

Er stellte sich eine weite Reise vor. Viele Übernachtungen, andere Länder und Völker, fremde Speisen und Getränke und Musik, und er war verwundert zu hören, dass Plinius ganz in der Nähe wohnte, direkt auf der anderen Seite der Bucht. Noch mehr staunte er, als er erfuhr, dass Plinius die in Misenum liegende römische Flotte befehligte: Gelehrter *und* Flottenchef? Jemand, der Bücher schrieb *und* Seeschlachten kommandierte? Auch wenn ihn die Vorstellung, ihm gegenüberzutreten, ängstigte – das Angebot auszuschlagen war unmöglich.

Livia begleitete ihn, in eine Decke gehüllt, bis ins Atrium, und obwohl erst einige Stunden vergangen waren, seitdem sie sich genau an dieser Stelle erstmals gegenübergestanden hatten, erinnerte er sich daran, als wäre es sehr lange her.

»Warum lächelst du?«, fragte sie.

Haare auf den Zehen, dachte er. Aber er sagte: »Ich habe vorhin wohl sehr dumm ausgesehen.«

»Dumm? Nein, verschreckt.«

»Ich dachte, du willst mich verhaften.«

Sie schüttelte den Kopf. »Ich bin eine Frau«, sagte sie.

Josse verstand nicht ganz, aber sie hielt es nicht für nötig, sich zu erklären. Schweigend zog sie ihre Decke fester um die Schultern und ließ Josse von einem Sklaven hinausbegleiten.

Der Regen hatte aufgehört, doch die Straßen waren noch nass. Er fror auf dem Heimweg.

Achte Rolle. Der Klang der Welt

Am Morgen eines trockenen, kalten Januartages wurde die Liburne, die vor Livias Haus am Steg lag, segelklar gemacht. Der Wind war günstig, nicht zu stark; auf der Rückfahrt würde man kreuzen oder die Ruder benutzen müssen, aber selbst dann war der Weg über die Bucht nach Misenum schneller und bequemer als der Landweg. Das Schiff lief mühelos seine sechs, sieben Knoten, aber auf halber Strecke drehte der Wind. Es wurde kühl an Deck, Livia verkroch sich in die kleine Kajüte. Josse warf den schweren, militärisch anmutenden Mantel über, den sie ihm geben ließ; er atmete die feuchte Seeluft und beobachtete die Besatzung, die mit klammen Fingern die Rahsegel geite, die Schoten anschlug, das Tauwerk ordnete.

Nach zweieinhalb Stunden hatten sie die Überfahrt geschafft. Gegen Mittag legten sie im Militärhafen von Misenum an, zwischen den schlanken Kriegsschiffen, die sich am Kai entlang aufreihten. Es wimmelte von Soldaten, die aßen, tranken, herumlümmelten, ihre Waffen schärften. Man hörte Dekurionen herumbrüllen. Es roch nach heißem Pech, mit dem die Rümpfe der an Land gezogenen Schiffe gestrichen wurden, nach Salz, Schweiß und heißer Suppe. Es roch nach Krieg, mitten im Frieden.

In Gegensatz dazu: die Villa des Plinius, die in sicherer

Entfernung am Hang oberhalb des Stützpunkts schwebte. Ein Haus, wie es auch in Pompeji hätte stehen können. Das Zentrum bildete ein geräumiges Atrium, an dessen Wänden die Welt dargestellt war, in all ihren Bestandteilen und Zusammenhängen: die Sterne. Die Elemente. Die Tiere (viele davon hatte Josse noch niemals gesehen). Die Seeungeheuer (falls sie nicht zu den Tieren gehörten). Die sieben Metalle (die Josse nicht hätte nennen können). Menschen verschiedener Rasse und Größe, vom schwarzhäutigen Äthiopier bis zum rothaarigen Gallier, vom hochgewachsenen Suebenkrieger bis zum Pygmäen, der kaum die Hälfte maß. Es gab auch eine Karte der Welt, also des Römischen Reiches, mit Libyen, Indien und Persien am Rand. Gern hätte Josse nach seiner Heimat gesucht: Pannonien musste irgendwo an der Ostflanke des Reiches verzeichnet sein. Aber es blieb keine Zeit.

Sie wurden in einen großen Raum geführt, an dessen Wänden bis zur Decke Tausende Schriftrollen gestapelt waren. Rechts stand ein Schreibtisch, an dem ein junger Mann saß, in der Hand einen Griffel. Neben ihm, in einer Sänfte sitzend, ein älterer Mann. Er war so dick, dass seine Hüften über den Sitz hinausquollen. Er schien in die Sänfte eingewachsen zu sein, man fragte sich, ob er jemals imstande sein würde, sich daraus zu erheben. Er wischte sich die Stirn, während er dem jungen Mann am Schreibtisch etwas diktierte. Seine Stimme war die eines Eunuchen, sein Ton changierte zwischen Hymne und Elegie, wurde aber eindeutig elegisch, als er die Ankommenden entdeckte.

»Livia, ich grüße dich! Der Wind, ich weiß. Ich habe deine Verspätung fast auf die Minute im Voraus berechnet!«

Livia wollte etwas sagen, aber er hob die Hand und rief: »Meine Liebe! Keine Entschuldigung, bitte!« Und noch während die Stühle gebracht wurden, fing er an zu erklären, dass ihm Warten nichts ausmache, denn in Wirklichkeit warte er niemals, sondern arbeite stets. Er nutze jede noch so kleine Pause, um sich vorlesen zu lassen oder etwas zu diktieren, wobei Lesen – oder sich Vorlesenlassen – den größten Teil seiner Zeit beanspruche. Man müsse tausend Bücher lesen, um ein einziges schreiben zu können. Deshalb lasse er sich, um keine Zeit zu verlieren, nicht nur beim Essen vorlesen, sondern sogar beim Ankleiden, im Bad oder wenn er sich, in Erfüllung seiner Pflicht, zum Flottenhafen tragen lasse: Lernen! Lernen! Lernen!

»Ich weiß schon viel und lerne dennoch ständig«, rief er aus und wischte sich den Schweiß von der Stirn. Soeben habe er seinem Neffen Gaius Korrekturen für den zweiten Band seiner siebenunddreißigbändigen *Naturgeschichte* diktiert, welche zweifellos, so wage er in aller Bescheidenheit zu behaupten, das bedeutendste wissenschaftliche Kompendium aller Zeiten darstelle – nicht weil ihm persönlich so viel Bedeutung zukomme, sondern weil hier das Wissen der Menschheit zusammengefasst sei, das er nach Kräften auf den neuesten Stand der Erkenntnis zu bringen suche, solange er noch unter den Lebenden weile. Und zum Beweis forderte er den jungen Mann am Schreibtisch auf, den Gästen doch bitte den Text vorzulesen, den sie heute in seine endgültige Fassung gebracht hätten.

Und der junge Mann begann zu lesen: *Über die Zahl der Elemente besteht, wie ich sehe, kein Zweifel: Es sind vier, als höchstes das Feuer, daher die Vielzahl von Sternen, die wie Augen am Himmel leuchten …*

Der Dicke nickte zustimmend, glücklich.

Dann kommt die Luft, von den Griechen wie von uns mit dem gleichen Wort aer *genannt. Sie ist das Belebende …*

Die Augenlider des Dicken erzitterten, als müsste er niesen.

Der junge Mann las weiter: … *das alles durchdringt und mit allem verbunden ist. Von ihrer Kraft getragen, wird die Erde zusammen mit dem vierten Element, dem Wasser, in der Mitte des Weltalls schwebend im Gleichgewicht gehalten.*

Der Dicke schloss die Augen. Sein Kinn sank auf die Brust, soweit es die schwimmringartige Speckschicht zuließ. Ein feiner Schnarchlaut war zu vernehmen.

Der junge Mann las: *So wird durch eine wechselseitige umfassende Bewegung von Verschiedenartigem eine Verbindung hergestellt: Das Leichte wird durch das Schwere daran gehindert, sich zu verflüchtigen, und andererseits wird das Schwere, damit es nicht abstürzt, durch das Leichte, das nach oben strebt, in der Schwebe gehalten …*

Der Mund des Dicken verlor kurz die Form, die Lippen öffneten sich, schnappten nach einer imaginären Beute. Dann öffneten sich auch die Augen wieder, und er setzte seine Rede fort, als wäre nichts gewesen.

Er schlafe so gut wie nie, ließ er verlauten und wiederholte dann beinahe wörtlich seine Ausführungen darüber, wie er seine knapp bemessene Lebenszeit nutze: Lernen! Lernen! Er wischte sich den Schweiß von der Stirn. Gerade habe er seinem Neffen Gaius Korrekturen für den zweiten Band seiner siebenunddreißigbändigen *Naturgeschichte* diktiert, erklärte er. Es sei, bei aller Bescheidenheit, das wohl bedeutendste wissenschaftliche Kompendium aller bisherigen Zeiten, nicht weil ihm persönlich so viel Bedeutung zukomme … Er lächelte und bat Gaius, den lieben Gästen doch den Absatz über die Elemente vorzutragen.

Als dieser ihm vorsichtig zu verstehen gab, dass er sie bereits damit bekanntgemacht habe, zeigte der Dicke sich äußerst erfreut und wandte sich den neuesten Erkenntnissen auf dem Gebiet der Kosmologie zu, welche die lieben Gäste, wie er annehme, besonders interessieren dürften …

Livia zupfte an Josses Mantel: Er hatte vor Schreck vergessen, sich zu setzen. Gebannt betrachtete er das Faktotum in der Sänfte: die dicken Wangen, die beim Reden zart bebten, die winzigen Ohren und die monumentale Stirn, hinter der angeblich das Wissen der Menschheit versammelt war. Das war also Plinius?

Wir bestätigen: Das war er. Dieses in jeder Hinsicht kolossale Wesen mit der Altfrauenstimme und den von Ringen segmentierten Wurstfingern war Gaius Plinius Secundus Maior, der berühmte Gelehrte und Flottengeneral. Und während Josse um Fassung ringt und der Leser sich wundert, erlauben wir uns, ein paar Worte über das Leben dieses Mannes zu verlieren, damit im Folgenden kein allzu ungünstiger Eindruck von dem großen Gelehrten entsteht. Denn ein Mensch ist, wie wir wissen, nur zu begreifen in seinem Gewordensein; ihn aus dem Moment zu beurteilen ist niemals gerecht.

Plinius war in Wahrheit ein tapferer Mann, allerdings war er einsam und unglücklich und übrigens auch ein bisschen taub. Wie Trebius Gallus stammte er aus der gallischen Provinz, und wie dieser gehörte er dem sogenannten Ritterstand an. Aber im Gegensatz zu Trebius hatte er niemals militärische Ambitionen gehabt, er hasste den Krieg, er hasste das Militär und hatte doch Soldat werden müssen, des Standes und der Familientradition wegen. In der vorneronischen Zeit, unter Claudius, verbrachte er einige Jahre an der Grenze zu Germanien, wo zum Glück alles ruhig blieb, was aber umso mehr zur Folge hatte, dass seine gelangweilten Kameraden ihre Rohheit an ihm ausließen.

Er zog ihre Rohheit an. Es war ihm unmöglich, seine unmilitärische Natur zu verbergen. An ihm saß jede Uniform schief, das Schwert hing irgendwie falsch. Der Helm war zu klein für den Kopf. Er verhedderte sich in Riemen und Schnallen, stolperte immer als Letzter zum Appell. Anstatt sich an Besäufnissen und Spielen zu beteiligen, hatte er nichts anderes im Sinn, als in den Schriftrollen zu lesen, die er sich aus Rom schicken ließ, und immerfort in seine Büchlein zu kritzeln. Man schnitt ihm die Riemen seiner Sandalen durch, sodass er einen Übungsmarsch barfuß absolvieren musste. Man fesselte ihn im Schlaf ans Bett, wenn man wusste, es würde Probealarm geben. Man schlug ihn bei Übungskämpfen mit dem Holzschwert grün und blau. Man pisste ihm ins Geschirr, und man hängte ihn, als er sich bei den Vorgesetzten darüber beschwerte, mit den Füßen nach oben an einer Eiche auf.

Bei seinem einzigen Kampfeinsatz, als am Niederrhein die Cherusker revoltierten, zog er sich eine Verletzung zu, über die er nie sprach. Man munkelt, sie habe ihm die Manneskraft genommen. Wir wissen es nicht. Tatsache ist, dass er zeitlebens unverheiratet blieb und stetig an Gewicht zulegte, und dass seine Stimme allmählich einen weiblichen Klang annahm.

Seine beste Zeit hatte er unter Nero. Der irre Kaiser, der mit Inbrunst als Künstler dilettierte und bei all seinen Makeln ein Förderer der Kunst und der Wissenschaft war, bewilligte Plinius in einem Anfall von Großzügigkeit eine üppige Rente, sodass dieser sich bar aller Ämter und Pflichten seiner Leidenschaft widmen konnte. Zehn Jahre währte das Glück. Dann kam der sparsame und vernünftige Vespasian an die Macht, strich die Rente wieder zusammen und schickte ihn als Finanzverwalter in die Provinzen, bis er ihn schließlich – aus Gründen, die niemand begriff – zum Präfekten der Flotte bestimmte.

Für Plinius, der sich sein Leben lang nach Rom sehnte, nach einem zivilen Leben mit Bibliotheken und gebildeten Gesprächspartnern, kam diese Ehre einer Strafversetzung gleich. Nie hatte ihn seine stille Angst vor dem Militär und dem Militärischen verlassen. Er fürchtete den Umgang mit den Soldaten, er hasste ihren Geruch und ihre Redeweise. Widerwillig erledigte er die nötigen Verwaltungsaufgaben, überließ möglichst viel den ihm untergeordneten Kommandeuren – was diese ihm nicht mit Dankbarkeit, sondern mit Herablassung vergalten – und versuchte, jede freie Stunde der Wissenschaft zu widmen. In seinen schlaflosen Nächten las er alles, was die Naturforschung seiner Zeit zu bieten hatte, weswegen er tagsüber ständig einnickte, sodass er wiederum nachts nicht schlafen konnte. Da ihm das Gehen schwerfiel, kam er auf die Idee, sich in einer Sänfte tragen zu lassen, was den Vorzug hatte, dass er auch hier lesen oder, wenn ihn die Erschöpfung überkam, ein Nickerchen einlegen konnte.

Natürlich führte diese Lebensweise dazu, dass sein Körper zu versagen begann; die Leber drückte, er litt unter gelegentlichem Herzrasen, Schweißausbrüchen, mitunter stand er Koliken durch, die er verheimlichte; eines Nachts ereilte ihn ein kleiner Schlag, den er ebenfalls verheimlichte, wie auch die damit einhergegangene Taubheit auf dem rechten Ohr. Wem hätte er davon berichten können? Da er kinderlos war, hatte er Gaius adoptiert, den er nach Kräften auszubilden suchte, aber den jungen Mann mit seinen gesundheitlichen Problemen zu belästigen schien ihm unangebracht.

Ihre Gespräche drehten sich fast ausschließlich um Wissenschaft, um Kosmologie und Moral, wobei vorwiegend er es war, der sprach, während Gaius zuhörte. Aber auch von den Gästen, die, selten genug, nach Misenum kamen, konnte ihm kaum jemand etwas erzählen, was über seinen enzyklopädischen Horizont hinausging. Jede Form von Gesellschaftsklatsch langweilte ihn entsetzlich. Und was die Leute an Irrglauben und Irrmeinungen über die Natur, das Leben, die Moral oder die Geschichte vertraten, war zumeist so dumm, dass ihm nichts anderes übrig blieb, als dazwischenzufahren und seinen Gästen die Gnade der Aufklärung zu gewähren, was diese sich im Allgemeinen auch gefallen ließen. Und da ihn – der Schwerhörigkeit wegen – das Zuhören ohnehin mehr anstrengte als das Reden, verzichtete er nach und nach auf jede verlogene Form der Konversation und gewöhnte sich an, seine Gäste mit kleinen Vorträgen zu beglücken, in diesem Fall über das Weltall.

Inzwischen war er nämlich bei Aristarch von Samos und dem Aufbau der Irrstern- oder Planetenschalen angekommen:

Aristarch habe doch tatsächlich geglaubt, dass die Sonne sich im Mittelpunkt des Weltalls befinde! »Aber wie wäre es möglich«, rief er, »das vollkommene Gleichgewicht von Schwerem und Leichtem, von Luft und Erde, Wasser und Feuer aufrechtzuerhalten, würde die Erde nicht in der Achse des Weltalls stehen?« Das Leichte würde nicht steigen, das Schwere nicht sinken. Es würde uns nicht zum Erdmittelpunkt ziehen, sondern, logischerweise, zum Mittelpunkt der Sonne. Und deswegen sei die Ordnung der Dinge, so, wie wir sie kennen, nur vorstellbar, wenn man sich die Erde als Mittelpunkt der Welt denke, als Einziges unbeweglich, während das Weltall um sie kreise.

An diesem Punkt seines Vortrags wollte er zu seinem Lieblingsthema übergehen, nämlich zum Klang der Welt, zu dem unser Hörvermögen überschreitenden Geräusch, das die Materie in ihrer rastlosen, aber harmonischen Bewegung erzeuge, ja erzeugen müsse, davon war er überzeugt – doch gerade in dem Augenblick wurden Getränke und ein paar kleine Bissen serviert. Plinius langte mit Vergnügen zu und forderte auch die anderen auf zuzulangen, und diese Gelegenheit nutzte Livia, die keine der Speisen anrührte, um ihr Anliegen vorzutragen.

Aber kaum hatte sie das Thema Vulkanismus angesprochen, legte Plinius schon die Hähnchenkeule aus der Hand, an der er zu knabbern begonnen hatte, und ergriff begeistert das Wort: Den Vulkanismus behandele er im zweiten Band seiner *Naturgeschichte* gleich nach der Kosmologie und der Meteorologie. Ein wichtiges Thema! Er habe alle Vulkane der Welt in seinem Werk aufgeführt, angefangen vom nahgelegenen Ätna, über den schon Diodor von Sizilien berichtet habe. Im lykischen Phaselis gebe es den Berg Chimära, dessen Feuer, wie der griechische Arzt Ktesias von Knidos berichtet habe, sogar im Wasser fortbrenne, durch Erde oder Heu aber gelöscht werden könne. In Baktrien brenne die Spitze des Kophantus jede Nacht. In Medien und Sittacena, an der Grenze zu Persien, gebe es ebenfalls brennende Berge. Bei Susa, der Stadt mit dem weißen Turm, glömmen des Nachts fünfzehn Krater, von denen der größte auch am Tage Feuer speie. Bei Babylon lodere eine Fläche Land von der Größe eines Fischteichs. In Äthiopien, in der Nähe des Berges Hesperus, glänzten die Felder des Nachts wie Sterne. Dasselbe sei in Arkadien der Fall, verborgen mitten in einem Wald, dessen überhängende Zweige jedoch nicht entzündet würden. Auch brenne neben einer kalten Quelle unaufhörlich der Krater des Nymphäus, welcher, wie Theopompus berichte, den Bewohnern Apollonias schreckliche Ereignisse vorher anzeige. Durch Regen werde seine Glut interessanterweise vermehrt, und er werfe dabei ein Erdharz aus, welches nur durch das ungenießbare Wasser jener Quelle gelöscht werden könne. Zur Zeit des Bundesgenossenkrieges habe einmal mehrere Tage hindurch die Insel Hiera samt dem Meer gebrannt, aber es sei überliefert, dass das Feuer durch eine Gesandtschaft des Senats habe beschwichtigt werden können. Der größte aller Vulkane sei jedoch der sogenannte Götterwagen in Äthiopien, der während der Sonnenhitze unendliche Ströme von Feuer ausspeie, brachte Plinius noch heraus, bevor er, erschöpft von der eigenen Gedächtnisleistung, erneut einschlief.

Die Gäste schauten ratlos zu seinem Neffen.

»Es dauert nie lange«, beruhigte Gaius sie und bot ihnen ein Stück Hühnerbrust an.

Und tatsächlich, schon zwei Minuten später schnappte Plinius wieder nach unsichtbarer Beute, und noch bevor er auch die Augen öffnete, setzte er seine Rede fort, allerdings war er in das nachfolgende Kapitel verrutscht:

»Erdbeben«, dozierte Plinius, »sind von den Babyloniern dem Einfluss der Gestirne zugeschrieben worden.« Allerdings glaube er nicht daran. Auch die Griechen hätten das Problem der Vorhersage nicht gelöst. Angeblich habe ja Anaximander von Milet eine prophetische Kraft in diesen Dingen besessen und die Spartaner vor jenem großen Beben gewarnt, bei dem ein beträchtlicher Teil des Taygetus-Gebirges abgerissen sei und die Stadt unter sich begraben habe. Pherekydes, der Lehrer des Pythagoras, habe gar behauptet, durch einen Trunk aus einem Brunnen ein Erdbeben voraussagen zu können.

Plinius lachte.

Josse fiel an dieser Stelle ein, dass auch Georgios Brunnenwasser gekostet hatte. Aber Plinius' Lachen klang so gehässig, dass Josse nicht einmal dann mutig genug gewesen wäre, ihn danach zu befragen, wenn sich im Redestrom des Gelehrten eine Lücke aufgetan hätte.

»Brunnenwasser!«, höhnte Plinius. »Vögel, die furchtsam in ihren Verstecken bleiben! Wolkenstreifen, kurz nach Sonnenuntergang! Alles unwissenschaftliches Gewäsch! Ich glaube nur an die Wissenschaft! Und die Wissenschaft sagt, dass Erdbeben durch Winde verursacht werden.«

Aber nicht durch wehende Winde, erklärte er, wie man sie gerade jetzt erlebe, sondern durch unterdrückte Winde. Es sei durch Beobachtung unzweifelhaft gesichert, dass die Erde nur dann wanke, wenn das Meer still und die Atmosphäre so ruhig sei, dass selbst die Vögel nicht fliegen könnten, weil der tragende Luftzug fehle. Und deshalb fänden Erdbeben eher im Herbst und Frühjahr statt, oft auch bei Sonnen- und Mondfinsternissen, weil es dann keine Stürme gebe; vornehmlich aber dann, wenn auf Regen Hitze oder auf Hitze Regen folge. Am heftigsten seien die Erdbeben morgens und abends oder vor Tagesanbruch. Oder am Tage. Oder zur Mittagszeit. Sagte Plinius und schlief ein.

Die Hähnchenkeule, die er im Rhythmus seiner Worte geschwenkt hatte, glitt ihm aus der Hand und fiel zu Boden. Ein Sklave räumte sie geräuschlos weg. Einen Augenblick herrschte Schweigen, bis Livia, entschlossen, der Sache ein Ende zu bereiten, bevor Plinius ein weiteres Kapitel seiner *Naturgeschichte* herunterbetete, die Stimme erhob und ihn im Augenblick des Erwachens ansprach:

»Lieber Plinius, deine Ausführungen sind wie immer äußerst interessant«, hob sie an.

Aber schon unterbrach Plinius sie erneut: »Das ist richtig«, sagte er. »Aber das Wichtigste habe ich noch gar nicht gesagt!«

Und jetzt wurde sein Gesicht streng, und seine Stimme bekam etwas Weinerliches, und er fixierte seine Gäste auf eine Weise, dass Josse einen Anflug von Schuld verspürte.

»Auch der Mensch«, rief Plinius, »ist an der Entstehung von Erdbeben beteiligt!«

Und dann wiederholte er beinahe wörtlich, was er auch schon in seiner *Naturgeschichte* geschrieben hatte; unter uns gesagt, stand eigentlich alles, was er an diesem Nachmittag von sich gab, beinahe wörtlich in seiner *Naturgeschichte*, was den Anwesenden aber nicht auffiel, denn sie kannten seine *Naturgeschichte* nicht, obgleich alle so taten, als hätten sie sie gelesen. Doch Plinius war Kummer gewohnt und höflich genug, seine Gäste in dieser Hinsicht nicht zu examinieren.

»Wir graben uns durch alle Adern der Erde«, rief er verzweifelt, »wir leben auf ausgehöhltem Erdreich und wundern uns noch, dass die Erde bisweilen erzittert oder erbebt. Ist das nicht als Ausdruck des Unwillens der heiligen Mutter Erde zu erklären? Wir wollen nur das, was nicht von Neuem nachwächst. Dabei sollte der menschliche Geist einmal Folgendes bedenken: Wie wird es enden, wenn die Erde nach Jahrhunderten geplündert ist? Wohin will der Mensch mit seiner Habgier noch vordringen? Hier gräbt man des Reichtums wegen, weil die Welt nach Gold, Silber und Kupfererz verlangt, dort sucht man für den Luxus Edelsteine und farbigen Zierrat für Wände und Möbel. Man findet Gefallen daran, auf Bechern obszöne Szenen darzustellen und aus derart geformten Gefäßen zu trinken!«

»Also, das ist jetzt wirklich Schwarzmalerei«, wandte Livia ein.

Plinius, an Widerspruch nicht gewöhnt, schaute sie erstaunt an. Ein drittes Mal versuchte Livia, den Augenblick zu nutzen, um ihr Anliegen vorzubringen:

»Lieber Plinius, entschuldige, dass ich dich unterbreche, aber ich habe, offen gestanden, eine Bitte. Wenn du die Güte hättest, einen Augenblick deiner wertvollen Zeit zu opfern? Ich habe einen jungen Mann mitgebracht, der dir gern eine konkrete wissenschaftliche Frage stellen möchte.«

Plinius sah Josse an, neigte sein Haupt ein wenig nach vorn, als könnte er dadurch besser sehen, und fragte: »Wie heißt du, und welche Bücher hast du geschrieben?«

»Also, ich habe keine, in dem Sinne, Bücher ...«, stotterte Josse, und Livia sprang ein, bevor Plinius wieder zu großer Rede ansetzen konnte:

»Er heißt Josephus, stammt aus dem pannonischen Adel und möchte dich fragen, ob du es für möglich hältst, dass der Monte Somma ein Vulkan ist.«

»Wer?«

»Der Monte Somma«, wiederholte Livia. »Du kennst doch den Monte Somma nördlich der Colonia Cornelia.«

»Wieso denn das?« Plinius war erstaunt.

Nun war die Reihe an Josse. Wir wollen den Leser nicht mit Wiederholungen langweilen, die Argumentation ist inzwischen hinreichend bekannt. Gesagt werden muss aber, dass Josse es angesichts der vorangegangenen Behauptungen des Plinius unterließ, von toten Vögeln zu sprechen; auch das Brunnenwasser erwähnte er lieber nicht. Zudem schien es ihm nach dem Gespräch mit Livia richtig, die Krater-Geschichte ein wenig zu relativieren. In Wirklichkeit hatte Georgios ja auch nicht behauptet, den Krater gesehen zu haben, sondern er hatte lediglich durch Messungen zu zeigen versucht, dass der Berg auf eine Weise abgeflacht sei, die auf einen alten, inzwischen längst verschütteten Krater schließen lasse. Nur was die Ähnlichkeiten zwischen der Landschaft rings um das Somma-Gebirge und der des Ätna betraf, blieb er fest (auch wenn er den Ätna noch nie mit eigenen Augen gesehen hatte). Er sprach über vulkanisches Gestein und über vulkanische Asche, über die warmen Quellen und Dämpfe in den Phlegräischen Feldern. Er sprach auch über die Vegetation, insbesondere über die hervorragenden Weine, die in der Umgebung des Ätna ebenso gediehen wie an den Hängen des Monte Somma. Und obwohl er spürte, dass er damit in direkten Widerspruch zu dem großen Gelehrten geriet, wagte er es, einen Zusammenhang zwischen Vulkanismus und Erderschütterungen zu behaupten, und deutete das Große Beben von Pompeji als Zeichen für das Wiedererwachen des alten Vulkans. Zu plausibel schien ihm, was Georgios über die inneren Kräfte der Erde gesagt hatte, über die heiße Lava und über den Druck, der die Erdoberfläche in Bewegung versetzte. Er hatte sogar eine Zeichnung mitgebracht.

Und Plinius? Er hörte zu. Er nickte nur einmal ein, als Josse über die Landschaften sprach (aber Josse wiederholte es ohne Weiteres). Die meiste Zeit wirkte Plinius wach, sogar interessiert. Er betrachtete den fremden jungen Mann mit der Neugier des Forschers, der ein unbekanntes Insekt entdeckt. Es war in seinen letzten fünfundzwanzig Jahren nicht vorgekommen, dass ihm jemand einen Vortrag über naturwissenschaftliche Fragen gehalten oder ihn über Zusammenhänge belehrt hatte, über die er, Plinius, nicht längst im Bilde war. Irgendwie imponierte es ihm. Andererseits: Wie konnte er eine Theorie akzeptieren, die ihm ein Dahergelaufener ohne Namen und Reputation auftischte? Und die obendrein in gewisser Weise dem widersprach, was er, Gaius Plinius Secundus Maior, in seiner schon jetzt als Klassiker geltenden *Naturgeschichte* niedergelegt hatte?

Natürlich war der alte Gelehrte viel zu schlau, um sich zu einer konkreten, das heißt: falsifizierbaren Aussage über diesen Monte Somma hinreißen zu lassen. Um ehrlich zu sein, er hatte diesen Berg noch gar nicht zur Kenntnis genommen, obgleich er ihn von seinem Fenster aus sah. Er war nicht gern in Misenum, er interessierte sich nicht für die Umgebung. Er war noch nie im Somma-Gebirge gewesen, hatte keine Vorstellung von dem Berg. Weder kannte er die Beschaffenheit der Gesteine, noch wusste er etwas über die Vegetation an den Hängen. Übrigens war er auch am Ätna niemals gewesen. Er hatte keinen einzigen Vulkan aus der Nähe gesehen. Plinius war ein Stubenhocker, ein Büchergelehrter, darin hatte Livia ganz recht. Er stand in geistigem Austausch mit den größten Denkern und Forschern der Menschheit. Er hatte tatsächlich, wenn nicht Tausende, so doch Aberhunderte Bücher gelesen. Er hatte alles gelesen, was an wissenschaftlicher Literatur in seiner Zeit verfügbar war. Er speicherte in seinem Gedächtnis das Wissen der Welt. Aber er erinnerte sich nicht daran, jemals etwas über einen Vulkan namens Monte Somma gehört zu haben.

»Interessant«, sagte er. »Die Landschaft, der Weinanbau. Aber in Italien – obwohl Italien in der Sprache der Alten ja eigentlich Kälberland heißt –, in Italien gibt es viele Gebiete, wo hervorragende Weine wachsen! Es gibt Inseln, die bestehen aus schwarzer Lava. Und manche Leute behaupten sogar, dass jeder Berg einmal ein Vulkan gewesen sei. Wusstest du das?«

Josse parierte mit einer seiner typischen, vieldeutigen Kopfbewegungen.

Plinius setzte nach: »Wann hat denn zum letzten Mal jemand diesen Monte Somma Feuer speien sehen?«

»Das ist nicht bekannt«, musste Josse eingestehen.

»Nicht bekannt«, murmelte Plinius.

Und sein Blick wanderte durch das Zimmer zu seinem Neffen Gaius und schließlich zu einem Gegenstand, den Josse bisher nicht gesehen hatte, so sehr hatte ihn der Anblick des großen Gelehrten gebannt. Aber jetzt, da der Bann ein wenig nachließ und er dem Blick des Plinius folgte, sah er die Glasschale auf dem steinernen Kubus. Sie hatte ungefähr den Durchmesser der Waschschüssel, die Georgios benutzt hatte, und sie war halb mit Wasser gefüllt. Und die Oberfläche des Wassers – kräuselte sich!

»Da!«, rief Josse, zur Schale zeigend. »Das ist der Beweis!«

»Beweis wofür?«, wollte Plinius wissen.

»Das«, sagte Josse triumphierend, »ist der Schrei des Vulkans!«

»Schrei des Vulkans?« Plinius lachte.

Es war ein helles, glucksendes Lachen, das kleckerweise aus dem Körper fiel, als würde er ausgeschüttelt. Die feisten Fingerchen vor seinem Bauch zappelten, aufgeschreckt durch dessen Beben. »Schrei«, rief er. »Er hält es für einen Schrei!«

Und dann geschah es: Plinius stand auf! Er stand aus der Sänfte auf, plötzlich ernst, und watschelte die zehn, zwölf Schritte bis zu der gläsernen Schale. Dort winkte er Josse heran.

Winkte ihn noch ein Stück heran.

»Was du hier siehst, junger Mann«, sagte er und hob den Zeigefinger, »ist der Klang der Welt. Jene die menschliche Hörfähigkeit übersteigende Musik, die die Materie in ihrer rastlosen, aber harmonischen Bewegung erzeugt. Mit dieser genau bemessenen Vorrichtung ist es mir gelungen, sie sichtbar zu machen. Es muss wunderbar sein, sie zu hören. Und daran, am Hörbarmachen dieses Klangs, werde ich den Rest meines Lebens arbeiten.«

Als Plinius Monate später eine große, an die Form einer Pinie erinnernde Wolke auf der gegenüberliegenden Seite der Bucht aufsteigen sah, konnte er sich nicht mehr an den Namen des jungen Mannes erinnern, wohl aber an das Gespräch, das sie in seiner Bibliothek geführt hatten. Inzwischen hatte er auf mannigfache Weise versucht, die Bewegung des Wassers in Klang zu übersetzen, etwa indem er verschiedene Glasgefäße bauen ließ, die in Röhren und Trichtern ausliefen – ohne Erfolg, obwohl sein wohlmeinender Neffe Gaius, wenn er sein Ohr an die Gefäße legte, *beinahe* etwas zu hören gemeint hatte.

Nun aber, beim Anblick der Wolke, fragte sich der Gelehrte, ob dieser unbedarfte Mann mit den glänzenden schwarzen Haaren vielleicht recht gehabt hatte. Teils, weil er lebensmüde, teils, weil er um seine Reputation als Wissenschaftler besorgt war, ließ er zehn Liburnen seeklar machen und fuhr über den Golf, um das sich anbahnende Naturschauspiel aus der Nähe zu beobachten. Aber als der Himmel sich verdunkelte und die Ruder der Liburnen im schwimmenden Bimsstein kaum noch zu bewegen waren und der Wind ihnen entgegenblies, hatte die Besatzung der kleinen Flotte keine andere Wahl, als nach Süden abzudrehen und sich ans Ufer von Stabiae zu retten. Auch hier war die Luft voller Rauch, und auch hier hagelte es Bimssteine, und da die Ausgänge der Häuser verschüttet zu werden drohten, blieb Plinius nichts anderes übrig, als draußen am Strand zu übernachten.

Er war ohne seine Sänfte an Bord gegangen. Zum ersten Mal seit langer Zeit war er eine Strecke von mehr als dreihundert Fuß auf eigenen Beinen gegangen. Er war erschöpft, sein Herz krampfte. Die schwefligen Dämpfe, die sich über das gesamte Gebiet verbreiteten, taten das ihre. Als er sich an den Strand legte – man gab ihm ein Kissen, damit er den Kopf darauf betten konnte, und ein zweites, das ihn vor dem Bimssteinregen schützen sollte –, fühlte er sich zum Sterben müde. Er schloss die Augen. Er spürte, wie die Erde unter ihm summte. Und dann hörte er, was er schon immer zu hören gewünscht hatte: den Klang der Welt.

Plinius starb am 24. Oktober des Jahres 832 nach Gründung der Ewigen Stadt, wenige Stunden nach dem Ausbruch des Monte Somma oder, um genau zu sein, des Vesuvs.

Sein Neffe, der sich unter dem Namen Plinius der Jüngere als eine Art Nachfolger aufspielte, schwieg über die peinlich missglückten Klangexperimente seines Onkels. Interessant ist aber, dass in den Berichten über die Katastrophe und über den Tod des Onkels, die dieser »jüngere Plinius« später für Tacitus verfasste, ein gewisses Wort nicht ein einziges Mal vorgekommen ist: *Vulkan*.

Neunte Rolle. Der Monte Somma

Die Hütten und Zelte am *Fenster des Meeres* waren im Lauf des Februars einer Großbaustelle gewichen und in ordentlichen Reihen daneben wiedererrichtet worden – besser, stabiler als je zuvor. Josse und Ascula hatten jetzt sogar einen kleinen Ofen. Sie hatten auch genug zu essen und darüber hinaus ein wenig Geld, denn Josse wurde – wie auch Stalo und Petros – neben dem kleinen Gehalt eine Prämie von zehn Sesterzen gezahlt (pro Arbeitskraft, er selbst hatte auf der Gleichbehandlung bestanden). Kurz, er hatte im Grunde alles, was zum Glück nötig war, und noch ein bisschen mehr. Und doch war er nicht glücklich.

Er zweifelte. Nein, er glaubte nicht an den Klang der Welt. Aber wie konnte man wissen, ob das, was sich auf der Wasseroberfläche kräuselte, tatsächlich das Rumoren des Vulkans war? Woher wusste Georgios, dass Brunnenwasser vor einem Vulkanausbruch schwefelig schmeckte? Auch dieser Grieche hatte niemals einen Ausbruch erlebt. Er hatte darüber gelesen, er hatte es von seinen Vorfahren gehört. Er verließ sich auf Bücher, auf Überlieferung – und das tat Plinius auch. Keiner von beiden konnte irgendetwas beweisen. Es gab keine letzte Wahrheit. Es gab Ansichten, Meinungen, die wieder auf Meinungen und Ansichten gründeten. Niemand wusste, ob es tatsächlich Atome gab. Niemand war in Troja dabei gewesen. Und selbst die,

die dabei gewesen waren, hatten gegensätzliche Meinungen darüber.

Der Zweifel lähmte ihn. Ihm gelang es nicht mehr, Arbeitskräfte zu werben. Es geschah ihm, dass er beim Anblick der Baustelle zu schwitzen anfing. Er schlief schlecht: lag stundenlang wach und fühlte sich gestört durch Asculas schnurrenden Atem. Er dachte an Georgios und die Waschschüssel. Er dachte an Plinius, der vom Klang der Welt schwärmte. Er dachte an opalgrüne Augen, an einen weißen Hals. An ein Trägerchen, das wie zufällig herausrutschte.

Bei der nächsten Lagebesprechung in Polybius' Haus war er nur noch als Hülle anwesend. Er lachte, er aß, er verstellte seine Stimme. Das Essen blieb ohne Geschmack. Die Grellheit der Einrichtung stieß ihn auf einmal ab. Wenn sein Blick auf die Wandgemälde fiel, erkannte er, dass sie allesamt miserabel waren. Selbst das Vergnügen des Badens (das er allerdings nur dann in Anspruch nahm, wenn er das Haus durch den Hintereingang betrat und mit dem Hausherrn unter vier Augen verhandelte) – selbst das Vergnügen des Badens und des anschließenden Zusammenseins mit Methe waren ihm vergällt. Aber ausgerechnet an einem Tag, als er auf das Bad verzichtet hatte, entdeckte Ascula ein langes rötliches Haar auf seiner Kleidung.

»Ich habe keine Ahnung!«, sagte Josse.

»Du hast keine Ahnung? Vielleicht ist es ja eins von Polybius' Brusthaaren? Hast du vielleicht mit *ihm* gekuschelt?«

»Ich schwöre dir, ich weiß nicht, wo dieses Haar herkommt.«

»Du bist so ein Hund«, zischte Ascula. »Hältst hier große Reden, aber selber darfst du rumvögeln, ja?«

»Bitte schrei nicht so.«

»Ach, jetzt ist es ihm auch noch peinlich! Penetration, ist dir das lieber? Der Herr vögelt nicht, er penetriert!«

Josse verließ die Hütte, in der Hoffnung, Ascula werde aufhören zu schreien, aber sie lief ihm hinterher.

»Ja, hau doch ab!« Sie ging in die Hütte zurück, kam aber gleich wieder heraus und warf ihm seine Sachen vor die Füße. »Hau ab! Verschwinde!«

Natürlich hätte Josse jetzt darauf bestehen können, dass die Hütte ebenso ihm gehörte. Er hätte sich entschuldigen können. Er hätte versuchen können, Ascula zu besänftigen. Stattdessen sammelte er stumm seine Habseligkeiten zusammen und kroch unter eine Zeltplane, wo er sich sein Bündel unter den Kopf schob und sich mit dem schweren Mantel zudeckte, den Livia ihm geschenkt hatte. Trotzdem war es kalt, er konnte nicht einschlafen. Er dachte an die opalgrünen Augen. Er schnupperte an dem Mantel, aber der roch nur nach Seeluft und Filz. Es war aussichtslos. Diese Frau war unerreichbar für ihn.

Am nächsten Morgen ritt er auf seinem Maultier in die Stadt. Er sagte, er wolle Arbeitskräfte werben, aber anstatt Arbeitskräfte zu werben, begab er sich zu seiner Mutter und schlief sich aus.

Als er aufwachte, teilte ihm seine Mutter mit, dass der Herr wieder da gewesen sei.

»Welcher Herr?«

»Der vornehme Sklave.«

»Epiphanes?«

»So nennt er sich.«

»Was wollte er?«

»Du bist zum Essen eingeladen.«

Sie wendete den Käsefladen in ihrer zerbeulten Pfanne.

»Hat er noch irgendwas gesagt?«

Es dauerte, bis sie ein Scheit unter dem Herd hervorgeholt und nachgelegt hatte. Dann sagte sie: »Ja, in drei Tagen.«

Sie kam mit der Pfanne, hob mit einer geschickten Bewegung den Fladen auf seinen Teller. Er war ölig. Schwarze Reste des tausendfach eingebrannten Pfannenbodens hafteten am Teig. Der warme Schafskäse roch ein wenig streng. Sie begann bereits, den nächsten Fladen zu backen.

»Einer reicht mir eigentlich«, teilte Josse mit.

»Schmeckt es dir nicht mehr zu Hause?«

»Doch, doch«, sagte er.

Seine Mutter tat ihm auch den zweiten Fladen auf, setzte sich neben ihn.

Josse aß. Es fiel ihm schwer, seine Freude zu verbergen. Warum lud sie ihn wieder ein? Was wollte sie von ihm? Egal, was sie von ihm wollte, sie wollte etwas. Er würde sie sehen, sie riechen. Hatte sie nicht gesagt, dass sie ihm im Frühjahr die Rosen zeigen wolle? Aber es war noch nicht Frühjahr.

»Lass fahren, Junge«, hörte er seine Mutter sagen.

Er sah sie erstaunt an. Betrachtete ihr alt gewordenes Gesicht, ihre ekzematösen Arme. Was verstand sie schon vom Leben, dachte er. Wohin hatte sie es gebracht mit ihrer notorischen Bescheidenheit?

»Kannst du mir meine Sachen waschen?«, fragte er.

Am Abend betrank er sich bei Asellina, um schlafen zu können. Drei Tage kamen ihm plötzlich sehr lang vor.

Am Morgen ging er mit seiner Mutter zum Markt. Sie wollte unbedingt früh dorthin, immer gehörte sie zu den ersten

Kunden, obwohl das eigentlich dumm war, fand Josse. Er kaufte am liebsten ein, wenn die Stimmen der Verkäufer schon anfingen, sich gegenseitig zu überschreien; wenn sie die Preise, die sie eben noch als ruinös bezeichnet hatten, vor der drohenden Mittagsstunde um ein Drittel oder sogar um die Hälfte reduzierten.

Auf dem Markt herrschte großes Gedränge, aber sie bahnten sich einen Weg. In der Halle östlich des Forums kaufte er reichlich Gemüse und Obst, erstand in der Halle auf der anderen Seite des Forums noch ein Stück schieres Schwein, das er seiner Mutter als Ausgleich für sein bevorstehendes Abendessen bei Livia schuldig zu sein glaubte. Sie jammerte, trotzdem schaute er auf dem Heimweg auch noch bei Urbanus, dem Bronzeschmied, vorbei und kaufte für sie mit einem ordentlichen Rabatt eine neue Pfanne.

Am Nachmittag streunte er an den alten Plätzen im Nordosten der Stadt umher, wo er sich früher mit den Jungs getroffen hatte, doch es kamen keine Erinnerungen auf, die ihm das Herz gewärmt hätten. Er verließ die Stadt am nordöstlichen Tor und wanderte ein Stück in Richtung des Gebirges, kehrte allerdings bald um; es war zu spät, um noch weiterzugehen.

Am Morgen des nächsten Tages aber machte er sich auf zum Monte Somma. Er ritt auf dem Maultier, bis der Pfad zu schmal und zu steil wurde. Dann stieg er ab, nahm das Tier am Halfter und erklomm den Rest des Berges zu Fuß. Der Weg war lang. Die Vegetation wurde karg, verkrüppeltes Gesträuch. Dann nichts mehr, nur noch Moos auf den Steinen. Es wurde eisig. In Senken und zwischen Felsbrocken lag Schnee. Er erinnerte sich, wie es einmal vor langer Zeit in Pompeji geschneit hatte: an den Geruch, an die nasse Kälte in seiner Hand. Es war ein glücklicher Tag gewesen, jedenfalls für ihn, für die Kinder. Taumelndes Hochgefühl, als weiße Flocken vom Himmel fielen. Aber sein Vater hatte ihm erklärt, dass es bloß Wasser sei, und hatte zum Beweis eine Flocke eingefangen und in der Hand schmelzen lassen. Was für eine Enttäuschung! Doch der Schnee, den er jetzt aufhob, schmolz nicht, verwandelte sich stattdessen in einen harten, grauen Klumpen, brannte in seiner Hand, und ihm kam der Gedanke, dass sein Vater unrecht gehabt hatte.

Es hatte nie wieder Schnee gegeben. Nur die Spitze des Monte Somma hatte sich im Winter stets weiß gefärbt. Er hätte den Berg besteigen können, um zu prüfen, was Schnee ist. Warum hatte er es nie getan? Schwer zuzugeben: Der Monte Somma war ihm immer unheimlich gewesen. Als Kinder hatten sie sich Geschichten vom Berggeist erzählt, der angeblich hin und wieder jemanden holte, der auf dem Monte Somma Holz sammelte. Einmal hatten sie es dennoch bis auf die halbe Höhe geschafft, und prompt hatten sie ihn gesehen, den Berggeist. Na schön, nicht gesehen, aber gehört. Erst Monate später, als er den Schafshirten aus dem Gebirge kommen sah, der seine Hunde mit jaulenden, hohlen, jedenfalls nicht menschlichen Lauten dirigierte, ahnte er, dass es *das* gewesen war, was sie gehört hatten. Nein, er glaubte an keinen Berggeist. Aber was, wenn es hier tatsächlich giftige Gase gab, die manchem Holzsammler zum Verhängnis geworden waren?

Das Maultier bockte, weigerte sich weiterzugehen. Schaute ihn mit großen schwarzen Augen an. Flunsch, so hatte er es genannt, weil es ein bisschen kapriziös war. Weißt du etwas?, dachte Josse. Weißt du etwas, das ich nicht weiß? Er legte eine Schlinge um einen großen Stein, um das Maultier anzubinden. »Du wartest hier, Flunsch!«, sagte er laut, und seine Stimme klang fremd in der Stille.

Dann machte er sich daran, das letzte Stück zu ersteigen. Der Pfad wurde immer schmaler, verlor sich im Geröll. Die Steine waren hier stellenweise mit einer dünnen Schicht Eis überzogen. Er glitt aus, nahm die Hände zu Hilfe. Niemand würde ihn finden, wenn er stürzte, wenn er liegen blieb und erfror. Aber auch dieser Gedanke blieb irgendwann zurück. Er ging weiter, kroch weiter. Er hörte sein Herz schlagen, hörte sich atmen, hatte Dampf vor den Augen. Seine Füße suchten sich wie von selbst den Weg, er kam kaum hinterher. Aber nach einer Weile schien ihm, er könnte ewig so weitergehen.

Da kam der Gipfel in Sicht. Er richtete sich auf. Ihm war, als würde er auftauchen, den Kopf in den Himmel strecken. Er stand oben, es ging nicht höher. War das ein Krater, wie Georgios es behauptet hatte? Der Rand eines Kraters? Vielleicht, ja. Aber vielleicht war es auch nur ein riesiger Steinhaufen, von Riesen blindlings zusammengeschippt mit Schaufeln von der Größe eines Marktplatzes.

Bergab war es schwieriger als bergauf. Er glitt auf den Steinen aus, seine Hände schmerzten vor Kälte. Er hielt Ausschau nach seinem Maultier. Müsste es nicht längst zu sehen sein? Was, wenn es sich losgemacht hatte? Aber nein, da stand es! Er saß auf, dankbar, wärmte sich am struppigen Hals des Tieres. Ein lauer Hauch wehte ihm aus dem Tal entgegen. Unter ihm lag die Stadt. Schön sah sie aus mit ihren Mauern und Dächern, so wohlgeordnet und geputzt. Dort war die Ost-West-Magistrale. Rechts das Forum mit Kapitol, links das Amphitheater. Menschen waren auf die Entfernung nicht zu erkennen, nur der

Rauch, der hier und da aufstieg, verriet, dass sie da waren. Und dort, am Meer, war das Haus von Livia Numistria.

Nun hatte er nur noch eine Nacht und einen Tag zu überstehen.

Er hielt es nicht aus in der kleinen Wohnung. Bald nach dem Frühstück brach er auf, umrundete die Stadt auf der Nordseite, passierte das Tor nach Nola, wo sich jene traurigen Prostituierten herumdrückten, die es in irgendwelchen Mauernischen oder Gebüschen im Stehen machten – Josse gelang es, die Mädchen freundlich zu grüßen, zu seiner Überraschung entdeckte er, anstatt des üblichen Unbehagens, in sich so etwas wie Mitgefühl. Er überquerte die Straße nach Herculaneum und Neapel, auf der die Händler mit ihren Karren nach dem Markt wieder fortzogen, zufrieden plaudernd. Im Tal unterhalb der Stadt hatte ein berühmter Senator namens Cicero seine Sommerresidenz gehabt, bevor er – Josse wusste nicht, von wem: von Sulla, Iulius Caesar oder Augustus – umgebracht worden war. Ebenso wenig wusste er, wem die Villa inzwischen gehörte. Er stapfte die ansteigende Straße hinauf, die durch die Nekropole führte. Riesige Grabmonumente mit halbrunden Sitzbänken, die zum Verweilen und Gedenken einluden, aber er kannte niemanden, der hier bestattet war; die Asche seines Vaters hatten sie an einem anonymen Platz auf dem südlichen Friedhof verscharrt.

Er kam an Livias Haus vorbei, noch immer zu früh, und bog in die steil abfallende Straße zum Hafen ein. Hier war es gut, hier mochte er ein wenig bleiben. Die Sonne wärmte noch. Die Fischer säuberten ihre Kisten, filetierten die nicht verkauften Fische, um sie zu Hause selbst zu verzehren; auch verschiedene Wasservögel – versehentlicher Beifang – wurden ausgenommen und gerupft. Lange blieb Josse am Rand sitzen, schaute den Fischern bei ihrer Arbeit zu, bis er irgendwann Angst bekam, dass Haare und Kleidung den Fischgeruch annehmen könnten.

Noch immer stand die Sonne eine Handbreit über dem Meer. Eine letzte Stunde war noch zu überbrücken, eine lange, nicht enden wollende Wartezeit.

VIERTER TEIL

Zehnte Rolle. Zum Wohle der Allgemeinheit

Wusstest du eigentlich, dass er ein freigelassener Sklave ist?«

Livia hatte ihm gestattet, über Nacht zu bleiben. Auf seine Frage, was Fabius dazu sagen werde, hatte sie abgewinkt. Jetzt saß er mit ihr im Frühstückszimmer in der oberen Etage. Er trug einen flauschigen Morgenmantel (der, wie er hoffte, nicht Fabius gehörte) und blickte in einen kleinen Steingarten. Jemand wischte die beschlagenen Fenster. Draußen blühte schon der Rosmarin. Drinnen war es warm. Es gab heißen Tee und frisches Gebäck, Käse und eine köstliche Gänseleberpastete, Marmelade und Trockenfrüchte und frische Äpfel.

»Polybius ist ein Betrüger«, sagte Livia, »ein krummer Hund, der versucht, sich in bessere Kreise einzuschleichen. Er wollte Fabius sogar schon zum Essen einladen!«

Sie lachte, schüttelte den Kopf.

»Er benutzt dich, Josse. Es geht ihm nur ums Geld. Oder glaubst du wirklich, jemandem wie ihm ginge es um die Stadt, um die Menschen?«

Und dann führte sie ihm vor Augen, welche Folgen die Vulkangerüchte und die Gründung einer Neustadt für Pompeji haben könnten. Was drohte, wenn der fragile Wiederaufstieg der Stadt durch eine weitere Immobilienkrise gestört würde. Stadtflucht und Preisverfall. Leere

Steuerkassen. Fehlen von Sponsoren. Verzögerung dringender Maßnahmen und Reparaturen. In der Folge weitere Stadtflucht, weiterer Preisverfall, ein fataler Kreislauf. Dabei seien Investitionen dringend nötig. Solange der große Wasserverteiler nicht saniert sei, werde es keine störungsfreie Wasserversorgung geben. Der Betrieb der gerade wiedereröffneten Volksthermen sei nicht gesichert. Die Markthallen hätten nicht ausreichend Wasser. Wie sollte Pompeji jemals wieder ein attraktiver Handelsplatz werden? Es würde immer mehr Arbeitslose geben. Die Stadt verkäme. Die Männer verfielen dem Alkohol. Die jungen Frauen wären gezwungen, sich zu prostituieren.

Josse betrachtete ihren Mund, ihre feuchten, geschwungenen Lippen, die, wenn sie sprach, die Zähne bis in die Mundwinkel freigaben. Konnte noch immer nicht fassen, dass er dieses Luxusgeschöpf besessen hatte. Dass der Mund ihm Obszönitäten ins Ohr geflüstert hatte, die er einer Straßenhure nicht zutraute.

»Die Wohlhabenden«, sagte der Mund, »ziehen einfach fort. Sie ziehen auf ihre Landgüter. Sie kaufen sich Häuser in Neapel oder, wenn es ihnen noch immer zu nahe ist, in Padua, in Rimini oder in Rom. Aber es kann sich nicht jeder ein Haus kaufen. Was ist mit den einfachen Leuten? Hat diese Siedlung, die Polybius da draußen bauen will, etwa Platz für Zwanzigtausend? Und willst du wirklich eine jahrhundertealte Stadt dem Verfall preisgeben und zwanzigtausend Menschen voreilig ins Nirgendwo schicken aufgrund einer ungesicherten Vermutung?«

Ihre Zähne blitzten. Auf einmal sah sie aus wie eine Füchsin.

»Du hast wahrscheinlich recht«, gab er zu. »Aber was willst du tun? Die Neustadt verbieten?«

»Wie soll ich die Neustadt verbieten?« Livia machte eine wegwerfende Handbewegung. »Nein, so funktioniert das nicht. Es ist eine geistige Frage. Politik ist immer eine geistige Frage, mein Lieber. Wir tun etwas ganz anderes, wir gründen einen Verein. Das heißt: Du gründest einen Verein. Und zwar einen Vulkanverein.«

»Aber den gibt es doch schon.« Josse staunte.

»Ach? Wo denn? In den Köpfen vielleicht. Es gibt eine Idee, nicht mehr. Ein paar Chaoten, die diese Idee für ihre Zwecke benutzen. Aber es ist deine Idee, Josse! Es wird Zeit, dass wir sie den Chaoten entreißen, bevor sie weiteren Schaden anrichten. Wir müssen dem etwas entgegensetzen. Wir brauchen einen Verein, der dem Gemeinwohl dient. Einen Verein, der vereint, anstatt zu trennen. Der den Glauben an Vulcanus mit dem wirtschaftlichen Gedeihen der Stadt verbindet. Der die Menschen ermutigt zu bleiben, anstatt sie aus Pompeji zu vertreiben.«

»Das Problem ist«, wandte Josse vorsichtig ein, »dass ich monatelang versucht habe, die Leute zum Verlassen der Stadt zu bewegen. Wie soll ich ihnen jetzt weismachen, dass sie hierbleiben sollen?«

»Ach, die Leute.« Livia zuckte mit den Schultern. »Die sind so vergesslich wie das Schilf! Niemand interessiert sich für das, was du gestern gesagt hast. Sie wollen wissen, was du heute sagst. Die politische Wahrheit, mein Lieber, ist keine Frage von Fakten und Beweisen. Ich glaube, du könntest eine Rhetorikausbildung gebrauchen.«

»Ich hatte Rhetorikunterricht!«, log Josse.

Aber Livia schien seinen Protest nicht gehört zu haben.

Wir wundern uns.

Nein, nicht über Livias Idee, einen Vulkanverein zu gründen. Das passt zu ihr, das sind ihre Methoden. Wir wundern uns über ihre Verwandlung.

Allerdings ist es nicht ganz ungewöhnlich, dass Frauen – zumal solche, die mit Schönheit beschenkt (oder gestraft) sind – erst in einem gewissen Alter ihre Gefühle entdecken. Als junge Frau hatte Livia die Liebe stets nur *gewährt*; sie hatte ihre Gunst verschenkt, hatte das Geschlechtliche zugelassen. Sie war begehrt worden, ohne je selbst zu begehren. Und sie hatte gefunden, dass ihre Schönheit ein absolut ausreichender, ja großzügiger Beitrag zum Liebesakt sei.

Aber jetzt, bei den Begegnungen mit Josse, die übrigens von nun an immer am Tag nach der Magistratssitzung stattfanden, wenn Fabius zur Massage nach Stabiae fuhr, gewahrte sie, auch wenn sie es sich nicht eingestand, ihr fortschreitendes Alter. Mit vierunddreißig begann sie zu ahnen, dass sie nicht immer begehrenswert sein würde, und in den Duft von Regen und Noch-Irgendwas mischte sich der Geruch der Vergänglichkeit. Auf einmal hatte sie das Gefühl, sie müsse alles Versäumte nachholen. Und so entschlossen, wie sie bisher ihre Jugend und Schönheit eingesetzt hatte, so entschlossen ergab sie sich jetzt ihrer Lust, ließ ihren Bedürfnissen freien Lauf, überraschte Josse mit ausgefallener Unterwäsche und frappierenden Obszönitäten und verleitete ihn auf unerhörte Weise dazu, Speisen zu missbrauchen oder Gegenstände zweckzuentfremden.

Verständlich, dass Josse die Spielchen, Entgleisungen und Maskeraden seiner neuen Geliebten erregend fand. Andererseits war es nicht immer leicht, dem Ansturm der starken Frau gewachsen zu sein. Er fühlte sich mitunter bedrängt, fast bevormundet. Ohnehin hatte er Mühe, die Rolle, die er sich abverlangte, durchzuhalten. Ständig war er damit beschäftigt, seine Bildungslücken zu kaschieren. Er kam in Verlegenheit, wenn er den Landsitz seiner angeblichen Vorfahren in Pannonien beschreiben sollte, und lachte dumm, wenn Livia den letzten Klatsch aus Rom berichtete, sich über die Suffektkonsuln lustig machte oder das *republikanische Affentheater* verhöhnte, das Vespasian aufführte, während er unverhohlen an der Gründung einer Familiendynastie bastelte. Aber am meisten belasteten ihn Livias Erwartungen im Hinblick auf den Vulkanverein.

Schon bald lud Epiphanes ihn ein, den *Schwan* zu besichtigen: eine ehemalige Gaststätte, die Livia beiläufig aufgekauft hatte, nachdem der herzschwache Wirt, dem das Gefälle der Straßen Pompejis zu schaffen machte, nach Stabiae gezogen war. Josse sollte prüfen, ob die Immobilie als Sitz des neuen Vereins geeignet sei.

Geeignet?

Er wusste nicht, was er sagen sollte. Es war ein wunderbares Haus mit einem großen Saal im Untergeschoss und drei kleinen Zimmern im Obergeschoss, ein wenig heruntergekommen, ein wenig verbaut, weil der Eingang direkt in den Gastraum führte und nicht in das etwas zu enge Atrium, das dem Schwanenwirt als Küche gedient hatte. Aber das lasse sich leicht beheben, versicherte Epiphanes. Hinten gab es einen verwilderten Garten mit Heckenrosen im Winterschlaf, begrenzt durch eine Mauer und einen Seitenflügel, in dem noch der Sklave wohnte, ein gedrungener Mittvierziger namens Vladimir, der mit dem Haus übernommen worden war. Josse ging wie betäubt durch die Räume, während Epiphanes ihn mit Fragen behelligte:

Wandfarbe? Sockel? Motive im Atrium?

Josse hatte nicht die geringste Ahnung, er schwieg.

»Landschaft, Stillleben, Mythologie, Tierbilder?« Epiphanes ließ nicht locker. »Auch Szenen aus Geschichte und Kriegen sind möglich.«

»Vielleicht eher was, äh, Schönes«, stotterte Josse.

»Meereswesen? Alltagsszenen? Oder Theater.«

Josse dachte an erotische Bilder, wie er sie bei Livia gesehen hatte. Aber dann blitzte der Gedanke an seine Mutter auf: Was würde sie denken, falls er tatsächlich hier einzog. Zog er denn ein?

Nach der Besichtigung ritt er auf seinem Maultier zum *Fenster des Meeres*. Seit dem Rauswurf bei Ascula wohnte er zusammen mit Mugo und dem Fisch in einer Hütte, wo es nach Zwiebeln und Schweißfüßen roch. Als er ankam, lagen die beiden schon auf ihren Strohmatratzen und schliefen. Er kroch zu seinem Lager im hinteren Teil der Hütte. Ihm war warm vom Reiten. Das Kohlebecken war heiß, sodass er aufpassen musste, sich nicht die Füße daran zu verbrennen. Aber über Nacht kühlte das Becken aus, und Josse erwachte nassgeschwitzt und frierend.

Es war noch vor Sonnenaufgang. Er stand auf, stapfte durch den nassen Sand zur alten Militärstraße und stieg dann hoch in die Milchberge. Vielleicht, er wusste es selbst nicht, hatte er Holz holen wollen. Aber oben angekommen, war ihm warm. Er setzte sich ins Gras, betrachtete das Lager von oben: rechts, unterhalb vom Hang, die Hütten, links die regennassen Tuffsteinhaufen. Auf dem grauen Strand staksten die Möwen herum und suchten nach Essensresten. Von den verkohlten Hölzern der Feuerstelle stieg ein kläglicher Rauch auf.

War das sein Leben?, fragte er sich. War es das, was er erträumt hatte? Irgendwann, wenn er hier weiter mitmachte, würde er ein Häuschen an diesem Hang besitzen, vielleicht in zweiter Reihe; er sah sich dort schon sitzen, zwischen wehender Wäsche, und Herodot lesen. Er würde, wenn er Glück hatte, ein kleines Gehalt von Polybius beziehen. Er würde geharzten Wein aus Tonbechern trinken und alle zwei Jahre die Wände kalken, bis er eines Tages, vielleicht dort, auf der Feuerstelle am Strand, verbrannt würde.

Der alte Petros kam aus der Hütte, verschlafen, kahlköpfig. Pinkelte ein Stück abseits der Hütten in den Sand. Josse wartete, bis er wieder verschwunden war, dann suchte er einen kopfgroßen Stein und ließ ihn auf die von ihm selbst gebaute Wasserleitung fallen. Das Tonrohr barst, das Wasser trat aus und verteilte sich züngelnd auf dem Boden.

Er stieg wieder ab, legte sich auf seinen Strohsack und stellte sich schlafend. Bald war das Klappern und Scharren der Pythagoreer zu hören, die immer als Erste auf waren. Die aufgeregten Stimmen verrieten, dass das Problem bemerkt worden war. Josse wurde gesucht und schließlich gefunden. Er stieg denselben Weg noch einmal hinauf, untersuchte den Schaden, spielte Empörung und ordnete an, Polybius zu unterrichten.

An diesem Morgen bekamen einhundertzwanzig Leute keinen Dinkelbrei, keinen Tee. Die Arbeit stockte kurz, die Organisation geriet ein wenig durcheinander. Aber schon am Nachmittag kam Polybius höchstpersönlich mit einem Ersatzrohr, und das Leben am *Fenster des Meeres* nahm seinen gewohnten Gang wieder auf.

Das Problem war: Es lief gerade recht gut. Die Maras'sche Idee, dass jeder sein eigenes Häuschen baue, war inzwischen aufgegeben worden. Die Investoren hatten einen effektiven, arbeitsteiligen Prozess in Gang gesetzt, der die Hierarchie im Lager verfestigte – was sich im Hinblick auf den Produktionsprozess als nützlich erwies: Stalos Leute verwalteten das Werkzeug, teilten die Arbeit ein (wodurch Stalo weitere Macht zuwuchs). Die Pythagoreer kümmerten sich um die Versorgung, kochten Dinkelbrei und Gemüse und zogen sich ansonsten an ihre eigene Feuerstelle zurück, wo sie abends meditierten. Zu ihren Privilegien gehörte die Verwendung von Fliegenpilzsud zum Zwecke der Meditation; gewöhnlichen Mitgliedern wurde das Gebräu neuerdings vorenthalten, Stalos Leute lehnten Rauschmittel ohnehin ab. Auch Mugo und der Fisch waren aufgestiegen, sie schufteten längst nicht mehr im Bruch und schleppten Zementkübel, sondern beaufsichtigten die Kalkproduktion, überwachten den Brand, während die sogenannten *Neuen* ohne Murren die schwere Arbeit erledigten – in der Hoffnung, dass sie selbst im Laufe der Zeit in der Hierarchie aufsteigen würden.

Josse versuchte nach Kräften, den Ablauf zu stören und Missstimmung zu schüren. Stalo bestärkte er in seiner Abneigung gegen die Pythagoreer, lästerte über ihre Verschrobenheit, erging sich über ihren Fliegenpilzkonsum und behauptete, sie hätten insgeheim vor, den allgemeinen Vegetarismus einzuführen. Bei den Pythagoreern wiederum hetzte er gegen Stalo: Er verbreitete das Gerücht, Stalo wolle generell den Konsum von Fliegenpilzsud verbieten, beschwerte sich über dessen herrschaftliche Allüren und brachte es sogar fertig, zusammen mit Petros der anarchischen Vergangenheit nachzutrauern und sich über die *Materialisierung* des Projekts zu beklagen – obwohl er selbst es gewesen war, der die Investoren ins Boot geholt und die Verwandlung der Kommune in die Wege geleitet hatte.

Zugleich verbreitete er noch ein anderes Gerücht, indem er Mugo und dem Fisch erzählte (ganz im Vertrauen darauf, dass Mugo, die Plaudertasche, es weitererzählte), er habe gehört, dass Stalo und dessen Leuten bereits ein *Wohnrecht* zugesagt worden sei – wodurch die Frage des Wohnrechts überhaupt erst in den Fokus der Aufmerksamkeit geriet. Auf einmal wurde über ein Wohnrecht diskutiert. Und noch bevor Stalo die Angelegenheit Polybius hintertragen konnte, brachte Josse die Forderungen der Arbeiter nach einem solchen Wohnrecht in der Lagebesprechung vor – nicht ohne Polybius in geheimer Sitzung vorher angestiftet zu haben, zusammen mit allen Investoren dagegen zu stimmen.

Aber so sehr er sich auch abmühte – das Neustadtprojekt schritt voran. Die Kalkvorkommen am Rand der Milchberge erwiesen sich als ergiebig. Polybius ließ bereits die zweite Häuserzeile vermessen, neue Grundsteine wurden gelegt. Und auf den Ziegelsteinfundamenten der Investorenhäuser vermauerte man bereits die selbstgehauenen Tuffsteinblöcke. Erst Livia gelang es, die Bautätigkeit zumindest für eine Weile ernsthaft zu stören.

Als sie nämlich erfuhr, dass Polybius die Kalkbestände in der Etruskerschlucht nutzte, veranlasste sie Fabius, ihn amtlich dazu aufzufordern, für den dortigen Abbau von Gesteinen und Rohstoffen erst einmal die übliche Konzession zu beantragen und sich, wie es hieß, *bis zur Erteilung derselben der Entnahme fernerhin zu enthalten.* Eigentlich eine Formalität, es gab keine Vorbehalte gegen die Rohstoffgewinnung; vielmehr ging es darum, dass für den Abbau von Rohstoffen eine Steuer kassiert wurde, die die Provinzen an Rom weiterzuleiten hatten – weswegen die Stadtoberen in derartigen Angelegenheiten zur Trägheit neigten. Da er das wusste, hatte Polybius sich lange um einen solchen Antrag gedrückt. Er hatte in seinem Leben gelernt, dass man keine schlafenden Hunde weckte; aber nun waren die Hunde geweckt, und ihm blieb nichts anderes übrig, als einen Antrag an die Colonia Cornelia zu schicken – wo er versackte.

Polybius protestierte. Auch die Antwort auf seinen Protest brauchte lange. Dann wurde ihm mitgeteilt, dass der Protest nicht bearbeitet werden könne, weil das Konsuljahr bei der Datumsangabe nicht genannt worden sei. Ein zweiter Protestbrief wurde verfasst, mit der Angabe des Konsuljahrs. Nun wurde das Aktenzeichen vermisst, das man dem Vorgang inzwischen zugeordnet hatte. Es wurde deutlich: Bis zur Klärung der Angelegenheit würden Wochen und Monate vergehen, und möglicherweise würde am Ende auch Fabius noch Gründe finden, die Genehmigung zu verweigern.

In der Folge entbrannte unter den Investoren ein Streit darüber, ob man Kalk lieber aufwendig aus ferner gelegenen, aber bereits konzessionierten Gruben herantransportieren oder sich beim Aedilen über die Verzögerung beschweren sollte. Oder ob es nicht besser wäre, Stalos Vorschlag aufzugreifen, Kalk in der Etruskerschlucht illegal weiterzufördern und dafür notfalls Strafen in Kauf zu nehmen. Polybius war für den Antransport aus seinen Gruben nördlich der Stadt, Modestus für das Einlegen von Rechtsmitteln. Stephanus war beides zu teuer. Urbanus fürchtete eine Auseinandersetzung mit Rom. Und Josse tat unentschlossen und stärkte insgeheim die jeweils schwächere Seite.

Jetzt stockte der Bau tatsächlich. Die Lohnfortzahlungen wurden vorübergehend gekürzt. Die Leute murrten, ein paar Wütende verließen das Lager. Eines Morgens brannte der Versorgungstrakt aus Gründen, die nie geklärt wurden. Und Josse hielt den Moment für gekommen, Mugo und den Fisch in seine geheimen Pläne einzuweihen.

Natürlich hatte Josse seine beiden alten Freunde mit seinen neuen *Geschäftsräumen* beeindrucken wollen, aber die beiden staksten misstrauisch durch das frisch renovierte Haus. Stumm betrachteten sie die gemalten Miniaturen an den Wänden (Josse hatte sich für Motive aus der Tierwelt entschieden). Mugo berührte vorsichtig die Tischplatte aus Eichenholz. Der Fisch staunte über den gläsernen Salzstreuer und die Servietten.

»Wie wäre es mit einem Schluck Wein?«, schlug Josse vor. »Ich habe einen tollen jungen Griechen.«

Er lotste die beiden nach draußen zur Feuerschale, weil er hoffte, dass sie sich hier wohler fühlen würden. Es dämmerte schon. Er entzündete das Feuer. Vladimir brachte ihnen den Wein.

»Ist er das?«, fragte der Fisch, auf Vladimir zeigend.

»Wer?«

»Der junge Grieche.«

»Nein, das ist Vladimir. Der gehört hier zum Haus.«

Er erhob seinen Becher. »Trinken wir auf unsere Freundschaft!«

Er trank. Seine beiden Freunde nippten.

»Schmeckt komisch«, fand der Fisch.

»Ist nicht geharzt«, erklärte Josse. »Aber ich hab auch geharzten Wein, wenn ihr wollt.«

»Lass man, zum Wegkippen isser zu schade.«

Das Feuer loderte, an der Gartenmauer tanzten die Schatten. Josse wusste nicht, wie anfangen.

»Ihr seid meine Freunde«, begann er, »deswegen sollt

ihr die Wahrheit erfahren. Ich habe beschlossen, mich von Polybius zu trennen. Ich gründe einen neuen Verein.«

»Hm«, sagte Mugo.

Die beiden nippten.

»Ich habe einfach kein Vertrauen mehr zu ihm. Er ist ein Betrüger. Er missbraucht den Vulkan, um seinen persönlichen Gewinn daraus zu ziehen. Dieses ganze Projekt dort am *Fenster des Meeres* – ich will das nicht mehr. Ich will damit nichts zu tun haben.«

»Und deswegen willst du einen neuen Verein gründen – hier in der Stadt?«

»Wir müssen uns auf das besinnen, worum es eigentlich geht.«

»Und das wäre?«

»Der Vulkan.«

Die beiden nippten.

Dann fragte Mugo: »Und was sollen wir jetzt dabei?«

»Ich will, dass ihr mitmacht. Wir werden einen neuen Verein gründen, einen richtigen Verein, dem jeder beitreten kann. Einen Vulkanverein.«

Die Schatten tanzten.

»Wusstet ihr eigentlich, dass Polybius ein geborener Sklave ist?«

Man hörte die Scheite knistern.

Endlich meldete sich Mugo zu Wort: »Also, leicht ist es nicht mit dir, Josse. Vor einer Weile hast du gesagt: Der Vulkan! Wir müssen ans Meer ziehen! Und jetzt willst du wieder zurück in die Stadt?«

»Das ist nicht so einfach zu erklären«, sagte Josse. »Der Vulkan ... Ja, der Vulkan ist natürlich ein Problem. Und natürlich besteht die Gefahr, dass er ausbricht. Das liegt in seiner Natur. Die Frage ist: Wann bricht er aus? Nach den neuesten Erkenntnissen könnte das auch noch dauern.«

»Ehrlich gesagt, ich habe keine Angst vor dem Vulkan«, sagte Mugo. »Hatte ich noch nie. Aber wir haben uns dort am Meer ganz gut eingerichtet. Wir haben es warm in der Hütte. Wir verdienen Geld.«

»Ich würde euch einen Lohn zahlen.«

Die beiden nippten.

»Sag mal, fickst du die?«, fragte der Fisch plötzlich.

»Wen?«

»Du weißt genau, wen ich meine.«

»Livia Numistria?«

»Heißt die so?«

»Ach was, die alte Schachtel!«

Die beiden nippten.

Auch Josse schwieg. Er spürte, dass er sie nicht überzeugt hatte. Aber wenn er nicht einmal seine Freunde überzeugen konnte, wie sollte er die anderen überzeugen? Wie kehrt man um, ohne zu wenden? Wie übt man Verrat, ohne Verräter zu sein?

Elfte Rolle. Die Kunst der Rede

Rhetorik gilt im Reich noch immer als höchste und wichtigste Disziplin für jeden, der, wie es heißt, etwas werden will – sie rangiert noch vor der Geschichtsschreibung oder der Mathematik, von der Philosophie ganz zu schweigen.

Auch Livia hielt auf die Rhetorik große Stücke, obwohl sie selbst keine Reden hielt und erst recht keine Reden anhörte. Früher, als Kind, hatte sie die Rhetorikstunden gehasst, aber Schüler erinnern sich am liebsten an ihre strengsten Lehrer, und so dachte auch Livia gern an ihren alten Rhetoriklehrer und schickte Epiphanes zu ihm mit der Bitte, Josse zu unterrichten.

Er hieß Protagoras, war – natürlich – Grieche und wohnte unterhalb der nördlichen Nekropole in einem schmalen, zweistöckigen Haus. Es hatte eines üppigen Zuschlags bedurft, damit er Josse überhaupt annahm. Eigentlich hatte er genügend Schüler, für jeden Wochentag einen, nur am Markttag nahm er sich frei, obwohl er niemals zum Markt ging. Wenigstens einmal in der Woche wollte er seine Schüler lossein, da er sie im Grunde nicht ausstehen konnte. In der Regel waren es Kinder reicher Eltern, wohlgenährte Weichlinge, die sich die Haare schneiden ließen. Sie waren höflich und aufmerksam, aber zahm. Sie taten, was er von ihnen verlangte, doch es fehlte ihnen die Wut, der Wille, die Empörung. Es fehlte ihnen alles, was nötig gewesen wäre, um ein Talent zu entfalten.

Dass Josse anders war, spürte Protagoras schon bei dessen Eintreten. Er ließ sich nichts anmerken, blieb wie immer in seinem großen Sessel sitzen, rührte in einem gesüßten Kräutertee und blickte beiläufig auf irgendwelche Papiere, die neben ihm auf einem Tisch lagen – während er aus dem Augenwinkel beobachtete, wie Josse vergeblich nach einer Sitzgelegenheit suchte: Protagoras fand, dass man Reden am besten im Stehen lernte.

»Was erwartest du von meinem Unterricht?«, war seine erste Frage.

»Keine Ahnung«, erwiderte Josse. »Livia ist der Meinung, ich könnte meinen Redestil verbessern. Obwohl sie meinen Redestil, in dem Sinne, gar nicht kennt.«

»In welchem Sinne?«

»Wie bitte?«

»Du sagst: ›meinen Redestil, in dem Sinne‹. In welchem Sinne?«

»In dem Sinne, dass sie ihn nicht kennt.«

»Wortparasiten sind eine schreckliche Plage«, sagte Protagoras. »Sie saugen der Rede das Blut aus. Du weißt, dass deine Stimme zu hoch sitzt?«

»Nicht wirklich.«

»Nicht wirklich? Also unwirklich? Oder meinst du: nicht eigentlich? Wovon soll deine Rede handeln?«

»Vom Vulkan«, sagte Josse.

»Von welchem Vulkan?«

»Monte Somma.

»Was denn für ein Monte Somma?«

»Du hast nie davon gehört?«

»Wovon?«

Stellte der Kerl sich dumm?, fragte sich Josse. Was für ein Spiel spielte er? »Also hier, ein Stück nördlich der Stadt, gibt es einen Berg, der heißt Monte Somma. Es handelt sich vermutlich um einen Vulkan.«

»Du atmest zu spät«, entgegnete Protagoras. »Du hast die Neigung, die Lunge leerzusprechen. Du vernuschelst die Konsonanten. Deine Vokale klingen ein bisschen taub. Das kriegen wir weg, aber: Wir reden hier schon seit fünf Minuten, und du hast mir noch immer nicht begreiflich machen können, wovon deine Rede handelt.«

»Das habe ich doch gesagt. Vom Vulkan.«

»Du möchtest also die Leute davon überzeugen, dass dieser Monte Somma ein Vulkan ist.«

»Die Leute sind eigentlich bereits überzeugt.«

»Dann willst du sie vom Gegenteil überzeugen?«

»Nein, ich will sie davon überzeugen, hier in der Stadt zu bleiben.«

»Du willst es mir schwer machen«, sagte Protagoras und stöhnte. »Du willst die Menschen überzeugen zu bleiben, *obwohl* dieser Monte Somma ein Vulkan zu sein scheint. Der Weg kommt mir etwas umständlich vor, junger Mann. Warum überzeugst du die Menschen nicht davon, dass dieser Monte Somma *kein* Vulkan ist? Dann würde ja niemand auf die Idee kommen, die Stadt verlassen zu wollen, nicht wahr?«

»Das ist richtig«, musste Josse zugeben. »Das Problem ist nur: Ich habe die Menschen selbst davon überzeugt, dass der Monte Somma ein Vulkan ist.«

»Und jetzt hast du deine Meinung geändert?«

»Nicht eigentlich«, sagte Josse. »Es geht, genau genommen, darum, dass ich die Menschen, also trotz des Vulkans, überzeugen möchte zu bleiben.«

»Allmählich begreife ich«, sagte Protagoras. Er schlürfte vom Kräutertee, zupfte an seinem Bart, der so aussah, als hätte er im Laufe der Jahre die Hälfte davon schon ausgezupft. »Dir ist schon klar ... Wie heißt du gleich?«

»Josse.«

»Dir ist schon klar, Josse, dass du dir etwas Schwieriges vorgenommen hast? Ich achte Menschen, die sich etwas Schwieriges vornehmen. Aber du wirst hart arbeiten müssen. Willst du das? Du bist hochmütig, lieber Freund. Das hemmt dich, man erkennt es an deinem Satzbau. Man hört es an deinem Atem. Du stehst dir selber im Weg. Unter uns gesagt: Ein bisschen Größenwahn tut gut. Aber man sollte es, wie alles, nicht übertreiben.«

Zum Schluss gab er Josse eine Hausaufgabe auf:

»Bilde drei Sätze, die mit den Worten beginnen: Protagoras ist ein weiser Mann, weil ...«

Und als Josse sich schon zur Tür umdrehte, fügte er hinzu:

»Meinetwegen auch: Protagoras ist ein Dummkopf, weil ... Es ist gleichgültig, du kannst wählen.«

Josse stapfte zur Stadt hinauf, durch die Nekropole.

»Protagoras ist ein Dummkopf, weil er ein Dummkopf ist!«, stieß er hervor.

Sein Herz bummerte, er schnaufte.

»Ein Dummkopf! Ein Wischlappen! Ein aufgeblasener Frosch!«

Er blieb stehen, außer Atem. Es war plötzlich warm geworden, die Sonne schien und ließ das Laub vom vergangenen Jahr, das zwischen den Grabmonumenten lag, noch einmal aufleuchten. *Hier liegen seine Knochen,* las Josse. *Er lebte 40 Jahre. Nutze deine Zeit.*

Nein, er würde sich nicht noch einmal von diesem Dummkopf maßregeln lassen, beschloss er. Besser sollte er wieder einmal auf die Palästra gehen, so lahm, wie er war. Nicht, dass er noch fett wurde!

Zur nächsten Stunde brachte er folgende Sätze mit:

Protagoras ist dumm, weil er sich für klug hält.

Protagoras ist dumm, weil er ein Mensch ist.

Protagoras ist dumm, weil sein Schüler sagt, dass er dumm ist, denn: Entweder hat der Schüler recht, dann ist Protagoras dumm, oder sein Schüler hat unrecht, dann ist Protagoras ein schlechter Lehrer und also ebenfalls dumm.

Protagoras lobte den ersten, ließ den zweiten durchgehen und bemängelte den dritten.

»Der dritte Satz«, erklärte er, »ist vom Standpunkt der Logik der beste. Er taugt für einen schriftlichen Traktat. Aber für eine Rede ist er zu kompliziert, zu inhaltsreich. Der Redner überzeugt die Menschen nicht durch Logik oder durch Scharfsinn. Im Gegenteil, das macht ihn verdächtig. Wie also kannst du beweisen, dass Protagoras dumm ist? Ich werde es dir sagen: Du kannst es gar nicht beweisen. Allerdings können wir die meisten Sachverhalte, über die wir reden, nicht beweisen. Natürlich weißt du, dass Caesar Gallien eroberte. Beweis es!«

»Es steht vielleicht bei Herodot?«

»Herodot? Herodot hat vierhundert Jahre vor Caesar gelebt. Aber sagen wir, du würdest in irgendeiner Bibliothek, nicht gerade in Pompeji, etwas von Titus Livius über Caesar finden. Du müsstest Kopien anfertigen lassen. Jemand müsste diese Kopien legitimieren. Und du würdest damit zu mir kommen, und ich würde dir sagen: Das glaube ich nicht. Und nun?«

Josse wusste nicht weiter.

»Es ist ganz einfach, lieber Freund. Du musst nur begreifen, dass es nicht um Beweise geht, sondern um Vertrauen. Wenn du das einmal begriffen hast, ist es gar nicht so schwer. Authentisches Auftreten, du selbst bist der Beweis! Deine Stimme muss sitzen. Deine Vokale müssen klingen. Deine Haltung muss überzeugend sein. Zapple nicht herum, keine kleinlichen Gesten. Alles ist eine Einheit. Es spricht der ganze Mensch. Und deswegen verstärkst du die Glaubwürdigkeit deiner Behauptung über Protagoras um hundert Prozent, wenn du ihr den simplen, einfältigen Satz voranstellst: *Ich kenne Protagoras.* Versuch es! Spricht mir nach: *Ich kenne Protagoras. Er ist dumm, weil er sich für klug hält.*«

»Ich kenne Protagoras«, sagte Josse. »Er ist dumm, weil er sich für klug hält.«

»Spürst du es?«

Josse spürte es. Und war beeindruckt.

»Eine Steigerung dieser, nennen wir es mal: Vertrauens-Werbung ist das Vertrauens-Ultimatum. Es ist eine Erpressung in freundlichem Gewand, sie lautet: *Ihr kennt mich!* Man kann dem hinzufügen: *Ihr wisst doch, dass ich kein Lügner bin.* Mit anderen Worten: *Haltet ihr mich etwa für einen Lügner?*«

Josse staunte.

»Aber du kannst noch einen Schritt weiter gehen«, erklärte Protagoras, »indem du dich auf die Autorität anderer berufst: *Ich habe kürzlich mit Sowieso über Protagoras gesprochen.* Am besten, du machst es konkret. Lass das Gespräch am Tag nach der Magistratssitzung stattfinden, auf dem Markt vor dem Tempelhaus der Eumachia oder unter einem Apfelbaum in deinem Garten.«

Josse staunte.

»Eine Variante des Autoritätsbeweises ist die Spezialistenbehauptung. Sie besteht darin, dass du, bevor du sagst, was du sagen willst, behauptest, du seist darin ein Spezialist. *Ich habe mich jahrelang mit den Aussagen von Protagoras beschäftigt.* Oder: *Ich habe bei Quintilian Rhetorik studiert.* Du hast nicht bei Quintilian studiert? Nun, zu beweisen, dass etwas *nicht* stattgefunden hat, gehört zu den schwierigsten Problemstellungen der Logik. Wer behauptet, du habest nicht bei Quintilian studiert, müsste alle Studenten aller Semester Quintilians kennen und nachweisen, dass du nicht darunter warst. Kennst du jemanden, der das vermag?«

Protagoras rührte in seinem Tee und kicherte. Ja, wenn er in Fahrt kam, konnte er emotional werden.

Als Hausaufgabe bekam Josse diesmal auf, drei offenkundig absurde Thesen glaubhaft zu machen: erstens, dass der Mensch frei sei. Zweitens, dass Hunde eine Seele besäßen. Und drittens, dass Afrika zu den Kontinenten gehöre. Josse bewältigte es mit Anstand.

In der dritten Stunde behandelte Protagoras die *rhetorische Frage.*

»Hält man eine Rede«, fragte er, »damit der Zuhörer denkt? Oder redet man, damit er denkt, was wir denken? Das war, ich hoffe, du hast es bemerkt, eine rhetorische Frage.«

In der vierten Stunde sprach er über das scheinbare Beharren, anzuwenden im Falle, dass man sich geirrt hat.

»Sage niemals: Ich habe mich geirrt!«, ermahnte er Josse. »Finde etwas, wo du recht behalten hast. Mach das, worin du dich geirrt hast, zur Nebensache, und bausche das, worin du recht behalten hast, auf. Erinnere an die Dummheiten deiner Gegner. Preise die eigene Ehrlichkeit, und behaupte: *Ich habe das schon immer gesagt!*«

In der fünften Stunde erläuterte er die leere Versprechung (nicht zu verwechseln mit der falschen Versprechung!).

In der sechsten Stunde sprach er über die gezielte Simplifizierung.

In der siebten Stunde erklärte er, wie man Versäumnisse als ein Verdienst ausgibt.

In der achten Stunde ging es um die verbindende Kraft von Feindbildern.

Und in der neunten und letzten Stunde widmeten sie sich der Losung.

»Stell dir vor«, sagte Protagoras, »du gehst mit einem Farbeimer und einem Pinsel durch Pompeji. Was würdest du an die Wände schreiben? Das nenne ich Losung. Jede Rede braucht eine Losung. Sie gehört an den Schluss. Es ist das, was die Menschen in ihren Herzen mit nach Hause nehmen. Es bedeutet nichts. Es transportiert keinen Sinn. Aber es drückt etwas aus! Es ist kurz, es ist schlicht. Und es darf auf keinen Fall ein Komma enthalten!«

Zum Abschied aber sagte er Folgendes: »Ich habe dich gelehrt, wie man die Leute an der Nase herumführt, wie man Wirkung verstärkt oder Einvernehmen stiftet. Das Wichtigste aber kann ich dich nicht lehren: das, was du eigentlich sagen willst. Den Inhalt, den Kern deiner Rede. Ich lehre die reine Form. Füllen, lieber Josse, musst du sie selber.«

Er rührte in seinem Tee: ein alter Mann plötzlich. Eben noch war er voller Energie gewesen, jetzt sackte er in sich zusammen. Josse hatte das Gefühl, dass er jetzt unmöglich gehen könne.

Protagoras blickte von seiner Tasse auf.

»Was stehst du hier noch rum?,« fragte er gereizt. »Bezahlt sind deine Stunden bereits. Du bist entlassen.«

Zwölfte Rolle. Die Gründung

Am Tag nach der letzten Unterrichtsstunde machte Josse sich auf zu Livia, aber je näher er ihrem Haus kam, desto deutlicher spürte er, dass er ihr heute nicht gewachsen war. Nach neun Lektionen Rhetorik hatte er das Gefühl, nichts mehr sagen zu können. Vor dem Unterricht hatte er geglaubt, er könne reden; jetzt fühlte er sich vollkommen blöde. Er hatte immerzu Angst, Fehler zu machen. Sein Wortschatz war zusammengeklaubt. Viele Wörter, die er benutzte, kamen ihm auf einmal befremdlich vor. Und das Schlimmste: Er glaubte, an sich selbst den Akzent seines Vaters wahrzunehmen.

Livia empfing ihn wie immer sorgfältig geschminkt und in verführerischer Kleidung, aber es half nichts. Seine Männlichkeit war hinweggeschrumpft. Er würde niemals jemanden überzeugen können, dachte er. Die Vereinsgründung würde ein schreckliches Fiasko werden. Livia würde ihn verstoßen. Am Ende würde er mit nichts dastehen, angefeindet und ausgelacht.

Er entschuldigte sein Versagen mit entsetzlichen Kopfschmerzen, ließ sich Kompressen auflegen und schluckte irgendwelche medizinischen Tränke, von denen er tatsächlich Kopfschmerzen bekam. Gleich nach dem Essen legte er sich hin.

Er schlief unruhig. Es träumte ihm, er rase mit seinem

Fuhrwerk über die alte Militärstraße. Aber es war nicht sein Fuhrwerk, sondern ein Streitwagen. Es war auch nicht sein Maultier, das den Wagen zog, sondern es waren vier schweißglänzende Rappen. Und es war nicht die alte Militärstraße, und er fuhr auch nicht, sondern er flog. Er flog über Land und Meer. Und eigentlich flog er auch nicht, sondern stürzte. Die Rappen kämpften vergeblich gegen das Fallen an. Unter ihm taten sich die schwarzen Wälder auf: die dunkle Seite der Erde. Er wusste: Hier hausten die Skythen. Und schon war er mitten unter ihnen. Sie hatten sich um eine Feuerschale versammelt (die der in seinem Garten verblüffend ähnlich sah). Sie tanzten, wie die Frauen und Männer an seinem ersten Tag am *Fenster des Meeres* getanzt hatten, aber wenn er hinsah, waren es Schatten. Nur ihr König stand lebendig im Feuerschein, und neben ihm Ascula, die ihm den Wein reichte: in einem Schädel. Und daran, dass dieser Schädel ihn schmerzte, erkannte Josse, dass es *sein* Schädel war.

Am Morgen ging er mit Kopfschmerzen nach Hause, also in seine *Geschäftsräume*. Es war der achtundzwanzigste Februar, der letzte Tag des Jahres. Auf den Straßen herrschte Feierstimmung. Es roch nach Brandopfern, gestern hatte man die Equirria gefeiert, zu Ehren des Kriegsgottes (die wärmere Jahreszeit begann, und man konnte sich wieder auf dem Feld schlagen). Am Apollotempel wurde ein Singspiel eingeübt für irgendeinen kommenden Feiertag. Auf dem Forum johlte und kreischte eine ausgelassene Meute: Man trieb einen Ziegenbock über den Platz. Der Bock war wild, attackierte jeden, der sich ihm näherte. Die Bettler hatten sich vorsichtshalber von ihren Plätzen in den Kolonnaden erhoben. Man scheuchte das Tier mit Besen und

Knüppeln, bewarf es mit Steinen, bis es sich endlich in Richtung der Gräberstadt in Bewegung setzte, zum Herculaneischen Tor, und die Meute folgte ihm johlend. Josse blieb stehen, schaute ihnen hinterher.

»Jetzt haben sie den Winter vertrieben«, brummte jemand. Der zottige Bauchladenverkäufer stand neben ihm.

»Ein samnitischer Brauch?«, fragte Josse.

»Ach was. Samnitisch, römisch, etruskisch«, erwiderte der Bauchladenverkäufer. »Alles durcheinander, jeden Tag irgendein Fest! Wenn du mich fragst: Wir haben zu viele Götter.«

»Ja, ja ...«, stimmte ihm Josse zu, ohne überzeugt zu sein.

Der Bauchladenverkäufer spürte es, setzte seine Beweisführung fort: »Die Tage des Mars sind noch gar nicht zu Ende, schon feiern sie den Frühlingsanfang. Morgen Neujahr. Gleichzeitig die Matronalien. Dann kommt das Isis-Fest, das Fest des Liber ...«

»Gibt es eigentlich ein Fest des Vulcanus?«

»Die Vulkanalien«, sagte der Bauchladenverkäufer. »Gibt's in Pompeji nicht. Das fehlte noch!«

Josse winkte dem zottigen Riesen zum Abschied zu und ging weiter. Aus den Häusern duftete es: der Braten fürs Neujahrsfest. Männer gingen zum Frühschoppen. Aus der Veteranenkneipe waren schon lautfröhliche Stimmen zu hören. Josse schlich sich vorbei. Eine junge Frau mit einem Wäschekorb kam ihm entgegen. Ein alter Mann grüßte ihn. Vor der Bäckerei des Popidius bürstete man einem apathischen Esel den Mehlstaub aus dem Fell: Ja, auch der Tag der Vesta stand bevor. Morgen würde man dieses arme Vieh, das lebenslang im Kreis um den Mühlstein ging, mit Blumen bekränzen und mit Grünzeug füttern, weil es angeblich ein Esel gewesen war, der die Jungfrau durch sein Geschrei vor der Vergewaltigung durch Priapos gerettet hatte.

Der Esel wandte sein Hinterteil jener Ankündigung zu, die Livia vor zwei Tagen hier hatte anpinseln lassen – hier und an fünfundzwanzig anderen Stellen in der Stadt:

VULKANVEREIN
Am achten Tag nach Neumond
im ehemaligen SCHWAN
wird der Verein des Vulcanus gegründet!
Schwein vom Grill und Wein
kostenlos!

Josse ging weiter, den Duft von Neujahrsbraten in der Nase, ein mulmiges Gefühl im Bauch: noch sieben Tage. Dann würde er sich vor die Leute stellen und seinen Sinneswandel erklären müssen. Mehr noch: Er musste sie überzeugen, den Wandel mitzuvollziehen.

Zu Hause setzte er sich an den großen Eichentisch. Das Sonnenlicht fiel schräg ins Zimmer ein, als wolle es ihm all die Dinge vor Augen führen, die er vorher nie besessen hatte: das Siegel, die Schiefertafel und selbst Pergament. Er besaß sogar Bücher, Epiphanes hatte ihm eine Bibliothek zusammengestellt. Er hatte wirklich alles. Nur keine Idee. Was wollte er den Leuten sagen? Was war der Kern seiner Rede?

Vladimir kam. Ob er irgendwas wünsche.

»Ruhe«, schrie Josse. »Ruhe wünsche ich mir!«

Lange stöberte er in seiner Bibliothek. Er las ein bisschen Platon (und stellte fest, dass er nicht nur abstruse Staatstheorien verfasst hatte). Er blätterte in einer Kopie des Plinius'schen Vulkankapitels, die Livia hatte anfertigen lassen. Er studierte einen Kalender, in dem er sämtliche Festtage verzeichnet fand, darunter den der Vulkanalien: am 23. August.

Es wurde dunkel. Er zündete eine Öllampe an. Draußen feierte man die Neujahrsnacht. Aus den Kneipen sprudelten Gemurmel und Gelächter. Die ersten Zikaden sangen, noch schüchtern.

Gegen ein Uhr in der Nacht setzte ein feiner Regen ein. Die Leute lallten vor Freude. Josse ließ sich von Vladimir einen anregenden Tee bringen.

Gegen drei Uhr wurde es stiller, nur einzelne Stimmen waren noch zu hören: das Kreischen angetrunkener Frauen, das Röhren der Veteranen auf ihrem Heimweg. Gegen halb vier verstummten auch die Zikaden. Irgendwann war wieder ein Vogel zu hören: keine Nachtigall, ein schlichter Gesang. Aber da war Josse am Schreibtisch eingeschlafen.

Auf der Schiefertafel, die vor ihm lang, stand ein Wort: *Vulkanalien.* Dahinter hatte er ein Fragezeichen gesetzt.

Den nächsten Tag verbrachte er mit den Vorbereitungen für die Gründungsfeier: Tische mussten herbeigeschafft werden, Getränke, man brauchte Listen zum Eintragen. Es war viel zu entscheiden. Andauernd wollte jemand etwas von ihm. Immerzu wuselten Leute im Haus herum. Er kam nicht dazu, an seiner Rede zu arbeiten.

Erst in der Nacht hatte er wieder Zeit. *Landschaft, Vorväter, Götter* – stand am Morgen auf der Schiefertafel. Und: *Plinius erwähnen.*

Darunter, dick unterstrichen: *Alles verdanken wir dem Vulkan!*

Drei Tage vor der Gründung erschienen Polybius und Stalo vor dem ehemaligen *Schwan*. Polybius nestelte am frischen Putz herum, betrachtete das erneuerte Portal, während Stalo aufgebracht auf Josse zuging.

»Was soll das?«, wollte er wissen. »Was führst du im Schilde?«

»Ich führe gar nichts im Schilde«, sagte Josse ruhig. »Es ist alles öffentlich bekannt.«

»Du gründest also einen Verein.«

»Hast du was dagegen?«

»Das haben wir nicht beschlossen!«, schrie Stalo.

»Wer ist wir? Wer hat das nicht beschlossen?«

»Der Verein!«

»Es gibt keinen Verein, Stalo. Aber sehr bald wird es ihn geben. Und du bist herzlich eingeladen, zur Gründungsfeier zu kommen. Alle sind eingeladen. Ich freue mich, wenn ihr mitmacht.«

»Ich fasse es nicht!« Stalo drehte sich vor Wut einmal um sich selbst. »Wie kannst du so etwas tun?«

»Ich hätte es wissen müssen«, sagte Polybius, ins Atrium spähend. »Auch Helden sind käuflich.«

»Weil *du* käuflich bist, Polybius, denkst du, andere wären es auch. Aber vielleicht folge ich ja einfach meinem Gewissen.«

Polybius lachte auf. »Das glaubst du doch selbst nicht!«

Aber Josse glaubte es. Kaum dass die beiden abgezogen waren, notierte er: *Wahrheit, Wissenschaft, Ehrlichkeit: meine einzigen Fehler!*

Und darunter noch: *Wohnungsbauprogramm!*

In der Nacht machte er sich daran, eine Rede aus seinen Stichpunkten zu zimmern.

Am Abend vor der Gründungsfeier ging er mit der fertigen Rede zu Livia: euphorisiert, übernächtigt, glücklich. Schon während der Vorspeise las er ihr daraus vor. Sie war begeistert. Im Nu war auch seine Männlichkeit wieder erstarkt. Kaum, dass er geendet hatte, schickte Livia die Sklaven hinter den Vorhang, von wo aus sie schon wenige Augenblicke später unmissverständliche Geräusche vernahmen ...

»Nur, was du mit dem Wohnungsbau meinst, habe ich nicht verstanden«, sagte Livia, als sie sich das Essigläppchen bringen ließ.

»Wir müssen den Leuten Alternativen bieten«, erklärte Josse. »Im Nordosten gibt es noch immer zahlreiche Erdbebenruinen. Warum greifen wir nicht die Idee der Kommune auf und lassen jeden, der will, selber Wohnungen bauen. Das kostet nicht viel. Und am Ende kann man sie sogar noch vermieten.«

»Keine schlechte Idee«, erwiderte Livia. »Nur ist die Nordstadt ja eigentlich Iulias Domäne.«

Dann war es so weit. Über zweihundert Bürger waren gekommen, mehr als erwartet, und es waren nicht nur die Ärmsten. Man verlegte die Veranstaltung kurzerhand auf die Straße, damit der Garten nicht zertrampelt wurde. Als Josse an sein Pult trat (er hatte sich extra ein Pult besorgt, weil er sich zum ersten Mal Notizen für eine Rede gemacht hatte), entdeckte er einige bekannte Gesichter: Leute vom *Fenster des Meeres*, aber auch solche, die von dort wieder abgehauen waren. Er sah Mugo. Stalo und Polybius waren nicht dabei, auch den Fisch entdeckte er nicht, allerdings war Petros mit einigen seiner Pythagoreer gekommen. Zu Josses Entsetzen entdeckte er im Hintergrund auch das

Gesicht von Maras. Als das Grummeln und Trappeln verebbte und er sein Herz bummern hörte, kam ihm der Verdacht, all diese Menschen hätten sich gegen ihn verschworen. Würden sie ihn niederschreien? Womöglich randalieren? Er zögerte.

Das Grummeln der Menge nahm zu. Es gab kein Zurück mehr, er musste beginnen.

»Freunde! Mitbürger! Mitstreiter!«

Er schloss kurz die Augen, atmete durch. Und begann seine vierte Rede, die wir Wort für Wort wiedergeben:

»Wir haben uns hier versammelt, um etwas zu tun, was schon lange überfällig ist. Lange genug haben wir nachgedacht und gezögert, lange genug haben wir uns vor der Öffentlichkeit versteckt. Lange genug haben wir unsere Sorgen einander zugeflüstert, hinter vorgehaltener Hand. Lange genug haben wir von Gerüchten gelebt. Es ist Zeit, hervorzutreten und für unsere Sache einzustehen. Es ist Zeit, Licht und Klarheit in die Köpfe und Herzen zu bringen. Es ist Zeit, liebe Freunde! Wir müssen der Wahrheit ins Auge sehen! Wir müssen den Mut aufbringen zu radikalem Wandel!«

Verhaltener Beifall, wohlwollendes Raunen. Versäumnisse als Verdienst auszugeben – der Leser hat die rhetorische Figur erkannt. Und auch die folgenden Figuren wird man mühelos erkennen: die Authentizitätserpressung, die gezielte Simplifizierung, die rhetorische Frage – wir ersparen uns den Kommentar. Nur beim scheinbaren Beharren wird man bemerken, dass Josse gegen die Regel verstieß, sie aber – auf einer höheren Ebene – dennoch einhielt, ja sogar verfeinerte. Er wusste nicht, dass auch Protagoras irgendwo in der Menge stand und schmunzelte.

»Aber was heißt das?«, fragte Josse sein Publikum.

»Große Worte sind schnell gesagt, liebe Freunde. Leicht lassen sich Ansprüche formulieren, wenn man nicht für die Kosten aufkommen muss. Gut lässt sich etwas behaupten, was niemand prüfen kann. Schnell ist man sich über Schuldige einig. Wenn man aber hinaustritt ans Licht, wenn man bereit ist, für das, was man sagt, Verantwortung zu übernehmen, wenn man sich den Notwendigkeiten des Alltags stellen will, sollte man gründlich und mit Bedacht vorgehen, ich möchte sagen: wissenschaftlich. Und damit meine ich: ehrlich! Wissenschaft, wie ich es verstehe, bedeutet, dass man sich nicht von seinen Wünschen, aber auch nicht von seinen Ängsten leiten lässt. Sondern dass man sich auf das verlässt, was man weiß, und zugleich anerkennt, was man nicht weiß.«

Ratlosigkeit im Auditorium, Josse hatte damit gerechnet.

»Liebe Freunde, ihr kennt mich!« Er ließ diesen Satz einen Augenblick wirken. »Ich warne seit Langem vor den Gefahren, die von dem Vulkan ausgehen. Ich war bereit, mich für die Wahrheit prügeln zu lassen, und ich bin es immer noch. Ich bin nicht allwissend. Ich kann mich irren. Ich habe Fehler wie jeder Mensch. Mein größter Fehler ist, dass ich es niemals fertigbringen werde, euch zu belügen!«

Zustimmendes Gemurmel. Er hatte den ersten Nagel eingeschlagen – in die Köpfe der Zuhörer.

»Lasst uns unsere Zukunft nicht auf Vermutungen oder Halbwahrheiten gründen«, setzte er seine Rede fort. »Lasst uns die Lage vorurteilsfrei und ehrlich betrachten. Lasst uns in Ruhe abwägen, was gut und was wahr ist und was wir uns vormachen. Wir leben auf einem Vulkan! So heißt es. Wir wollen genauer sein: Wir leben in der Nähe eines

Vulkans. Oder noch genauer: Wir leben auf einem schlafenden Vulkan. Was aber ist ein schlafender Vulkan?«

Keine rhetorische Frage. Man könnte es Scheinfrage nennen, denn sie wurde im Folgenden nicht beantwortet. Aber obwohl sie nicht beantwortet wurde, glaubten hinterher alle, eine Antwort gehört zu haben. In Wirklichkeit sagte Josse nur:

»Wissenschaftler wie der große Plinius, mit dem ich selbst kürzlich in seinem Haus in Misenum sprechen durfte, haben unendlich viele Fakten aus aller Welt über den Vulkanismus gesammelt. Hier ist nicht der Ort, um die verschiedenen Theorien ausführlich zu behandeln. Über eines aber sollten wir uns im Klaren sein: Vulkanismus ist keine Ausnahmeerscheinung, kein seltenes Phänomen, auch wenn es uns so scheinen mag. Es hat schon immer Vulkanausbrüche gegeben. Vulkane haben diese Erde geprägt. Es gibt sogar Wissenschaftler, die behaupten, das Land, der Boden unter unseren Füßen, sei überhaupt durch Vulkane entstanden. Darüber wollen wir hier nicht urteilen. Die kampanische Landschaft aber, so viel steht fest, ist durch Vulkanismus entstanden. Wir leben, um es klar zu sagen, wirklich auf einem Vulkan.«

Und nach dieser Einleitung, die man wenig originell oder, bei genauerer Analyse, sogar wacklig finden mag, ging Josse zum Angriff über. Was er nun hervorbrachte, hatte er nur zum geringsten Teil bei Protagoras gelernt. Hier war seine Begabung am Werk: eine demagogische, eine schädliche, eine unheilbringende Begabung. Dennoch fällt es schwer, ihr nicht auch Bewunderung zu zollen. Ja, es sei zugegeben: Auch wir haben uns der Verführungskraft dieser Rede nicht ganz entziehen können. Auch wir haben an diesem Tag in der wogenden Menge vor dem ehemaligen *Schwan* gestanden und, wenn nicht mit offenem Mund, so mit offenem Herzen die unheimlichen Wendungen des Redners mitvollzogen. Und vielleicht ist es ja tatsächlich die Scham, die uns antreibt, diesen Bericht zu verfassen.

Denn nichts ist beschämender, als in die Falle gelaufen zu sein: für dumm verkauft zu werden. Nein: sich selbst für dumm verkauft zu haben! Und womöglich sind ja die Häme und Bösartigkeit, die hin und wieder aus unserem Bericht hervorscheinen, vielleicht sind unsere mitunter zugespitzten Erfindungen die heimliche Rache dafür. Aber was bleibt uns übrig? Schreiben ist und war schon immer die Rache der Machtlosen.

Aber was schwatzen wir. Hören wir lieber zu. Hören wir, wie Josse es fertigbrachte, die Wahrheit von den Füßen auf den Kopf zu stellen, wie er es schaffte, das Unterste nach oben zu lügen, wie er das X zum U machte und Verrat als Treue darstellte, während sein Publikum ihm mit angehaltenem Atem lauschte.

»Ja, liebe Freunde! Machen wir uns bewusst …« – er setzte zwischen jeden der folgenden Sätze eine Pause, wie um seinen grobkörnigen Behauptungen Zeit zu lassen, in die Gehirne der Hörer zu rieseln: »Schon unsere Väter haben auf dem Vulkan gelebt! Unsere Vorväter haben auf dem Vulkan gelebt! Die Steine, aus denen wir unsere Häuser bauen, verdanken wir dem Vulkan. Der Zement, mit dem wir diese Steine zusammenbringen, ist gemischt aus vulkanischer Asche. Wir verdanken ihm unsere hervorragenden Ernten. Auf seinen Böden gedeiht der Wein, der den Reichtum Kampaniens ausmacht. Wir leben auf ihm, wir leben von ihm! Wir verdanken ihm viel, wenn nicht alles. Und nun überlegt selbst: Was geben wir dafür?«

Erregtes Raunen.

»Ich will keinem ins Gewissen reden«, sagte Josse und gab sich väterlich. »Ich klage niemanden an. Ich mache keine Vorwürfe. Ich stelle bloß Fragen, die jeder für sich in der stillen Kammer beantworten sollte.«

Er ließ wieder eine kleine Pause, bevor er den letzten Nagel einschlug. »Wir beten zu vielen Göttern! Jeder von uns verneigt sich täglich vor seinen Hauslaren. Wir gehen vor jeder Entscheidung zum Wahrsager, um ihn nach der Gunst der Götter zu fragen. Wir spenden der Isis, wir opfern Stiere für Iupiter. Wir feiern Apollo. Wir verehren die Venus. Wir feiern etliche Feste im Jahr, auf denen wir verschiedenster Götter gedenken. Wir beten sogar unsere dahingegangenen Caesaren als Götter an, und falls jemand unter uns ist, der das nicht tut – ich will es gar nicht wissen …«

Gelächter.

»Wer an keinen Gott glaubt, an keine höhere Gewalt, wer niemals betet und niemals opfert, der trete hervor! Er sei hiermit der Pflicht enthoben. Die anderen aber, uns alle, frage ich, wieso wir dem Gott, dem wir Pompejaner vielleicht mehr als allen anderen unser Leben, unseren Reichtum verdanken – wieso wir diesem mächtigen Gott niemals opfern: dem Vulcanus! Haben wir jemals in Pompeji die Vulkanalien gefeiert? Seid ehrlich: Hat auch nur einer von euch je zu ihm gebetet? Ihm geopfert?«

Beifall, wogende Zustimmung: Alle fühlten sich ertappt. Nur einer nicht. Ein großes, rundes Gesicht mit schwarzen Bartstoppeln starrte Josse ungerührt an.

»Was tun wir stattdessen?«, fragte Josse. »Wie leben wir? Wir graben Schächte. Wir rauben die Erde aus. Wir treiben Brunnen hinein! Wir verletzen diesen heiligen Boden, wo es nur irgend geht. Und ihr wundert euch, dass Vulcanus grollt? Dass er die Erde erbeben lässt zur Warnung? Ich wundere mich nicht. Ich wundere mich über seine Güte und Gelassenheit.«

Beifall, Jubel.

In den Jubel hinein sprach er weiter: »Ich habe immer gesagt, und ich sage es heute wieder: Es ist möglich, dass der Monte Somma erneut ausbricht, nachdem er Tausende Jahre geschlafen hat. Niemand weiß genau, wann. Niemand weiß genau, wie. Ich wäre ein Lügner, wenn ich euch sagen würde, ich wüsste es. Ich weiß es nicht, aber ich sage euch jetzt, was ich glaube, auch wenn es euch nicht gefällt: Er wird es tun. Er wird es bald tun. Und mit großer Gewalt. Er wird es tun – wenn *wir* nichts tun!«

Für einen Augenblick wurde es wieder sehr still. Die Zuhörer wünschten, hofften, ersehnten Erlösung, und Josse wusste das.

»Was sollen wir also machen? Sollen wir, frage ich euch, schon mal anfangen, unsere Stadt abzureißen?«

Ablehnung.

»Sollen wir das Werk der Zerstörung vollbringen, bevor die Natur es vollbringt?«

Buhrufe.

»Lassen wir die Stätten unserer Väter und Vorväter im Stich? Fordern wir die Menschen auf, ihren Besitz und ihr Leben aufzugeben, um irgendwo ein neues zu beginnen? Und wo eigentlich? Wo ist Platz für zwanzigtausend Vertriebene?«

Tumultartige Szenen, eine Mischung aus Empörung und Jubel, bis allmählich der Jubel die Oberhand gewann.

»Liebe Freunde, ich werde niemanden überzeugen, in der Stadt zu bleiben. Wer gehen will, soll gehen. Nur hat er hier, in dieser Versammlung, nichts zu suchen. Wir gründen diesen Verein nicht irgendwo, sondern hier in der Stadt. Wir fliehen nicht, sondern wir bleiben. Wir werden mit dem Vulkan leben, nicht gegen ihn! Wir werden diese Erde achten. Wir werden dafür kämpfen, dass niemand aus schamloser Gier Schächte in das Gebirge gräbt. Wir stellen uns gegen das Bohren überflüssiger Brunnen! Wir setzen uns ein für eine funktionierende Wasserversorgung. Wir stehen für Aufbruch und Fortschritt. Wir unterstützen die Schaffung von Wohnraum – hier in Pompeji! Dafür werden wir arbeiten. Wir werden wachsam sein. Wir werden die Zeichen deuten. Und ja, wir werden beten. Wir werden in Pompeji die Vulkanalien feiern, den Tag des Vulcanus, den zu ehren wir uns verpflichten!«

Großer Jubel. Josse wartete ruhig ab.

»Betet zu euren Göttern, jeder zu den seinen! Opfert eure Hühner und Schafe für die Gesundheit eurer Kinder, euer Glück und euer Fortkommen. Aber vergesst nicht *ihn*, der in unserer Nähe wohnt. Dem wir so viel verdanken. Durch den wir leben – oder sterben.«

»Das ist doch Hokuspokus!«, rief jemand dazwischen.

»Du bist ausgenommen, Maras!«, rief Josse. »Du musst nicht beten!«

Kreischendes Gelächter.

»Niemand ist gezwungen, unserer Gemeinschaft beizutreten. Aber wer das tut, wer mit uns kämpfen und mit uns feiern will, der soll sich auch zu unseren Grundsätzen bekennen. Wir brauchen keine Schwarzseher und Miesmacher, keine Apokalyptiker, keine Christen, die sich von dem Wunsch nach Untergang nähren. Wir brauchen keine Ewiggestrigen, keine Rückwärtsgewandten, keine Radikalen und keine Illegalen. Wir sind ein Verein, der vereint!

Wir dulden keine Unterschiede! Wir stehen über Klassen und Schichten! Wir sind für den Aufbruch! Wir sind für den Wohlstand! Wir sind für das Leben!«

Der Jubel schwoll an.

»Leben mit dem Vulkan!«, schrie Josse.

Der Rest ging unter im Lärm: der letzte Satz, den Josse mit weisender Geste und entrücktem Lächeln in die Menge rief. Niemand hörte ihn, aber alle jubelten umso mehr. Denn wie sich später herausstellte, glaubte beinahe jeder, den Satz gehört zu haben, wenn auch jeder einen anderen. Einer war sich sicher, Josse habe gesagt: »Wir schaffen das!« Ein anderer meinte gehört zu haben: »Vorn ist das Licht!« Ein dritter: »Ich liebe euch alle!«

Wir aber haben den tauben Flaccus gefragt, der imstande ist, Worte von Lippen zu pflücken. »Was hat Josse als Letztes gesagt, Flaccus?«

Und Flaccus brummte: »Das Büffet ist eröffnet.«

FÜNFTER TEIL

Dreizehnte Rolle. Die Farbe des Lebens

Es gibt Dinge, die möchte man nicht aussprechen, auch wenn sie wahr sind.

Seit mehr als einhundertfünfzig Jahren schützt Roms militärische Macht Kampanien vor Überfällen fremder Völker. Selbst im Vierkaiserjahr hatte die Provinz nicht gelitten, nicht einmal zeitweise waren hier Truppen einquartiert. Die Stadtmauer verfiel oder wurde durch Häuser überbaut. Die samnitischstämmige Bevölkerung schimpfte über die Unterdrückung ihrer Kultur und Sprache, die sie in Wahrheit längst vergessen hatte. Ansonsten herrschte in der Region ein breiter, dumpfer Friede, der nur hin und wieder durch die Mann-gegen-Mann-Kämpfe in der Arena und die anschließenden Prügeleien der Fans aus Pompeji, Nuceria oder Neapel eine Abwechslung erfuhr.

Der Mensch braucht eine Idee, ein Ziel, eine Beschäftigung über den täglichen Broterwerb hinaus. Er möchte für etwas eintreten, für etwas kämpfen (was auch immer bedeutet: *gegen* etwas). Er möchte Gefahren erkennen. Er möchte recht haben. Er möchte wichtig sein. Er möchte sich besser fühlen als andere. Er möchte zu den Guten gehören. Und das alles bot der Vulkanverein nun ganz legal gegen einen kleinen Mitgliedsbeitrag, fast ohne Verzicht und Aufwand. Hinzu kamen gelegentliche Spenden, vornehmlich von Leuten, die etwas mit Bergwerken, Steinbrüchen oder Brunnenbohrungen zu tun hatten. Sie hofften, dadurch ihre Schuld abzugelten, und fühlten sich düpiert, wenn der Verein öffentlich gegen ihre Aktivitäten protestierte. So beschmutzte am Festtag der Großen Mutter Anfang April eine Horde von Vulkanisten die neueröffneten Alaungruben der Vettier-Brüder durch Exkremente. Alaunstein, sollte vielleicht gesagt werden, wurde von den Brüdern als Mittel gegen Schweißgeruch verkauft, wirkte aber auch lindernd nach der Rasur oder bei Insektenstichen sowie bei Entzündungen der Schleimhäute.

Keinen Tag später standen die beiden vor Josses Tür. Einer hieß Gaius, der andere Maius, der eine war dick, der andere dünn, der eine hatte volles Haar und eine blaurote Nase, der andere war fast kahlköpfig und blass. Trotzdem konnte sich Josse nicht merken, welcher Maius und welcher Gaius war.

»Auch wir sind gottesfürchtige Menschen«, versicherte Gaius (oder Maius).

Alles, was Josse von den Vettier-Brüdern gehört hatte, war abstoßend. Sie waren neureich, geschmacklos, roh. An ihrer Eingangstür prangte ein Gemälde des Priapos, das ihn dabei zeigte, wie er sein gewaltiges erigiertes Organ auf einer Balkenwaage gegen einen Sack Goldmünzen aufwog. Im Vorraum, so hieß es, verkauften die Brüder die Liebe einer mageren Sklavin – als würden sie mit ihrer Kosmetik nicht schon genug verdienen. Aber jetzt, da die beiden vor ihm saßen und ihn, trotz ihrer Verschiedenheit, aus gleichen Augenpaaren anschauten – ja, das war es, warum er sie ständig verwechselte: Ihre Augen waren vollkommen gleich, hatten die gleiche Farbe (braun), die gleiche Stellung (schafsähnlich) und denselben Ausdruck (leidend) –, jetzt, da sie vor ihm saßen, hatte er Verständnis für sie.

»Es ist doch absurd«, klagte Gaius (oder Maius), »wenn die Leute gegen unseren Alaun protestieren, aber gegen den Alaun aus Sizilien haben sie nichts!«

Josse musste ihnen recht geben. Man einigte sich darauf, dass sizilianischer Alaun noch schlimmer sei als der einheimische. Denn der Alaun der Vettier-Brüder, so wurde festgestellt, stamme aus schonender Produktion. Es gab keinen Grund, dagegen zu protestieren.

Ähnlich verfuhr Josse mit den Besitzern von Kupferminen, Kalkgruben, Bleibergwerken und mit Goldwäschern. Über Spenden wurde bei solchen Gelegenheiten nicht ausdrücklich gesprochen, aber bald war Josse in der Lage, seinen engsten Mitstreitern ein kleines Gehalt zukommen zu lassen. Mugo stellte er als Sekretär an, er wohnte vorläufig in einem der drei oberen Zimmer. Auch seine Mutter hatte Josse zum Einzug zu überreden versucht; im Seitenflügel gab es einen Schlafraum zu ebener Erde. Aber die alte Frau war misstrauisch durch die Räume gegangen, hatte alles betrachtet, die lackierten Möbel, den gefliesten Boden, die Bücher, den Salzstreuer, die Miniaturen an der Wand, und dann hatte sie ihn angeschaut, Sorgenfalten auf der Stirn, und gesagt:

»Dass du dich bloß nicht versündigst.«

Immerhin hatte sie eingewilligt, für Josse und Mugo zu kochen. Gern hätte Josse ihr ein kleines Gehalt gezahlt, schon damit sie endlich aufhörte, Weidenkörbe zu flechten und sich dadurch die Ekzeme zuzuziehen (die ihm vor anderen Leuten peinlich waren), aber Geld lehnte sie ab; auch rührte sie nicht die Nahrungsmittel an, die sie in Josses Auftrag einkaufte, sondern legte eine ostentative Bescheidenheit an den Tag, die ihn innerlich aufbrachte.

Der Fisch war am *Fenster des Meeres* geblieben. Allerdings hatte Josse viele andere überzeugen können, die Baustelle zu verlassen: Leute, denen es zu schleppend voranging, Ängstliche, die durch Stalos Radikalität verschreckt worden waren, aber auch Petros und die Pythagoreer, die sich auf der Baustelle schon lange nicht mehr wohl fühlten. Zwar bauten sie nichts, aber auch beim Schnippeln von Gemüse fielen ja versehentlich Dinge herunter. Und wie kochte man, ohne das Feuer mit dem Eisen zu schüren, wie es ihre Vorschriften verlangten? Nein, der Pythagoreismus war nicht für das praktische Leben gemacht. Auch fürchteten die Pythagoreer die sich anbahnende Konfrontation mit der Staatsmacht: Als eine Sekte, die jahrhundertelang erbittert verfolgt worden war, neigten sie trotz aller Abneigung gegen Rom zu Vorsicht, Versöhnung und Harmonie.

So kam es, dass der Verein von Anfang an eine recht starke pythagoreische Fraktion hatte, auf die Josse Rücksicht nehmen musste, denn man verstand sich als demokratisch. Dementsprechend versammelte sich eine Gruppe von Leuten (die eigentlich niemand dazu befugt hatte) jeden Nachmittag am großen Eichentisch und stritt lärmend über Grundsätze und Statuten. Ja, rein äußerlich ähnelte die Stimmung ein wenig der im Hühnerstall, nur dass Josse, kraft seiner Verdienste, dem Verlauf der jeweiligen Angelegenheit die letztgültige Richtung verlieh. Natürlich konnte man einen Volksverein nicht auf pythagoreischen Regeln gründen, das sahen schließlich sogar die Pythagoreer ein. Gleichwohl fanden die *Ehrfurcht vor der Natur* und das *Prinzip der Gewaltfreiheit* Eingang in die Präambel.

Auch bei der Frage, ob die Vereinsspitze in offener oder geheimer Wahl zu bestimmen sei, konnte sich Josse durchsetzen: Man entschied sich – offen, wie man nun einmal war – für die offene Wahl. Zum ersten Vorsitzenden wurde – siehe da! – Josse gewählt, Petros und Mugo wurden seine Stellvertreter. Dafür steckte Josse bei der Frage der Vereinsfarben zurück. Aus taktischen Gründen hatte er für Schwarz plädiert; Mugo wollte unbedingt Rot; festgeschrieben wurde schließlich die Farbe des Lebens, Grün, wie es die Pythagoreer favorisiert hatten.

Ach, die Gründerzeit! Wie schön, wie herzerwärmend! Oft saß man abends, nach getaner Arbeit, im Garten zusammen am Feuer, um bei einem Becher Wein den Tag ausklingen zu lassen. Petros hielt Reden über das kosmische Bewusstsein, dazu gab es Käsefladen. Man fand allmählich Geschmack an ungeharzten Getränken. Fliegenpilzsud wurde dagegen nicht mehr konsumiert (oder nur heimlich). Auch gesungen wurde nicht mehr, schon aus Rücksicht auf Nachbarn. Überflüssig zu sagen, dass keine nackten Brüste mehr bei ungezügelten Tänzen ums Feuer hüpften; nur die Schatten rings an den Wänden tanzten, so schien es Josse mitunter, nackt im flackernden Schein.

Soweit das Vereinsleben, wie es sich an gewöhnlichen Wochentagen gestaltete. Am Tag nach der Magistratssitzung nahm Josse sein Recht auf Privatsphäre wahr. Was das bedeutete, war dem Vorstand – wie sich die Versammlung am Eichentisch inzwischen nannte – längst klar, auch wenn Josse vorgab, mit Livia Numistria lediglich über ein Wohnungsbauprogramm zu verhandeln. Aber was ging den Vorstand das Privatleben ihres Vorsitzenden an? Zumal sich herausstellte, dass es tatsächlich ein Wohnungsbauprogramm gab: Livia hatte sich mit Iulia Felix über den Kauf der Erdbebenruinen im Nordosten verständigt und bei der Stadt Subventionen beantragt (auch ein gemeinnützliges Projekt musste sich schließlich rechnen). Schon am 11. Juni, dem Festtag der Mater Matuta – Göttin des Frühlichts, der Geburt und des Wachstums –, konnte Josse unter der Losung »Leben mit dem Vulkan« das *Wohnungsbauprogramm Nordost* der Öffentlichkeit vorstellen.

Inzwischen machte Livia den Aufrührern am *Fenster des Meeres* das Leben schwer, indem sie für große Summen sämtliche Lagerbestände an Bauholz in der Umgebung aufkaufte. Die Preise schnellten in die Höhe, aber vor allem: Holz wurde knapp. Auch die Konzession für den Abbau von Kalk war noch immer nicht erteilt. Überläufer berichteten, dass sich die Stimmung am *Fenster des Meeres* trübte. Stalo, so hieß es, halte täglich Hassreden. Er habe ein kompliziertes Prämiensystem eingeführt, das die Leute anspornen solle, und schließe jeden aus, der nicht bereit sei, sich seinem Regime bedingungslos unterzuordnen. Offenbar war er nun wirklich dabei, den platonischen Staat zu errichten, von dem er schon immer geschwärmt hatte. Er propagiere, so wurde es jedenfalls erzählt, ein schlichtes, spartanisches Leben, lasse die Leute im Gleichschritt zur Arbeit gehen und habe das Singen in der weichlichen Lydischen und der traurigen Ionischen Tonart verboten – eine Idee, die bekanntlich unmittelbar der platonischen Staatsutopie entstammt, weswegen Livia die Berichte für glaubwürdig hielt: Wer konnte sich so etwas ausdenken?

Es schien gut zu laufen für den neuen Vulkanverein. Im August sollten die ersten Vulkanalien stattfinden. Man plante ein großes Opferfest. Josse hoffte auf weiter steigende Mitgliederzahlen und auf eine wachsende Spendenbereitschaft. Doch da starb, ausgerechnet am Jahrestag der verlorenen Schlacht gegen Hannibal am Trasimenischen See, mit den ironischen Worten *Ich glaube, ich werde zum*

Gott Kaiser Vespasian, und es wurde eine sechswöchige Trauer angeordnet. Feste und Spiele, öffentliche Kundgebungen und sogar Vereinsversammlungen wurden untersagt. Die Sache stand still.

Und im Verborgenen begann ein fast schon vergessener Gegenspieler, sein Unwesen zu treiben.

Fabius Rufus beobachtete schon seit Langem mit Missgunst die Machenschaften von Josse und seiner Frau. Mit zusammengebissenen Zähnen und vor Wut sich kräuselnder Oberlippe hatte er die Gründungsurkunde des Vereins genehmigt und sich etwaiger Angriffe gegen Josse bisher enthalten. Eines Tages aber hatte er wegen einer Erkältung seiner Gespielin auf den wöchentlichen Massagetermin in Stabiae verzichten müssen und beschlossen, stattdessen die Forumsthermen zu besuchen. Beim Verlassen des Hauses war er im Eingang Josse begegnet.

Keine zwei Stunden hatte er es im Schwitzbad ausgehalten und war dann nach Hause zurückgekehrt. Er hatte sofort in die Wohnung seiner Frau vordringen wollen, war aber von den Haussklaven daran gehindert worden. Das sei zurzeit nicht möglich, ließen sie ihn wissen, sie hätten strengste Anweisung, niemanden vorzulassen. Selbst durch ein erhebliches Bestechungsgeld gelang es ihm nicht, einen der Sklaven zum Reden zu bewegen. Er musste sich bis zum nächsten gemeinsamen Abendessen gedulden. Erst dann konnte er seine Frau darauf ansprechen.

»Wenn du nicht möchtest, dass ich mich darum kümmere, was du am Tag nach der Magistratssitzung tust, solltest du dich besser nicht darum kümmern, was ich an diesem Tag tue.«

Obgleich er seine Frau für gefühlskalt hielt, kränkte es

ihn. Die Vorstellung, dass jemand sie erweckt haben könnte, war ihm unerträglich. Zumal ein dahergelaufener Habenichts! Man muss es wohl Eifersucht nennen, ein anderes Wort fällt uns nicht ein, auch wenn es sich ja nicht um das Gefühl eines Liebenden handelte.

Trotzdem zeigte Fabius alle typischen Symptome. Seine Frau erschien ihm plötzlich schmerzhaft begehrenswert, während er zugleich Hassanfälle durchmachte. Er selbst kam sich dagegen fett, alt und unförmig vor. Es schien ihm, als habe er sein Leben versäumt. Seine Haut war taub und fühllos, obwohl sein Leib im Innersten wehtat, als wäre dort etwas vom ewigen Atmen aufgerieben und entzündet. Er versuchte, sich mit Wein zu betäuben. Er führte lange, sich immerzu wiederholende Selbstgespräche. Er schmiedete, wenn er nachts zusammengekrümmt im Bett lag, phantastische Rachepläne, ließ Josse nachträglich auspeitschen oder in der Arena brennen. Doch er hatte keine Handhabe gegen ihn, denn Josse stand unter Livias Schutz. Wenn er etwas gegen ihn ausrichten wollte, konnte das nur an Livia vorbei und mit Hilfe höherer Mächte geschehen.

Die Gelegenheit dazu bot sich nach Vespasians Tod. Fabius beschloss, nach Rom zu reisen, in der Hoffnung, am Rande der kaiserlichen Bestattungsfeierlichkeiten mit Praetorius, dem Kommandanten des römischen Stützpunktes, reden zu können.

Es war eine grauenhafte Fahrt: Dreizehn Stunden bei Affenhitze, sein Hintern brannte vom Sitzen, er schwitzte, er atmete Staub. In Rom übernachtete er in einem lumpigen Hotel, weil die besseren Häuser ausgebucht waren. Schon am ersten Abend versuchte er, sich mit Praetorius zu treffen, aber der Kommandant hatte Wichtigeres zu tun, das heißt: Er hatte wichtigere Leute zu treffen als Fabius und vertröstete ihn auf den nächsten Abend. Fabius fühlte sich gedemütigt. In der großen Stadt war er, das Oberhaupt einer Provinzstadt, ein Niemand.

Das Essen im Hotel war schlecht, die Beleuchtung geeignet, selbstmörderische Stimmungen heraufzubeschwören, und die junge Kellnerin gab sich beleidigend unverbindlich. Und dann machte er noch den Fehler, nach dem Essen spazieren zu gehen, um an diesem Tag wenigstens auf ein Mindestmaß an körperlicher Betätigung zu kommen. Nach zwanzig Minuten war er an der Gräberstraße und plötzlich am Stadttor, wo, wie er wusste, Roms Straßennutten verkehrten. Aber falls er gehofft hatte, hier sein gedemütigtes Selbst wieder aufpäppeln zu können, wurde er schnell enttäuscht. Allein die Art, wie die Frauen ihn ansprachen, erniedrigte ihn zu einem armen Hund, der es nötig hatte, sich sein Vergnügen auf diese Weise zu verschaffen. Er schüttelte drei oder vier Prostituierte ab und befand sich schon auf dem Rückweg, als ihn ein Schlag auf den Hinterkopf traf, jemand sprang ihm von hinten in die Knie. Dann sah er, schon am Boden liegend, ein Messer vor sich und glaubte, sein Leben wäre zu Ende. Doch der Angreifer schnitt ihm nur die Geldbörse ab, die er am Hals trug, und verschwand in der Dunkelheit.

Am nächsten Morgen hatte sich seine Halswirbelsäule versteift, sein Kopf war ganz schief, er konnte ihn nicht mehr nach links drehen. Die gute Nachricht: Er hatte nur einen geringen Teil seines Geldes bei sich getragen. Beim Frühstück trank er zu viel, weil er meinte, es würde gegen die Kopfschmerzen helfen, und dann schleppte er sich mit umso schlimmeren Kopfschmerzen zur Begräbnisprozession, wo er erkennen musste, dass er sich nicht einfach in den Block von Praetorius einreihen konnte. Es hatte hier alles seine Ordnung, das hätte er sich denken können. Er marschierte nun hinter den Musikern, mit schiefem Kopf, immer mit dem linken Ohr der Musik zugewandt. Eine ganze Batterie von Cornua schmetterte die Klage über den Tod des Kaisers hinaus in die Welt, sodass es wahrscheinlich noch in Mauretanien zu hören war. Die Pauken wummerten, die Trommeln krachten.

Als sie auf dem Forum ankamen, war er halb taub auf dem linken Ohr und musste pinkeln. Aber die Rede des Titus zog sich hin. Dem Kaisersohn versagte die Stimme – was war los mit dem Mann, dem Helden Jerusalems? Mehrmals machte er sekundenlange Pausen. Fabius trat eine Weile von einem Fuß auf den anderen, bis ihm nichts anderes übrig blieb, als sich einen Ort zum Pinkeln zu suchen. Überflüssigerweise entschuldigte er sich für sein Verschwinden bei seinem Nachbarn zur Rechten und ging los, bahnte sich einen Weg durch die Massen. Das brauchte seine Zeit, er glaubte schon, dass er sich einnässen würde.

Dann lief er durch die Straßen von Rom, wo sollte man hier pinkeln? Schließlich hielt er es nicht mehr aus und schlug sein Wasser in einer stillen Gasse an einer Hauswand ab, obwohl ihm, wie er alsbald merkte, eine alte, zerfurchte Frau zusah, die auf einem Stuhl vor dem Haus saß. »Warum pisst du nicht in den Rinnstein wie alle«, schimpfte sie. Es dauerte, bis er seine überdehnte Blase entleert hatte.

Auf dem Rückweg strömten ihm schon die Ersten entgegen, die Ordnung löste sich auf, und als er endlich wieder auf dem Forum ankam, war kein Praetorius mehr zu finden. Er suchte ihn bei dem Verwandten, wo er abgestiegen war, aber er war nicht im Haus, so behaupteten es jedenfalls die Haussklaven, und Fabius hinterließ die Nachricht, dass sein Wagen kaputt sei und er darum bitte, bis Cales mitgenommen zu werden. Auf diese Weise, so hoffte er, käme er vielleicht doch noch dazu, einige Stunden mit Praetorius zu verbringen. Allerdings reiste der Kommandant, wie sich herausstellte, erst am übernächsten Tag, weil er noch ein paar wichtige Dinge in Rom zu erledigen hatte. Was zur Folge hatte, dass Fabius zwei weitere Nächte in dem Selbstmörderhotel verbrachte.

Er schlief miserabel, formulierte im Geist immer wieder sein Anliegen. Am Tag der Abreise musste er entsetzlich früh aufstehen, weil Praetorius bei Sonnenaufgang losfuhr. Und während er im Wagen noch im Halbschlaf dahindämmerte, zeigte sich der Kommandant putzmunter und berichtete laut und ausschweifend von seiner Audienz bei Titus, den er, wie er betonte, ja schon aus Jerusalem kannte.

Wie herzlich er ihn begrüßt habe! Und sogar Berenike habe sich die Ehre gegeben. Er habe sie zum ersten Mal aus der Nähe gesehen. Dass sie elf Jahre älter sei als Titus, falle kaum auf. Auch dass sie Jüdin sei, merke man eigentlich nicht. Und schließlich sei das Titus' Privatsache. Obgleich es auch wieder nicht seine Privatsache sei. Wahrscheinlich hätte er sie längst heiraten sollen, meinte Praetorius, dann wäre das Gerede schon zu Ende. Oder er hätte sich von ihr trennen müssen, das römische Volk möge sie nun einmal nicht, kein Wunder nach den Ereignissen in Jerusalem, er könne das gut verstehen. Auch im Senat habe sie viele Feinde. Obwohl man ihr ja nun wirklich nicht vorwerfen könne, den jüdischen Aufstand unterstützt zu haben, im Gegenteil. Im Übrigen solle sie unfassbar reich sein. Angeblich, raunte er im gedämpften Tonfall des Eingeweihten, sei es zum Teil ihr Geld gewesen, das Vespasian auf den Thron gebracht habe.

Da Fabius zwei Tage nach dem Überfall (über den zu sprechen er tunlichst vermied) noch immer einen schiefen Hals hatte, blieb sein Kopf die ganze Zeit Praetorius zugewandt, wodurch dieser sich offenbar zu weiteren Vorträgen ermuntert fühlte. Nachdem er Berenike, ihr Alter, ihren Reichtum und ihr Ansehen bei Volk und Senat abgehandelt hatte, kam er auf eine Frage zu sprechen, die Fabius für längst beantwortet hielt, nämlich die Frage der Nachfolge.

Man müsse das realistisch sehen, rief Praetorius. Man lebe in einer Demokratie, selbstverständlich, Fabius solle ihn bitte nicht missverstehen! Die Berufung des Kaisers erfolge durch den Senat, was denn sonst. »Aber was nützt eine Berufung, die dem Militär nicht passt?« Das Militär stehe nun einmal hundertprozentig hinter Titus. Und bei alledem müsse man zugeben, dass niemand so gute Voraussetzungen habe, das hohe Amt auszufüllen, wie er.

Und dann erläuterte er in aller Ausführlichkeit, warum Titus es verdiene, zum Kaiser berufen zu werden, beschwor seine großartigen Charaktereigenschaften, als da wären: Großmut, Entschlossenheit, Klugheit, Bescheidenheit, Loyalität, Umsicht, Milde, Gelassenheit und ein ausgesprochener Sinn für Verwaltungsfragen, und erinnerte an seine sieben Konsuljahre (nur Augustus sei öfter zum Konsul gewählt worden). Schließlich kam er auf seine Verdienste als Feldherr im Judäischen Krieg zu sprechen – während Fabius schon wieder mit der Hitze und der Müdigkeit und dem harten Sitz kämpfte. Sein Hals schmerzte, sein Hintern schmerzte, sein Kopf schmerzte, sein Inneres brannte, er hatte Durst, der Hunger begann ihn zu plagen, und er fragte sich ernsthaft, ob diese Leute, die beim Militär gedient hatten, womöglich aus anderem Stoff bestanden als er.

Dann, plötzlich, schwieg Praetorius – er war eingeschlafen. Auch Fabius versuchte, ein Nickerchen zu machen, indes ihn eine neue Befürchtung überfiel. Sie näherten sich bereits Cales, und er hatte sein Anliegen noch immer nicht vorgebracht. Mehrfach räusperte er sich laut, hüstelte, versuchte, den Schlafenden mit bohrenden Blicken zu wecken. Aber Praetorius schlief den bleiernen Schlaf des Soldaten und wachte erst auf, als der Wagen vor seinem Haus hielt.

Sie stiegen aus. Praetorius gab die Anweisung, Fabius für den Rest des Weges einen leichteren Reisewagen mit frischen Pferden bereitzustellen, bot ihm, während schon aufgezäumt wurde, kühles Brunnenwasser an und fragte ihn – jetzt, da sie dem Schatten des toten Kaisers entronnen waren – beim Abschied noch beiläufig nach dem Befinden. Und Fabius, in der Hoffnung, Praetorius doch noch in ein Gespräch verwickeln zu können, antwortete:

»Ja, im Großen und Ganzen geht es gut. Aber wir haben natürlich auch unsere Probleme.«

Worauf Praetorius ihm freundschaftlich auf die Schulter schlug und behauptete: »Wer keine Probleme hat, ist tot.«

»Da hast du auch wieder recht«, erwiderte Fabius.

Praetorius hob die Hand zum Gruß, das Gespräch war beendet.

Drei Tage lang lag Fabius mit stechenden Kopfschmerzen im Bett. Dann wurde es besser, aber er schützte ein Fortdauern der Krankheit vor. Es schien ihm unmöglich, vor die Menschen zu treten, obwohl niemand vom schmählichen Scheitern seines Vorhabens wusste. Er war der einzige Zeuge seines Versagens.

Und dieser Zeuge erwies sich als recht unzuverlässig. Schon nach einer Woche schien ihm alles nur noch halb so schlimm. Im Grunde genommen, dachte Fabius, hatte er nichts gesagt oder getan, was ehrenrührig oder gefährlich war. Zudem hatte er seine Beziehung zu Praetorius gefestigt, auch wenn er kaum ein Wort gesprochen hatte. Die Leute hörten sich sowieso am liebsten selbst reden. Und am Ende war es vielleicht sogar gut, dass er nicht dazu gekommen war, sein Anliegen vorzutragen. Hätte Praetorius es nicht verdächtig finden müssen, dass er sich über einen Verein beschwerte, den er selbst zugelassen hatte? Und was, wenn Livia von seiner Beschwerde erfuhr?

Nein, er musste ahnungslos erscheinen. Irgendwer anders musste Praetorius über die Machenschaften des Vereins informieren: ein besorgter Bürger der Stadt, ein Vereinsmitglied, ein Anonymus! Fabius begann, auf dem Krankenlager ein Schreiben zusammenzuphantasieren, Wörter und Satzgebilde kreisten über ihm, Stichworte, die geeignet waren, einen römischen Kommandanten aufhorchen zu lassen: *philosophische Aktivitäten, apokalyptische Tendenz, Nähe zum Christentum* ... Praetorius würde sich daraufhin vermutlich mit einer vertraulichen Anfrage an ihn wenden, und dann würde er, Fabius, eine Untersuchung veranlassen und verschiedene Beweise über die Tätigkeit des Vereins sammeln (oder notfalls herstellen), und Praetorius würde sich veranlasst sehen, die Angelegenheit an einen kaiserlichen Legaten zu übergeben, der den Verein verbot – so stellte er es sich vor.

Er handelte mit größter Vorsicht. Der Einzige, den er einweihte, war sein Neffe Iustus, den er damit beauftragte, belastendes Material gegen den Verein zu sammeln (oder notfalls herzustellen). Er selbst entwarf ein *anonymes* Schreiben, das er Iustus abschreiben ließ, bevor es durch einen Boten einem weiteren Boten übergeben wurde, der es schließlich Praetorius übergab. Alles äußerst konspirativ, nur eins hatte Fabius vergessen: dass die Wände Ohren hatten. Wo es Haussklaven gab, da hörte Epiphanes mit.

In ihrer ersten Wut wäre Livia beinahe schnurstracks zu Fabius hinabgestiegen und hätte ihn auf die Straße gesetzt. Aber dann ließ sie einen Tag vergehen, fasste sich und bestellte ihn unmittelbar nach der Magistratssitzung zu sich.

Fabius kam noch in seiner Magistratstoga und mit Stadtoberhauptgesicht, sichtlich missgestimmt, aber ohne Anzeichen eines schlechten Gewissens. Seine Stimme, vom vielen Reden angekratzt, klang gereizt:

»Was verschafft mir die außergewöhnliche Ehre?«

Livia bot ihm nicht einmal ein Glas Wein an. »Ich höre, du hast an Praetorius geschrieben?«

Fabius wurde bleich. Für einen Moment sah er aus wie eine aufgeblasene Schweinsblase, aus der die Luft entwich. Trotzdem versuchte er, den Schein zu wahren. Livia ließ ihn einen Augenblick zappeln, hörte sich sein Gestotter an.

»Entschuldige, Livia ... Aber ich schreibe als Stadtoberhaupt an viele Leute ... Ich kann mich nicht erinnern.«

»Na, dann denk mal nach. Vielleicht war es ein Liebesbrief? Eine Geburtstagseinladung? Nein? Oder wolltest du uns vielleicht Rom auf den Hals hetzen?«

»Ich bin, offen gestanden, nicht bereit, auf dieser Ebene der, sagen wir mal, Gerüchte –«

»Du bist nicht bereit? Auf dieser Ebene? Wunderbar. Auf der Ebene der dreckigen Verleumdung, oder was meinst du? Auf der Ebene der Hinterhältigkeit? Vielleicht bin ich auch nicht bereit … Auf dieser Ebene!«

»Aber Livia, ich schwöre dir –«

»Das ist das Letzte: Rom anzurufen! Niemals, Fabius! Niemals!«

Sie hielt inne. Es war sinnlos, an den Anstand einer Schweinsblase zu appellieren. Wozu? Geplatzt, gestorben. Sie würde sich seiner entledigen müssen. Allerdings noch nicht gleich.

»Du schwörst es mir also? In Ordnung. Du weißt von nichts. Du hast nichts geschrieben. Einverstanden.«

Fabius, verblüfft über diese Wendung, wollte etwas sagen, aber Livia hob abwehrend die Hand.

»Nein, bitte halt jetzt einfach den Mund, und hör mir zu. Hör zu! Praetorius hat ein anonymes Schreiben bekommen. Was wird er tun? Er wird dich fragen, ob an diesen Unterstellungen irgendwas dran ist. Entweder er bestellt dich zu sich, oder – was ich eher vermute – er wird dir schreiben. In jedem Fall: Sobald du von Praetorius hörst, kommst du her, und wir treffen alle weiteren Entscheidungen gemeinsam. Sag jetzt nichts. Überleg dir ganz in Ruhe, ob du kooperierst oder den Rest deiner Tage Gemüse züchten willst auf deinem Gut. Du wirst nicht erwarten, dass ich jemanden, der gegen mich arbeitet, auch nur einen Tag weiter hier dulde. Ich werde mich scheiden lassen. Ich werde dich auf die Straße setzen ohne einen einzigen Sesterz. Ich werde dem Magistrat mitteilen, dass du keinen Wohnsitz in der Colonia hast und keinerlei Vermögen. Und dein verwanztes Gut kaufe ich innerhalb eines Jahres auf und schicke dich mit einem Bettelsack in die Abruzzen.«

Eine Woche lang ging er Livia aus dem Weg. Überlegte, ob er es sich leisten konnte, länger beleidigt zu sein. Er spielte seine Möglichkeiten durch. Er besprach mit Iustus die Modalitäten und Auswirkungen einer Scheidung. Und kam zu dem Schluss, dass es günstiger war zu kooperieren, auch wenn ihm gewiss nicht der Bettelsack und die Abruzzen drohten.

Als der erwartete Brief von Praetorius einging, erschien er damit bei Livia und ließ sich von ihr eine Antwort diktieren, die besagte, dass das Schreiben des Anonymus eine bösartige Verleumdung sei und dass man ihn, Praetorius, einlade, am demnächst stattfindenden Fest des Vulcanus teilzunehmen, damit er sich mit eigenen Augen und Ohren von der Tadellosigkeit des Vereins und der Loyalität seiner Mitglieder ein Bild machen könne. Bevor sie das Schreiben absandten, setzte Livia noch von eigener Hand hinzu, dass sie sich freuen würde, Praetorius in ihrem Hause beherbergen und ihn mit den bescheidenen Mitteln, die eine Provinzstadt biete, kulinarisch verwöhnen zu dürfen.

Vierzehnte Rolle. Der Priester des Vulcanus

Nun stand es fest: Am 23. August würden in der Colonia Cornelia die ersten Vulkanalien stattfinden, noch dazu mit prominentem Besuch.

Die Zeit für die Vorbereitung war bereits knapp. Einen Tempel würde man später errichten. Diese ersten pompejanischen Vulkanalien sollten auf dem Forum abgehalten werden, und es würden nicht, wie bei Vulkanalien üblich, Fische und Kleintiere geopfert, sondern man dachte an einen kapitalen Stier, dessen Fleisch, sofern es nicht im Brandopfer aufging, beim anschließenden Volksfest verspeist werden sollte. Eine große Opferschale würde man sich bei den Venuspriesterinnen ausleihen. Ein Stier ließe sich auf dem Markt in Nuceria erstehen. Nun brauchte man nur noch einen Priester.

Josse hatte an Lucretius gedacht – wir erinnern uns: der Wahrsager der Stadt, Hüter der heiligen Hühner und Deuter des Vogelflugs –, aber Livia war dagegen: »Diesen Halunken?« Und so begann die Suche nach einem Priester, über den selbstverständlich im Verein demokratisch abgestimmt werden würde – nachdem er feststand.

Aber wer könnte Priester des Vulcanus werden? Es genügte ja nicht, dass er das Ritual vollzog und imstande war, aus der Leber des Opfertieres Vorhersagen über das Wohlwollen des Gottes und die Zukunft der Stadt herauszulesen. Nein, seine Vorhersagen mussten auch zuverlässig sein, also günstig, und zwar, um es geradeheraus zu sagen, unabhängig von der Beschaffenheit der Leber.

Man ging verschiedene Kandidaten durch. Der eine hatte noch niemals eine Schlachtung durchgeführt, der andere stand im Verdacht, ehrlich zu sein, der dritte war zu sehr einer anderen Gottheit verbunden. Tagelang saßen sie zusammen – Livia, Josse und Epiphanes –, ohne zu einem Ergebnis zu kommen. Aber die Vulkanalien waren versprochen, es musste ein Priester her.

Nachdem man alle Kandidaten verworfen hatte, fing man wieder von vorn an: Lucretius? Immerhin schlachtete er hin und wieder ein Opferschaf. Auch diente er keinem bestimmten Gott. Doch Livia sträubte sich, schon weil Fabius regelmäßig zu Lucretius ging. Sie selbst ging niemals zu ihm. Sie hielt ihn für einen traurigen Säufer und einen elenden Scharlatan, der seine Hühner manipulierte.

Epiphanes gab zu bedenken, dass man ja gerade so jemanden suche. Außerdem unterschätze sie seine Reputation im Volk. Er genieße höchstes Ansehen, jeder gehe zu ihm, jeder glaube an die heiligen Hühner. Sogar der Magistrat habe ihn beim Bau der zweiten Sarno-Brücke zur Entscheidungsfindung befragt. Und was sein Äußeres betreffe, so pflege er vermutlich bewusst ein leicht verwittertes Erscheinungsbild. Wer habe je einen Propheten in maßgeschneiderten Kleidern und mit wohlfrisierten Haaren gesehen?

Lucretius wurde also zum Tee eingeladen. Er kam mit seinem Stock und im Kapuzengewand, schien blind für den Luxus der Zimmer und so unempfindlich gegen weiblichen Zauber, dass es Livia beinahe beleidigte. Schweigend, ohne eine einzige Zwischenfrage zu stellen, hörte er sich an, was Josse über den Vulkan zu sagen hatte, während er mit überweltlichem Gleichmut das Gebäck rings auf dem Boden verkrümelte. So unsympathisch er war, musste Livia sich doch eingestehen, dass diesem Mann mit der hohen Stirn und der stoischen Haltung etwas Prophetisches anhaftete, und sie beschloss, ihm ein Angebot zu machen. Denn als kluge Geschäftsfrau ging sie davon aus, dass jemand, der die heiligen Hühner manipulierte, käuflich war.

Allerdings war Lucretius ganz und gar nicht der Meinung, dass er irgendwas manipulierte. Zwar wurden die Hühner nicht von Göttern gelenkt, das war niemandem so klar wie ihm selbst. Hühner fraßen, wenn sie Hunger hatten, nicht mehr und nicht weniger. Und deswegen war das Erste, was ihn der alte Chius gelehrt hatte: dass man immer zwei Gehege hielt, eins mit satten, eins mit hungrigen Hühnern, um jeweils eine passende Antwort zu haben. Denn natürlich wohnte die Weisheit nicht bei den Hühnern! Die Hühner waren – ein Sinnbild. Eine Darbietung für das Volk. Nicht die Hühner, sondern *er* sagte wahr. Das war das Zweite, was er beim alten Chius gelernt hatte. *Er* war der Seher. Er war das Medium. Er hatte die heilige Intuition.

Wenn man kleinlich wäre, könnte man Lucretius vorhalten, dass seine Intuition zumeist, seltsamerweise, mit den mehr oder weniger geheimen Wünschen seiner Klienten zusammenfiel. Aber vielleicht machte ja gerade das die Kraft seiner Prophezeiungen aus. Tatsächlich war es so: Riet er den Leuten von dem ab, was sie sich eigentlich wünschten (von einem gewissen Geschäft, einem möglichen Schwiegersohn, einer Fastenkur), wurden sie unzufrieden, kamen irgendwann mit denselben Fragen wieder oder suchten einen Wahrsager im Nachbarort auf. Riet er ihnen hingegen zu, fühlten sie sich beflügelt, packten die Dinge an und führten sie zum Erfolg, wodurch sich seine Prophezeiungen sozusagen von selbst erfüllten. Und sogar dann, wenn sie sich doch einmal als falsch erwiesen, zweifelten die Menschen niemals an ihm. Eher vermuteten sie Missverständnisse, suchten den Fehler bei sich selbst oder fanden irgendeinen Weg, die falschen Vorhersagen am Ende doch positiv auszulegen; der Schwerkranke, dem er Heilung prophezeit hatte, war Lucretius noch dankbar dafür, dass ihm Tage und Wochen der Zuversicht geschenkt worden waren – wenn er nicht überhaupt kraft seiner Zuversicht überraschend gesundete.

Mit anderen Worten: Er half den Menschen beim Leben, er half ihnen beim Sterben. Er half ihnen dabei, ihre bescheidenen Wünsche und Träume zu erfüllen. Er war ein Heilsbringer, ein Heiliger fast. Und dann kam diese langnasige Millionärin daher und beschmutzte ihn und sein Werk mit dem Verdacht der Käuflichkeit!

Lucretius nahm seinen Stock und ging, ohne den angebissenen Keks aufgegessen zu haben.

Aber die Vulkanalien waren anberaumt. Schon war die Trauerfrist für Vespasian zu Ende. Der August hielt Einzug, der Monat des Friedens, der allerdings gleich mit drei Schlachten-Gedenktagen begann – aber wie jeder weiß, sind unsere Schlachten ja stets für den Frieden geschlagen worden. Dem Volk war es egal. Die Leute genossen die freien Tage. Allenfalls opferte man ein paar wurmstichige Möhren oder von Schnecken angefressene Mangoldblätter im Tempel des Genius Augusti, und abends, wenn die vom Meer kommende Brise Stirn und Nacken kühlte und nur noch die Steine und Mauern ihre tagsüber aufgesammelte Hitze abstrahlten, begab man sich aufs Forum, um auf den

Stufen zu sitzen und bei einem Becher Wein ein wenig zu schwatzen – während unsere drei Rädelsführer hinter verschlossenen Türen und in zunehmender Verzweiflung die Priesterfrage berieten.

Es waren noch vierzehn Tage bis zum 23. August. Wieder ging man die Kandidaten durch. Wieder landete man bei Lucretius. Man entschloss sich, es noch einmal zu versuchen. Man dürfe dem Mann nicht das Gefühl geben, bestochen werden zu sollen, mahnte Epiphanes. Aber wie besticht man jemanden, ohne ihm das Gefühl zu geben, bestochen zu werden? Also wurde Epiphanes – wer sonst? – zu Lucretius geschickt, um die Sache richtigzustellen.

Er sagte: Livia habe nicht von einer Zuwendung an ihn persönlich gesprochen, sondern von einer Unterstützung für den Bau eines Tempels des Vulcanus, der in der Stadt bislang fehle. Wenn überhaupt, habe sie daran gedacht, sein Wohnhaus (das etwas heruntergekommen war, aber das sagte er nicht) den repräsentativen Anforderungen anzupassen, die ihn als Priester des Vulcanus künftig erwarten mochten. Falls er mit so einer Maßnahme einverstanden sei.

Lucretius versprach, sich die Sache zu überlegen.

Wieder wurde er zum Tee eingeladen, wieder verkrümelte er großflächig Gebäck, während er erstaunlich geschickt über seinen künftigen Tempel verhandelte. Jeder weiß, dass ein Tempel seinem Priester ein Einkommen beschert, dessen Höhe aber von verschiedenen Faktoren abhängt, etwa von der Beliebtheit des Gottes, der Ausstattung des Tempels, aber auch von seiner Lage. Der Tempel des Feuergotts steht üblicherweise außerhalb der Stadtmauern, und nun wurde verhandelt, an welchem der Stadttore der Tempel des Vulcanus stehen solle. Man einigte sich nach zähem Ringen auf das Tor nach Herculaneum, das nicht zu weit vom Zentrum entfernt und an einer frequentierten Straße gelegen war. Aber als Livia andeutete, dass man im Gegenzug ein günstiges Ergebnis der Eingeweideschau erwarte, ließ Lucretius sein angebissenes Gebäck liegen und ging.

Das geschah am 13. August, dem Tag der Vertumnalia, dem Fest des etruskischen, manche behaupteten: samnitischen Gottes Vertumnus, dem vorwiegend Trankopfer dargebracht werden (die man zum geringeren Teil in die Erde, zum größeren in Leiber schüttet).

Am 14. August berieten die drei erneut.

Am 15. August wurde Epiphanes – wer sonst? – abermals zu Lucretius geschickt.

Am 16. August kam Lucretius wieder zum Tee und ließ sich, während er Gebäck verkrümelte, von Livia versichern, dass er selbstverständlich vollkommen frei, ja geradezu verpflichtet sei, die Zeichen nach bestem Wissen zu deuten, ohne auf etwaige Wünsche oder Hoffnungen Rücksicht zu nehmen. Was blieb anderes übrig, als ihm zu vertrauen? Oder darauf zu bauen, dass die Leber des Opfertiers tatsächlich makellos war?

Es folgte am 17. August der Tag des Portunus, des Gottes der Häfen. In Pompeji hatte er zwar keinen eigenen Tempel, aber einen Schrein, in dem ein Schlüssel aufbewahrt wurde, von dem niemand wusste, wozu er passte.

Am 18. August wurde ein Stier erworben und nach Pompeji gebracht: rußschwarz, wie es sich für Vulcanus gehörte (die wenigen weißen Flecken wollte man vor der Opferung schwärzen).

Am selben Tag stimmte man im Vulkanverein über die Weihung von Lucretius ab (einstimmig).

Am 19. August fand das große Weinfest des Iupiter statt, bei dem der Vulkanverein unter der Losung *Leben mit dem Vulkan* kostenlos Wein ausschenkte. Josse nutzte die Gelegenheit, um auf die Treppen des Kapitols zu steigen und aus halber Höhe dem versammelten Volk zu verkünden, dass in vier Tagen die Vulkanalien stattfinden würden. Es werde ein schwarzer dodonischer Stier zum Opferaltar geführt, dessen Innereien der geweihte Priester des Vulcanus öffentlich über die Zukunft der Stadt und den göttlichen Willen befragen werde. Das Opferfleisch werde beim anschließenden Volksfest verteilt.

Am 20. August wurde die große Opferschale von sieben Männern aufs Forum getragen. Und kaum dass die Schale stand, erschien Lucretius bei Livia und erklärte, dass er nicht daran denke, einen Stier zu schlachten. Schafe, Ziegen, allenfalls einen Ochsen, aber doch keinen Stier! Eine verständliche Zurückhaltung, wie jeder zugeben wird, der einen Stier schon mal aus der Nähe gesehen hat und sich des Augenblicks erinnert, da das Opfertier von seinen Fesseln entbunden wird.

Aber die Vulkanalien waren versprochen! Der Stier war angekündigt! Die Opferschale aufgestellt! Weder konnte man sie stillschweigend wieder wegräumen, noch konnte man ein jämmerliches Schaf davor abmurksen, dessen Hals kaum bis zum Rand der Schale reichte. Es musste ein Stier sein.

Drei schreckliche Tage lang wurde diskutiert und geschachert, und endlich, am Vorabend des Festes, erklärte sich Lucretius, nachdem ihm noch der Einbau eines Bades und die Teilnahme am anschließenden Essen mit dem römischen Kommandanten versprochen worden waren, dazu bereit, den Stier zu schlachten – unter der Bedingung, dass das Tier zur Milderung seines Temperaments reichlich mit Gerstensud getränkt werde.

Nun wusste niemand genau, wie viel ein Stier verträgt. Es wäre eine Katastrophe, wenn er vor Trunkenheit einknicken oder gar umfallen würde, bevor das Schwert des Priesters ihn fällte. Eine Weile wurde um Maße und Mengen gefeilscht. Schließlich einigte man sich auf zwei Eimer Gerstensud; außerdem sollte sich im Hintergrund ein erfahrener Tierkämpfer bereithalten, für den Notfall.

Dann wurde der neue Priester des Vulcanus im Tempel der kapitolinischen Trias geweiht.

Endlich, am 23. August, zogen ein halbgewalkter Priester, ein besoffener Stier und dreiundzwanzig Jungfrauen vom Osttor die große Magistrale entlang Richtung Forum. Die dreiundzwanzig Jungfrauen waren Livias Idee gewesen, man hatte Mühe gehabt, sie zu finden.

Das Volk folgte.

Lucretius schritt voran.

Sein Haupt war noch verhüllt, sodass man nicht sehen konnte, dass er sich die Haare hatte stutzen lassen. Er schritt würdevoll aus. Seinen Stock hatte er gegen einen langen Stab eingetauscht, ähnlich dem Krummstab eines Auguren. Sein Priestergewand war weiß und schlicht; schwer zu glauben, dass er es dreimal hatte ändern lassen – auf Livias Kosten.

Links und rechts von ihm, knapp dahinter, gingen die beiden Opferdiener. Sie waren als Einzige *echt*, trugen ein echtes Opfermesser und einen echten Betäubungshammer hinter Lucretius her. Sie überragten ihn beide um einen Kopf. Aber merkwürdigerweise wirkte Lucretius neben ihnen nicht klein, im Gegenteil: Die stumme Begleitung dieser Riesen schien ihn größer zu machen – und wenn nicht ihn, dann seine Aura.

Der Stier war bekränzt, seine Hörner vergoldet. Die weißen Pigmentflecke hatte man kunstvoll retuschiert.

Die Jungfrauen fuhren in zwei großen Wagen hinterdrein und warfen Blüten ins Volk, so hatte Livia sich das vorgestellt. Nur war da kein Volk, denn der größte Teil der Leute hatte sich dem Umzug angeschlossen, nur wenige verfolgten ihn vom Straßenrand aus, sodass die Blüten zwischen den vereinzelt dort Stehenden niederfielen. Modestus war darunter und Stephanus, der sie mit spitzem Fuß in den Rinnstein beförderte; Fulvius stand mit Schürze vor seinem Thermopolium; ein paar Mädchen vor dem Bordell versuchten vergeblich, einen der Vorbeikommenden herauszufischen. Aber was halten wir uns mit Kleinigkeiten auf!

Der Zug passierte das Denkmal des Marcus Holconius. Die Stufe zum Forum wurde genommen, auch vom besoffenen Stier. Die Jungfrauen stiegen von den Wagen ab und zogen Blüten werfend an den Denkmälern der pompejanischen Helden vorbei, an Marcus Porcius, dem tapferen Speerwerfer, und Quinctius Valgus, der den Wiederaufbau des Amphitheaters finanziert hatte. Und natürlich an Lucius Cornelius Sulla. Der wackere Fabius stand leider noch immer nicht auf dem Platz, jedenfalls nicht als Denkmal.

Das Forum war gut gefüllt. Als der Stier mit seinen Hufen den weißen Marmor betrat, entstand ein Gedränge. Die Menge wogte zurück, begleitet von ehrfürchtigem Raunen. Was den Stier umso imposanter erscheinen ließ.

Die Schale hatte man unmittelbar vor dem Kapitol aufgestellt, gerade so weit entfernt, dass die Honoratioren, die erhöht zwischen den Säulen des Kapitols saßen, einen guten Einblick hatten. Zwei nubische Sklaven schirmten die Herrschaften gegen die Sonne ab. Zwei weitere fächelten ihnen, schweißnass, Luft zu. Andere, selbst durstig, versorgten sie mit erfrischenden Getränken.

Livia hatte auch Josse einen Platz auf dem Kapitol zuweisen lassen, wiewohl nur in der zweiten Reihe, aber zumindest wurde er da oben vom Volk gesehen, darauf kam es an. Sie dagegen blieb unsichtbar, hinter Schleiern verborgen. Nur ihre Hände sah man, wenn man hinsah: die schlanken Finger, die die Ringe nervös hin- und herschoben.

Neben ihr, ganz in der Mitte, wie es sich gehört, saß Praetorius, der römische Kommandant: in Uniform, bestückt mit den Orden aus dem Judäischen Krieg. Rechts von ihm (vom Forum aus gesehen) und ein winziges Stück nach hinten versetzt: Fabius, der sich um einen freundlichen Gesichtsausdruck bemühte (während er hoffte, dass irgendetwas dazwischenkomme und das Schauspiel störe). Der zerzauste Mensch mit der eingefallenen Oberlippe neben ihm war Nigidius Maius, das zweite Stadtoberhaupt; wir haben ihn bisher nicht erwähnt, aus gutem Grund, aber wir werden auf ihn zurückkommen. Außerdem saßen da oben die beiden Aedilen und ein paar andere, besonders würdige Vertreter des Magistrats, die wir, mit Verlaub, in diesem Zusammenhang übergehen.

Damit ist die Besetzung komplett, das Schauspiel kann beginnen.

Der Aedil hob die Hand. Das Raunen und Lachen in der Menge verstummten. Der Priester trat vor, murmelte mit noch immer verhülltem Haupt die Opferformel, die niemand verstand, denn sie wurde gesprochen in der Sprache der Vorväter. Beherrschte Lucretius diese Sprache? Oder murmelte er Unverständliches? War es Sinn oder Klang? Es spielte keine Rolle. Ehrfurchtsvoll führten die Menschen die rechte Hand zum Herzen und verharrten in Andacht. Nur noch das Schnauben des Stiers war zu hören. Dann ertönte das Gezeter der Flöten, das die bösen Geister vertreiben sollte.

Der Priester, sein Gesicht noch immer unkenntlich, weihte das Opfermesser mit Salz und mit Weizen, reinigte es abschließend mit Wein: keine Bewegung zu viel, nichts Überflüssiges, nichts Zufälliges – das konnte Lucretius. Nicht ganz so gewandt, sogar etwas ängstlich, die beiden Jungfrauen, die den Stier von Blumen und Kränzen und Schleifen befreiten. Aber auch das, ihre Ängstlichkeit, erhöhte die Spannung. Ein Opferdiener entfernte mit geschickter Bewegung den Nasenring, der andere löste die Fußschlinge, mit der das Tier in äußerster Not zu Fall gebracht werden konnte. Jetzt hob Lucretius das Messer, streifte ihm damit über den fleischigen Nacken, über Rücken und Schwanz und erbat, nunmehr auf Lateinisch, den Beistand der Götter.

Den Beistand der Götter: Man kann ihn gebrauchen in diesem Moment. Es wäre nicht das erste Mal, dass eine solche Kreatur, von allen Fesseln befreit, aufgeputscht vom Missklang der Flöten und irritiert durch die Vielzahl der auf sie gerichteten Blicke, in die Menge stürmt. Die Leute hielten den Atem an. Der Stier hob sein Haupt, wie um zu prüfen, ob er tatsächlich vom Nasenring befreit sei. Dann senkte er das Haupt, die bedrohlichen Hörner aufs Publikum richtend – aber da traf ihn der schwere Hammer des Opferdieners auch schon im Nacken, genau an der richtigen Stelle. Man konnte glauben, sein letzter Ausdruck sei Staunen, dann brach das Tier zusammen, sackte in die

Knie. Und genau jetzt, keine Sekunde zu spät und keine zu früh, entblößte Lucretius sein Haupt und schlitzte ihm die Kehle auf, sodass sich ein Schwall des Blutes im Rhythmus des pumpenden Herzens in die Opferschale ergoss.

Wenn jemand Lucretius erkannte – es tat nichts mehr zur Sache. Er war längst aus seiner Haut geschlüpft. War transzendiert! Das Wunder solcher Schauspiele: Egal, ob einer klein und unansehnlich ist, ob das Alter ihn krümmt und die Haare ihm ausgehen, ob er ein Scharlatan ist, ein krummer Hund – stell ihn dorthin, wo ihn die Menge bewundern will, und er beginnt zu leuchten. Das Blut hatte seine weiße Robe befleckt (ein wohlkalkulierter Effekt), sogar sein Gesicht war bespritzt, aber Lucretius hob nicht die Hand, um es abzuwischen.

Doch noch war das Ganze keineswegs ausgestanden. Die Eingeweideschau stand noch bevor: Was würde Lucretius aus den Organen des Tieres lesen?

Nachdem die beiden Opferdiener den Stier auf die Seite gedreht und die Bauchdecke aufgebrochen hatten, prüfte Lucretius zunächst die Vollzähligkeit aller Organe: Herz, Nieren, Galle und Leber. O ja, man erinnert sich: Am Vortag von Caesars Ermordung fehlte dem Opferstier angeblich das Herz – wir enthalten uns des Kommentars! In diesem Fall war das Herz jedenfalls vorhanden. Lucretius prüfte es – und warf es, dem Gott zum Opfer, ins Feuer. Ebenso Galle und Nieren. Murmelte irgendetwas, das in seinem Bart unterging. Der Gehilfe wiederholte es laut für das Volk: Alles in Ordnung! Das Herz sei prachtvoll und stark, die Niere sauber, und die Galle sei klar.

Dann nahm Lucretius die Leber zur Hand. Wieder ging ein Raunen durch die Menge. Er schnitt sie längs auf, verharrte einen überaus gedehnten Moment starr, ohne Ausdruck. Es wurde so still, dass man weithin sogar sein Gemurmel verstand, das der Opferdiener dennoch laut und deutlich für die hinteren Reihen übersetzte:

»Die prächtig ausgebildete rechte Seite der Leber verheißt blühende Landschaft und Wohlergehen der Stadt und Gesundheit ihren Bewohnern, sofern durch Gebete und Opfer sie reichlich gedenken des Gottes.«

Erleichtertes Durchatmen.

»Not und Bedrängnis, Gefahr oder Unheil«, übersetzte der Gehilfe weiter, »drohen allenfalls jenseits der Mauern.«

Oben auf dem Kapitol kamen jetzt sogar Livias Finger zur Ruhe.

Und, siehe da, auch die einzelnen Segmente der Leber bestätigten bis ins Kleinste den Befund: Makellos ausgeprägt seien die Regionen für Berg und Fluss und Palast und Haus, rief der Opferdiener, sowie die für Finger und Zahn und Hoden und Vulva, während die Bereiche für Straße und Fuß etwas löchrig erschienen.

Damit war alles gesagt. Lucretius warf die Leber ins Feuer, wandte die Handflächen und das Gesicht zum Himmel und verharrte so, schweigend. Sollte bedeuten: Er bat den Gott, das Opfer anzunehmen. Die Leute führten die rechte Hand erneut zum Herzen. Und ausgerechnet jetzt, im Moment der stummen Zwiesprache mit dem Gott, der über Annahme oder Verweigerung des Opfers entschied, passierte es.

Es grummelt und murmelt im Publikum, eine Welle der Unruhe geht durch die andächtige Menge: Ein Männchen mit großem Kopf und schwarzer Mütze stürmt vor, auf den Priester zu. Entsetzen erfasst die Leute. Zu spät, schon hat sich der Verrückte aus der Menge gelöst und den Bannkreis betreten, niemand wagt, ihm zu folgen. Er nähert sich dem Priester, stürzt sich schreiend auf ihn, der immer noch ungerührt dasteht, Handflächen und Gesicht zum Himmel gewandt ... Aber in dem Moment geht der Tierkämpfer (der eigentlich angeheuert worden war, um Lucretius vor dem *Stier* zu schützen) dazwischen, packt den Schreienden, zerrt ihn aus dem Bannkreis.

Was schreit er eigentlich?

Doch er hat ja schon aufgehört. Der Kämpfer hat ihn mit zwei Schlägen zur Ruhe gebracht. Jetzt schleift er den Mann zur Wache, und auch wenn er keine Mühe hatte, ihn zu überwältigen, so müssen ihm jetzt die beiden Opferdiener behilflich sein, um den Störenfried vor der Wut der Menge zu bewahren.

Lucretius dagegen steht immer noch ungerührt. Sein Gesicht ist entspannt. Fast könnte man glauben, er lächelt.

Fünfzehnte Rolle. Höhenluft

Josse kam pünktlich zum Essen. Er wusste noch nicht, dass es vornehm war, ein wenig zu spät zu erscheinen, allerdings auch nicht zu spät. Je hochrangiger, desto später, so ist die Regel: schwer einzuhalten, denn wie soll man wissen, wann der Nächsthöherrangige kommt? Nun, das muss man halt im Gefühl haben.

Der sich rötende Abendhimmel empfing ihn, genau wie beim ersten Mal, als er das Haus betreten hatte. Ein paar Augenblicke stand er auf der Terrasse und versuchte, die Wolken zu deuten: ein Fisch? Ein geflügelter Schuh? Und dort: eine Blume? Oder doch eher ... eine Vulva?

Er entschied sich für den geflügelten Schuh, denn heute würde er mit dem römischen Kommandanten speisen. Unglaublich! Auch Fabius würde zugegen sein, Josse war gespannt. Lucretius sollte ebenfalls kommen, plötzlich in aller Augen ein Held. Auch Iulia Felix, gegen die Livia immer nur Gift versprüht hatte, war erstaunlicherweise geladen. Aber der erste Gast, der nach Josse die Treppe ins Sommergeschoss hinabstieg oder, genauer gesagt, von zwei Sklaven getragen wurde, war der zerzauste Alte, der auf dem Kapitol einen Ehrenplatz neben Fabius eingenommen hatte: Nigidius Maius, das zweite Stadtoberhaupt.

»Aha«, sagte Nigidius und schaute Josse an, als hätte er ihn noch nie im Leben gesehen.

»Josephus Jacobus, Vorsteher unseres Vulkanvereins«, stellte Livia ihn vor und fügte hinzu: »Alter pannonischer Adel!« Dann überließ sie die beiden im Speisezimmer sich selbst, um die weiteren Gäste zu empfangen.

»Kalt«, sagte Nigidius.

»Findest du? Also ich finde es hier, ehrlich gesagt, ganz angenehm«, antwortete Josse. Er wusste nicht, dass der Alte am liebsten Wörter benutzte, die er ohne Zähne zustande brachte. Auf den Inhalt kam es ihm dabei weniger an.

»Pannonien«, sagte Nigidius.

»Genau«, erwiderte Josse, glücklich über das Interesse.

»Kalamität«, sagte Nigidius.

Jetzt kam Iulia Felix hereingeschneit, die Frau, die Josses Vater einst mit hohen Mieten ruiniert hatte und von seiner Mutter für eine Bruchbude wöchentlich zwei Asse verlangte, fast so viel wie für ein Huhn. Sie war nicht alt und nicht jung, hatte einen pompösen Busen und rot gefärbte Haare und trug jede Menge Klunker an Fingern, Ohren und Hals. Sofort wandte sie sich an Josse, mit mütterlicher Herzlichkeit:

»Das ist aber schön, dass wir uns mal persönlich kennenlernen. Ich bin ja ganz begeistert von eurem Verein.«

Ihre Herzlichkeit machte ihn verlegen. Er hatte sich eigentlich vorgenommen, ihr gegenüber nicht besonders freundlich zu sein.

»Man muss etwas tun!«, rief Iulia Felix. »Ich bin für die Jugend! Ich drücke die Daumen.«

Fabius gesellte sich dazu, begrüßte alle (außer Josse), stadtväterlich nickend.

Mit der ihm gebührenden Verspätung traf auch Praetorius ein, nur Lucretius beging die Taktlosigkeit, noch immer nicht erschienen zu sein.

Livia versuchte, es vergessen zu machen, indem sie dem Kommandanten wortreich die Gäste vorstellte: »Iulia Felix, eine enge, herzallerliebste Freundin und Unternehmerin.«

»Wir sind uns schon mal in Rom begegnet«, sagte Iulia Felix.

»Ich erinnere mich dunkel«, behauptete Praetorius.

Auch an Nigidius Maius erinnerte er sich dunkel.

»Germanien«, sagte Nigidius.

»Er war an der germanischen Grenze«, erklärte Livia.

»Kalamität«, krähte Nigidius.

Praetorius klopfte ihm anerkennend auf die Schulter. Dann wurde ihm Josse vorgestellt.

»Ihr seid also die Bösen!«, rief Praetorius und lachte dröhnend.

Alle lachten mit, und der Kommandant kam sich sehr witzig vor.

Fabius versuchte jetzt, den Hausherrn spielend, Praetorius auf einer Liege zu platzieren, und schlug vor, den ersten Gang zu servieren. Lucretius scheine sich ja zu verspäten, gab er mit einem gewissen Vorwurf in der Stimme zur Kenntnis, damit der Kommandant die Taktlosigkeit ja nicht übersah.

Aber Praetorius war in gönnerhafter Laune: »Er muss ja erst mal ein Bad nehmen nach dieser Sauerei!« Er lachte.

Alle lachten mit. Praetorius kam sich sehr witzig vor.

Anstatt sich von Fabius zum Platz geleiten zu lassen, begutachtete Praetorius ausgiebig die Möbel. Beim Betrachten des zierlichen Marmortischchens vor dem Hausaltar verriet er (wie er es übrigens bei jeder möglichen Gelegenheit tat) hinter vorgehaltener Hand, dass er einen Marmortisch von Brutus, dem Caesar-Attentäter, besitze.

Alle fanden es köstlich.

Man sprach lange über Holzarten und Lackierungen der Schreine und Schränke, alle Anwesenden schienen sich bestens auszukennen; man sprach auch über den seidenglänzenden Alabaster der Wände, der, wie sich herausstellte, Resultat einer äußerst aufwendigen Spachtel- und Schleifarbeit war. Praetorius schrieb sich die Handwerksfirma auf, die solche Wände herstellte, und Josse dämmerte, was ihm alles noch fehlte, um wirklich dazuzugehören.

Inzwischen ließ Livia Wein ausschenken, und zwar einen seltenen pannonischen Süßwein, der angeblich nur an einer Stelle auf der Welt gedieh, in einer zu Nebelbildung neigenden Landschaft, wodurch, wie sie zu erzählen wusste, eine bestimmte Edelfäule begünstigt werde. Sie hatte dieses außergewöhnliche Getränk gerade neu entdeckt, und man lobte es sehr und sprach lange darüber, und Praetorius schrieb sich auf, woher sie die Delikatesse bezog.

Endlich erschien Lucretius, gesäubert zwar, aber in der üblichen Zerknitterung und mit Krummstab.

»Unser Prophet!«, rief Praetorius und lachte.

Alle lachten mit, außer Lucretius.

»War nicht so gemeint«, lenkte Praetorius ein. »Oder besser gesagt: War so gemeint. Alle Achtung! Und wie du diesen Kerl ignoriert hast, das war einfach …«

»Kalamität!«, krähte Nigidius.

»Kann man wohl sagen«, entgegnete Praetorius, und an Fabius gewandt: »Was war das für einer?«

»Er nennt sich Maras«, antwortete Fabius. »Maras Atinius Ceius. Verarmter samnitischer Adel, genauer: enteignet und proskribiert.«

»Verstehe«, sagte Praetorius und fügte, als wäre er persönlich dafür verantwortlich gewesen, hinzu: »Das war damals leider nicht anders möglich.«

Alle nahmen ihre Plätze ein, und es wurden Austern serviert.

»Frische brundisische Austern«, sagte Livia.

»Ich muss gestehen«, sagte Iulia Felix mit der Miene einer Sünderin, »ich liebe brundisische Austern!«

»Woher bezieht man denn so was?«, wollte Praetorius wissen.

»Wir haben hier im Lukrinischen See so eine Art Anlage«, erklärte Iulia Felix, »da werden sie nach dem Transport wieder aufgepäppelt.«

»Entschuldige, Liebes«, entgegnete Livia, »die hier kommen per Express direkt vom britannischen Meer. Diese Aufgepäppelten sind, mit Verlaub, nicht ganz dasselbe.«

»Donnerwetter«, sagte Nigidius.

Praetorius schrieb sich den Händler der Express-Austern auf.

Fabius wandte sich an Josse: »Übrigens hat er ausgesagt, dass er dich kennt.«

»Wer?«, fragte Josse, obwohl er sofort wusste, von wem die Rede war.

»Maras«, sagte Fabius. »Er hat behauptet, er hat mit dir den Verein gegründet.«

»Was redest du da für Schwachsinn!«, rief Livia mit der Herablassung einer Ehefrau, der die beginnende Senilität ihres Gatten vor den Gästen unangenehm ist. »Dieser Mann ist uns vollkommen unbekannt, und du solltest hier keine Gerüchte in die Welt setzen, Fabius.«

»Ich darf doch wohl fragen«, verteidigte er sich.

Josse spürte, dass man von ihm eine Stellungnahme erwartete. »Ich bin ganz klar der Meinung«, hörte er sich sagen, »der Mann hat gegen Gesetze verstoßen, vermute ich ...«

»So ist es«, stimmte der Kommandant zu, »und er muss entsprechend bestraft werden.«

»Das wird er«, versicherte Fabius. »Wir werden prüfen, inwieweit nach der elften Tafel des Gesetzes die Todesstrafe in Anwendung gebracht werden kann.«

In Josses Hals wurde es trocken. Es wurde Hummer in weißer Soße serviert.

»Ihr müsst das Fleisch bitte selbst ein wenig herauslösen«, sagte Livia entschuldigend. »Ich lasse ihn gern so tranchieren, dass er noch beinahe lebendig aussieht.«

»Es ist allerdings üblich«, meldete sich Lucretius, während er sich das weiße Hummerfleisch in den Mund steckte, »dem Adel die Todesstrafe zu erlassen, sofern es sich nicht um schwerste Fälle handelt, und die Strafe in Verbannung umzuwandeln.«

»Das ehrt dich«, sagte Praetorius. »Übrigens ganz wunderbar, auch die Soße.«

»Das heißt, wir sehen ihn als Adligen an?«, gab Fabius zu bedenken.

Lucretius fragte: »Willst du etwa sagen, Nigidius sei nicht von Adel?«

Fabius stutzte. Auch Nigidius Maius gehörte zum alten samnitischen Adel. »So habe ich das nicht gemeint«, beeilte er sich zu sagen.

»Lucretius hat ganz recht«, mischte sich Praetorius ein. »Wir wollen nicht das alte samnitische Problem wieder aufkochen. Wir alle sind Römer.«

»Das ist ein großes Wort, darauf trinken wir«, schwärmte Iulia Felix.

Man trank jetzt einen Falerner aus dem Konsuljahr des Aquila Iulianus, er war genau einundvierzig Jahre alt, Praetorius musste nicht nachrechnen, denn es war sein Geburtsjahr. Dazu wurde für jeden ein Dutzend gebackene Amseln serviert, die man in Garum tunken konnte. Und Praetorius, der sich durch die Bewunderung von Iulia Felix ermuntert fühlte und den Drang verspürte, diesen unangenehmen Fabius Rufus – wie kam der zu so einer Frau? – zu belehren, holte noch einmal aus:

»Wir müssen endlich aufhören, ständig nach Unterschieden zu schielen. Rom ist die Mutter vieler Völker! Was wäre Rom ohne Samniten, Marser, Griechen, Etrusker, ja selbst ohne die Gallier und die vielen anderen Stämme und Völker, die eingegangen sind in das Reich? Andererseits: Was wären sie ohne Rom?«

»Wunderbar, wunderbar!«, jubelte Iulia Felix.

Praetorius dämpfte ihre Begeisterung mit einer Handbewegung, die anzeigte, dass er noch nicht fertig sei. »Vor wenigen Tagen«, fuhr er fort, und seine Zunge hatte bereits eine gewisse Schwere erreicht, »vor wenigen Tagen hatte ich die Ehre, bei der Kaiserkrönung zugegen zu sein ... Mein Freund Titus, ich kann wirklich sagen: ein Freund, ein hinreißender Mensch ... Ich war ja mit ihm, wie ihr wisst, in Jerusalem. Ein großherziger, kluger, bescheidener Mann, loyal und umsichtig und, nicht zu vergessen, mit einem bemerkenswerten Sinn für Verwaltungsfragen ... Was wollte ich sagen?«

Es gab mit Feigen gespicktes und gepfeffertes Filet vom Reh an leicht gegartem Gemüse, dazu einen Roten aus dem Konsuljahr des Lucius Calpurnius Piso. Man hatte

Schwierigkeiten, das Alter genau zu bestimmen, es musste etwa ein halbes Jahrhundert sein.

Praetorius wandte sich unvermittelt an Josse: »Worin besteht unsere Stärke, junger Mann?«

»In unserer militärischen ... äh ... Stärke«, hörte Josse sich sagen.

»Falsch«, erwiderte Praetorius. »Unsere Stärke besteht in der Einheit, wie auch Titus in seiner großen Rede ... Ich hatte die Ehre, zugegen zu sein ...« Er schweifte kurz ab zu den Feierlichkeiten, erwischte aber – zufällig oder nicht – wieder den verlorenen Faden: »Wir sind geeint in der Idee von Rom«, rief er aus. »Rom ist dazu bestimmt, der Welt den Frieden, das Recht und eine beständige sittliche Ordnung zu bringen. Ganz zu schweigen von unseren technischen und kulturellen Errungenschaften, unserer Lebensart, unserer Kultur!« Dann sprach er lange über die Barbarenvölker im Osten.

Es gab mit Gänseleberpastete gefülltes Saueuter, dazu einen Wein aus dem Konsuljahr des Lucius Pompeius Flaccus. Livia wagte nicht, die Ausführungen des Kommandanten mit Kommentaren über die Speisen und den Wein zu stören. Auch Iulia Felix schwieg. Lucretius schien zu schlafen. Nigidius Maius dagegen war hellwach. Und auch Josse hörte dem Kommandanten aufmerksam zu, und alles, was er sagte, kam ihm auf einmal höchst vernünftig, ja geradezu weise vor, und er fühlte sich geehrt, dass ihn dieser bedeutende Mann hier so offen und freimütig an seinen Gedanken teilhaben ließ.

Praetorius sprach über die Horden der Skythen und Parther, die nichts weiter im Sinn hätten, als sich die Reichtümer Roms anzueignen, ohne dass sie imstande seien, sie zu erhalten. Er sprach über die entsetzlichen Bräuche der britannischen Stämme, über die Unsitten der Daker, bis seine Rede – wir ersparen dem Leser Exkurse über Sarmatien, Arabien und Indien – auf den judäischen Aufstand und die Befriedung Jerusalems zusteuerte.

»Was glaubst du, junger Freund, warum wir in Jerusalem waren? Wofür sind unsere Kämpfer dort gefallen?«

»Pannacotta«, krächzte Nigidius. Er meinte vielleicht Pannonien, aber auch das ergab keinen Sinn.

Praetorius klopfte dem alten Mann versöhnlich auf die Schulter. »Waren wir etwa dort, um Beute zu machen? Riskiert man dafür sein Leben? Steht man dafür im Steinhagel, lässt sich massakrieren? Monate! Jahre! Eine Hitze wie in des Teufels Arsch, die Damen entschuldigen mich bitte. Ich will euch hier nicht mit Kriegserlebnissen langweilen.«

Livia schüttelte unauffällig den Kopf, als die Dienerschaft sich anschickte, die vergipste Glasamphore mit dem Falerner aus dem Konsuljahr des Marcus Lollius zu öffnen – es wäre ein Hundertjähriger gewesen. Stattdessen brachte man zum gebeizten Spanferkel einen leichteren Zwanzigjährigen.

Und Praetorius begann, vom Krieg zu sprechen, schilderte die Erstürmung der ersten Mauer, beschrieb mit allen technischen Details die Errichtung mehrstöckiger Belagerungstürme und pries die weise Entscheidung des Titus zur Aushungerung der Stadt – während er die Bratwürste herausfingerte, mit denen das Ferkel gefüllt war.

Man brachte die ausgelösten Keulen eines Milchlamms in einer Soße aus karischen Datteln, dazu gedünstete Bohnen und drei Sorten Brot. Praetorius erzählte von den jüdischen Todesschwadronen, die nachts das römische Lager überfielen. Es gab Pflaumenkuchen. Er erzählte von den

Priestern im Tempel, die bis zum letzten Moment in dem Gemetzel ungerührt gebetet hatten. Er erzählte von den Frauen, die noch im Augenblick des Todes den Ausdruck fanatischen Glaubens in den Augen behielten, sodass mancher Soldat Angst bekam.

»Wie die Christen«, ergänzte Fabius wissend.

»Genau«, sagte Praetorius. »Die Christen. Das ist unser nächstes Problem.«

Und Fabius, ermutigt vom Zuspruch des Kommandanten, entblödete sich nicht, hinzuzufügen: »Das ist, meiner Meinung nach, eine Gefahr, die stark unterschätzt wird. Die Christen führen kein Schwert, sie haben keine Armee. Aber sie zerfressen uns wie die Motten: von innen. Ich sage euch, wenn wir sie nicht aufhalten, beherrschen sie eines Tages die Welt!«

»Kalamität«, krächzte Nigidius.

»Pannacotta!«, rief Praetorius.

Alle lachten, nur Fabius nicht.

Anschließend gab es Likör.

Schon am nächsten Tag warf Livia Fabius aus dem Haus. Sie verlangte sämtliche Geldbeträge zurück, stellte alle Zahlungen ein und setzte eine Willenserklärung auf, in der sie die Scheidung verkündete – was in einer manusfreien Ehe bekanntlich die sofortige Trennung zur Folge hat.

Damit war Fabius erledigt. Für die Mitgliedschaft im Magistrat waren ein Vermögen von vierhunderttausend Sesterzen und ein Wohnsitz in der Stadt nachzuweisen, beides hatte er nicht mehr. Auch zeigte sich niemand von seinen vermeintlichen Freunden bereit, ihm vierhunderttausend Sesterze zu leihen oder ihn bei sich aufzunehmen. In dem Augenblick, da Livia Numistria ihm seine Gunst entzog, ließ man ihn fallen wie eine heiße Kastanie. Im Oktober standen die Wahlen an, bis dahin genügte dem Magistrat Nigidius Maius als Stadtoberhaupt. Es stellte sich heraus, dass sein Wortschatz für die provisorische Amtsführung ausreichte.

Fabius zog sich auf sein kleines Gut zurück, enttäuscht von der Welt und untröstlich darüber, dass er nun doch nicht für alle Ewigkeit auf dem Forum der Colonia Cornelia stehen würde, als steingewordenes Vorbild für die Zukünftigen. Seine Denkmalsminiatur ließ er auf seinem Tisch in Livias Haus zurück, zur Strafe – für wen?

Unfähig, sich um seine vernachlässigte Wirtschaft zu kümmern, lag er wochenlang im Schatten des alten Walnussbaums und dachte in unaufhörlichen Kreisbewegungen über die Ungerechtigkeit nach, die ihm widerfahren war, über die Schlechtigkeit Livias, über die Undankbarkeit der Welt. Er hielt Reden, die nie jemand hörte, und schmiedete Rachepläne, die er niemals verwirklichen würde – bis er an einem milchweißen Oktobertag eine gigantische Rauchwolke über dem Somma-Gebirge aufsteigen sah. Erst Stunden, ja sogar Tage später begriff er, dass er den Ausbruch eines Vulkans überlebt hatte. So viel zu Fabius, den wir hiermit unehrenhaft aus der Geschichte entlassen.

Auch Maras sollte den Ausbruch überleben. Er war zwei Tage nach den Vulkanalien zum Tode verurteilt worden, dann aber hatte man ihn – aufgrund adliger Abstammung – begnadigt, auf ein Maultier gesetzt und aus der Stadt getrieben. Die Bürgerrechte wurden ihm aberkannt sowie das Recht, auf römischem Boden Wasser und Feuer zu nutzen: Verbannung, so lautet das entsprechende Wort. Die Meute tat ihrem Namen Ehre und bewarf ihn mit faulem Obst, schrie ihm Beschimpfungen hinterher und hätte ihn wohl tätlich angegriffen, wenn nicht die Garde ihn geschützt hätte. So ritt er zum Stadttor hinaus, ein dünner Mann mit einem großen, koboldartigen Kopf, der wegen der abstehenden Haare – die Mütze hatte man ihm abgenommen – noch größer, noch koboldartiger erschien, und man wunderte sich, dass diese schlecht ausgewuchtete Figur nicht das Gleichgewicht verlor und vom Maultier kippte.

Der kürzeste Weg aus dem Reich führte, wenn man nicht die Alpen queren wollte, über Illyrien irgendwo ins Gebiet der Daker, vor denen Josses Eltern einst geflohen waren. Aber wollte Maras dorthin? Konnte er das schaffen? Wir lassen ihn ins Ungewisse hinausreiten. Gern würden wir ihn ebenfalls aus der Geschichte entlassen, aber das können wir nicht. Denn bald, sehr bald, werden die toten Schweine auf dem Südhang des Vesuvs liegen, und Maras wird seine Rolle zu Ende spielen müssen, und sei es als Geist.

SECHSTER TEIL

Sechzehnte Rolle. Wahlkämpfe

Der Erfolg der Vulkanalien stieg Livia und Josse zu Kopf. Fast waren sie überrascht über die Leichtigkeit ihres Sieges. Pompeji, glaubten sie, liege ihnen zu Füßen. Auch die Kommune am *Fenster des Meeres* hielten sie für so gut wie besiegt.

Allerdings verlor Livia durch Fabius' Abgang ihren unmittelbaren Einfluss im Magistrat. Notgedrungen traf sie sich wieder mit alten Herren, aber es hatte sich herumgesprochen, dass sie mit einem jungen pannonischen Adligen verbunden war, was ihr Charmieren und Flirten nicht gerade glaubwürdiger machte. Das Beste wäre, dachte sie, Josse in ein Amt zu bringen. Doch auch dafür brauchte sie zwei alte Herren, die bereit wären, für ihren jungen Geliebten zu bürgen.

Zudem standen die meisten pompejanischen Aristokraten dem Vulkanverein abwartend gegenüber, auch wenn die Nachrichten und Gerüchte über die Siedler am Meeresufer sie ärgerten und beunruhigten. Und selbst im Volk war der Verein nicht ganz so beliebt, wie Josse und Livia es sich vormachten. Auf dem Forum waren am Tag der Vulkanalien viele Leute gewesen, aber was hieß das schon? Pompeji hatte zwanzigtausend Einwohner, und auf dem Forum waren gerade mal dreitausend gewesen, vielleicht viertausend. Manche empfanden das Gerede vom Vulkan nach wie vor als eine Modeerscheinung. Andere verloren das Interesse am Vulkanismus gerade durch die Gründung eines ordentlichen Vereins. Der Vulkan hatte sie interessiert, solange er ein Gerücht gewesen war, eine Gelegenheit zum maulenden Protest gegen Rom und die Obrigkeit überhaupt.

Vor allem stellte sich bald heraus, dass die Vulkanalien kaum Einfluss auf das Geschehen am *Fenster des Meeres* gehabt hatten. Keineswegs verließen die Leute scharenweise die Baustelle. Es gelang sogar wieder, Menschen für ihr Projekt anzuwerben. Zwar berichteten die Abtrünnigen oder Ausgestoßenen von Rückschlägen und Misserfolgen, und Josse hörte es allzu gern, in Wirklichkeit aber war die Stimmung gar nicht so schlecht. Natürlich verfügte Stalo im Lager jetzt über die uneingeschränkte Macht, doch unter den Neuen war er beliebt. Er gab sich volkstümlich, stellte sich als ihr Vertreter dar. Dass sie ihn nicht dazu gewählt hatten – wen kümmerte es? Viele hatten zum ersten Mal im Leben eine gesicherte Arbeit und zudem noch die Aussicht, irgendwann einmal eine Wohnung mit Meerblick zu bewohnen. Im Gegensatz zu Josse hatte Stalo bei Polybius tatsächlich entsprechende Garantien durchgesetzt und den Erbauern, je nach der Dauer ihrer Zugehörigkeit, Mietminderungen zugestanden – während Livias Wohnbauprogramm in der Nordoststadt rasch wieder einschlief, weil die Arbeitswilligen bald dahinterkamen, dass die Konditionen auf lange Sicht nur für Livia selbst von Vorteil waren.

Und es gab am *Fenster des Meeres* noch andere Erfolge zu verzeichnen. Inzwischen hatte Polybius den Antransport von Kalk aus seinen anderen Gruben organisiert, und der erste Rohbau war fertig. Man feierte Richtfest, und Polybius spendierte aus diesem Anlass vier große Schweine, die am Spieß gebraten wurden. Allein an der Anzahl der Schweine hätte man erkennen können, dass sich die Anzahl der Arbeiter seit Josses Weggang erheblich vergrößert hatte. Dagegen lief Livias weiträumiger Aufkauf von Holz ins Leere, weil Polybius nunmehr das Holz über den Wasserweg anliefern ließ; gallische Fichten und griechisches Eichenholz wurden in dem kleinen Hafen entladen. Und während in Pompeji die Immobilienpreise bröckelten, investierten ein Schuhmacher, zwei Bäcker, ein Silberschmied, vier Kneipenbesitzer und insgeheim, man kann nie wissen, sogar die Vettier-Brüder in Anteile am sogenannten Neustadtprojekt.

Es war ein verhängnisvoller Kreislauf. Viele Hausbesitzer, die ohnehin schon mehrere Jahre lang vorwiegend auf ihren Landgütern wohnten, weil ihnen der Lärm, der Gestank und die ständigen Wasserprobleme in Pompeji auf die Nerven gingen, entschlossen sich wegen der fallenden Immobilienpreise zum Verkauf, wodurch sie die Krise nur noch beförderten. Die Bautätigkeit in Pompeji schrumpfte, die Anzahl der Neubau-Anträge nahm weiter ab. Aufgrund mangelnder Steuereinahmen konnten die beschlossenen Fördergelder für die Wiederherstellung des Wasserspeichers vorläufig nicht ausgezahlt werden. Die Volksthermen und sogar die Forumsthermen mussten zeitweise wegen Wassermangels schließen. Der Wert von Livias Immobilien sank innerhalb eines Monats um vier Prozent. Die Euphorie war vorbei.

Und, seltsam, mit den Immobilienpreisen bröckelte auch das Liebesverlangen. Eigentlich hatten Josse und Livia das Ende der Heimlichkeit als Befreiung gefeiert. Nun konnte er ihr Haus zu jeder Tageszeit betreten, kein Versteckspiel war mehr nötig. Aber sie gewöhnten sich schnell daran. Jetzt, da sie sich täglich hätten sehen können, stellten sie fest, dass sie imstande waren, sich miteinander zu langweilen. Sie erinnerten sich fast wehmütig an ihre ersten Begegnungen, fingen an, sich gegenseitig die Geschichte ihres Kennenlernens zu erzählen, und zankten sich plötzlich darüber, aus welchen Tassen sie das erste Mal zusammen ihren Frühstückstee getrunken hatten. Es geschah jetzt auch hin und wieder, dass sie sich trafen, ohne einander beizuschlafen. Insgeheim störte es Livia, dass Josse neuerdings eher *nach* dem Essen in der Verfassung zum Beischlaf war, während sie es umgekehrt nicht gern mit vollem Bauch mochte: eine kleine Störung, die sie dadurch zu beheben versuchte, dass sie sich mit dem Essen zurückhielt. Umso mehr ärgerte es sie, wenn Josse ungehemmt zulangte und mit dem Essen nicht fertig wurde.

Eines Abends, während er noch einen süßen Nachtisch in sich hineinstopfte, lüpfte sie sein Gewand, um zu prüfen, ob er endlich handlungsfähig sei, und ihr fiel die Wölbung unterhalb des Bauchnabels ins Auge, die in sitzender Haltung besonders deutlich zutage trat – kein Muskelgewebe, wie sich durch Reinkneifen feststellen ließ.

»Du wirst dick«, sagte sie.

Womit seine Handlungsfähigkeit endgültig dahin war.

Nach diesem Vorfall beschloss er, wieder regelmäßig zur Großen Palästra zu gehen. Trebius, auch wenn er vor Freude und Stolz beinahe platzte, empfing ihn, als wäre nichts gewesen, und hetzte ihn mit den Neulingen um den Platz. Schon nach vier Runden musste Josse aufgeben, ihm war, als hinge seine Lunge zum Hals heraus. Er schaffte mit Mühe dreißig Liegestütze (früher hatte er mühelos hundert geschafft), wurde beim Ringkampf umgeworfen, obwohl er das Manöver des Gegners durchschaute: Nach zwei Minuten Kampf war er einfach zu erschöpft, um den nötigen Widerstand aufzubringen. Zerschrammt und zerbeult kam er nach Hause, und die Muskeln und Gelenke schmerzten so sehr, dass er, eigentlich ein Seitenschläfer, nachts auf dem Rücken liegen musste.

Ab da beschränkte er sein Frühstück auf ein paar Früchte, und auch an gewöhnlichen Abenden nahm er nur ein bescheidenes Mahl zu sich. Seine Mutter, die ihn immer zu dünn gefunden hatte – offenbar war für sie das Körpergewicht ein Maß für die Gesundheit –, machte ein besorgtes Gesicht, wenn er schon nach dem ersten Käsefladen passte. Josse war entschlossen, sich auf sein Kampfgewicht herunterzuhungern und zu trainieren, erst dann wollte er sich wieder bei Livia blicken lassen. Aber schon nach einer Woche, er hatte gerade mal zwei oder drei Pfund verloren, wurde sein Verlangen übermächtig, und er erwog, die selbstauferlegte Enthaltsamkeit zu verkürzen. In dem Moment erreichte ihn eine Einladung von Iulia Felix, und er sah keinen Grund, ihr abzusagen.

Er hatte erwartet, eine gesellige Runde anzutreffen, rechnete sogar damit, dass auch Livia kommen könnte, stattdessen empfing ihn Iulia in allzu luftiger Kleidung, allein. Er brauchte bis zum zweiten Gang, um zu beschließen, dass die Demütigung, die Livia ihm angetan hatte, einen Seitensprung rechtfertigte. Zwar fand er Iulias beinahe taillenlosen Körper, als er ihn enthüllt hatte, nicht sehr anziehend; ihre vogelartigen Schreie irritierten ihn. Doch ihm gefiel, dass sie ihm Komplimente über *seinen* Körper machte, während sie seinen Bauchansatz küsste, und er verspürte eine abseitige Erregung, als diese Frau, die berüchtigte Iulia Felix, die seiner Familie jahrelang einen überhöhten Mietzins für eine Bruchbude abgepresst hatte, sein Unaussprechliches zwischen die Lippen nahm. Am meisten jedoch verblüffte ihn, dass sie allen Ernstes zwischen Austern und Liebkosungen herauszubekommen versuchte, ob er vorhabe, als Stadtoberhaupt zu kandidieren.

»Das ist, ja, eine grundsätzlich mögliche ... äh ... Idee«, brachte Josse heraus. »Offen gestanden, mir fehlt das nötige Kleingeld.«

»Wie viel fehlt dir denn?«, schnurrte Iulia ihm ins Ohr.

Er winkte ab. Wollte nicht eingestehen, dass ihm *alles* fehlte.

Trotzdem machte er auf dem Heimweg einen Schlenker über das Forum. Er erinnerte sich daran, wie sein Vater ihm vor langer Zeit die Demokratie erklärt hatte; wie er mit ihm auf dem Forum gestanden hatte, wo jene alten Herren in langen, weißen Togen einzeln oder in kleinen Gruppen über den Platz gegangen waren, um in der geheimnisvollen Basilica zu verschwinden. Unwillkürlich verlangsamte er seinen Schritt, schob den Bauch heraus und begann, den gemächlichen Schritt der alten Stadträte nachzuahmen.

Es dauerte keine zwei Tage, bis Epiphanes zu Ohren kam, was im Haus der Iulia Felix vorgefallen war. Und da es sich um mehr als nur um eine Privatangelegenheit handelte, befand er es für notwendig, seine Herrin davon zu unterrichten.

Livia verbot sich, eifersüchtig zu sein, das war unter ihrer Würde. Dennoch durchfuhr sie, als Epiphanes ihr die Sache schonend beibrachte, ein unbekannter Schmerz, den sie zunächst dem Herzen zuordnete, obgleich er bei genauerer Betrachtung etwas unterhalb, in der Mitte des Leibes, seinen Ursprung hatte. Aber was war dort? Der Magen, die Leber, die Milz? Nichts war dort!

Aber der Schmerz ließ sich nicht leugnen, und Livias erster Impuls war es, ihn zusammen mit Josse auszureißen: sich von diesem Undankbaren zu trennen, ja ihn zu vernichten. Jedoch, wenn sie es bedachte ... Der Verein, die Krise, die unseligen Vorgänge am *Fenster des Meeres*, alles sprach dagegen. Vor allem war sie nicht bereit, ihren Zögling dieser Schnepfe zu überlassen. Dazu hatte sie zu viel in Josse investiert – ihre Schönheit, ihr Geld, von ihren Gefühlen ganz zu schweigen. Nein, niemals, beschloss sie, würde sie ihn der Konkurrenz überlassen!

Zwei Nächte lag sie wach, erinnerte sich an den Geruch von Filz und Regen und noch etwas anderem, den er nie loswurde. Aber sie war stark genug, sich nicht von Sehnsucht überwältigen zu lassen, und klug genug, sich ihm nicht so zu zeigen: von Schmerz und Schlaflosigkeit gezeichnet. Stattdessen ließ sie ihn, als er kam, ohne Begründung abweisen.

Am dritten Tag begann sie, sich für ihren Auftritt zu rüsten. Sie half ihrem Schlaf mit verschiedenen Kräutern und Mitteln nach. Sie zwang sich aufzustehen, zu essen, machte ihre Gymnastik. Sie nahm ein Schönheitsbad, ließ sich salben und ölen und die Nägel lackieren (in exotischem Grün), und sie ließ sich von der beschämten Pamhira Unterwäsche nähen nach einer Idee, die ihr schon lange im Kopf herumgeschwirrt war. Sie schminkte sich die Lippen und zog das ziegelrote Kleid an, das sie damals bei Marcus Holconius getragen hatte.

Das war Mitte September, an einem der schönsten Tage des Jahres. Das Land duftete vom erntereifen Wein, die

Luft wurde am Abend kühl, in ihrem Haus beschlugen die Scheiben. Die Sonne war bereits untergegangen, als Josse mit weichen Knien durch das Portal mit den Säulen schritt. Er rätselte, warum Livia ihn die letzten Tage nicht hatte empfangen wollen. Sie konnte nichts von seinem Seitensprung wissen, es gab keinen Zeugen – redete er sich ein. So schnell hatte auch er begonnen, die Sklaven für dienstfertige Luft zu halten.

Ein Hausdiener geleitete ihn mit gleichgültiger, ein bisschen zu gleichgültiger Miene zum Winterspeisezimmer. Etliche Kerzen und Öllampen brannten. Aus einem fernen Nebenzimmer säuselte die Wasserorgel. Livia war schön wie am ersten Tag, nein, sie war schöner, verführerischer als jemals zuvor. Das enge Kleid war an ihren Waden emporgerutscht. Ihr weißer, sorgfältig vor Sonnenstrahlen geschützter Busen wollte geradezu aus dem Ausschnitt platzen. Ihre Lippen glänzten, um den Hals trug sie ein dunkelrotes Band.

Sie zwang sich, ihn möglichst kalt zu empfangen. »Man hört, dass du für ein Amt kandidieren möchtest?«

Josse lehnte sich zurück, nahm das Weinglas entgegen, das ihm von der Seite gereicht wurde, und schwieg. In seinem Kopf wirbelten die Gedanken durcheinander, während er in gut eingeübtem Gleichmut an ihr vorbeisah – auf das Bild, aus dem sie mit blinden, opalgrünen Augen herausschaute.

»Nun, dagegen ist nichts einzuwenden«, hörte er Livia sagen. »Im Oktober sind Wahlen, du könntest noch kandidieren.«

Josse lachte auf. Jetzt war er sich sicher: Sie verhöhnte ihn. Wollte sie ihn abservieren? Diente ihr Aufzug lediglich dazu, ihm bewusst zu machen, was er verlor?

Aber sie fuhr fort: »Gewiss, das wäre ambitioniert. Dir bliebe nicht viel Zeit, um dich vorzubereiten. Andererseits: Der Verein ist im Aufschwung, du bist populär wie noch nie. Und Praetorius scheint auch nichts gegen dich zu haben.«

Ein Salat wurde serviert: Fenchel, Kapern und noch irgendwas, die Einzelheiten nahm Josse nicht wahr.

»Du weißt genau«, wandte er vorsichtig ein, »dass ich nicht über das nötige Vermögen verfüge.«

»Darüber könnte man reden«, entgegnete sie.

Sein Blick wanderte vom Abbild zum Original. Sie verhandelte mit ihm, begriff er. Er war vom Spendenempfänger zum Verhandlungspartner aufgestiegen. »Was erwartest du von mir?«

»Nichts«, erwiderte sie. »Nun ja, ich erwarte, dass du – als Amtsinhaber – diese Bande am *Fenster des Meeres* endgültig vernichtest. Und natürlich ...« Sie öffnete den obersten Knopf des Kleides, der Stoff gab mit einem leisen Ploppen nach. »Natürlich erwarte ich, dass du aufhörst, diese Schnepfe zu ficken.«

So kam es, dass Jowna, Sohn des Jazyg, ein Dahergelaufener ohne Schulabschluss, ein Junge aus der Nordoststadt, der sich noch vor wenigen Jahren vor dem Amphitheater mit anderen Dahergelaufenen herumgeprügelt und des Nachts Touristen bestohlen hatte, dass dieser Niemand, getragen von stillem Größenwahn und einer schamlosen Bereitschaft, sich durch die Welt zu lügen, für das höchste, würdigste Amt der Colonia Cornelia Veneria kandidierte. Der Gerechtigkeit halber fragen wir: War denn sein Vorgänger weniger schamlos, weniger verlogen gewesen? Irgendein Vorgänger? Aber das ist nicht unsere Sache.

Die Wahl war auf den letzten Oktobertag angesetzt, und der September ging schon zu Ende, als Josse seine Kandidatur anmeldete. Ihn begleiteten – als Bürgen – Scaripus Nervius, ein gebeugter Glatzkopf, dem Livia einen erheblichen Zuschuss zu seinen horrenden Arztkosten gezahlt hatte, und der ehrenwerte Nigidius Maius, dem sie versprochen hatte, sich bei Plinius für die Beförderung seines Ältesten zum Flottillenchef einzusetzen.

Die Prozedur fand in demselben kleinen Amtsgebäude statt, in dem Fabius Rufus ihn einst vernommen hatte. Beim Eintreten dachte Josse an die beiden Nächte, in denen er auf der hölzernen Liege in der Zelle gelegen und sich die schlimmsten Dinge ausgemalt hatte: Was, wenn dieser Verrückte ihn wirklich verbrennen ließ? Und jetzt stand er hier in einer reinweißen Toga und meldete seine Kandidatur an. Der Aedil trug seinen Namen ein und befragte ordnungsgemäß die Bürgen über Vollbürgerschaft und Rechtschaffenheit des Kandidaten. »Pannonien«, krähte Nigidius (aber man wusste ja, was er meinte). Das krankhafte Kopfwackeln von Scaripus Nervius wurde von dem Aedilen ohne Gewissensbisse als Zustimmung gewertet. Damit war die Sache ausgestanden.

Von der Amtsstube aus ging Josse geradewegs zu seiner Mutter. Er hatte schon lange mit ihr sprechen wollen, hatte es immer wieder aufgeschoben, aber jetzt musste es sein, sofort. Er hätte auch am Abend im Geschäftshaus mit ihr sprechen können, wenn sie zum Kochen kam, doch seine Beine gingen wie von selbst. Er hatte es eilig. Er überquerte das Forum, bog hinter der Markthalle ab, rannte im Zickzack durch kleine Gassen und erwischte Jadwiga gerade noch, als sie vor dem Haus ihre Körbe ineinanderstapelte, um sie sich auf den Rücken zu binden.

»Ich muss mit dir reden«, sagte er.

Sie ließen die Körbe auf der Straße vor der Kneipe des Phoebus stehen und stiegen in die Mansarde. Seine Mutter schnaufte vor Anstrengung, die Treppe machte ihr zu schaffen. Trotzdem weigerte sie sich nach wie vor, zu Josse zu ziehen, wo sie auf ebener Erde hätte wohnen können.

»Ich werde mich um ein Amt bewerben«, eröffnete ihr Josse.

Er wagte nicht zu sagen, um welches. Aber es genügte auch so. Seine Mutter schaute ihn aus den Augenhöhlen an, Sorgenfalten traten auf ihre Stirn. Es machte ihn wütend.

»Ich weiß, dir gefällt es nicht«, sagte er. »Dir wäre es wahrscheinlich lieber, ich wäre Lastenträger. Ich würde mich ein Leben lang abschuften und mit fünfundvierzig Jahren tot umfallen wie mein Vater. Ist es das, was du willst?«

»Ich wünsche dir ein langes, glückliches Leben«, erwiderte seine Mutter.

Josse schaute sie an. Wie klein sie war! Schrumpfte sie? Irgendwann würde sie weggeschrumpft sein. Immer kleiner würde sie werden, dachte er, und am Ende wäre sie groß wie eine Maus. Dann würde sie in einem Mauseloch wohnen. Und die dicke Iulia würde ihr auch dafür noch Miete abziehen. Und seine Mutter würde auch das für richtig halten.

»Hör zu, Mutter«, sagte er laut. »Ich verlange nichts von dir. Ich habe nur eine Bitte. Einen einzigen, kleinen Wunsch. Es wird dir nicht schwerfallen, ihn zu erfüllen: Wenn dir jemand über mich Fragen stellt, antworte nicht.«

»Wer sollte mich fragen?«

»Egal, sprich einfach nicht über mich. Kein Wort. Sag einfach, er soll mich selbst fragen.«

Er stieg die Treppe wieder hinab. Auf der Straße stand noch der Stapel Körbe, den sie sich gleich auf den krummen Rücken binden würde. Hatte sie nicht immer gesagt, sie flechte Körbe, damit er die Schule besuchen könne, dachte Josse. Jetzt kandidierte er für das Amt des Stadtoberhaupts, und sie flocht immer noch Körbe.

Am Abend vor der Vereinssitzung weihte er Mugo ein. Sie aßen zusammen, und Mugo blieb der Bissen im Hals stecken.

»Du?«

»Ja, ich.«

»Du willst kandidieren? Josse aus der Nordoststadt? Der Sohn des Jazyg?«

»Es wird dich vielleicht wundern, aber ich stamme ursprünglich aus der pannonischen Hochgesellschaft. Also meine Familie.«

»Oho«, entgegnete Mugo.

Vladimir brachte gekochte Eier, und Josse legte seine Familienverhältnisse dar, mit markanten Details, die er sorgfältig erwogen hatte:

»Mein Urgroßvater väterlicherseits hatte die größten Rinderherden in ganz Pannonien. Die Trockenheit hat ihn ruiniert. Und hinzu kamen die Grenzkriege mit den Dakern und Jazygen. Obwohl meine Ururgroßmutter –«

Er hatte sagen wollen: Obwohl meine Ururgroßmutter die Tochter eines jazygischen Stammesfürsten gewesen war, aber das schien Mugo nicht zu interessieren.

»Und die Kohle?«, unterbrach er ihn. »Spendiert dir deine Flamme?«

»Welche Flamme?«

»Ach, Josse. Jetzt tu doch nicht so. Ich hab sie doch gesehen, neulich auf dem Kapitol. Die alte Schachtel! Wie alt ist sie? Dreißig?«

Josse zögerte. »Fünfunddreißig.«

Mugo grinste.

Josse grinste auch. »Aber das bleibt unter uns«, ermahnte er ihn.

»Ach, Josse. Warum gibst du es nicht einfach zu? Das denken sich sowieso alle.«

»Denken kann man viel«, entschied er. »Aber wahr ist es erst, wenn ich es zugebe.«

Nachdem er Mugo auf seine Seite gezogen hatte, verkündete er seine Kandidatur auf der Vorstandssitzung. Wie erwartet löste seine Absicht Erstaunen aus. Besonders die Pythagoreer sträubten sich.

»Wir haben uns immer verstanden als eine Gegenkraft«, wandte Petros ein. »Als das andere – wir waren gegen den römischen Staat, das römische System.«

»Schön und gut«, antwortete Josse. »Aber wenn sich die Gelegenheit bietet, das System zu verändern, und sei es nur ein bisschen, dann können wir uns nicht davor drücken.«

»Nicht wir werden das System ändern«, beharrte Petros, »sondern das System ändert uns.«

Obwohl es wärmer geworden war, fand die Sitzung weiterhin im sogenannten *Saal* statt, am großen Eichentisch. Es gab Käsefladen für alle. Und trotz der frühen Stunde ließ Josse Wein servieren. Er lehnte sich zurück und ließ der Diskussion ihren Lauf.

Mugo trat für die Kandidatur ein. Auch Toni war dafür.

Am *Fenster des Meeres* hatte Toni immer im Schatten von Mugo und dem Fisch gestanden, war aber nach dem Ausscheiden vom Fisch aufgerückt. Auch Grimalda war übergelaufen, und Josse hatte sie, als einzige Frau, in den Vorstand aufgenommen – auf ihre Loyalität konnte er sich verlassen. Und schließlich waren noch drei sogenannte *Neue* auf seiner Seite: zwei Bäckergesellen und Querenz, ein Lastenträger, der von einem eigenen kleinen Transportunternehmen träumte. Allerdings waren die Gegner in der Überzahl, und sie waren rhetorisch überlegen. Aber wie üblich konnten die Philosophen einem gewissen Drang zur Abschweifung nicht widerstehen, hatten noch diesen und jenen kleinlichen Einwand hinzuzufügen und verdünnten ihre Argumente durch Wiederholung.

Josse wartete, bis sich die Redner erschöpft hatten, dann ergriff er noch einmal das Wort: »Du hast recht, Petros. Ich kann das System nicht ändern, selbst als Stadtoberhaupt nicht. Aber sollte ich die Wahl gewinnen, so wäre das ja nur der Anfang. Ich würde natürlich versuchen, so rasch wie möglich wichtige Positionen mit meinen Leuten zu besetzen. Wir werden gewiss nicht die Welt ändern, aber für unsere Stadt, für unsere Bürger könnten wir einiges tun.«

»Dann lass uns darüber abstimmen«, schlug Petros vor, da er davon ausging, die Abstimmung zu gewinnen. Aber er hatte nicht mit der Schlauheit seines Gastgebers gerechnet.

»Gern könnt ihr abstimmen«, erwiderte Josse gelassen. »Aber die Kandidatur ist, du verzeihst, meine persönliche Entscheidung. Ich kandidiere ja nicht als Vereinsmitglied, sondern als freier Bürger.«

Einen Augenblick herrschte Schweigen am Tisch. Es

wurde so still, dass Josse seine Mutter in der Küche des Geschäftshauses hantieren hörte. Er hörte das Geplapper der Leute auf der Straße. Er hörte das ferne Rufen der Marktschreier. Irgendwer hämmerte, irgendwer stritt, lachte, fluchte, weinte – alles das verschmolz zu jenem Lebensgeräusch der Stadt, das er seit seiner Kindheit so gut kannte, dass er es beinahe als Stille wahrnahm.

Doch hinter der Stille glaubte er auf einmal noch etwas anderes zu vernehmen: eine Art Flattern. Oder Zittern? Oder lag das an seinen Ohren?

Am Tag darauf war er mit Epiphanes verabredet. Sie trafen sich in Livias Haus, aber zu seiner Überraschung führte Epiphanes ihn in die Etage, die Fabius bewohnt hatte.

Er hatte Fabius' ehemalige Wohnung noch nie gesehen. Über einen Gang und eine Treppe nach unten kam man in eine Art Vorraum, von dem links und rechts Korridore abzweigten. Er folgte Epiphanes nach links, sie gingen an vier oder fünf Räumen vorbei. Satyrn, Nymphen und Helden blickten Josse von ocker- und orangefarbenen Wänden an; doch vor allem fielen ihm die vielen Miniaturen auf, die nichts weiter darstellten als Speisen. Fabius hatte sich Essen an die Wände malen lassen: einen zerlegten Hummer, angebissene Früchte, einen Fisch, von dem fast nur noch die Gräten übrig waren.

Sie betraten einen großen Raum, der unterhalb von Livias Terrasse liegen musste. Er maß bestimmt dreißig Ellen im Quadrat und hatte einen runden Erker mit gewaltigen Fenstern zum Meer. In der Mitte befand sich ein Tisch, hinter dem ein hoher geschnitzter Stuhl stand.

»Vielleicht willst du ja mal den Stuhl probieren?«, schlug Epiphanes vor.

Hatte Livia *das* mit ihm vor? Würde er hier einziehen, wenn er die Wahl gewinnen sollte?

Epiphanes ließ Tee und Gebäck kommen, rückte einen Schemel an den Tisch. Sie setzten sich.

Mit leiser, gleichförmiger Stimme begann Epiphanes, die Stärken und Schwächen der Kandidaten zu erläutern, die sich neben Josse um das Amt bewarben. Es waren ihrer drei: Marcus Holconius – der Leser darf ihn nicht mit seinem Vater Marcus Holconius verwechseln, dem Livia einst ihren Schoß geöffnet hatte, um den Zuschlag für die Sanierung der Basilica zu bekommen; erst recht nicht mit seinem Ururgroßvater Marcus Holconius, der als Denkmal an der großen Ost-West-Magistrale stand. Dann Paquius Proculus, ein reich gewordener Bäcker. Und Appius Claudius, Nachfahre eines nach dem Krieg in der Colonia angesiedelten römischen Lagerpräfekten.

»Appius Claudius' Klientel sind vor allem die römischen Kolonisten«, erklärte Epiphanes. »Sie sind zahlenmäßig nicht stark, aber ihre Stimmen haben aufgrund der Einteilung der Wahlbezirke ein hohes Gewicht. Seine Schwächen sind seine mangelnde Volksverbundenheit und sein eher geringes Vermögen.«

Wir ersparen dem Leser die Einzelheiten, die er in kleiner Schrift auf abwischbaren Schiefertafeln notiert hatte: Besitz, Wehrzeit, Dienstgrad, Ämter, Auftritte im Magistrat, Ehejahre und Anzahl der Kinder.

Paquius Proculus sei dagegen reich und genieße große Sympathien im Mittelstand, erklärte Epiphanes weiter. Seine einzige Schwäche sei das weibliche Geschlecht. Obwohl er öffentlich mit seiner Gattin auftrete und seine glückliche Ehe zum Wahlkampfthema mache, habe er ständig Affären.

Auf einer seiner Schiefertafeln hatte er Namen und Anschriften von einigen dieser Geliebten notiert.

Das größte Problem sei Marcus Holconius. Er kandidiere zum ersten Mal für das Amt des Stadtoberhaupts, habe aber langjährige politische Erfahrung als Mitglied des Magistrats vorzuweisen. Vor allem entstamme er einer berühmten Familie, die obendrein samnitischen Ursprungs sei, was ihm im Volk einen gewissen Rückhalt verschaffe. Er sei kein Kriegsheld, habe jedoch immerhin als Feldlagerkommandant in Jerusalem gedient. Er könne mitreißend reden. Und er komme bei vielen Leuten gut an, weil er – allein durch seinen Habitus und seine Familiengeschichte – für die ewigen guten alten Zeiten stehe.

»Er hasst alles Neue, verachtet jeden Aufsteiger«, sagte Epiphanes. »Allerdings neigt er zu Starrheit und Standesdünkel. Er wird versuchen, dich als Emporkömmling zu entlarven. Aber wenn du Glück hast, unterschätzt er dich, denn in seinen Augen bist du nicht viel mehr als ein Niemand.«

»Was rätst du also dem Niemand?«, fragte Josse.

Epiphanes saß lange reglos auf dem Schemel, blickte ins Nichts. Dann sagte er: »Was ich dir raten soll? Es gibt kaum ein Geschäft, das so verlogen und schmutzig ist wie der Wahlkampf. Aber ich denke, das weißt du. Stell dich selbst als Helden dar, und mach die anderen schlecht. Versprich dem Volk, was es hören will, und versuch dabei gleichzeitig, nicht die Aristokratie zu verärgern. Stell dem Mittelstand Steuererleichterungen in Aussicht und dem Volk eine Erhöhung des Kontingents. So machen es alle Bewerber. Ich habe noch nie gehört, dass jemand die Wahl gewonnen hätte durch Nachsicht und Ehrlichkeit.«

Josse begann seine Kampagne spät – erst am 3. Oktober – mit einem lärmenden Umzug durch die Stadt, bei dem die Mitglieder des Vulkanvereins mit Rasseln und Klappern lärmten und Münzen und Süßigkeiten verteilten.

Im Gegensatz zu den anderen Bewerbern, die Schreibkundige dafür bezahlt hatten, dass sie ihre Wahlversprechen in mehr oder weniger geschickt formulierten Versen und in Schönschrift an die Wände schrieben, hatte Josse die Vereinsmitglieder mobilisiert, durch die Stadt zu ziehen, um mit Schlämmkreide und in schlichten Buchstaben nur ein einziges Wort an die Wände zu schreiben, das jeder zustande brachte: JOSSE. Ursprünglich hatte er WÄHLT JOSSE! schreiben lassen wollen, aber dann fand er, dass der Name ausreichend war. Dass sie ihn wählen sollten, war ja klar.

»Aber wo bleibt der Inhalt?«, wollte Petros wissen.

»Es geht nicht um Inhalt«, erklärte Josse, »sondern darum, ein Zeichen zu setzen. Wir sind da, wir sind überall!«

»Wenn es nur darum geht, kannst du ja sonst was hinschreiben«, wandte Petros ein.

»Stimmt«, sagte Josse. »Du hast vollkommen recht.«

Und von da an ließ er nur noch seinen Anfangsbuchstaben an die Wände malen. Seitdem verbreitete sich das weiße J in Pompeji derart rasant, dass sich bei den Leuten das Gefühl einstellte, Josse habe eine riesige Anhängerschaft.

Zugleich gingen Mugo und Toni nachts durch die Stadt und schrieben mit roter Farbe an die Häuser, in denen ehemalige oder aktuelle Geliebte des Paquius Proculus wohnten: PAQUIUS WAR HIER! Obgleich die Schriftzüge eilig abgewaschen wurden, blieben rote Spuren zurück, und jeder wusste um deren Bewandtnis. Das Volk störte sich zwar kaum an solchen Seitensprüngen, schon gar nicht die Elite. Eher tat das der Mittelstand, der bekanntlich dazu neigt, es mit der Moral zu übertreiben, denn er hält Moral für eine aristokratische Tugend. Allerdings machten die Offenbarungen Paquius selbst zu schaffen. Seine überraschte Ehefrau drohte mit Scheidung, und da er seine Frau – trotz aller Seitensprünge – liebte, gab er noch vor Mitte Oktober auf und riet seinen Anhängern, ihre Stimme Appius zu geben.

Als dieser sein großes Wahlfest gab, am gleichen Tag wie Josse, schickte Josse seine Leute schon am Nachmittag zu ihm, damit sie dort möglichst rasch den Freiwein wegsoffen und die Bratwürste auffraßen. Tatsächlich waren Wein und Würste lange vor Sonnenuntergang alle, und die enttäuschten Leute strömten zu Josses Fest. Hier gab es alles im Überfluss, man ließ sich volllaufen und stellte sich zum zweiten und dritten Mal bei der Bratwurst an, während Josse immer wieder, damit es auch jeder mitbekam, verkündete, dass er übermorgen, am Tag des Mars, im Amphitheater Tierhetzen mit einem Löwen veranstalten werde: eine Sensation für die Pompejaner, welche sich gewöhnlich mit Ziegen, Wildschweinen und allenfalls mal mit einem Bullen zufriedengeben mussten. Ein echter Löwe! Aus Afrika!

Allerdings erwies sich der Löwe als ziemlich altersschwach. Er reagierte desinteressiert auf die Tierkämpfer, bis sie ihn mit Spießen und Steinen so sehr gereizt hatten, dass er einen allzu vorwitzigen Kämpfer plötzlich mit der Pranke niederwarf, worauf die anderen ihn vor Schreck durch Speerwürfe töteten.

Marcus Holconius hatte keinen Löwen zu bieten. Dafür

enthüllten seine Spione wenige Tage nach dem Spektakel, dass Josse selbst einmal Mitglied, ja sogar Mitbegründer jener Kommune am *Fenster des Meeres* gewesen war, die er heute verurteilte. Als Traditionalist und überzeugter Pompejaner lehnte Marcus die neue Siedlung am Meer ab; deren Erbauer waren für ihn Pöbel: Emporkömmlinge, die nur darauf aus waren, auf kurzem Wege Gewinne zu machen – was ihn auf eine Idee brachte. Er ließ den Buchstaben J da, wo er am größten und auffälligsten angeschrieben war, ergänzen zu:

J-EMAND AUS DEM PÖBEL

Am Abend saßen Josse und seine Leute im Garten des Geschäftshauses am Feuer und berieten: Sollte man den Spruch übermalen? Sollte man dagegen protestieren? Aber Josse befürchtete, dass die Sache sich ausweiten könnte: Was, fragte er sich, wenn Marcus Holconius herausbekam, dass er der Sohn eines bankrotten Metzgers war? Ein Schulabbrecher? Ein ehemaliger Freund von Maras?

Sie saßen bis in die Nacht zusammen, ohne zu einem Ergebnis zu kommen. Josse trank mehr als gewöhnlich, schimpfte auf die Anhänger des Marcus Holconius und redete sich und den anderen ein, dass die eigene Sache trotz allem hoffnungsvoll stand. Auch Appius hatte inzwischen aufgegeben! Allerdings hatte er seinen Wählern empfohlen, ihre Stimmen Marcus Holconius zu geben, sodass dieser nun die Stimmen von drei Kandidaten auf sich vereinte.

Als seine Freunde gegangen waren, löschte Josse das Feuer. Es zischte, der Rauch stieg auf. Ein Tier schrie: vor

Angst? Wieder glaubte er, einen Vogelschwarm zu hören, der über das Haus flatterte. Er hob den Blick. Der Mond war fast voll.

Vögel waren keine zu sehen.

In dieser Nacht schlief er kaum. Er hatte nur noch drei Tage Zeit: drei Tage bis zum abschließenden Rededuell auf dem Forum. Er war seine letzte Chance, die Wahl noch zu kippen.

Am Morgen gegen vier Uhr, im Dämmerschlaf, war ihm, als hätte er eine Idee für seine Rede geträumt. Er klingelte nach Vladimir und ließ sich Schreibzeug und Nachtgeschirr bringen – das Nachtgeschirr, damit der Gang zur Toilette seine Idee nicht verscheuchte. Aber als Vladimir mit dem Schreibzeug kam, fiel ihm nur noch ein: *Kern der Rede.*

Er schrieb es trotzdem auf, damit das Blatt nicht leer blieb. *Inhalt,* schrieb er dahinter, damit das Blatt nicht leer blieb. *Form füllen, Inhalt,* schrieb er. Dann schlief er ein, und seine Notizen rutschten ins Nachtgeschirr.

Gegen zehn Uhr wagte Vladimir, ihn mit der neuesten Nachricht zu wecken:

»Herr, die Schweine von Phoebus sein tot!«

»Ja und?«, fragte Josse verärgert.

»Sie haben im Berge das Gras gefresst.«

»Vladimir, du siehst doch wohl, dass ich zu tun habe.« Josse hatte seine Notizen im Nachtgeschirr entdeckt und wollte den Hausklaven loswerden.

»Und ein Stück weiter oben sein Äcker verdorrt auf Fläche wie halb die Arena.«

»Raus mit dir!«, fauchte Josse.

Aber Vladimir, dumm war er nämlich nicht, nahm seinen Mut zusammen und brachte auch noch den letzten Teil seiner Nachricht an, welcher lautete:

»Ja, Herr, aber Hirte von Phoebus haben das Kobold gesehen.«

Siebzehnte Rolle. Der Kobold

Und er hatte einen großen Kopf und dünne Beine, und er machte: Hohooooo ...«

Der Hirte des Phoebus flatterte mit den Händen und machte ein Geräusch, das auf einmal alle gehört zu haben glaubten. Aber er allein hatte den Kobold gesehen. Und am Morgen waren die dreiunddreißig Schweine allesamt tot gewesen.

»Ohne Blut, reiner Zauber!«

Und bald sah man: Auch ein Weinhang unterhalb der Koppel war über Nacht verdorrt.

Und jemandem fiel ein, dass seine Kuh letzte Woche verstorben war. Und auch er glaubte plötzlich, den Kobold gesehen zu haben. Und wenn nicht gesehen, so zumindest gehört: Hohoooooo! Und der Birnbaum hatte diesen Herbst keine Früchte getragen. Und die Hühner hatten keine Eier gelegt.

Und die Leute sagten: »Hätten wir den Kobold verbrannt!«

Und Josse wiederholte auf der Vorstandssitzung, was die Leute sagten: »Hätten wir den Kobold verbrannt!«

»Und was willst du damit sagen?«, fragte Mugo.

»Wir haben noch drei Tage Zeit. Und wir liegen im Rückstand.«

»Ja, und weiter?«

Sie saßen am Feuer, wie fast jeden Abend in letzter Zeit. Josse war den ganzen Tag auf Feldern und Berghängen umhergestiefelt und hatte tote Schweine und verdorrte Felder besichtigt; hatte in die verängstigten Gesichter der Leute geschaut und sich in Mitgefühl geübt. Aber er war kein bisschen müde. Er bebte vor Tatendrang.

»Ich denke, wir haben den gemeinsamen Wunsch, dass das Volk uns wählt«, sagte Josse.

Mugo sagte: »Man scheißt keine Leute an. Nicht Maras. Immerhin wart ihr mal befreundet.«

Auch Petros war gegen die Kobold-Parole. »Keine Gewalt!«, sagte er.

»Was heißt denn Gewalt? Das ist doch rein verbal, eine Parole. Maras ist sowieso weg. Dem kann es doch egal sein.«

»Aber mir ist es nicht egal.« Petros schüttelte den Kopf. Er hatte Josses Wendungen alle mitvollzogen, jetzt war er mit seiner Bereitschaft am Ende.

»Aber *er* ist gewalttätig geworden, auf dem Forum«, wandte Josse ein.

Petros blieb bei seiner Meinung. »Du selbst warst immer gegen Gewalt«, sagte er. »Du hast sogar, ich erinnere dich, Homer für seine reaktionären kriegerischen Phantasien kritisiert. Und jetzt willst du das Volk aufhetzen gegen Maras?«

»Richtig«, entgegnete Josse. »Ich war immer gegen Gewalt, und ich bin heute noch gegen Gewalt. Aber ich bin auch für Frieden. Ich bin gegen Gewalt, weil ich für Frieden bin. Wo kämen wir hin, wenn jeder anfinge, die Opferriten der anderen zu stören? Priester zu verprügeln, die einem vielleicht nicht passen?«

»Jetzt komm mal wieder runter«, sagte Mugo. »Das ist

doch Mumpitz. Maras ist weg. Und eins wissen wir alle: dass er keine Schweine verzaubert. Oder glaubst du etwa an diesen Mist?«

»Ob wir das glauben oder nicht, steht nicht zur Debatte. Magie ist ein Straftatbestand nach der achten Tafel des Zwölftafelgesetzes –«

»Jetzt reicht's.« Mugo stand auf, warf seinen Becher in die Feuerschale. »Schluss, ich bin raus. Ich scheiße auf dein Zwölftafelgesetz. Ich scheiße auf deine Wahl. Das ist wirklich das Letzte.« Sagte er und ging noch in dieser Nacht die siebzehn Meilen bis zum *Fenster des Meeres.*

Mit ihm ging Toni.

Petros und die Pythagoreer erhoben sich schweigend und verließen das Haus. Es blieben nur Grimalda, die ihm immer recht gab, Querenz, der Lastenträger, und die beiden strohdummen Bäckergesellen. Josse erklärte die Sitzung für beendet und schickte alle nach Hause.

Nachdem er das Feuer gelöscht hatte, schloss er alle Fensterläden und Türen und zog sich ins obere Zimmer zurück. Was wollte er eigentlich? *Hätten wir den Kobold verbrannt!* Aber er war weg, der Kobold. Seit vier Wochen unterwegs. Niemand konnte sagen, in welche Richtung er gegangen war. Oder glaubten die Leute wirklich, er sei noch hier? Er verzaubere Schweine?

Die Leute waren dumm. Und doch, das war es. Der Kern der Rede. Das war es, was er den Leuten in drei Tagen von der Freitreppe des Kapitols aus zurufen würde: Hätten wir den Kobold verbrannt! Oder? Nein ... Mit *hätte* und *wäre* ließ sich kein Blumenpott gewinnen. Der Kobold wird brennen! Das war es! Jetzt fehlte nur noch die Rede dazu. Eine Brücke, ein Weg.

Er ging auf den Dielen hin und her. Das Holz knarrte,

sein Hirn tickte. Er ließ sich von Vladimir dieses scheußliche Getränk brauen, von dem man angeblich munter wurde. Konzentration! Er dachte an Trebius. Er dachte an Plinius. Er versuchte, die sieben Metalle zusammenzukriegen. Aber wozu? Wozu? Er dachte an die rothaarige Suebin, die er bei Polybius gevögelt hatte. Seltsamerweise fiel ihm nicht gleich ihr Name ein, obwohl ihm sonst alles einfiel: ihre kurzen, weißen Zähne, die Hitzeflecken am Hals. Er zwang sich, nicht über ihren Namen nachzugrübeln. Er stieß den Fensterladen auf, schaute in den nächtlichen Himmel. Der Mond hatte zugenommen. Er stand jetzt genau auf halb. Josse dachte an den unsichtbaren Vogelschwarm, der neulich über ihn hinweggezogen war. Dachte daran, wie Protagoras in sein Tässchen gekichert hatte. Plinius. Vier Elemente. Seeungeheuer. Methe hieß sie, jetzt fiel es ihm wieder ein. Und ihre Nase, die zur Zimmerdecke emporgeragt hatte, sodass er ihr, während er sie vögelte, in die Nasenlöcher schauen konnte. Und die Nasenwände, was für eine dumme Erinnerung, waren genauso durchschimmernd rot gewesen wie jetzt das Morgenlicht …

Den halben Tag verschlief er. Und als er am Nachmittag erwachte, entschied er sich, einen Boten zu Livia zu schicken mit der Nachricht, dass er zu sehr mit dem Wahlkampf beschäftigt sei, um sie zu besuchen.

Während er am Eichentisch saß und die Nachricht verfasste, fiel sein Blick auf die Abschrift des Bandes von Herodot, den Maras ihm einst geliehen hatte. Er war immer noch in seinem Besitz. Der Rand war beschrieben, griechische Vokabeln, Anmerkungen von Maras. Josse erinnerte sich, wie mühsam er damals den Herodot entziffert hatte. Und dass ihm erst allmählich bewusst geworden war, was er da las: Helena war nie in Troja gewesen … Aber wen kümmerte es? Hinterher, als Troja brannte? Wen würde es hinterher kümmern, wenn der Kobold sich gar nicht am *Fenster des Meeres* befand?

»Frühstück, der Herr?«, fragte Vladimir.

»Raus mit dir!«, schrie Josse.

Sein Herz klopfte. Er hatte, ahnte er, seine Rede.

Am 24. Oktober im Jahr 832 nach Gründung der Ewigen Stadt, ziemlich genau zur Mittagszeit, stieg Josse mit federnden Schritten die Stufen zum Kapitol hinauf. Er fühlte sich leicht, obwohl er den schweren Militärmantel trug. Er hatte keine Minute geschlafen. Wie ausgehöhlt fühlte er sich, als bestünde er nur aus einer Hülle. Er fror ein wenig, obwohl es warm war, wenn auch nicht heiß. Ein milchiger Dunst bedeckte den Himmel und trübte das Sonnenlicht. Wenn nicht der allgegenwärtige Gestank der Stadt und seiner ungewaschenen Bewohner gewesen wäre, hätte Josse vielleicht den feinen Schwefel- und Phosphorgeruch bemerkt, der vom Gebirge heranwehte; und wenn nicht das Gemurmel auf dem Forum gewesen wäre, hätte er vielleicht auch das leise Flattern gehört, das in der Luft stand und das keineswegs von einem Vogelschwarm herrührte …

Das Los hatte bestimmt, dass Marcus Holconius als Erster sprach.

Seine Rede war vorzüglich. Er pries sich als den Spross einer großen Familie, erinnerte an die Verdienste seiner Vorfahren, als wären es seine eigenen, und nannte Josse einen Emporkömmling und Aufrührer, der die Stadt mit Hirngespinsten und Gerüchten vergifte. Über Maras sagte er nichts.

Über den Kobold.

Das war gut. Josse hatte gehofft, dass Marcus Holconius das Thema vermeiden würde. Er war überzeugt, Marcus scheue es, weil er selbst aus dem samnitischen Adel kam. Deshalb habe er es auf keinen Fall anschneiden wollen: das ungeschriebene Gesetz des Gnadenerlasses für adlige Täter. So dachte es sich Josse.

In Wahrheit war es vermutlich unter der Würde des Marcus Holconius gewesen, über verzauberte Schweine zu reden. Ja, es gab die achte Tafel des Zwölftafelgesetzes, aber bei aller Ehrfurcht: Wer glaubte denn noch an Magie? An verzauberte Schweine? Er sprach lieber über vernünftige Dinge: über die Wasserversorgung, den Straßenbau. Er versprach all die Dinge, die Politiker üblicherweise versprechen. Zu seiner Ehre sagen wir: Er ging fest davon aus, er werde seine Versprechungen erfüllen.

Nach seiner Rede hatte Marcus Holconius demonstrativ den Platz verlassen, samt seinem Stab; er lehnte es ab, dem Emporkömmling zuzuhören. Seine Anhänger waren ebenfalls schon auf dem Sprung, tranken nur noch den letzten Schluck Wein und hätten im nächsten Augenblick ihren leeren Becher auf dem Tresen eines Getränkestandes abgesetzt, um nach Hause zu schlurfen, aber da hörten sie den Mann im Militärmantel sagen:

»Wir wissen ja alle, wie es läuft. Marcus hat euch das Blaue vom Himmel versprochen, und das werde auch ich jetzt tun!«

Gelächter. O ja, das hatte Josse: ein Gespür für die Stimmung der Leute. Marcus Holconius hatte sie durch seine Vornehmheit eingeschüchtert, und Josse vertrieb alles Unbehagen mit einem Satz. Nicht, dass seine Zuhörer sich ihm gleich ergeben hätten, aber mancher, der gerade hatte gehen wollen, bestellte sich noch ein Becherchen und hörte amüsiert den Worten des Emporkömmlings zu.

»Sparen wir Zeit!«, rief Josse. »Die Versprechungen habt ihr von Marcus gehört! Gehen wir zur Wahrheit über!«

Die wenigen feindseligen Zwischenrufe gingen im Gelächter unter.

Jetzt wechselte Josse in die patriotische Tonart. Man möchte glauben, nach der Lachnummer sei das ganz unangebracht gewesen, aber hier können wir uns auf das Gespür unseres Helden verlassen. Nichts löst und befreit die Herzen so sehr wie das Lachen. Die Lachtränen wurden zu Tränen der Rührung, als Josse unvermittelt auf den Heroismus der Aufbaujahre zu sprechen kam. Protagoras hätte seine Freude an ihm gehabt, ja vielleicht hätte er seinem Regelwerk eine weitere Regel hinzugefügt: Wenn du für groß gehalten werden willst, rede über große Dinge – so ähnlich.

Marcus Holconius, der sich für groß hielt, hatte seine Redezeit mit Alltagsdingen vertan, Josse hingegen sprach vom schweren Neubeginn nach dem Beben. Er sprach von der Trümmerzeit. Er sprach von den Toten, die man mit bloßen Händen aus dem Schutt der Häuser gegraben hatte, als wäre er dabei gewesen. Und er war ja dabei gewesen! Wenngleich er als Achtjähriger keine Toten ausgegraben hatte, sondern Töpfe und Schüsseln. Er dankte allen, die durch ihre Arbeit am Wiederaufbau mitgewirkt hatten. Ja, er dankte allen, ob sie ihn wählten oder nicht, dass sie diese wunderbare Stadt mit ihrem Leben belebten. Und auch die, die sich schon auf den Weg gemacht hatten, blieben am Rand des Platzes stehen.

»Wir haben es weit gebracht, liebe Freunde!«, rief Josse. »Und doch stockt der Wiederaufbau. Warum? Ich frage euch: Warum kommt unsere wunderbare Stadt trotz all unserer Mühen nicht wieder auf die Beine? Wieso verlassen die Menschen uns? Menschen sind das Blut einer Stadt, und unsere Stadt blutet aus.«

Zwischenrufe: »Ganz richtig! Du sagst es!«

Jetzt hatte er sie! Seine Gedanken begannen zu fliegen ...

»Sie verlassen uns, weil sie Angst haben, sprechen wir es aus. Sie haben Angst vor ihm, dem Vulkan. Und zwar zu Recht, denn der Gott des Feuers ist mächtig. Nein, liebe Freunde, Vulcanus ist kein Hirngespinst, kein Gerücht! Als gäbe es auf der Welt nicht genügend Beweise für sein Wirken!«

Es gab einen Knall. Oder eher ein Rumpeln, als würde eine Mauer umfallen. Doch Josse hörte es nicht. Oder er hörte es, aber nahm es nicht wahr. Oder nahm es wahr, aber verstand es falsch: als Bekräftigung, als Zustimmung.

»Deswegen opfern wir ihm«, rief er aus. »Deswegen beten wir unsere Gebete. Wir ehren ihn, indem wir ihm an seinem Festtag opfern. Aber was nützen all unsere Opfer und Gebete, wenn es unter uns Menschen gibt, die ihm spotten? Die seinen Altar bespucken und seine Feste stören?«

Es wurde sehr still auf dem Platz, fahles Licht ergoss sich auf den weißen Marmor. Für einen Moment sahen die Menschen wie Schatten aus.

Josse sprach weiter: »Warum schweigt Marcus Holconius über die Ereignisse, die uns alle ängstigen und belasten? Warum spricht er nicht über *ihn*?«

Seine Worte flogen ... Sie flogen den Menschen zu, flogen mitten in ihre Herzen. Gebannt starrten sie zu ihm herauf. Jetzt, glaubte er, seien sie reif für die Botschaft: den *Kern der Rede*. Der Gott der Schweine hatte ihn endgültig verlassen.

»Liebe Freunde«, rief er, »wir wissen, wo er sich befindet!«

Die Menge schien vor Schreck zurückzuweichen, und Josse, zufrieden über die Wirkung seiner Worte, machte eine Pause, bevor er die Idee preisgab, die er im Fieber der Übernächtigung ausgeheckt hatte:

»Wir verlangen von den Verschwörern am *Fenster des Meeres* die Herausgabe von Maras!«

Die Leute schrien auf, fuchtelten mit den Armen. Fast war es Josse unheimlich, was er mit Worten auszurichten imstande war. Er glaubte, seine Stimme ein wenig drosseln und die Leute beruhigen zu müssen, und vielleicht klang es deswegen ein wenig zaghaft, sogar freundlich, ja fast staatsmännisch, als er rief:

»Der Kobold wird brennen!«

Als er sich umdrehte, sah er die Wolke.

Sie war schwarz.

Sie sah aus wie eine Pinie.

Oder wie eine Stierleber?

Oder doch eher wie ein Grünkohl?

Achtzehnte Rolle. Asche und Stein

Zugegeben, ein offenes Ende wäre schöner, literarisch und, ja, auch menschlich. Natürlich steht es dem optimistischen Leser frei, sich diese letzte Rolle zu ersparen.

Es hätte ja immer noch gut ausgehen können, zumindest glimpflich. Hätte Josse von seinem Podest aus die Menschen aufgefordert zu fliehen, alles stehen und liegen zu lassen, die Beine in die Hand zu nehmen und zu rennen, einfach zu rennen – sie hätten vielleicht ihr Leben gerettet. Und viel mehr als ihr Leben hatten die meisten ja nicht.

Aber Josse war bedauerlicherweise gerade hellsichtig. Er wusste es besser, noch im letzten Moment. Ein Waldbrand! Es musste ein Waldbrand sein! Und so abwegig es scheint: Aus den berühmten Briefen von Plinius' Neffen ist bekannt, dass auch sein Onkel, der große, der ältere Plinius, zunächst einen Waldbrand vermutete, als er die Wolke aufsteigen sah. Was er am Ende dachte, ist unbekannt.

»Ein Waldbrand!«, schrie Josse und gab, gewissermaßen schon als Stadtoberhaupt, dem Aedilen Anweisung, Schutzmaßnahmen gegen ein eventuelles Übergreifen des Feuers einzuleiten. Erst als es anfing, Steine zu regnen, suchte er Schutz in der Wachstube – in derselben, in der er einst seinen dreitägigen Arrest abgesessen und, nicht zu vergessen, seine Kandidatur angemeldet hatte.

Livia indes ließ die Liburne seeklar machen, und während sie die wertvollsten Gold- und Silberwerte an Bord bringen ließ, schickte sie einen Boten zum Forum. Doch als der Sklave, halb erstickt und vom Steinregen blutig geschlagen, zurückkehrte, um zu berichten, dass Josse das alles für eine vorübergehende Erscheinung hielt und als künftiges Stadtoberhaupt seinen Posten nicht zu verlassen gedenke, ließ sie das Schiff in die bereits mit einer Schicht Bimsstein bedeckte See stechen, fast schon zu spät. Zum Glück war der Wind günstig, und die Liburne entkam mit knapper Not, noch bevor das Meer auf rätselhafte Weise zurückging. Man berichtet, Livia habe Tränen in den Augen gehabt: vom Rauch? Nein, vor Trauer.

Stunden später, als der Steinregen noch einmal für kurze Zeit nachgelassen hatte, versuchte Josse, zu Livias Haus vorzudringen. Da war der Himmel schon schwarz, die Stadt dunkel. Keine Fackel, keine Ölfunzel brannte mehr. Auf den Plätzen und Straßen lag der Bimsstein schon mehrere Ellen hoch. Die Fortbewegung erforderte alle Kraft. Die Luft war voller Asche und Schwefel. Er tastete sich an Hauswänden entlang, hörte die Leute im Innern der Häuser schreien und gegen die von den Bimssteinmassen blockierten Türen hämmern.

Er brauchte eine Unendlichkeit für den Weg bis zu Livias Haus, aber die Tür war nicht zu öffnen. Er hastete die steile Straße zum Hafen hinab, wühlte sich am Ufer entlang – da, wo das Ufer einmal gewesen war. Er fand den Steg, aber die Liburne war weg. Er kämpfte sich zwischen den bimssteinbedeckten Rosenbeeten hindurch und kletterte in die Etage, die einst Fabius bewohnt hatte.

Zu diesem Zeitpunkt hatte er die Hoffnung auf das Amt des Stadtoberhaupts schon aufgegeben, die Hoffnung aufs Leben nicht. Sobald es wieder hell würde, wollte er sich aus Pompeji verdrücken, irgendwohin, wo ihn niemand kannte. Lange durchstreifte er die Etagen und suchte nach Wertgegenständen, die er auf seiner Flucht mitnehmen könnte. Geld fand er nicht. Auf dem Schreibtisch von Fabius ertastete er eine metallische Figur. Sie war glatt und gewichtig. Vielleicht eine Darstellung Caesars? Oder von Augustus? Mehr war nicht zu finden. Die Leuchter im Speisezimmer waren zu schwer. In der Küche roch es nach Käsefladen, nanu? Kam hier irgendwer aus Pannonien?

Jetzt bemerkte er, dass er Hunger hatte. Er fand den Fladen, stopfte ihn hastig in sich hinein. Seine alte Mutter kam ihm in den Sinn, die vermutlich irgendwo in der Dunkelheit umherirrte. Seine Kehle verengte sich, der Fladen blieb ihm im Hals stecken. Er suchte etwas zu trinken, fand aber nichts. Beinahe hätte er den Caesar dabei verbummelt.

Ein furchtbarer Schluckauf setzte ein. Auf der oberen Ebene gab es eine Zisterne. In völliger Finsternis tastete sich Josse an den Wänden des Flurs entlang zurück zur Treppe, und dort, auf der Treppe, sollte er sterben: den Schluckauf in der Brust, die Miniatur in der Hand, die er für Caesar hielt, die aber in Wirklichkeit Fabius darstellte. Denn als er die Treppe hinaufstieg, geschah etwas, das niemand, vielleicht nicht einmal Georgios, erwartet hätte. Ungefähr neun, vielleicht auch zwölf Stunden nach Josses letzter Rede sackte die überschwer gewordene Wolke aus Asche und Feuer in sich zusammen und stürzte mit einer Geschwindigkeit eines Armbrustpfeils in das Tal, ergoss sich über die Stadt, überstieg Mauern, drückte Türen ein, strömte durch Ritzen und Fenster.

Vielleicht hat Josse noch gespürt, wie seine Lungen verglühten.

Lucretius hatte unter den Zuhörern auf dem Forum gestanden und Josses Rede gelauscht, als er den Knall hörte. Der Vesuv war von seinem Standpunkt aus nicht zu sehen, aber schon wenige Sekunden später sah er die Wolke über dem Kapitol aufsteigen, und er begriff sofort, was es war. Sie werden mich steinigen, war sein erster Gedanke.

Er schlich sich vom Platz, das Gesicht immer zur Wolke gewandt, weil er von den hinter ihm Stehenden nicht erkannt werden wollte. Doch kaum war er zu Hause, kam ihm der nächste Gedanke, nämlich dass die Meute, wenn sie ihn auf dem Forum nicht fand, zuallererst zu seinem Haus stürmen würde, und so kam es, dass er sich – mit ein paar hundert seiner ergaunerten Sesterze in der Tasche – auf den Weg machte. Aber kaum hatte er das Haus verlassen, traf ihn ein Stein am Hinterkopf. Er griff nach dem Dolch, den er als überzeugter Epikureer stets bei sich trug (um im Ernstfall seine Leiden zu verkürzen) – allerdings griff er nicht danach, um ihn sich in die Brust zu stoßen, sondern um sich gegen die Meute zu verteidigen.

Als er sich umdrehte, war da niemand, gegen den er sich hätte verteidigen müssen. Leute rannten an ihm vorbei. Und rings um ihn herum fielen Steine auf die Straße: poröse, verbrannte Klumpen, die beim Aufprall zerplatzten. Sie kamen von oben, kamen aus der Wolke, die ihren kühlen Schatten über Pompeji ausbreitete. Er steckte den Dolch wieder ein und ging noch einmal ins Haus, um nach einem Kissen zu suchen, das er sich zum Schutz gegen den Steinregen auf den Kopf binden könnte. Als er das Haus (mit Kissen auf dem Kopf) erneut verließ, hatte er schon Mühe, die Tür über die sich verkeilenden Brocken zu schieben.

Die meisten Leute hatten sich vor dem Steinregen in

ihre Häuser verkrochen, aber wer unterwegs war, der war unterwegs zum Fluss, weg vom Vulkan, um über eine der beiden Brücken das Weite zu suchen. Auf den Straßen war das Gedränge groß. Der Bimsstein knirschte unter den Füßen. Menschen schrien. Die in der Gladiatorenschule eingeschlossenen Sklaven versuchten unter irrsinnigem Gebrüll, die Gitter ihrer Zelle zu sprengen. Leute waren damit beschäftigt, ihre Habseligkeiten aus den Häusern zu schaffen, auf Esel zu laden oder sich selbst auf den Rücken zu binden.

Lucretius atmete Asche, hustete, stürzte. Jemand stahl ihm das Kissen. Er rappelte sich wieder auf, stolperte weiter, kroch weiter. Ein Hund winselte. Die Knie schmerzten, Steine trafen ihn. Er verlor das Zeitgefühl. Je näher er dem Sarno kam, desto mehr erfüllte ein entsetzliches Knirschen die Luft, aber es war schon so dunkel geworden, dass er die Ursache des Knirschens erst wahrnahm, als er unmittelbar am Flussufer stand. Der Sarno hatte sich in einen Strom aus Steinen verwandelt, Massen von Bimsstein schwammen darauf. Von den beiden Brücken, die den einzigen Fluchtweg darstellten, war nur noch eine übrig. Die alte, hölzerne hatte der steinerne Strom schon zerquetscht. Vor der neuen, der steinernen Brücke, stauten sich die Menschen. Sie ließen ihre Karren stehen, ihre Säcke und Kisten. Es wurde geschrien, gedrängelt, geprügelt.

Vor der Brücke stand ein Mann, der mit fester, unaufgeregter Stimme von Engeln und Posaunen sprach, vom Jüngsten Gericht, das gekommen sei und dem niemand entfliehen werde, und deshalb forderte er die Menschen auf, innezuhalten, in sich zu gehen und sich durch die Taufe von ihren Sünden zu reinigen, solange das Taufwasser noch reiche, um teilzuhaben an der Vergebung durch

Christus, damit sie nach dem Tode auferstehen und ein ewiges Leben führen könnten. Tatsächlich knieten einige Taufwillige vor dem Mann, der sie aufforderte, ihre Sünden zu bereuen, und ihnen dann mit einer Schöpfkelle den Kopf übergoss. Und als Lucretius das Gedränge vor der Brücke sah, überkam ihn für einen Augenblick die Versuchung, seine Sünden zu bereuen. Ja, bereuen! Dass er die Hühner manipuliert und den Stier mit Gerstensud abgefüllt hatte, dass er die Menschen sein Leben lang an der Nase herumgeführt hatte, um mit den Einnahmen seine Gelage und seine Huren zu finanzieren. Und wie wunderbar diese Huren gewesen waren! Wie jung, wie zart, und wie gut sie geduftet hatten mit ihren Salben und Ölen und was für hübsche Unterwäsche sie getragen hatten. Aber bei der Erinnerung an sein schönes, sündiges Leben packte ihn der Überlebenswille, und er entschied sich doch für die Brücke; für das richtige, aber leider endliche Leben.

Er zwängte sich in den menschlichen Strom, wurde geschoben und gepresst, stolperte, hielt sich aufrecht, hielt den Kopf oben, trat auf weiche Körper, die er nicht für die Leiber von Gestürzten halten mochte, versuchte, nicht selber zu stürzen. Auf der rechten Seite der Brücke brach das Geländer, Lucretius taumelte umher, stürzte nun doch, bemühte sich, wieder aufzustehen, aber jemand trat ihm auf die Hand, auf seine Tunika. Er glaubte, dass das Ende gekommen sei, und begriff noch nicht, dass sein Sturz ihn davor bewahrt hatte, mit den anderen Taumelnden in den knirschenden Fluss abzugehen. Einen Moment lichtete sich das Gedränge. Lucretius stand auf. Seine Tunika hatte er eingebüßt, samt den Sesterzen. Er blickte sich nicht einmal danach um.

So überlebte Lucretius.

Iustus, falls sich noch jemand an den geschäftigen Neffen des Fabius erinnert, entschloss sich zu spät zur Flucht. Als er am Sarno ankam, war auch die steinerne Brücke schon zerstört. Ihm blieb nur noch die Hoffnung auf das ewige Leben. Aber es hatten sich schon zu viele fürs ewige Leben entschieden. Das Taufwasser war aus. Der Prediger taufte die Willigen nur noch durch Handauflegen. Ob es geholfen hat, entzieht sich unserer Kenntnis.

Auch Iulia Felix kam ums Leben. Sie blieb, wie viele andere, nach dem Ausbruch in ihrem Haus, weil sie annahm, dort könne ihr nichts geschehen. Sie ließ sämtliche Fenster durch nasse Laken verhängen. Die Luft in ihrem Speisezimmer blieb noch lange so rein, dass man sie atmen konnte. Sie ließ ein Abendessen servieren, betrank sich ordentlich und schlief mit ihrem Koch, der ihr eigentlich schon immer gefallen hatte. Sie nickte danach sogar ein. Der Tod überraschte sie im Schlaf, sie schaffte es nicht einmal zu erwachen, oder wenn doch, dann nur einen Atemzug lang. Sie verglühte, bevor sie sich aus den Armen des Kochs befreien konnte.

Am *Fenster des Meeres* verdunkelte sich ebenfalls der Himmel. Es regnete Asche, aber der Steinregen hielt sich in Grenzen. Mugo und der Fisch überlebten, zusammen mit den meisten anderen Erbauern der neuen Siedlung.

Stalo ließ sich auf Lebenszeit zum Bürgermeister der kleinen Gemeinde wählen.

Ascula heiratete Modestus, den Töpfer. Sie verlor alle skythische Wildheit und vergaß ihre Sehnsucht nach dem Schwarzen Meer. Nur manchmal, wenn sie am Feuer saß und aufs Wasser starrte, wurden ihre Augen nass, und sie stieß den gutmütigen Modestus grob von sich.

Polybius aber starb, als er versuchte, in der Stadt seine dralle Frau und seinen dicken Sohn mit den schönen Füßen zu retten.

Wen haben wir noch vergessen?

Josses treue Mutter erstickte in ihrer Dachmansarde in Gedanken an ihren Sohn.

Die schöne Methe starb jung, viel zu jung, mit einem frisch geborenen Kind in den Armen.

Der rundgesichtige Unterpräfekt teutonischer Abstammung hatte am Tag des Untergangs Wachdienst und blieb bis zum Umfallen vor dem Amtsgebäude stehen, so, wie der Aedil es angewiesen hatte (der Aedil überlebte).

Petros starb in einem Haus in der Nordoststadt, nachdem er stundenlang vor Scham und Schuldgefühlen geweint hatte.

Diablo versuchte, da der Weg nach Süden verstopft schien, durch das östliche Stadttor zu entkommen. Er wollte durch den Sarno schwimmen. Schnell merkte er, dass das unmöglich war, und stolperte den Fluss abwärts zu den Brücken. Aber als er dort ankam, gab es keine Brücken mehr. Er kämpfte sich durch zum Meer, aber es gab auch kein Meer. Kaum noch bei Verstand, setzte er sich und blieb sitzen. An einen Vulkanausbruch zu glauben weigerte er sich. Seit seinem Weggang vom *Fenster des Meeres* hatte er die Vulkantheorie attackiert und sich über Josses Gerede vom Feuergott lustig gemacht. Er war Materialist. Lieber glaubte er an das Ende der Welt, wie es Lukrez vor hundertfünfzig Jahren prophezeit hatte. *Die mächtigen Mauern des Weltenrunds* – hieß es so bei Lukrez? – *erliegen dem Sturm und zerfallen in Schutt und Asche.* Die kurze Zeit, die ihm noch verblieb, verbrachte er damit, jenen

Lukrez'schen Satz vor sich hin zu sprechen, der immer sein Lieblingssatz gewesen war: *Der Tod geht uns nichts an.* Er starb, von Bimsstein bedeckt, sitzend.

Die rothaarige Dito starb zusammen mit den meisten anderen Lokalphilosophen, als das Dach des Hühnerstalls unter der Last von Asche und Steinen einbrach.

Der alte Nigidius erstickte an der fauligen Luft: *Kalamität* war das letzte Wort, das er hauchte.

Fabius, wir wissen es schon, überlebte. Und beantragte Schadenersatz. Er wurde ihm gewährt, weil Praetorius, den er als Zeugen anführte, über die Besitzverhältnisse in Livias Haus schlecht informiert war.

Epiphanes entkam zusammen mit Livia.

Und sollte der Leser sich fragen, wer der Autor dieses Berichts ist, so fragt er vergeblich. Ein beschämter Überlebender, könnten wir antworten. Aber dass kein Toter schreibt, versteht sich von selbst.

Hinweise und Nachweise

Der Handlungsort dieses Romans ist eine Stadt, über die die Althistorikerin Mary Beard schreibt: »Wir wissen über das antike Leben hier unendlich viel und zugleich sehr wenig.«

Ich habe nicht versucht, das historische Pompeji nachzubilden, sondern ich habe mich von den historischen Fakten inspirieren lassen. Manche Bewohner, die im Buch vorkommen, haben tatsächlich existiert, wenngleich über sie meist kaum mehr bekannt ist als ihr Beruf und ihre genaue Wohnstätte. Viele Figuren dagegen sind erfunden. Ein historisches Vorbild für die Hauptfigur gibt es nicht, jedenfalls nicht in Pompeji.

Trotz der im Text verstreuten Anachronismen bleiben die wesentlichen Fakten der pompejanischen Geschichte unverfälscht; die philosophischen Theoreme und der wissenschaftliche Horizont der Zeit sind nach bestem Wissen wiedergegeben. Insbesondere gilt das für die Aussagen, die der Erzähler als echt apostrophiert.

Die Darlegungen von Plinius dem Älteren sind seiner ›Naturgeschichte‹ entnommen. Sie folgen entweder wörtlich (S. 199 ff.) oder in enger Anlehnung (S. 208 und 213) der ›Naturalis historia‹, herausgegeben und übersetzt von Marion Giebel, Reclam Verlag, Stuttgart 2005.

Die Passagen über Vulkanismus und Erdbeben (S. 205 ff.)

basieren auf der ›Naturgeschichte des Caius Plinius Secundus‹, übersetzt von G.C. Wittstein, Verlag Gressner & Schramm, Leipzig 1881.

Dank

Ich danke meinem Freund Thomas Fritz, der mir nicht zum ersten Mal mit seinem Rat aus der Krise geholfen hat.

Dem Archäologen und Pompeji-Spezialisten Jens-Arne Dickmann danke ich für seine Sorgfalt, aber auch für seine Toleranz beim Durchsehen des Manuskripts.

Ich danke dem *Parco archeologico di Pompei* für vierzehn Tage freien Eintritt.

Ich danke all den Unermüdlichen, die über Pompeji geforscht und geschrieben haben.

Inhalt